Roaming the Wilderness

荒野行吟

美国自然文学之旅

孙重人 著

生活·讀書·新知 三联书店 生活書店 出版有限公司

图书在版编目（CIP）数据

荒野行吟：美国自然文学之旅 / 孙重人著 .—北京：
生活书店出版有限公司，2017.3
ISBN 978-7-80768-183-0

Ⅰ.①荒… Ⅱ.①孙… Ⅲ.①文学研究—美国
Ⅳ.① I712.06

中国版本图书馆 CIP 数据核字（2017）第 003568 号

责任编辑　廉　勇
装帧设计　罗　洪
责任印制　常宁强
出版发行　生活书店出版有限公司
（北京市东城区美术馆东街 22 号）
邮　　编　100010
印　　刷　北京顶佳世纪印刷有限公司
版　　次　2017 年 3 月北京第 1 版
2017 年 3 月北京第 1 次印刷
开　　本　880 毫米 ×1230 毫米 1/32　印张 11.5
字　　数　260 千字　图 64 幅
印　　数　00,001-10,000 册
定　　价　56.00 元
（印装查询：010-64052612；　邮购查询：010-84010542）

谨以此书纪念伟大的大自然观察者

亨利·戴维·梭罗诞辰两百周年

前言 不仅自然，而且文学

小时候，即20世纪60年代末，我随父母在赣西山区一个叫毛立山的小山村足足生活了三年。现在回想起来，那是我这一生至今为止充满野趣的几年生活。

山村距离小镇温汤不远，步行十里便可进入，但依然得翻越两道山梁，绕过一个山坳。村庄四面环山，一条小河自西而东穿越而过。小河之水源于西边明月山上的山泉，清澈透亮，水流潺潺。那时，村民的民宅大都建在山之半腰，清晨雾霭缭绕，傍晚薄雾朦胧。四面山上多林木，有杉树、松树、竹子、香樟树、茶树，以及成片的杜鹃林和灌木。山下则是农田，村民们种植水稻和供自家吃的菜蔬，田垄上种黄豆。在幽闭的小山村里，村民自给自足，他们的收入虽然不多，但生活无虞。用土砖筑就的房屋呈现原生态，冬暖夏凉，宽敞恬适。房前屋后种植或野生着诸多果树，有板栗、柚子、枇杷、李子和柑橘树，山上还生长着杨梅树。茶树，春开白花，秋结硕果，果实即种子，可榨成野生食用植物油；杜鹃，在当地人的称谓中，叫映山红。每到春天，杜鹃花开，漫山遍野，姹紫嫣红。对我来说，最心仪的还是田港中那条由鹅卵石堆砌形成的小河。每天放学后我便在河边放牛，在河里抓鱼。放牛是任务，抓鱼则在水中追着鱼儿跑，多数情况下未必能抓着，但充满快乐。当时，据老人们讲，再往山的纵深走一些，森林更加苍郁，有人还曾在挖竹笋时遭遇过老虎。

至今已四十余年过去。每次我回到江西，还是忍不住要回到小山村去。毛立山，山还是那样青翠，水还是那样清澈，公路修到了家门口。为了方便，现在村民的房子大多已搬建于山下，曾遭砍伐的林木，近年来也已复种。那些儿时记忆中印象深刻的果树只剩零星几株点缀着。山下的田畴里种上了大棚蔬菜，已经商品化，专供镇上酒店。我心仪的小河里，也搞起了游乐设施，或漂流。山还是那座山，地还是那块地，但已物是人非。不远处的明月山已成旅游景区。温汤小镇，因为著名的富硒温泉而变得有名起来，每天游人如织。曾经的华南虎早已销声匿迹，或许已经灭绝。

这就是我所历经的四十年变迁故事，我的自然故事。这也是我们现在所处的所谓“人类世”。小山村，发生了大变迁。此时，文明成为一股力量，进步与倒退相向而行。在我看来，这还是一个充满悖论与矛盾的时代。自从人类先祖“露西”把我们从东非大裂谷的丛林中带出来，就没有哪一个时代的科技与经济会像今天这样发展得如此之快，也没有哪一个年代，地球上的物种会像今天这样如此快地“灭绝”。这是一个令人不堪回首的过程。

近年来，我的业余阅读，多沉浸于自然文学作品之中，阅读并收藏了不少这方面的书籍。2014 年，我终于像 1847 年的福建人林鍼那样有了一次近距离看美国的机会。我们选择在新泽西州落脚，自驾穿越，先东部，后西部；从中部至北部，然后又从北部到南部。在近一个月的时间里，一口气穿越美国十几个州，深入了十几家国家公园或纪念地。

19 世纪是人类社会受地理环境严格制约的最后一个历史时期。回溯美国自然文学的发展历程，这时，小木屋成为作家们生活的一种隐喻。从亨利 · 梭罗在瓦尔登湖畔建造小木屋，过着“鸟兽若比邻”的生活开始，到约翰 · 巴勒斯在河畔小屋演绎“众鸟欢乐颂”，约翰 · 海恩斯在荒原小屋里做“远北极地古老的梦”，安妮 · 迪拉德在蓝岭山谷溪畔小屋中寻找“自然真义”，再到 E.B. 怀特在缅因州盖起一座湖畔农场小屋，享受农夫般“超逸的优雅”生活，小木屋俨然成为一个自由、静寂和向往孤独的实验台，一种慢节奏生活的试验田，一个“自然爱隐藏”的伊西斯形象，一枚奥古斯都“螃蟹与蝴蝶”金币的两面，让人充满遐想，想着要揭开其神秘的面纱。

事实上，阅读自然文学方面的书并非都如此赏心悦目。在美国，这类书或题材，写作者不少，关注者更多，但读起来依然显得沉重。这其中，既包括拉尔夫·爱默生的《论自然》，也包括亨利·梭罗的《瓦尔登湖》。即便我们能够浸淫于沃尔特·惠特曼的激情与浪漫之中，仍然能感受到他饱含的忧思；即便是像比尔·布莱森那样陶醉于轻松的行旅之中，也仍能体味到他的失落。爱德华·威尔逊《缤纷的生命》一书，篇幅很长，但全面而又平和。有人将威尔逊称为“最后的博物学家”。而他所做的，在通过与世人分享自然世界与生物多样性趣味的同时，告诉人们自然是我们的归属之地，我们要呵护它。威尔逊道出了自然文学所要表达的终极意义。

说起美国自然文学，有一个地方无法回避，这便是马萨诸塞州的康科德小镇。我不是说康科德有多大多著名，也不想说康科德有多漂亮多迷人，想说的是那儿的人。近两百年前，生活于康科德小镇的拉尔夫·爱默生、亨利·梭罗和纳撒尼尔·霍桑等文人学者，他们立足于人的本体与归宿，倡导人的价值以及人性的解放与自由，为美国自然文学“大张旗帜”。

但众所周知，自然文学的源起并不在美国，早在古希腊的柏拉图和亚里士多德，古罗马的维吉尔和老普林尼，乃至中国魏晋南北朝的陶渊明、谢灵运和郦道元时代，这些先哲们已经写出了大量不朽的自然哲学文论和散文诗歌等作品。荷马史诗《奥德赛》就是一个“回家”的主题。而19世纪前的英国也涌现出了像托马斯·莫尔、约翰·弥尔顿、威廉·华兹华斯和塞缪尔·柯勒律治等自然文学大师，他们续写了英伦的自然传统，从而影响了世界。但真正形成自然文学流派的，只有美国，也只有在当年英国殖民者大量移民美国，对原北美大陆形成大规模垦荒或工业化之后，才催生了这一文学流派。康科德就是在这样一个恰当时期、恰当地点涌现出来的模范小镇；清教徒出身的拉尔夫·爱默生就是这样一个人。爱默生写作的《论自然》一书，成为自然文学流派诞生的宣言书，从而推动了美国“新英格兰文艺复兴”运动。

我们知道，美国自然文学鲜明的旨趣，与其发展的历史进程密切相关。围绕着“简单生活，敬畏自然，荒野思维，生态保护”十六字主题，涌现出了像亨利·梭罗、约翰·缪尔、奥尔多·利奥波德和约翰·巴勒斯等大批著名作家。他们走进荒野，走进自然，寻找心灵之慰藉。进入当代后，人们对环境问题的思考进一步凸显。从关注自然，到审视人与自然的关系，最终发展到对人类自身环境与生态的关注，探讨现实与人的最终归宿，使它具有强烈的时代感。这其中，蕾切尔·卡森是一位杰出代表，她发出了“旷野中的一声呐喊”。尽管这一声“呐喊”在强大的国家机器面前依然形单影只，甚至充满悲剧色彩，但毕竟是一种声音，让我们窥见了一股推动力量。

在我对自然的关注中，《海豚湾》和《汤姆斯河》两本书讲述的故事很典型，一个讲动物，一个讲人类，命运同样跌宕起伏。我想，它们所记录并反映的，正是人类目前生态和环境中暴露出来的严重问题。面对地球荒野的迅速丧失，荒野价值在哪里？比尔·麦克基本说：“荒野是人类的空间，是使那些背负行囊的旅行者失去自我、使那些感受到压力的城市居民找到自我的空间。”我以为，荒野的价值远不止于此，并非只是“人类的空间”。爱德华·威尔逊根据地球生物已知栖息地所能维持的生物多样性定量关系做了一个估算，他说，到 2020 年，地球物种将有五分之一以上消失，或注定要提前灭绝。因此，拯救它们，已经刻不容缓。谁来做？当然是我们人类。

《荒野行吟》的本意是敬畏自然，遵从自然规律，并非是对美国自然文学的研究之作，而是我跟随这些前辈，走进大自然，所进行的一次回望、行思的文学之旅……

目录

辑一

简单生活

辑二

敬畏自然

辑三

荒野思维

辑四

生态之殇

辑一 简单生活

“贝格尔”号上的“博物学家”

> 的确，自达尔文以来，世界已经不一样了，但是依然叫人激动，给人启迪，令人崇敬。因为即使我们不能在自然中发现目的性，我们却能为了我们本身的需要而去确立目的。
>
> ——斯蒂芬·杰·古尔德（Stephen Jay Gould）

达尔文，众所周知的人；《物种起源》，地位独特的书。即便是今天，无论是谁，只要你研究当代生物或自然理论，或是要就生物和自然理论提出主张，做出解释，都无法绕开他；而想要了解世界自然演化发展的历史，毋庸讳言，也离不开他和他的《物种起源》。

《物种起源》原著全称有一个很长的名字：《通过自然选择的物种起源，或在生存竞争中优势种类的保存》。但阅读它并不轻松，如何开好头，起好步，是个问题。斯蒂芬·杰·古尔德是哈佛大学著名的古生物学家，在当今这个领域，他是一位名副其实的好导师。古尔德既研究“进化论”，又普及、传播达尔文学说。科普方面，他热心于创作和推广，为美国的电视台编写并主持科普节目，

《进化》便是其中之一。同时，他还在著名的《自然史》杂志开辟《这种生命观》专栏。通过这个专栏，古尔德不仅讲述自然进化理论，而且还讲行星史、地质史和人类社会经济史，将自然史中的各种问题串联起来，向读者普及、介绍由种种自然现象所引发的科学思考。这个专栏每月一期，他讲了二十多年，普及了上百万“达尔文粉丝”。所以，我们如果要了解达尔文，要读懂《物种起源》，不妨跟着古尔德来个循序渐进。

后来，英美一些出版社将古尔德的上述专栏文章结集成丛书出版，总标题定为“自然史沉思录”，而《自达尔文以来》便是该丛书的第一部。书中，古尔德通过讲述达尔文及其写作《物种起源》台前幕后的故事，为读者理解这部书做导引。国内是三联书店率先出版了这套丛书。于是我这本书的写作，便找到了源头，从达尔文说起。

哈佛大学是一座开放式大学，诞生的时间甚至早于美国建国。斯蒂芬·杰·古尔德是哈佛大学著名的古生物学家，他继承了达尔文的进化论理论研究，出版了享誉学界的专著《进化理论的结构》

我们知道，作为地球生物体成员之一，人类源于大自然，从一开始就与自然界唇齿相依。从两百多万年前人类诞生的那一刻开始，人与自然建立的便是一种适应与被适应的关系，生存是第一要素，既谈不上和谐，也谈不上主导。只是到了五百年前，人类对自然才有了真正意义上的认知。自此，从认识到驾驭，人类迅速站到了地球物种的前台，并开始主宰地球。

从 15 世纪后半叶文艺复兴兴盛到 18 世纪，西方近代自然科学取得长足发展。牛顿的运动定律、林奈的《自然系统》、布封的《自然史》、拉马克的《动物哲学》和康德的《自然通史和天体论》等书籍陆续出版，自然史观逐渐形成。英国人查尔斯·达尔文虽是后来者，但他的生物演化理论迅速成为一项重要的博物与生物学成就，其思想作为一种社会发展产物和科学化意识形态，在那个时代的文化建构中得以突显。

达尔文此时在生物演化研究中变得独树一帜。他有一个显赫的家族，祖父伊拉斯谟·达尔文就是一位名医兼博物学家，他说出了“一切事物皆来自海里的贝壳”这样的经典名言。他甚至还率先提出了一套生物进化学说。或许受到祖父的影响，达尔文对自然的兴趣与生俱来。小时候，他就喜欢到野外去采集动植物标本，了解自然现象。进入剑桥大学后，达尔文有幸结识了当时著名的地质学家塞奇威克和著名的植物学家亨斯洛，因此得以系统地接受地质学和植物学训练。大学毕业后，达尔文获得了一次机会，搭乘“贝格尔”号（或称“小猎犬”号）舰船进行环球科考航行。的确，这次航海生涯改变了达尔文，也改变了世界自然史研究的发展进程。之后，达尔文出版了他那部最重要的书——《物种起源》。这已经是 19 世纪 50 年代末的事了，在书中，以自然选择即适者生存的研究为核心，达尔文提出了自己的生物进化学说。

但古尔德所讲述的达尔文故事还得从头说起。1831年12月，“贝格尔”号舰船从英国出发，横跨大西洋抵达南美洲的巴西、阿根廷、智利、秘鲁和厄瓜多尔等地，然后横跨南太平洋抵达新西兰、澳大利亚，再经印度洋来到非洲南部，继续穿越大西洋后，重返巴西的巴伊亚。在历经九死一生的环球旅行之后，达尔文返回英国。这是达尔文投身大自然，最精彩、最华丽也是最艰苦的五年。在为期五年的考察中，他深入各地原始森林，了解土著奇异的民族风俗，考察各种生物，第一次全面领略了地球以及大自然的神奇与魅力，为他后来提出进化论科学假设获得了大量证据。达尔文说：“参加‘贝格尔’号航行是我一生中最重要的事情，它决定了我的整个生涯……”作为一位博物学家，达尔文在旅途中对沿途所经地区的地质和动植物等进行了大量的标本采集和观察研究；作为一位旅行探险者，这是一次让其他行者望尘莫及的远航。

在我看来，达尔文这次远航还是有一些偶然性，原本船上是需要一位博物学家随船的，但不是达尔文，因为当时他并不具备这种资质，二十几岁，太年轻了。当时对地质学和动物学的热情远大于植物学的达尔文，在给朋友约瑟夫·胡克的信中，曾调侃自己是“一个几乎分辨不出雏菊和蒲公英的人”。最终，还是船长菲茨罗伊开恩，让他作为自己的高级陪侍才得以成行。的确，经年累月的海上航行，本是一件枯燥乏味的事，菲茨罗伊船长深知，这种长期不能与人接触的航行将带给人伤害，于是达尔文成为船上的一位“编外”乘客、“贝格尔”号船上的编外“博物学家”。对达尔文来说，他这次航行的主要目标在于“完成对帕塔哥尼亚和火地岛的勘查……探测智利、秘鲁及其太平洋群岛的海岸，并携带经纬测量仪环绕世界”。“贝格尔”

号沿着南美海岸的航行，改变了达尔文，收集植物标本逐渐成了他的一个主要任务，他“大快朵颐”。这是一种完全异于英国田园诗般的浪漫。

阅读《物种起源》，就个人来说，我偏好或关注的是其中达尔文对地理、地质方面的探索，尤其是书中“生物的地理分布”章节。在此，达尔文所呈现出来的面貌不仅是一位博物学家、生物学家，甚至还是一位地质地理学家和文学家。

作为地质学家，达尔文深入南太平洋诸岛屿研究珊瑚的形成及其对环境的影响；作为地理学家，他研究海陆的变迁，通过湿地、沙漠、高山、草原、森林、沼泽、湖泊和江河等气候变化要素，探索发现生物变异的原因；作为博物和生物学家，他研究植物、动物的生物进化，并将这些转变成优雅的文字。

达尔文的环球之旅，最精彩的华章出现在加拉帕戈斯群岛（即科隆群岛）。这是一个他着墨较多，也是他最钟爱的地方。加拉帕戈斯群岛我无法去，但在 CCTV 纪录频道中看了无数次影像介绍。该群岛位于赤道附近，由十几个大小火山岛屿组成，距离南美洲的厄瓜多尔本土一千公里。这个地方在达尔文那个时代，一般人进不去，岛上的生物也出不去，因而保持了独特的动植物区系。达尔文在这里看到了并非生活在南极而是赤道附近的企鹅；发现了形态不同的海生、陆生鬣蜥以及体形巨大的陆生龟，还有形状奇特、适应不同生存环境和生活方式的甲虫；观看到了叶状竹节虫和色泽鲜艳、交配时鼓起硕大红色喉囊的雄性军舰鸟，甚至珍稀的短尾鹲、蓝脚鹈等鸟类。加拉帕戈斯群岛上的生物大发现，最终启发达尔文提出了进化论。

曾经，鸟类学家约翰·古尔德从达尔文那儿得到一种名叫黑鹂鸟的标本，这是达尔文最喜欢的“鸟喙大小完整变异”的一种地雀，后来被命名为“达尔文雀”。他采集到的西方人以前未知的两种菊科飞蓬灌木，后来被瑞典植物学家哈灵命名为“达尔文灌木”。从此达尔文便拥有了以自己名字命名的动植物属名。达尔文去世一年后，位于印尼苏门答腊和爪哇之间巽他海峡中的喀拉喀托岛发生了一次分崩离析的火山大爆发。喀拉喀托岛消失后形成了一个完全没有任何生物的腊卡塔岛。此后，腊卡塔岛从第一只小蜘蛛、第一种禾草菊科开始，有了大量的动物、大量的植物。一百年后的今天，它又完全成了一个典型的新的热带雨林岛屿，重构起自己的生物体系。生物演化就是如此神奇，腊卡塔岛几乎再现了当年加拉帕戈斯群岛形成的过程。

加拉帕戈斯群岛很神秘，时至今日，仍然是一系列生态保存完整的无人群岛。

《物种起源》中有关分析、研究生物进化的叙述是枯燥的，但达尔文漂洋过海的经历却充满悬念并引人入胜。在书中，关于生物进化过程中形成的差异性，他对比了北半球美洲大陆和欧洲大陆，对比了南美洲东西两岸同纬度，甚至南半球同纬度、经度相差无几地域之间自然条件相似情况下，植物与海相动物之间的差异，从而得出“尽管物种类型因地而异，但同一大陆或同一海洋的生物都有亲缘关系”的规律性认知。也就是说，达尔文进化论的核心思想体现了“以族群为单元的进化观离不开天择的观念”，即“天择驱动”在达尔文看来是创造新生物类型的最重要原因。

阅读达尔文，我们还知道，进化论的诞生得益于他的两次灵感激发：一次是加拉帕戈斯群岛上的鸟雀，通过不断变异产生出新物种，这一启发促成了达尔文“物种可变”认识论的形成；另一次则是马尔萨斯著作《人口论》的出版，使达尔文联想到，生物之间的生存之争，一定是驱使物种不断因适应环境而变化的动因，为他最终提出“自然选择”理论奠定了实证依据。后来，经鸟类学家确认，达尔文从加拉帕戈斯群岛上带回的嘲鸫等鸟类标本中，其中有些原来被认为是属于同一物种内的不同变种或亚种的标本，实际上代表了完全不同的物种。这使达尔文确信，物种是可变的，一个物种完全可以演变为另一个新物种。而马尔萨斯的人口理论，则催生了达尔文“优胜劣汰、适者生存”自然选择理论体系的形成。达尔文的这个理论，即在生存竞争条件下，有利变异必然趋于保存，而不利变异则趋于消亡，其结果必然导致新物种的形成。

但“适者生存”这一概念并非达尔文率先提出的，在当时的英国民间，它原本就是一种“关于人类生存的最朴素、最根本的思想观念”。然而，达尔文巧妙地将两个词组合在一起，用来准确表达自己的理论。从这个角度看，以生物为例，达尔文经过大量的观察与考察，他认为自然界一方面表现为食物的丰富性；另一方面，如鸟类，以昆虫或种子为食，不断摧毁生命。哺乳动物则表现为为食物而竞争，决定谁能生存。在自然界，各种力量的长期平衡，使得生物链能够长期保持一致，实现平衡。因此，自然界生存竞争的结果，符合优胜劣汰、适者生存的法则。从自然选择角度看，达尔文认为，在每一块土地之上，生物都是以密切而复杂的方式进行聚集或演变的，如吃树叶的昆虫呈绿色，吃树皮的昆虫呈斑驳灰色。这种选择或演变的结果，颜色成为“保护伞”，使这些昆虫和鸟类能够躲避危险。说到自然选择的结果，达尔文还举了一个例子，说在美国东北部卡茨基尔的群山之中，栖息着两种狼，一种形状酷似长嘴猎狗，专门捕捉鹿；另一种躯干较粗而腿短，经常攻击羊群。此时，需求成为生物进化的动力。还有植物，据他观察，具有吸引力的花朵，在经历了持续保存或自然选择过程之后，变得非常能够吸引昆虫。这时，昆虫就可能在不经意间定期为花朵传递花粉，由此不断扩大植物的生存空间。

将达尔文的“适者生存”概念引入社会学领域同样风生水起，如19世纪美国的西进拓荒运动、对印第安人的战争以及工业化进程，都体现了“适者生存”的思想。杰克·伦敦在自己的作品中，就将这种社会达尔文主义表现得淋漓尽致。然而，达尔文这种带有唯物史观的进化论理论，在社会领域，矛头直指神创论。他十分清楚可能会出现的状况。为此，他瞻前顾后，小心翼翼，导致《物种起源》滞后二十年出版。事实上，《物种起源》出版后，的确遭到了各种指责，甚至诅咒。美国经济学家萨缪尔森针对此类现象，曾调侃说：“葬礼一个接着一个，理论也一步跟着一步地前进了。”直到20世纪40年代，达尔文的进化论才被真正认可，被后人视为一种世界观和方法论，成为一种哲学或意识形态。时至今日，达尔文进化理论的研究仍在延续，如“自然选择与人工选择”“动物社会进化”和“亲选择理论”等。其中，“亲选择理论”观点新颖，它告诫我们，今后人类不再是其他动物的统治者，人与动物是相互联系和统一的。

总之，《物种起源》的前瞻性，还在于达尔文为人类解开了自然科学“顺其自然”发展的巨大谜团，进化论带给了人类一个巨大的想象和发展空间。达尔文的理论，强化了人类对宇宙的归属感，从而定性了人与自然的关系。今天，我们重温《物种起源》，用斯蒂芬·古尔德的话来说，除上面所述外，达尔文还提示了人类要纠正形成的控制、支配地球以及地球上其他生物的傲慢与偏见。毫无疑问，达尔文的贡献是非凡的、开创性的，其精神实质，为人类认识自然、了解自然，打开了一扇敞亮的窗户。

爱默生的自然观

大自然是人类心灵的对应物，它从各个方面印证心灵的问题。一个是印鉴，另一个是印记。自然之美正是人类心灵之美。自然法则也就是人类心灵的法则……古代那条箴言“认识你自己”，与现代这条格言“研究大自然”，终于合并为一了。

——拉尔夫·瓦尔多·爱默生（Ralph Waldo Emerson）

19 世纪是美国新兴力量崛起的时代。美国作为一个国家主体，个性逐渐鲜明，新科技、新经济发展引人注目，在文化方面，同样要求摆脱模仿欧洲的阴影。这时，出身于清教徒家庭的拉尔夫·瓦尔多·爱默生脱颖而出，成为美国文化方面的时代性代表人物。他一生发表了许多精辟言论，出版了大量著作。《论自然》是爱默生的第一本书，准确地说是一篇长文。正是这部书，像“从天国传来的那些光线”，为美国自然文学的发展奠定了基础。

我们品读爱默生，得从 19 世纪 30 年代说起。当时，爱默生曾游历欧洲各国。在英国，他结识了华兹华斯、柯勒律治、约翰·斯图尔特·穆勒和托马斯·卡莱尔等著名作家，并系统地接受了欧洲先验论、哲学、神学思想和浪漫主义文学。回到文风相对盛行的波士顿后，爱默生便开始了在马萨诸塞州康科德一带的布道之旅。实际上，许多人是被他的声望所吸引的。霍桑曾经评价爱默生的智慧“像是山顶上光芒万丈的灯塔”。康科德小镇，是欧洲移民最早的北美定居点，新时期美国政治、经济和文化的发祥地之一，与美国独立战争爆发地莱克星顿相邻，爱默生旗帜鲜明地在此点燃了美国精神生活的火炬。

此后，爱默生聚集了亨利·梭罗、纳撒尼尔·霍桑、伊丽莎白·皮特迪、布朗森·奥尔科特和玛格丽特·富勒等一批作家。他们通过举办小型聚会的方式，探讨自然、神学、哲学和社会学等方面的问题，并创立起“超验主义俱乐部”。1837 年 8 月，针对欧洲人轻

波士顿海关。1773年12月16日在此发生的倾茶事件，拉开了美国独立战争的序幕

视美国文化的现象，爱默生以“美国学者”为题，在麻省剑桥镇对全美大学生荣誉协会发表了一次著名的演讲。演讲敦促美国人抛弃自己“长期的学徒生活，另找出路”。爱默生直言不讳地说：“在我们四周，有成千上万的青年正在走向生活，他们不能老是依赖外国学识的残余来获得营养。”他要求人们要主动放弃对英国的依附，创立植根于美国生活现实的独特的艺术。他告诫美国的思想家“行动正是思想的序言”。演讲中，爱默生极力宣扬新大陆的独立精神，鼓吹创造新大陆文化，并要求写出属于自己时代的书——在生活中获得经验，开垦未知的领域。关于理论建构，他显然与达尔文提出的自然选择、进化论思想一脉相承，并在社会学领域提出了人与自然相互关联的观点，主张建立一种与世界的全新关系。而这种关系，包括土地是新的，人是新的，思想也必须是新的，学者应该率先成为“思想的人”。体现在哲学上，即信奉自然。爱默生的这篇演讲词，成为美国自由传统的一部分，被誉为美国思想文化领域的“独立宣言”。

作为学者，爱默生曾担任超验主义刊物《日晷》的编辑，他以此为阵地，不断宣传超验主义思想。通过报刊，他发出“哀悼者和辩论者喧闹声中一种快乐的、理性的声音”。演讲、撰文、出书成为爱默生学术生涯的三部曲。后来，他把自己的演讲汇编成书，即《论文集》。《论文集》第一集于1841年出版，包括《论自助》《论超灵》《论爱》等十二篇文章。1844年，又出版了《论文集》第二集，从而完成自己思想体系的构建。《论文集》为爱默生赢得了巨大声誉，他的思想被称为超验主义的核心，其本人则被誉为“美国的文艺复兴领袖”。

其世界性影响力，后来英国作家麦修·亚诺德曾这样评价：“在19世纪，没有任何散文比爱默生的影响更大。”

自哥白尼《天体运行论》问世以来，人类对宇宙、对自然的探索方兴未艾。到 19 世纪，莱伊尔出版《地质学原理》，达尔文出版《物种起源》，对地球的认知日渐深刻，尤其是生物领域探索的不断突破，使自然科学研究进入一个全新时代。决心成为“博物学家”的爱默生，此时写作了处女作——小小的蔚蓝色的《论自然》。

毋庸置疑，我以为《论自然》这部创作于 1836 年的小品文，其影响力和重要性并不亚于爱默生的其他任何一篇论文或著作。但在当时，该书并没有以爱默生的真实姓名出版，而是采用匿名。一开始，很多人以为这是一部意大利作品。然而，正是这样一部小书，将人类对自然的认识转变并提升为对人类精神的关怀，开启了美国自然文学流派的先河，影响了之后的一大批作家和学者、一代代人。关于爱默生的《论自然》，后人这样评说，它不仅仅是一部当时的经典作品，正如世界上所有伟大的宗教经典一样，它就像是在“丛林中重新找到了理智与信仰”，启发了不同时代、不同地域的人们对自然的探索与追求。《论自然》被称为爱默生关于“第一哲学”形而上的思考，也是爱默生思想的“宣言书”。纳撒尼尔·霍桑，亨利·梭罗，还有后来为自然贡献毕生精力的约翰·缪尔等作家或自然学者，都自觉或不自觉地接受了爱默生的自然理论。亨利·梭罗和玛格丽特·富勒成为最认真对待爱默生“超验论”所倡导的自我教育者，尤其是梭罗，他将《论自然》奉为圭臬，哪怕是在《瓦尔登湖》问世后，也始终不渝。

爱默生与达尔文基本同龄，达尔文小六岁。巧合的是，他们的一生几乎跨越了整个 19 世纪，并于 1882 年 4 月同月去世。达尔文周游世界，研究自然法则、物种起源，但达尔文的研究是隐忍的；爱默

在波士顿的街头，我们仿佛回到19世纪。梭罗说，当时的人们就这样悠闲地坐在马车里，胳膊肘支在腿上，任由缰绳松松地很潇洒地悬挂着

生在北美大陆，研究自然与人类、社会的关系，但爱默生的研究是张扬的。两人虽然无法谋面，但高度契合，实证与理念、唯物与唯心，遥相呼应，共同推动着人类对自然与社会认知事业的进步。

在对自然的感知与理解方面，爱默生是一位天才，智者不出门，洞悉天下事。他曾自称“我不太善于旅行”。他一生的确也没有去过多少地方，除了几次欧洲之行，主要演讲范围都在美国新英格兰及中西部地区，甚至就在康科德小镇附近。他不像亨利・梭罗和约翰・缪尔，几乎一生都沉醉于信马由缰式的旅途。他是一位博览群书、学识渊博、想象力超人的学者。他对问题的看法与思考，睿智而充满哲理。他是一位超验主义者，所有自然万物在他看来都是相互联系的前兆，宇宙是自然和心灵的融合，从而建构了认识自然所具备的哲学意义，树立起了与众不同的高度。

自然，E.O. 威尔逊在《创造》一书中，将其定义为“地球上不需要人类而可以独立生存的所有一切”，诸如空间、空气、河流和树叶之类，在爱默生眼里，都是未经人类改变的事物本质。《论自然》是他对大自然的一首赞美诗。此时的自然在他眼里或笔下，变得充满灵性，变得生机勃勃。爱默生曾说，自然的平滑是瀑布式倾泻的平滑，自然的永恒是一种永久的开始；自然只知道有植物生命，它生长成森林，以百草千藤组成的花环装扮地球；透明的空气，能让你感受到宇宙亘古不变的崇高与壮美。鲜花、动物和山峦可以愉悦自然纯真的童年，也能映射出睿智的盛年。对人类来说，无论喜悦还是悲伤，自然都是契合的背景。走进森林，你便可以忘掉年龄，焕发青春，并回归人类的理性与信仰。森林和山脉的魅力，让人渴望并痛苦。此时，原野在他眼里，变得可爱可亲——静谧的风景，遥远的地平线，一如其本性般的美。

爱默生始终将田野和森林视为人类最大的快乐所在，而且这种体验式快乐属于人类——人与自然的和谐。他走进自然，感悟自然，拥抱自然，认为自然能够呈现心灵的色彩——风播下种子，太阳蒸发海洋，轻风将水汽送到田野，寒冰在此化身为雨，雨水浇灌植物，植物养育动物。于是，自己“在荒野里发现了某种比在大街上或村镇里更为亲昵、更有意味的气氛”。

受法国作家蒙田行文方式的影响，他的表达充满思辨哲理，从而形成“爱默生风格”。在《随笔：第二集》中，他另一篇以《论自然》为题的文章，同样一气呵成，写得精彩。

自然是一个思想的化身，然后又变为一种思想，就像冰变成水和气一样。世界是沉淀了的精神，它那容易挥发的精华永远不停地再次流入自由思想的状态，因此产生了有机的或无机的自然物对思想的有效的或刺激性的影响。被禁锢了的人，定了形的人，植物人，向具有人格的人说话。那种不尊重数量、那种把整体和微粒都造成它的同等渠道的力量，把自己的笑靥授与晨曦，把自己的精华蒸馏成滴滴雨水。每个时刻、每件物体都有启迪作用……（蒲隆译）

爱默生将自然视为一种无须依赖心灵而存在的实体，认为自然之于人类心灵的影响，始终都是第一位的。“自然是一首失传的诗”，他用这种眼光看待自然，认为自然界是超灵或上帝的象征。自然界不只是物质，它有生命，上帝的精神充溢其中，是超灵的外衣。因此他的超验主义思想的核心是主张人类回归自然，接受自然的影响，成为精神上的完人。

爱默生自然观，内涵是自然万物都具有象征意义，外部世界是精神世界的体现。爱默生一生钟爱自然，他认为人和自然之间有一种精神上的对应关系，人的想象力是理性用来创造物质世界的工具，人的洞察力是进入自然的唯一通道。只有这样，人类对宇宙的认知才能深入内在，并依靠直觉和信仰去把握。他反思近代以来人类过分追求的世俗价值，批判工业化和商业化过程中形成的所谓“社会庸俗境界”，认为这种追求会让人逐渐失去接受自然启示和体验自然历史的能力，所以有必要还自然以本来面目。关于超灵，他说：

超灵是独立的、最初的、纯正的，只献给那些自立、创新、真诚的人，而这些人也能够在这种情况下通过这种灵的存在生活、成长、说话。那么，它难道不是幸福的、年轻的、敏捷的吗？它也许不是智慧的，但它能够看穿一切。它不被认为属于宗教，但它却是纯洁的。它把光线称为自己的光线，感到野草向上生长，石头向地球落下，认为这些律法都是按照一种遵从或依靠自然运行的律法。（赵一凡译）

关于人与自然、自然与理性的关系，爱默生强调理性即精神。他这样解释，自然的形态，在于山峦、海浪和天空。自然是人类思想的一个隐喻，它由许多不同元素构成，而这些元素可以归结为“物质”“美”“语言”“知识”等范畴。当我们一味追求奢华时，我们便将成为自然界的陌生人，在上帝面前，就会变得疏远和离析。作为一位超验主义或典型的唯心论者，爱默生十分强调精神的作用，他把精神提到本原的高度，强调“人类的基础不是在物质，而是源于精神之中”。他认为“精神”无处不在，“精神”比物质更重要，“精神”不仅存在于人的灵魂当中，还贯穿于大自然，是宇宙的重要组成部分。关于“精神”之说，爱默生还认为：“并不曾在我们的周围特意建造出自然，相反，它是通过我们推出了世上万物——就好像大树的生命力经由古老树皮上的气孔催发出新生的枝叶一样。”

纵观爱默生的所言所行，实际上他本人并不是一位积极的改革家。但面对每一位改革者，他都会问同样一个问题：“先生，你有什么权力要人家必须听你的？”在《论文集》中，爱默生以思想、观念的革新带动个人自立，他认为世上唯一有价值的东西就是活跃的心灵。他提倡自给自足，倡导众生平等，倡导人的潜能，倡导生命的尊贵与价值，体现了他对社会、对人的信心与关怀。在《美国学者》一文中，针对伟人崇拜，他直截了当地指出：“伟人为我们活着，我们则活在他的生命里。”他的哲学为个人发展赋予了一种崭新的意义。这一思想为爱默生建立完整而独立的思想体系奠定了基础。他对传统价值观的反叛，符合文艺复兴以来个人地位不断提高的社会趋势，反映了美国资本主义上升时期人们对思想文化的诉求，在思想解放和建立美国民族文学方面起到了积极的推动作用。后来林肯总统给予爱默生以高度评价，称之为“美国的孔子”。在此，我们姑且不去讨论作为哲学上的唯心主义者的爱默生的超验主义产生了何种负面影响，也可将他热爱技术进步与热爱自然以及轻蔑城市结合在一起的矛盾观暂且先放在一边。超验主义持续的时间虽然不是很长，但它反对传统与权威，强调人人都有无限的潜能，赞颂自然界创造力的主张，还是形成了巨大的影响力，尤其是对美国自然文学流派的最终形成。

拉尔夫·爱默生和作家沃尔特·惠特曼是好朋友。爱默生逝世后，惠特曼曾专门撰文纪念，称他是“一个公正的人、平静的人，可爱，自足，明智而清澈得如同太阳”。惠特曼说，我们纪念爱默生“不仅仅是爱默生本人——而是良知、简朴、文化、人性最优良的品德，如果需要，可以普遍地应用，能适合所有人与事”。

的确，爱默生的思想和理论，对美国自然启蒙运动起到了定海神针的作用。

梭罗：一个人的远行

假如人们能过宇宙法则规定的简朴生活，就不会有那么多的焦虑来扰乱内心的宁静。

——亨利·戴维·梭罗（Henry David Thoreau）

读梭罗的书，讲梭罗的故事，需要一份敬畏的心情。在我看来，骨子里，梭罗是一位孤独的人，《瓦尔登湖》是一本寂寞的书。尽管梭罗自己并不承认这种孤独和寂寞，但至少，他观察这个社会的心情是超然物外的。而我们阅读梭罗，就必须要收拾好自己的心情，保持安静。

在1845年的那个春天，亨利·戴维·梭罗抱着"能在某个小山向南的山坡上支起我的小屋，在那儿过着众神赐予我的生活"的梦想，独自一人走进了康科德小镇旁边的森林。在瓦尔登湖畔的北边，他筑起了一栋小木屋，自耕自食，过了两年又两个月"众神赐予"的简朴、原始且充满诗意的林中生活。在这里，他完成了处女作《河上一周》的写作。《瓦尔登湖》初稿写了一半，记录自己的湖畔生活经历，以及所思所想。

我们知道，亨利·梭罗生前只出版了两部书，而且均为自费出版。《河上一周》出版后，没有引起任何反响，印行一千册，销售并送人三百，滞销七百。梭罗曾调侃道，我藏书九百，自己所著的就达七百余册。梭罗的第二本书，就是他的代表作《瓦尔登湖》。初稿完成后，这次他没有急着出版，花了五年时间不断修订完善，像“生物有机体的成长过程”那样，他改了七稿，直到1854年正式出版。书出版那天的日志，他也只是淡淡地写下唯一一句话：“《瓦尔登湖》出版。”显然，此时的梭罗已被严重低估。他的坎坷经历还表现在，那时的人，甚至将其视为“怪物”、爱默生的二流弟子。而且爱默生也不客气，称他是一位“与人不能交流的豪猪”。这有些不公平，或许爱默生说的是幽默话，但确实说明梭罗至少在性格上与众是格格不入的。毫无疑问，梭罗不属于19世纪，他只属于未来。后来，作家乔治·艾略特在阅读了《瓦尔登湖》后，推崇备至。凭借艾略特“超凡入圣”的评价，《瓦尔登湖》才逐渐被人重视。随着时光流逝，这本书的影响力与日俱增，成为美国文学中一本独特而卓越的书。百年以后，《美国遗产》杂志评选“十本

瓦尔登湖，康科德，新英格兰，阿巴拉契亚山脉地区的山野与田园如出一辙。这是梭罗的家，梭罗的天地

构成美国人性格的书”，《瓦尔登湖》荣登榜首。评论认为，梭罗启蒙了美国人感知大地的思想。

其实，梭罗的一生走得并不远，阅读面也不追求宽泛，他只关注自己研究领域的相关书籍，如自然史、新英格兰地区或印第安人的历史。美国当代文学，除惠特曼，其他的几乎都被他排除在外。但他的所著却不少，包括日记和书信，共有三十九卷，两百余万字。这些日记和书信记录了他对自然、社会的观察与思考。梭罗去世后，他在报刊上发表过的文章才陆续被整理出版，包括《缅因森林》(1864年)、《科德角》(1865年)和《种子的信仰》(1993年)，以及《梭罗文集》和两卷本《梭罗日记》，还有大量由编者自定名选编的书籍。

梭罗一生短暂。他未结过婚；为了保持自己的想象力，他不喝酒，不喝茶，不喝咖啡，也不太吃黄油和肉之类的东西；他不去教堂，不参加选举，甚至拒绝向政府纳税。由于受肺结核、支气管炎等疾病的长期困扰，或许还因为他抑郁的性格，最终他英年早逝，只活了四十五岁。

康科德镇，位于马萨诸塞州波士顿市近郊。康科德河、梅里马克河等河流环绕着小镇缓缓流过，河两岸是绿茵茵的草地和高大的树木，无数的海鸥与野鸭成群结伴，栖息在此。17世纪初，物产丰盛的小镇便吸引了大批来自英国的移民。事实上，康科德的闻名在于美国独立战争时期，这里曾是大陆军与英军的主战场，让它后来变得名垂青史。在《河上一周》一书中，梭罗通过与哥哥约翰河上一周的旅行见闻，详尽地描述了康科德镇及小镇周边的自然与人文风貌。而梭罗的朋友、作家纳撒尼尔·霍桑似乎对康科德河更加情有独钟。在散文《古屋杂忆》中，霍桑这样形容：这是一条躺在左右两块草原之间打瞌睡的河流。草原上长着长草，河岸柳枝荡悠，河水滋润着榆树和枫树的老根。而在浅水岸边，芦苇丛生，开黄花的睡莲展开它扁平的绿叶，白色的荷花开得芬芳扑鼻，荒野中带着情趣。

1817 年 7 月 12 日，亨利·梭罗出生在小镇上的一个商人家庭。二十岁时从哈佛大学毕业后，他在麻省的坎顿镇和康科德镇当过小学教师，也干过康科德学会的秘书，以及家庭教师、园丁和土地测量员等活计。在这些职业中，只有测量员这个工作似乎才让他有点兴趣，并成为他终身收入的一个来源。子承父业，梭罗的父亲是一位铅笔制造商人，曾要求他管理铅笔厂，但他没有一点儿兴趣。他说，我为什么要做铅笔？已经做过一次的事情我决不做第二次。他抱怨道：“去他的！如果不是为了那些亲戚的缘故，我早就任饿狼饱食羔羊了。”

充满人文气息的剑桥小镇。左边是哈佛大学校园建筑，右边是哈佛镇上书店等商业建筑。当年亨利·梭罗在哈佛完成大学学业，拉尔夫·爱默生经常来到剑桥镇演讲，这里成了新英格兰地区的文化中心

不管他承不承认，后人还是给他戴上了“铅笔商”这顶帽子。

这就是梭罗，性格与众不同，思维天马行空，行为我行我素，的确有点古怪。

后来，在日记中，梭罗曾这样自我评价：“我必须承认，当有人问我对社会有何作用——对整个人类负有何种使命时，我深感汗颜。无疑，我感到惭愧不是没有原因的，但我的四处闲逛也并非没有理由。”是的，他的思想或行为方式始终就在“未知的、无限的海洋中漂浮”，他的性格中充满了“好斗的成分”，包括后来与自己的老师爱默生之间发生的矛盾。作为一名清教徒移民的后代，他坚守着自己的孤独和自由，虽然苦中作乐，却心系远方。

善于精算的他，测量可谓其与生俱来的本能。在瓦尔登湖畔居住的日子里，他将湖水的深度、周长和面积了如指掌。这是他最擅长并喜欢的。霍桑曾这样形容梭罗，这是个“带着大部分原始天性的年轻人”。的确，一意孤行的他，在行走过程中只有前往遥远的村庄时，才会搭乘交通工具，否则都是依靠徒步完成。梭罗的生活圈子和范围极其窄小，朋友邀请他出国，到欧洲或非洲考察，均被婉言谢绝。他答道，我只“眷恋康科德，不想去外国”。康科德才是他的世界的中心。他说：“使我永远感到惊喜的是，想到我既然会生在全世界最可敬的地点，而且时间也刚刚合适。”的确，他把自己的热情和天赋毫无保留地献给了康科德的田野与山川。他走遍了那儿的山山水水，几乎能识别那儿所有的鸟类和植物。一叶而知秋，最终写出传世之作。

众所周知，梭罗喜欢自然。他写作《瓦尔登湖》，与爱默生有很大关系。爱默生从波士顿搬回康科德的“古屋”居住后，梭罗阅读了爱默生的《论自然》。爱默生的许多言论和观点，诸如，要特立独行；拒绝所有模范典型；要敢于以自己的方式直接去爱上帝，等等，都对梭罗构成影响。后来，梭罗加入了爱默生组织的“超验主义俱乐部”。1841年之后的两年间，失去工作的梭罗在主人邀请下，在爱默生家做了一名园丁，成为爱默生的门生兼助手。此时，梭罗与爱默生两家交往甚密，爱默生的女儿艾伦出生时，梭罗叫来自己的母亲当助产师。在爱默生家中，梭罗大量阅读了他的藏书，从而构建起自己的世界观和思想体系。爱默生在日记中曾这样评价梭罗：“我非常喜欢这个年轻的朋友了，仿佛他已具有一种自由的和正直的心智。”“在读他的东西时，我发现在我内心存在同样的思想、同样的精神，但是他超过我一步。”

后来，爱默生在瓦尔登湖边购买了一块地，梭罗在征得土地主人可以让他短期在湖边居住的允诺后，来到湖畔开始了一种新生活。梭罗最后离开瓦尔登湖，仍然跟爱默生有关，由于爱默生夫人利蒂安的家务事召唤，梭罗只好离开，否则，说不定他还得在湖畔继续住下去，至少完成《瓦尔登湖》的创作。

亨利·梭罗生活的年代正值美国充满竞争的工业化时代。当时，铺设的铁路经过瓦尔登湖边，森林被大量砍伐，让他感到厌恶。为此梭罗的作品深刻表达了对工业文明、喧嚣社会挤压人类以及对人性侵蚀的忧虑。面对这样一个物欲横流却精神贫乏的世界，梭罗提出了自己的生活主张——简单生活、回归自然。他主张一切简化，反对大吃大喝或捕食动物，倡导过“简单淳朴的生活”。他认为，生活过得简朴和聪明，不是一件苦事，而是一种消遣，只有这样，我们才能真正“享受到内心的轻松和愉悦”，才是一种“遵循了更高尚的原则的生活”。他将自己的思想上升到哲学思考的高度。于是，他投身于大自然，努力探索“寻求生命之美和自然之光”。在瓦尔登湖畔，他曾做了这样一个试验，为了试图证明一个人最低的生存费用，包括房屋和农场开支，他在八个月之内只花费了不到六十二美元。

完成《瓦尔登湖》的创作后，梭罗继续他的乡野漫游与沉思，用自然之音去振奋精神。他边走边写，完成了大量的有关自然田园之作。这些作品大多“以写代讲，以讲代写”的演讲方式完成，然后发表于波士顿《大西洋月刊》等报刊。这些作品，让我们发掘了梭罗更多鲜为人知的另一面。梭罗说，一个人只有当行走在自然之中的时候，才会将空间变大，自己更自由。大自然经得起最细微的视察。所以，他不但行走，而且善于停下来观察动物、植物甚至一只小小的昆虫。他做笔记，收集标本，将视线瞄准每一张叶片，像昆虫一样去观察眼前的“一马平川”。

梭罗从不喝酒，在行走缅因森林的旅途中，他第一次尝试了喝啤酒。他说，那是吸吮大自然中松树的乳汁，原始森林绝顶的、最好的、最美味的水沫。他的至爱是爬山，登高远眺。这一过程中，他体味并感受穿越空旷的田野，呼吸每一片田野散发出来的清新气息。他告诫人们，大自然是善的精华——我们看见的美，越远、越静、越冷，就会越纯净，就会越持久。他这样思考，假如我们的生活能更加顺应自然，我们也许就不至于畏惧严寒酷暑，就必将与草木走兽一般，视大自然为我们永恒的保姆和良师益友。假如我们能简单朴素地饮食，与高温刺激食物作别，那么面对寒冷，我们身体的牧场也就不会如光秃的树枝那样萧条尽现，而会像苍翠大树般焕发出勃勃生机，即便在严寒的冬日，也是一片生机盎然……

1851 年 4 月，梭罗做了他一生中最重要的一次演讲：荒野保存世界。这个重要观点，在日后的回忆中，他将其喻为“一切写作的绪言”。这是他阐述的一个重要主张——人类生活与野性相符，最富生机的往往是最狂野的，一切美好事物都是野性并自由的。他甚至认为自己还有另一种本能，期盼走进原始，过一种野性的、粗犷的生活，像动物般度过自己的一生。达尔文的《物种起源》出版后，朋友查尔斯·布鲁斯赠送他一本。他如获至宝，成为最早阅读该书的美国人之一。《物种起源》带给了他启示。于是，他积极响应达尔文，请求博物学家们一起收集证据来支持进化论观点，同时，也将自己日志中有关自然的记录进行整理，强力支持达尔文理论。

《瓦尔登湖》出版后，梭罗度过了自己生命中的最后八年。这期间，他没有出版新的作品，但仍然是一位忠实的自然主义者。他继续行走自然，观察、记录，做了大量笔记，包括《种子的传播》手稿、《野果》手稿，对康科德自然现象的观察笔记、图表以及针对新英格兰地区所写的长达三千页的十二本笔记。这些研究成果直到他去世后才陆续被编辑整理出版。

在逝世前的六周，梭罗深情地说：“我还没有涉及植物学的任何具体工作。如果我能活下去，我对自然历史有那么多话要说。”在梭罗的葬礼上，爱默生深切地缅怀他：“这个国家还不知道，或者仅有极个别人知道，它已失去了一个多么伟大的儿子。”爱默生说得不错，梭罗的英年早逝给美国自然史研究或自然文学发展带来了无法估量的损失。从他留下的那些大量手稿来看，一部完全不同于《瓦尔登湖》的作品已经在他酝酿之中……

也许今天的我们可能从来都不会想到要重新回到梭罗所倡导的那种生活方式中去。他在瓦尔登湖畔“鸟兽若比邻”式的生活，或者说他所提倡的那种不切实际的纯洁的价值观，对我们现在的生活方式都是一种挑战。但他所倡导的过一种“简单淳朴的生活”，并不能成为我们排斥它的理由。他的那种生活方式并不是我们的能力所不及，而是它不能满足我们的欲望，或者说，我们在观念上从来就没有想到要自愿过那种简朴的生活。但阅读梭罗的作品，对我们来说，对于拾回我们已经逐渐失去的人生价值，对于我们心灵的健康、活泼和安宁却显得尤为重要。

亨利·梭罗，作为一位伟大的博物学家和自然史作家，他的行动伴随着他的思想，影响了许多人，感染了一代又一代人。

瓦尔登湖，梭罗的湖

传说，古时候，印第安人曾在这儿一座小山上举行一次帕瓦仪式，那座小山一下子升高，耸入苍穹，……这座小山东摇西晃起来，突然下沉，只有一个上了年纪的女人逃了出来，她的名字叫瓦尔登……

——亨利·戴维·梭罗（Henry David Thoreau）

在前述的这个故事中，梭罗诠释了瓦尔登湖由来的神话传说。《瓦尔登湖》一书，尽管问世已经一百多年，但全世界仍然有众多拥趸，将其奉为圣经，我自己便是其中之一。不但阅读，我还收藏了该书的各种中文译本，已经超过二十本，包括六册港台译本，这是我单独一本书的版本最大规模的收藏。

梭罗的写作，有一个显著的特点，就是喜欢使用长句，而且用字"隐晦"。梭罗自己曾坦承，他的文章最大毛病在于"喜欢玩字"，喜欢用双关语。因此，就我的阅读体验来说，便是寻找最好的译本。该书好的译本，最早的便是 1949 年 3 月由上海晨光出版公司出版、徐迟翻译的那一本。该版本后来徐迟进行了重译，并由上海译文出版社出版。我手头现有的徐迟译本购自台北，由（台湾）远足文化公司出版，书名被改为《湖滨散记：树林中的生活》。在我收藏的版本中，新经典公司的王家湘译本，简洁明快，重印了二十余次，持续畅销。还有，英属维京台湾分公司出版，许崇信、林本椿翻译的《湖滨散记》，是一个“最用心、最完整”的译本，而且该书还收录了李伟文《来自梭罗的启示》、苇岸《我与梭罗》以及爱默生《梭罗小传》等几篇导读文章，书末则附录了梭罗生平年表。不过，如果读者真要搞清楚《瓦尔登湖》中的那些“隐晦”，那么华东师范大学出版社的由美国梭罗研究学者杰弗里·S. 克莱默撰写的全注疏本便是一个好选择。该书中，克莱默对许多典故进行了详尽的考证和注疏。

2015 年，上海译文出版社重出了翻译家潘庆舲所译的《瓦尔登湖》精装本。重译该版，据说译者花费了大量的时间和心思。用潘庆舲的话说，《瓦尔登湖》是一部纯粹的长篇散文，甚至可以说是用诗化语言写成的散文诗。那种人与自然和谐相处的细腻描写，是书的精华所在。的确，译者用清新、优雅的文字，努力还原了作者笔下的盎然诗意。

让我们回到书中，走进梭罗的瓦尔登湖。该湖位于波士顿西北不远处，离康科德镇仅千余米。说它偏僻，周边森林密布，湖区千米范围区域基本上无人居住；说不偏僻，人们出入湖区倒也十分方便。瓦尔登湖有多大？据梭罗勘测，约二十五万平方米。我查阅了今天的波士顿地图，很难找到它。两年前，我旅行至此，曾在附近的锡考克斯酒店小住，虽与瓦尔登湖近在咫尺，但功课做得不足，以至于错过了朝觐圣地的机会。将范围扩大一些，在如今的马萨诸塞州，或波士顿周边，像瓦尔登湖这样的湖泊或河流湿地则比比皆是。其实，当年梭罗在选址建房时也考虑过其他多个地点，但最终还是选择了自己最喜欢的瓦尔登湖。由于对湖畔黄松（白松的一种，树干带有像南瓜那样的黄色，又称南瓜松树）的挚爱，他甚至建议将瓦尔登湖改称为“黄松湖”。这些都是后话。

对我来说，阅读《瓦尔登湖》是一种享受，亲临瓦尔登湖，更是一种期盼。我无法想象，当年梭罗独自在那儿待上两年是何种滋味？吃和住，以及如何保暖越冬？或许对梭罗来说这不是个问题，但我辈如要仿效，获取“荒野的滋补”，以及体验梭罗的心路历程，仍是个问题。

先说住的。受好友埃勒里·钱宁“给自己盖一所小房子，然后开始尽情享受自己的伟大历程”的鼓舞，梭罗来到这儿，决定在湖边小山坡上安营扎寨。据说他是从作家艾尔克特那儿借了一把斧头来建小木屋。这是一处边缘长满大片树林、可以看见瓦尔登湖、“令人赏心悦目”的小山坡，主要生长着北美油松、山核桃树和漆树。坡前，长着草莓、沙樱、狗尾草和矮橡树等植物。一条六十米长、狭仄的小路直通湖边。这个静谧之处，显然符合梭罗的设计理念——一边是村舍，另一边是未被开发的自然。于是，梭罗既当伐木工，又做建筑匠，盖起了这座小木屋。他喜欢这种集厨房、卧室、客厅、阁楼和储藏室于一体，而且屋顶高得让人产生朦胧感、能激活想象力的小屋。梭罗的小木屋按典型的北美殖民地最早的英式小村舍样式建造，坐落于象征性风景的中心。于是他把小屋当成了一个全新的家，为了身体的温暖，也为了感情的温暖。

再说吃的。梭罗在房子附近两英亩半的沙土地上，开荒种粮。他种豆，包括黄豆、豌豆和土豆，也栽种一些玉米和萝卜。此时的他，俨然是个农民——光脚干活；又像个雕塑家——在沾满晨露的碎沙土

沃特金斯峡谷边的林中小木屋。尽管并非梭罗的瓦尔登湖畔小木屋，但在我的意象中感觉似乎很贴切

里摆弄着泥巴。在之后的时间里，梭罗依靠自己种的作物——黑麦、土豆和大米，以及买来的少量咸肉、糖蜜和盐，解决了食物问题。而饮用水，则当然是从瓦尔登湖中直接舀取。

乐此不疲的梭罗，这样总结自己的荒野生存之道：在这种环境下，人生存的必需品应该主要考虑食物、住所、衣服和燃料这四大类。如果再配上几件工具，如一把刀、一柄斧头、一把铁锹和一辆手推车等，就可以过日子了。对于好学之士，添一盏灯、一些文具，再加上几本书，便是一种奢侈和舒适了。这正是他所倡导的简朴、独立、宽宏和信任的生活。他在瓦尔登湖畔身体力行。

之后，他便"徜徉在这个广袤的花园里，畅饮大自然温柔的氛围和高尚的启示"。

瓦尔登湖，是一个曾经因冰川作用而形成的山中深湖，海拔略高于周边其他的湖泊。在梭罗眼里，瓦尔登湖的景色是粗线条的，很美，深邃而纯净，但说不上壮观。他说，不经常光临，或者不在湖边居住的人，可能根本关注不到它。

我个人的阅读偏好自然，所以特别喜欢书中"湖""鸟兽若比邻""冬日瓦尔登湖"和"春"等章节。梭罗对湖的描写贯穿了全书的主题，十分细腻，倾注了他的全部情感。后来，他再次来到湖边，重新回到当初的出发点，通过第四稿，对"湖"的内容进行了扩充和修订。所以，湖是"梭罗宇宙的绝对中心"。

关于湖水。他一路看过来，从沙滩开始，先是淡黄色，继而是淡绿色，到湖中央，逐渐加深，最后全湖黛绿一体。他说，有时从山顶俯瞰，毗邻湖岸的水色还会呈现出鲜灵碧绿的颜色。到了春天，湖面的湛蓝色比天空的色彩还要深。有时，泛舟湖上，从不同角度观看水中倒影，还能发现一种无与伦比的淡蓝色。从淡黄、淡绿，到黛绿；再从碧绿、湛蓝，到淡蓝，梭罗的描述不仅细腻，而且能够得到读者的充分信任。那缤纷的色彩，让人产生一种身临其境的感觉，自然之水逐渐变成了一种神秘的力量。他常常坐在船上吹着笛子，观看水中鲈鱼和银鱼的游弋，或仰躺在船上的座位之间，任其漂荡，听潜鸟“呜——呜——呜——”的号叫，做着白日梦；他看山观湖，欣赏寒雾在溪谷中翻涌，感受森林绿色在轻盈的风中摇曳。此情此景，是他的天人合一。阅读《瓦尔登湖》，让人忘不了的就是梭罗这种体察入微和山回路转。梭罗告诉我们，瓦尔登湖便是自然中最美丽、最富于表现力的风景。如果到了 9 月、10 月，瓦尔登湖俨然是一面十全十美的森林明镜……

后来，作家罗伯特·米尔德在评论时说，这是梭罗带给读者“一个在物质和精神上介于纯洁的自然界和污秽的人类世界之间更为纯洁的形象”。此时的“湖”，被梭罗刻画成了神话中的生命之源和新生活的出发点——有清泉流入的“永恒的春天”，一种“内在的喜悦，创造者的喜悦”。对梭罗来说，此时的湖，既是他对大自然纯洁的赞美，也是他自我净化的行为。在“湖”这一章节的结尾，梭罗感叹道，湖与我们的生命相比，不知美了多少；跟我们的性格相比，不知透明了多少。

冬天的瓦尔登湖，是梭罗写作《瓦尔登湖》后期象征性参考点。这时，冬天在梭罗的笔下不再寒冷，不再萧瑟，但对于他的心灵探求来说依然模糊，却又温暖。皑皑的白雪，将湖包围。尽管湖中的冰结得厚实，梭罗依然乐于到冰面观察体验。他甚至在脚下开一处窗口，跪下喝水，俯探水下鱼儿宁静的“厅堂”，与鱼儿嬉戏。此时，湖水深处，充满了柔和的光亮，在光线的照耀下，冰面好似一块磨砂玻璃，湖底闪闪的细沙如同透亮的夏日；此时，湖水波澜不兴，宁静得像黄昏时琥珀色的天空，与水中“居民”的冷静而又和顺的气质息息相通；此时，天空在脚下，也在头上，湖、水、鱼儿，还有梭罗自己，完全融合在了一起，归化于这浩然天地之间。湖是梭罗的冬日伙伴，与此同时，他的伙伴还有冬天缺少食物的动物。这时，梭罗便会想着把一些还没有成熟的甜玉米穗撒在门前的雪地上，然后，一声口哨唤来土拨鼠和松鼠，还有乌鸦，他饶有兴味地观看被引诱过来的各种动物竞相争食的场面。从黄昏到夜深，兔子来这儿饱餐一顿，红松鼠和狐狸跑来跑去，山雀高低飞舞。他甚至与松鼠在小木屋内玩起了捉迷藏的游戏。冬天的瓦尔登湖并不寂寞，此时，自然变成了梭罗“精神的绳索”，变成了“自然主义和诗的景象来之不易的合成”。

春天的瓦尔登湖生机盎然。

……融雪的滴水声，漫山遍谷都听得到，各个湖里的冰凌在迅速消融。小草像春火似的燃遍了半山腰——春天的雨带来了一片新绿——好似大地发出满腔热量，迎候太阳的回归；那火苗的色彩不是黄的，而是绿的——那是青春永驻的象征，那草叶啊，好似一条长长的绿色缎带，从草地里流向夏天，不错，被霜冻拦阻过，但倏忽又往前推进，竖起去年干草的嫩茎，让新的生命从底下长出来。……光溜溜的湖面上洋溢着欢乐和青春，仿佛它在诉说湖中鱼儿们的欢乐，以及湖岸上细沙的欢乐。……整个湖俨然都成了一条欢蹦乱跳的鱼。（潘庆舲译）

这是梭罗在《瓦尔登湖》中一段对春天的描写。他的瓦尔登湖从春天开始，到夏天、秋天和冬天，一个轮回再回到春天，结构像一部美国式寓言，画面像“挂毯一样灿烂多姿”。这时，小木屋周围的一切恢复了元气，变得充满生机和活力。春天，在梭罗的眼中，森林看上去更鲜亮、更青翠、更挺秀；荡漾的湖水，从晨雾中醒来，波光粼粼，晶莹如镜。对瓦尔登湖来说，像宇宙初创，鸿蒙初辟，孕育着一个黄金时代的到来；对人类来说，就像我们脚下的小草，即使生命绝灭，只要绝灭不了根，那根上就仍然能长出草叶，直至永恒。

这是梭罗精神的故乡，是梭罗讲给自己，也讲给我们听的神话。一百多年来，《瓦尔登湖》之所以深受读者喜欢，还在于梭罗在书中大力鼓励读者站在作者的角度去发现，形成互动，形成读者自己的见解。

后来，梭罗离开了瓦尔登湖，离开了森林，但瓦尔登湖，这个梭罗之湖，仍然寄托着他无限的情怀，以及幽静自然中生命所享受的美好和自由。

本质上，梭罗是复杂的。从气质上看，他是一位想象力极其丰富的人，他用自己的心智写作了极具魅力而又充满野性的《瓦尔登湖》。徐迟曾评价它——清澄见底，字字闪光，沁人心肺；从性格上看，我觉得，他的确又有点“病态”。梭罗曾说，我到森林中居住，是因为我想活得有意义，但又说，我离开森林，如同走进森林一样，没有说得清楚的理由。他甚至将自己刻画为“在林中奔跑，像一条半饥饿的野兽，以奇怪的恣肆的心情，想要觅取一些可以吞食的兽肉”。他的生活方式是如此与众不同，远离社会，从制度、习俗、传统的桎梏中得到解放，与清风日月为伴，过一种原始简朴的生活成为他全部的生命意义。他的独特性，在于逃避概括，逃避归类，像个隐士，我行我素。他说自己生命的意义，只有在离群索居时才能体会。他尝试将自己归隐自然，并赋予这种模式以可靠性，使其变得可信可敬，在冷峻而清晰的思维中透露出一种愉快而清新的气息。但我以为，这并非是逃避生活，而是“断然而执着地踏入探索自我内心深处的旅程”。事实上,《瓦尔登湖》出版前的两年，是梭罗一生中最困难、最压抑的一段时光。在日记中，他把这段时期看作是自己的滑坡期，他甚至用了“垂落”一词来表达自己当时的心境。

当然，梭罗的湖畔生活，并非仅仅是“希望过一种深思性的生活”，它从渴望和体验的对立开始，寻找对新生活的期待，探寻更深层次的意义，或者还是为了回应当初社会的挑战;《瓦尔登湖》也并非仅仅是一本描写自然的书，它是梭罗为探寻人类存在的根本要义所做的思想实验。《瓦尔登湖》能够走到今天，我觉得终极意义还是体现在梭罗的哲学思考方面。学者杰弗里·S. 克莱默在评价梭罗时说，他“成功地将《瓦尔登湖》从一条实现无法实现的目标的哲学思路，变成了对迷惑者的指南”。

或许，正是这种思维与行为方式，最终成就了不一样的梭罗——我是我自己。

睡谷，一则梦想寓言

确实是天堂生活！我敢肯定说：世界上没有别的人——至少在我们新英格兰这个荒凉的小天地里没有别的人——在那些日子里曾经梦想过天堂生活；要么只有像南北极的人对热带地方所做的那种梦想。

——纳撒尼尔·霍桑（Nathaniel Hawthorne）

睡谷，即福谷，只是中文译法不同而已。在此，纳撒尼尔·霍桑给我们讲述了一个发生在福谷里的“乌托邦”故事。我本以为，福谷只是霍桑的社会改革小说《福谷传奇》故事中虚构的一个地方。后来读华盛顿·欧文，在他的散文《福谷的传说》中，睡谷成了一个真真切切的地名。

19世纪初，为了人的完善，美国一些相信社会和政治变革的势力建立了众多“乌托邦社区”。睡谷，曾经就是这样一个地方。华盛顿·欧文说，睡谷是一个小村庄，世上最宁静的地带之一。它坐落于纽约以北、波士顿以西、哈德逊河东岸的一个山坳之中。在欧文笔下，睡谷之地，波凯蒂科河穿过林地，河岸草地清新翠绿，岸上遍布着山毛榉、栗子树和一些小灌木，呈现出一种亘古不变的静谧，是一处典型的新英格兰式秘境。实际上，这个地方是当年新大陆荷兰移民居住的隐僻小山谷。然而，正是在这样一个不太起眼的小山村，因为人与自然的关系，引发了一场涉及美国社会进程的大思考、大变革。

睡谷之意，顾名思义，能令人昏昏欲睡、意象朦胧之土地。于是，睡谷在人们心目中便笼罩着一股魔力，继而成为人们心目中的“乐贝国”，即理想王国。其时代背景则是美国的工业化进程，人与自然的关系被迅速解构。

1830 年，美国修筑了历史上第一条铁路。当时的作家丹尼尔·韦伯斯特这样写道：我们看到蒸汽动力横渡大海，穿越大地，电流传递着信息。这是个奇迹般的时代。……时代的进步几乎已超越了人类的信念。

新英格兰地区康涅狄格州风格基本一致的民居建筑与小镇人家

这种影响，首先表现于美国新英格兰地区。面对这种变革，以及在这种变革的影响下，许多人选择了回归自然。许多作家亦拿起笔，以“从社会退隐到理想化的自然风景”为核心主题进行创作，于是便有了“睡谷传奇”。这其中，最具代表性的人物，有爱默生和梭罗。涌现出来的作家有库柏、麦尔维尔、福克纳以及弗罗斯特等等。纳撒尼尔·霍桑是其中之一，他创作了长篇小说《红字》《带七个尖角阁的房子》和《福谷传奇》。尽管让霍桑更出名的是因为他记录了当年铁路侵袭“睡谷”的事件，但并不妨碍他在新英格兰鼎盛时期的所有作家之中，最有可能变得“永垂不朽”。而这种“不朽”当然也包括他的代表作《福谷传奇》。

从托马斯·杰斐逊时代开始，美国理想，或者说美国人的基本意象便是乡村田园景致。在当时美国人的心目中，这种“乡村风景”便是“纯洁而简单的净土”，一种典型的古罗马诗人维吉尔式的模式——退出大千世界，在清新而葱翠的风景中开始新生活。主旨当然是大自然——或一个个小村庄，或一间间林中独立的农舍——前面有牧场，有蜿蜒的小溪，附近有吃草的牛羊；高地上有密集的榆树或森林；远处，在西边的地平线上，群山朦胧，连绵起伏……

或许是受到17世纪早期康帕内拉《太阳城》和安德烈《基督徒城》等乌托邦思想的影响，纳撒尼尔·霍桑在《福谷传奇》一书中寻找或虚构的便是这样一个“世外桃源”。乌托邦，唤起了情感。曾经，纳撒尼尔·霍桑借住了爱默生位于康科德的古屋四年。在那里，他从孤独与反省中获得解放，终于在近四十岁的时候成为“一个真正存在的、在这个世界上有家可归的人”。古屋是一个环境优雅的地方，周边种满了梨树、桃树和苹果树。在房子的林荫道旁，绿杨低垂，绿树成荫。于是，霍桑在此种植白菜、南瓜、黄瓜、豌豆、玉蜀黍等，构思自己的小说，激发创作灵感。

但是，霍桑并不认为自己是一位小说家，《福谷传奇》也不是一本小说。的确，就《福谷传奇》的题材来说，虽说还是小说的形式，但其中的人物，并非都是虚构，故事中迈尔士・卡佛台尔的原型便是霍桑自己，齐诺比娅的原型据说还是19世纪美国作家、《日晷》杂志主编玛格丽特・富勒。故事讲述的是，为了追求天堂般的生活，一群来自城里的向往淳朴田园生活的理想家，诸如怀抱着伟大梦想、拥有俗世高贵性格的慈善家霍林华斯，洋溢着强烈热情并绝顶美貌的齐诺比娅，以及奇异虚弱且漂亮妩媚的蒲丽丝拉等，当然也包括卡佛台尔，他们离开了城市，带着内心的苦闷，来到福谷，进行一场伟大的思想实验。

这是一群傅立叶“法郎吉”式空想主义者，但又不全是。他们深受爱默生散文、《日晷》杂志、卡莱尔著作和乔治・桑小说的影响，尤其崇尚傅立叶“建立科学的有组织的协作社区消除贫困”的主张。他们分析傅立叶主义与自己所奉行主义之间的不同，目的是寻找幽静的生活。他们来到福谷的初衷，是想在此创建一种新的生活范式，创立“福谷社”，建设一个“共产团体”，以此摆脱现实社会的束缚，并重返朴素的自然。于是，从一开始他们的生活便充满了浪漫色彩，像农民那样装束自己，身穿麻布罩衫、格子花衬衫和条纹裤子，头戴薄木片编成的帽子，手持粗糙的胡桃木手杖。在这种理想的环境里，人们不会受到“虚伪和残酷的主义统治”，能够抛弃自傲的情绪，亲密友爱。通过减轻劳力负担，用自己的力所能及，相互依靠着去做该做的工作，而不是用暴力、诡计或巧取豪夺获取利益。

人们在很远的地方就能看到我们的光亮的窗口。在风雪交加的夜里，在一片黑暗中看到一团强烈的火光，对一个单身旅客说来，是再愉快、再兴奋不过的事情了。任何人看到这些闪烁着红光的窗子，都会感到高兴的。我们为人类燃点的烽火不是使他们显得很温暖很幸福吗？（杨万、侯巩译，下同）

福谷，就是这样一个罗曼蒂克之地。在霍桑笔下，农场周边还有一些赏心悦目的起伏山峦，一条小路向草原或森林延伸。清寒明澈的河流，环绕着草原。土角之间，夹着一湾流水，河水荡漾着两岸的芦苇。枝叶蔽空的白桦林，阳光闪耀。这里的土地，可以种植马铃薯、玉米和根菜作物，能够让劳动者自给自足。白色的村落，红苹果、紫葡萄果园，一片片森林，充满了自然野趣。林中有松鸡和松鼠出没，小河里有鱼儿和野鸭嬉戏。

这是一个幸福的生活场景。慈善家霍林华斯是小说中一个重要角色，也是这种田园理想的设计者和推动者。按照他的宏伟计划，他要在福谷实现一个改造人的计划——利用道德、理智和勤劳的力量，以及纯洁、谦虚和高尚的心灵，建立一种更有价值的生活范式。或者说，依靠农业劳动，让人们过上一种“简朴的、农村风味”的新生活。这种理想，使那里的人们都有公民意识，能与自然和谐相处，最终实现“理想的平等社会”。的确，经过一段时间的体验，他们的这种田野生活似乎还发展得不错——一个个面孔晒得黑黝黝的，胸围扩大了，肩膀变得又宽又结实。对于基本劳动工具——犁、锹、镰刀、干草耙等，他们运用自如。

锹子每次铲土都在发掘一些至今还见不到阳光的“智慧”的芬芳的根源；在田地里歇一歇，让风吹干自己额角上的湿汗，抬头张望，似乎可以看见遥远的真理的灵魂……

此时的福谷，青春的活力像灿烂的阳光一样照耀在长满枯草的荒滩上……

理想家们所从事的伟大实验能否成功？结论当然是否定的。作品一波三折，人与自然和谐的理想终于在现实面前败下阵来。最终，故事中的各式角色失望别离。霍林华斯们“用尽力气、翻了又翻的泥块始终没有感化成为思想”。

自负、激情并执着的齐诺比娅是小说中的悲剧人物。在经历了这样一段所谓诗意般田园生活之后，回到现实之中，她发出了撕心裂肺的呐喊：

什么慈善和进步……我们在努力建设一种真正的生活制度的时候，无疑地我们都造成了各种可笑的生活中间最空虚的笑柄。……这的确是一场无聊的梦！然而，在那儿的时候，它也确实给了我们一个愉快的夏天，和一些光明的希望。它不能够再起什么作用了，我们不必为了一个破碎的泡影而流泪吧。

随着时光流逝，生活在福谷的人们日子过得逐渐暗淡，或者说生活成为“一个破碎的泡影”。我——霍桑——卡佛台尔，审视着这个因梦想而建立的崇高无私、美好的生活制度。他反思这种尝试，这种失败的尝试，从一开始的傅立叶主义，到后来对高贵精神的背叛，直至走向死亡。齐诺比娅之死，使卡佛台尔最终认识到了人类情感的复杂性，以及这种社会实验失败的必然性。

作者纳撒尼尔·霍桑将此比喻成一场梦——当梦境演变为悲剧的时候，哀伤的氛围便迅速打破了脆弱的噩梦，一切都消失了。最后，霍桑甚至都不肯承认曾经有过福谷这个地方，或者说福谷根本就不曾有过。那里没有任何自己回忆中的那种颇具意义的劳动团体，它是一场梦、一幕幻景。那里成了一个完全陌生的地方。在此意义上，霍桑坦承，从摸索人们心中暗藏着的情感出发，这个尝试可能还不能算作是完全的失败。此时的霍桑充满了矛盾、迷茫和困惑。后来，作家比尔·麦克基本在谈及这种现象时，曾一针见血地指出，这种传统的乌托邦观念根本就于事无补。人们之所以会产生这种理想，是由于承受了太多，或者拥挤，或者压力，或者缺乏有意义的工作，正是这种或者太多或者太少，造成了这种社会恶果。至此，要求推翻现有社会秩序、代之以平等主义的乌托邦的理想与现实之间形成了强烈的反差和无法调和的矛盾。

霍桑毕竟是一位心理描写大师，他用细腻准确的语言，深刻揭示了其中人物的内心冲突与心理变化，以及对“乌托邦”改良尝试的失望。事实上，短期看，这种乌托邦理想的确能刺激理想者前进，但长期看，在接触农场并熟悉农场的运转体制之后，最终带来的必然是绝望。小说情节曲折离奇，意象构思精巧，阅读过程让人欲罢不能。正如波兰学者布罗尼斯拉夫·巴茨克所说，在这个矛盾心态交杂的时代，人们“一方面对乌托邦理想充满了不信任，一方面又渴望一座乌托邦”。《福谷传奇》的结尾，作者并没有为读者设计出一个令人满意的结局，事实上他也无法得出一个令人满意的答案。作者构思这个寓言般的故事，深刻刻画了在通过人的力量来主宰世界过程中所呈现出的巨大矛盾，生动地再现了自然、社会与人性之间的相互影响与约束。它使我们认识到，一种理想的风景所象征的那些追求，不会、也不可能体现在传统的体制之中；它意味着那个所谓人道的社会愿景，已经演变成了一种个人苟活的标志。自然蓝图再美好，都无法改变人自私、欲望和软弱的缺陷。最后，书中的主人公要么死去，要么在社会中异化，变得孤寂无力。

正如中国学者熊培云所说:“世人费心劳力，寻找平等的乌托邦，最后只寻回了血流成河。”而在他看来，人们赞美大自然，恰恰是大自然带给了人类一个存在“差异的乌托邦”，一个“具有多样性的乌托邦，一个可实现的乌托邦”。现实中，当人们邀请拉尔夫·爱默生加入类似这样一个农庄团体时，被爱默生断然拒绝。他说，我不能“从我现在的牢房中走向一座更大的监狱”。尽管他确信科学与技术在美国的环境下可以用来为乡村理想服务，但他只相信“纯粹的事实”。倒是亨利·梭罗进行了一次这样的实验。他曾经关注过位于睡谷的布鲁克农场和弗鲁特兰兹果树园。梭罗的关注点在于个人应当如何生活，如何与邻居交往。在此意义上，重情感的梭罗有别于重法则的爱默生。的确，在人类未来如何重构的问题上，梭罗的观念似乎更趋理性与人性。在《乌托邦的想象》一文中，梭罗在强调构建未来外在世界的同时，更加主张让人回归自身，回归人类的本性，注重内在心灵的升华。在此意义上，困惑的霍桑与梭罗似乎找到了更多的共识。霍桑去世后，他选择与梭罗葬于同一“睡谷”公墓，成为最终的“生死兄弟”。

一百余年前，像一个孤独地站在岗位上的哨兵的霍桑，他所发出的呼喊，就好像是从旧日碎瓦颓垣中发出的悲鸣。美好的自然与扭曲的人性之间形成了巨大反差。一面是乡村世界的安宁与纯朴，另一面是城市世界的喧嚣与世故。霍桑对工业化与人性的现代性思考和关注，意味深长。乌托邦的故事至此并没有结束，20世纪70年代末，随着美国“嬉皮运动”基本终结，一部分不愿意重返“社会体制”的人，前往偏远的阿拉斯加，他们开疆辟土，建立了一小片属于自己的“伊甸园”，到90年代末，这些人把乐园发展成为“生态观光业”。后来，关于乌托邦的理论与实践，甚至出现了诸如赫胥黎“岛国”式正乌托邦和乔治·奥威尔“一九八四”式反乌托邦流派之别。再后，欧内斯特·卡伦巴赫出版《生态乌托邦》一书，作为现代意义上乌托邦的一种类型，卡伦巴赫以人们“在继续享受现代科技带来的各种好处的同时，人类社会与其环境和谐相处的可能性”为主题进行探索。他甚至设计将美国的北加利福尼亚、俄勒冈和华盛顿等州脱离联邦政府，构建一个与世隔绝的生态乌托邦社会。而塞缪尔·莫恩在《最后的乌托邦》一书中，描述了乌托邦理想的新趋势。如在美国，20世纪以后，不少本土社团被呼唤了起来，拯救正深陷于消费主义的美利坚。

人类向何处去？一百多年之后，这一命题在人们的思考中继续“发酵”。霍桑所讲述的故事并没有结束，我觉得，它仅仅是一个开端。

大地歌者惠特曼

当我在亚拉巴马清晨散步的时候，
我看到雌嘲鸫静卧在它的野玫瑰巢上孵化雏鸟。
我也看见了雄鸟，
我到它的近处停脚，听它鼓起喉咙纵情歌唱。……
歌声细腻，悄然飘向更远的地方，
那是传递给新生命的赠予，是神秘的力量。

——沃尔特·惠特曼（Walt Whitman）

对我来说，纽约长岛是一个心仪的地方，也算得上是一个比较亲切的地方。女儿在位于长岛的纽约州立石溪大学读了几年书。2014 年 6 月，她毕业时我得以有机会前往那儿小住几日，参加她的毕业典礼并一游长岛。长岛的地形似“鱼形”，头朝东，直抵大西洋，从纽约的曼哈顿出发经过法拉盛后，便是长岛的辖区。据说这里是纽约著名的富人居住区，也曾经是不少名人的居住区，树丛中掩映着一栋栋别墅。我甚至还知道，长岛是美国著名诗人沃尔特·惠特曼的家乡。

小时候，惠特曼经常徘徊于长岛的罗克威岛和科尼岛海岸，或是向东去到汉普顿或蒙托克。在蒙托克岬尖荆棘丛生的海岸，他面朝大海，诗兴勃发。

我仿佛站在一只巨鹰的嘴上，
向东注视着大海，眺望着（无非是海和天），
那颠簸的波涛，泡沫，远处的航船，
那粗野的骚动，雪白的弧形浪盖，海涛归来时不断的猛扑，
永远在追求海岸。（李野光译，下同）

惠特曼与爱默生、霍桑、梭罗、巴勒斯等属于美国同一时期，基本同一地区的作家，而且他们的人生经历似乎还非常相似。爱默牛1840年7月发表处女作《论自然》；霍桑1852年出版《福谷传奇》；

长岛石溪火车站，这里曾经是惠特曼的家。现在的小火车成了旅游列车，到纽约百余公里的路程要走上两三个小时。美国的铁路建设在19世纪迅速发展，成为美国工业化进程的标志

梭罗 1854 年出版《瓦尔登湖》。巴勒斯稍晚，1871 年出版《醒来的森林》。作为一个木匠的儿子，惠特曼只读了五年书，十几岁外出谋生，干过印刷排字工人、木工和泥水匠，也从事过乡村教师等职业，曾创办《长岛人》周报，一度成为《曙光》和《纽约镜报》等报刊的编辑。他的学习生涯多半是业余自学，但阅读了大量的文学名著，最终推出《草叶集》。上述作家，包括惠特曼在内，他们的作品充满了自然与人文主义色彩，反映了 19 世纪中期美国的时代精神。

惠特曼的诗歌创作历经坎坷。1855 年他自费出版《草叶集》第一版，诗作只有十二首无题诗。次年的第二版《草叶集》仍然自费，作品除三十二首题名诗外，在题名为“草叶滴露”的附录中，惠特曼收集了部分对第一版的评论。此时的爱默生，称得上是学界泰斗，提出了建立美国民族的新文学主张。爱默生赞赏惠特曼“自由而勇敢的思想”，是自己所希望涌现出来的那种美国本土诗人，所以在阅读惠特曼诗作两周后，爱默生在给惠特曼的回信中盛赞诗集是“地道的美国产物”，为“美国迄今做出的最不平凡的一个机智而明睿的贡献”。当时，名不见经传的惠特曼为了扩大《草叶集》的影响力，未经爱默生的同意，便在第二版中收录了爱默生的这封来信，并将信中的一句话“祝贺你在开始一桩伟大的事业。爱默生”印在了书脊上，为自己也为《草叶集》做了一次免费广告。但《草叶集》的出版并未给当时惠特曼的生活带来多大改善。他的早年，乃至中年，始终处于默默无闻、门前冷落的寂寥之中。其实不只是惠特曼，包括爱默生、梭罗、霍桑、麦尔维尔和爱伦·坡等大批作家在内，他们都创作了许多高水平的作品，却无一例外地遭到那个时代的冷遇，没人能从自己著作中获得哪怕是微薄的收入。直到 1881 年，《草叶集》第七版问世，惠特曼才筹到了一些钱，为自己在新泽西州坎登市的米克尔大街购买了一间小住房。之后，才有了一些崇拜者。

惠特曼与梭罗的交往同样始于《草叶集》出版之后。据梭罗书信记载，与惠特曼的见面“很有意思，也很受启发”。梭罗称赞惠特曼有特别强烈而粗放的秉性，且“性情敦厚”，尽管他的“外表体格魁梧，看上去有点古怪、不修边幅，皮肤红通通的，但他基本上还是个绅士”。梭罗在评价惠特曼《草叶集》第二版时说：“这是我长久以来最受益的一次阅读。”他对其中《我自己之歌》和《横过布鲁克林渡口》等两首诗，印象深刻。同时，梭罗对书中一些作品只有肉感、丝毫没有赞美爱，感到难以接受。但梭罗又补充说，其实未必有表面上看来那么强烈。关于“性诗”，惠特曼也曾与爱默生有过讨论，最终他拒绝了爱默生要求从《草叶集》中撤去《亚当的子孙》等组诗的建议。后来，惠特曼在日记中回忆：“爱默生的每一个观点都是无法回答的，没有任何法官的指控会比之更彻底，更让人信服，我永远无法听到更好的表达了。那时，在我的灵魂深处，产生了清晰无误的信念，什么都不服从，追寻我自己的路。”惠特曼在诗中将自己既称为“肉体的诗人”，又当作“灵魂的诗人”。对于维多利亚时代的读者来说，惠特曼可能真的显得有些离经叛道，但现在看来，这些内容无疑是《草叶集》不可或缺的。惠特曼道出的真相比任何美国的同辈都要多，能够鼓舞、温暖并激励人心。

在与上述这些作者的交往中，惠特曼与巴勒斯可谓忘年之交。惠特曼称巴勒斯为自己一生中最好的朋友之一——一位是诗人，一位是自然文学作家兼博物学家。他们一起进餐，一道远足，一块儿交流，情谊长达十年之久。约翰·巴勒斯曾经讲了这样一个故事。一次，在一辆人多拥挤的有轨电车上，一位妇女带着两个小孩，小孩哭闹不止。于是惠特曼便将其中一个婴儿从母亲手中接过来，揽进自己宽厚的臂弯之中，婴儿立刻停止了尖声哭泣。婴儿来到了一个安全的怀抱之中，头依偎在诗人的脖子上，安静地睡着。不仅如此，此时的惠特曼抱着熟睡的婴儿又当起了临时服务员，帮助售票员卖票，乐此不疲。当时，巴勒斯恰巧也在这辆车上，他默默地注视着，并没有惊动诗人。这是一个作为普通人的惠特曼。巴勒斯深受感动，为人如诗，饱含着将“万物揽入胸怀的‘宇宙情感’”。这就是与众不同的惠特曼。

19 世纪中期以前，美国的思想、文学与意识形态，包括诗歌，依然依附于欧洲的传统，深受其价值观影响。体现在诗歌创作方面，主要讲究音节、重音、韵脚等基本要素或韵律节奏。就在此时，爱默生发表《美国学者》，而惠特曼则成为开创者。他的诗歌，一反常态，大胆突破了传统的形式化格律，从深层次情感出发，抒发情感的节奏、思想的韵律。他喜欢大量运用平行结构、重复、对偶以及排比等手法，石破天惊，形成自己独特的风格，开创了一代诗风。

读惠特曼的诗，我以为《我自己之歌》毋庸置疑是《草叶集》的“主干和中心”。在该诗第三十三节中，作者幻游于层峦起伏的山巅和大地诸洲，横跨草原，漫步森林。此时，惠特曼一连运用了三十四个“（在）那里”做排比句，一层一层地推进，描写动物，描写植物，描写自然，也描写人物，礼赞大“我”，礼赞大自然。

在那里，豹子在头顶一根大树枝上来回走着的地方，在羚羊狞恶地回头看着猎人的地方，

那里，响尾蛇在岩石上曝晒它那柔软身躯的地方，水獭在吞食游鱼的地方，

那里，鳄鱼披着坚硬的瘰疬在河湾里酣睡的地方，

那里，黑熊在寻觅树根和蜂蜜的地方，海獭以它的桨形尾巴拍打泥土的地方，

…………

这些一气呵成的描写，使他的诗歌个性飞扬，充满浪漫主义色彩，让人阅读时“大快朵颐”，荡气回肠。显然，《草叶集》迎合了自爱默生以来的自然、人文和民族主义，以及弘扬新大陆的独立精神。

在考虑是否要写惠特曼这篇文章的时候，其实我有些纠结。虽然惠特曼是大自然陶冶出来的伟大诗人，也与同时代的超验主义作家如爱默生、梭罗等人交往甚密，甚至也接受了他们的人文思想，但从他所处美国新大陆迅速发展的历史背景来看，惠特曼最终还是成为一位激进的民主主义者，一位大气磅礴的开拓诗人，时代的歌者。在《过去历程的回顾》一文中，惠特曼坦言，与过去的诗相比较，自己诗歌每一句背后的思想，所构成的一个主要对照是它们对上帝、对客观世界的不同态度，是那个正在歌唱和谈论着的自我，对自己及同类所发生变化的态度。为此，他不遗余力地颂扬人性的解放，讴歌人文精神，以及“人类自身的巨大骄傲”，包括他对普通劳动者、时代精神的礼赞。

他以“草叶”为隐喻，用“草叶”表达一种最普通、最有生命力的东西，并让它根植于土地之中，生根、发芽。晚年，他经常拄着拐杖走入林中看伐木工干活，他为此感到开心，在大多数时间里，他过着的就是这样一种似往昔般朦胧的田园生活。

长岛是惠特曼的根，也是他创作的魂。他曾经介绍说，每隔一段时间，夏天或秋天，自己都要外出，有时长达一个星期，深入乡村或

长岛的海滨。在那儿，面对野外的风光进行阅读并思考。他第一次通读《伊利亚特》就是在长岛东北端一个隐蔽的沙石凹地里完成的。惠特曼诗歌的力量源于大自然，大到宇宙、太阳、地球、月亮和山脉河流，小到昆虫、植物间的一草一木，他极力主张宇宙万物的多样性表现。这一切都源于他对大自然的热爱，一种纯粹——人与自然的和谐——哲学也不能超越和不愿超越的极境。所以，在《草叶集》初版序言中，惠特曼明明白白地说，美国的诗人要“赋予美国的地理、自然生活、河流与湖泊以具体的形体”。

不仅仅是他的诗歌，惠特曼的自然性，还体现于他的散文随笔等作品之中。其自传体笔记《典型的日子》一书便集中体现了这种对人与自然关系的思考。这些笔记就像“在清新的旷野中，在丛林和溪流旁匆匆写就的，记录了当时当地的光影声色，甚至他还注意到他写字时，在纸上颤抖的叶影”。一次外出，被大雨所困，他用铅笔将自己

纽约中央公园。惠特曼写道：现在我几乎每天都去中央公园，闲坐，或是缓慢地散步，或是在周围骑马兜风。这个月份（5月），整个公园呈现出它最美的景色

的心情记录在一首五行诗中：

与自然悠闲地相处/接受一切，自由自在/净化提纯着眼前的时辰/无论它是什么，无论你在哪里/而过去，仅仅是遗忘。（马永波译，下同）

晚年的惠特曼，失去了政府机关的职务，患上了中风，时好时坏，生活陷入贫病交困之中。但他没有屈服，而是经常拖着他的小凳子，到户外去，或新泽西的丛林和小河边，或纽约中央公园的大树下，从大自然中吸收复原的精气神。这一时期，他创作了立意高远的《红杉树之歌》，写出了许多优雅的自然笔记。

真的可以觉察到春天了，或者是春天的迹象。我坐在明亮的阳光中，在溪边，溪水刚刚被风吹出涟漪。一切都是孤独的，早晨清新，随便。陪伴我的是两只翠鸟，它们航行、盘旋、冲刺、浸着水，有时任性地分开，然后又飞到一起。我听到它们的喉咙在不断地喊喊喳喳；有好一会儿，周围只有那种独特的声响。随着中午的靠近，其他鸟儿也温暖起来。知更鸟尖利的音符，两部分组成的一个乐段，一种清晰悦耳的汩汩声，应和着其他我不能确定方位的鸟儿。池塘边，不耐烦的雨蛙不时地以低沉的呼噜声加入进来，是的，我刚好听见。温暖而强烈的风，咝咝的呢喃不时穿过树林。……灌木和树林仍是光秃的，但是山毛榉还挂着上个季节留下的皱巴巴的黄叶，杉树和松树往往还是绿的，杂草也显出即将丰满的证明。在美妙清澈的蓝色天穹上，光在游戏，来来去去，大片的白云在安静地游弋。

惠特曼的这篇日记，虽然少了一些诗的激情和荡气回肠，我却读出了一位博物学家的体察入微和平和心境、诗的语言和味道，以及他的人生体悟和娓娓而谈的精致与情怀。

惠特曼，崇尚自然，对土地融入了自己深厚的感情；惠特曼的作品，走向自然，回归人类的本然真谛。正如他针对《草叶集》所说，这不是书本，谁接触它，就是接触一个人。这个人便是诗人自己。他谦卑地把自己喻为荒野中的一棵卑微小草。他将大自然广博与大度的精神融合，使作品充满清新鲜活的气息、乐观向上的热忱，从而蕴含了一种强大的生命力。关于自己的诗，他说在大自然中发现诗的规律；关于自己的文学观，他说，我最终是用大自然来考验文学。所以，他干脆就将诗集以自然界最平凡、最普遍的事物作为主旨，命名为《草叶集》——哪里有土，哪里有水，哪里就长着草。

这就是惠特曼和他的作品，一曲关于大地的歌。尽管他并不排斥“机器的力量”，像爱默生《论自然》一样，将“技术崇高的辞令”写入了自己的作品，但我仍然觉得，他朴素、简单、细腻并且温暖。他是诗人、散文家、博物学家，而且还是一位伟大的美国自然文学作家。

相信你有一颗种子

我不相信没有种子植物也能发芽，我心中有对种子的信仰。让我相信你有一颗种子，我等待着奇迹。

——亨利·戴维·梭罗（Henry David Thoreau）

三亿年前的石炭纪，种子在地球上出现，它的故事风情万种。我们知道，种子从性而来，而性的本质源于基因个体间的互换。植物能在种群内生死轮回并不断进行生殖和繁衍，靠的便是种子的演化。种子的演化成就了大自然的艳阳繁花。

种子有大有小，大的，如海椰子，可达二十公斤，大到人要花大力气才能搬动；小的，如兰花种子，其各种极端的形状与构造，组成了地球上最多样化并且高度进化的植物家族，人用肉眼几乎看不见。种子很奇妙，地球上体量最大的生物是生长在美国西部内华达山脉中的“雪曼将军树”巨杉；地球上最长寿的生物也生长在加利福尼亚的荒漠之中，年龄超过一万年。相同的是，它们都源于一粒粒小小的种子。生态学家乔纳森·西尔弗顿在《种子的故事》一书中说，依靠一粒种子，经过千年以上的演化，“雪曼将军树”终成参天大树，可与六架波音747-400客机等重。而博物学作家理查德·梅比则在《杂草的故事》中这样说，就算是杂草，种子的产出量也非常惊人，一株具有一定规模的毛蕊花或小蓬草，往往能释放出超过四十万粒种子。种子的形成并不断演化出的不同结构，推动了生物的进化。种子存有原始的生命，于是，亨利·梭罗给种子赋予了一种隐喻的力量，那就是信仰。

在达尔文《物种起源》中，关于生物的传播方式，他阐述了一个观点，认为最可能的情况是，每一物种最初都只在一个单独的地方产生，然后再依靠它的迁徙和生存能力，在条件许可的情况下，从最初的地方不断向外迁徙。这便是我们理解的种子最初的传播过程。这种传播，生物学家索尔·汉森在《种子的胜利》一书中，将其概括为“一种原本静止的生命发生移动的瞬间。它决定了什么植物生长在什么地方，是生态系统的一种基本组织原则”，而且“这个过程带来了巨大的进化成果”。

的确，通过观察、分析植物种子的自然迁徙过程，达尔文惊奇地发现，植物种子在海水中浸泡多日，甚至上百天之后仍能发芽。他以成熟的榛子为例，干燥后的榛子可以漂浮，然后发芽成长。以此为前提，达尔文通过实验还证实，某个地区的植物种子掉入海中，漂洋过海后到达另一地区，在风的作用下，种子都有可能被带上陆地的某个适宜地点，一部分种子仍然可能发芽生长。譬如椰子，其种子的传播堪称典范。它庞大的果实发挥了漂浮种子的功能。椰子外壳内包含着一个拳头大小的果仁，果仁中富含一种营养的液体（椰子水）。此时，当椰子树的种子一旦成熟，很多液体就会逐渐变硬，成为固体的胚乳（椰子肉）。这使得它们能成功地在海上漂浮数千公里，定植在几乎所有的热带海滩上，这是其一。除此之外，达尔文还观察到了种子迁徙的其他方式。再譬如水流的传播，种子在由大陆进入海洋的漂浮植物的携带下，或冰川自高纬度向低纬度推进或从高处向低处移动过程中，发生漂移。种子的传播途径多种多样，但达尔文肯定地说，鸟类或其他动物是种子传播最有效、最神奇的物种。在《物种起源》中，达尔文讲了许多有关种子被鸟类和风携带着远涉重洋的故事。

阿萨·格雷的《植物学手册》是一部重要的植物学著作。正是这部指导性工具书，带着亨利·梭罗走进森林，认识大自然。与此同时，梭罗还是较早阅读《物种起源》的美国人之一。对自然的研究和热爱，对达尔文理论的认可，让他“获悉了进化和自然选择的总体观点”，使他的思想与达尔文的进化论有了一脉相承。甚至可以这样认为，在所有美国自然生态学者中，梭罗算得上是最先受到达尔文理论影响的人。正因为如此，梭罗能够运用自己多年来在日志中记录的有关植物种子分布，以及对森林更替的观察，得以准确地写出《种子的传播》这样一篇具备专业水准的另类文章。只可惜梭罗《种子的传播》一文并没能在他生前完成，他写完了草稿。而草稿在滞后一个世纪之后才由布拉德利·P. 迪恩整理完成。梭罗有关种子研究的成果基本收集于《种子的信仰》一书中，包括《种子的传播》《野果》《野草与牧场》和《森林里的树》等文章，于 1993 年出版。

对梭罗的《种子的信仰》一书，王海萌在“译后记”中评价说，这是一本寻根的书，作者梭罗将笔触回溯到自然界的根源，在追寻森林成长轨迹的过程中，揭示种子传播和生长的秘密。评论家小罗伯特·D. 理查逊对《种子的信仰》评价甚高，他认为这是梭罗作为科学家的巅峰之作。

阅读《种子的信仰》，在我看来，无论如何也不能将梭罗视与科学家等同，即便是在梭罗完成了《瓦尔登湖》的写作之后。我始终认为他还是一位完完全全的自然主义者。始终不渝地行走在山野、田间和森林之中，观察、记录大自然中动植物之间的点滴变化是梭罗的本能，他为此留下了大约几千页这样的观察笔记和图表。在此过程中，梭罗的观察是细致的，举个例子，通过一张图表，他连续十年记录了鲜花在每年 4 月第一次盛放的时间。仅此，他所付出的努力都能让许多科学家为之汗颜。所以我说，梭罗是一位伟大的大自然观察家，《种子的信仰》并非一部严格意义上的科学著作，而是一部优雅的动植物科普读物，或有关自然生态的杰出散文。

诚然，梭罗的探索长期被大众忽视，尤其是他晚年的作品一直被美国文学轻视。甚至《梭罗日记精华》的编辑奥德·谢泼德也认为，从梭罗日记中，我们发现思想者和诗人逐渐退化成了一名观察家，“天堂一样辽阔的观点”为“显微镜式的狭小”的琐碎所取代。显然，这些看法和观点严重“低估了他（梭罗）对于动植物之间相互联系的生态学方面的杰出洞见”。时过境迁，梭罗的努力注定要在历经时间检验之后才能焕发出光芒。后来，生态学家格雷·保罗·纳班客观地评价了梭罗，他说，梭罗晚年的作品，明确预示直到 20 世纪 70 年代才会完全成形的进化生态学领域。事实上，梭罗引领了许多研究课题，譬如统计依靠附着在动物毛上、鸟类传播、哺乳动物摄取和排泄，以及风和水的带动得以扩散的种子的结局。这些成果至今都影响着进化生态学家的研究。再举一个例子，在《野苹果》一文中，梭罗描写了一株野苹果树在成长过程中的寓言故事——与牛群的博弈。苹果树常年被牛啃食，被迫长出了刺，从而突破了牛的限制。在此过程中，苹果树还非常巧妙地实现了通过牛群传播苹果种子，以及给它施粪肥的经验。最终，牛群品尝到了苹果，苹果树则实现了种子的传播。的确，自然界各种富含果肉的水果进化，诱使了动物传播植物的种子。梭罗依靠动物传递浆果的观察，其重要性几乎保持了一个半世纪。纳班坚持认为，梭罗的这些观察非常精准，而且预见到了有关动植物互利共生的特点。

梭罗对科学的兴趣虽然与他的超验主义背景密不可分，但严格地说，梭罗仍然不是一位生物学家，甚至也不能称之为博物学家。他始终是一位执着、热忱的学习者和观察者。他沉迷于“学习田野的语言”，直至去世前，都不曾停息。对他来说，森林，或者说大自然就是一部等待自己阅读、永远也读不完的大书，他为此付出了毕生的精力。他对自己家乡康科德的森林、河流、湖泊和动植物了如指掌。他每日散步于其中，长年在田间地头丈量，与当地的自然主义者沟通。他了解那儿的一切，准确地记录下每一棵树或灌木发芽的时间、每一粒果实成熟的准确日子。

我觉得，亨利·梭罗《种子的信仰》的切入点，不是宏大，而是细腻。与达尔文的气势磅礴、远游世界不同，梭罗其实没有走多远，他甚至也没想过要走多远。他寻找到的一个支点就是康科德，以点见面，以小说大，探索发现，刻意追求全面和深刻。《种子的传播》只有十五万字的篇幅，在梭罗的笔下，几乎一气呵成，连章节都不需要。这样的书，对喜欢阅读的读者来说，似乎很有味道，追随他，一路刨根问底，与种子一起流淌，一起飞翔；对不太喜欢这种写作结构的读者来说，也确实枯燥乏味。

《种子的传播》源于梭罗的大量手稿，包括他发表于《纽约论坛周刊》和《马萨诸塞州报告》中的内容。他的观察范围基本上在康科德附近，松树、橡树、杉树、桦树、桤木、枫树、榆树、伏牛花、凤仙花、蒲公英以及各种灌木和果树；山雀、松鼠、知更鸟、蓝鸫、乌鸦、啄木鸟、狐狸以及各种昆虫。他的引用包罗万象，纵古论今，维吉尔的《农事诗》、普林尼的《自然史》、达尔文的《物种起源》、劳敦的《植物园》、布洛杰特的《气候学》、威尔逊的《美国鸟类学》，甚至包括乔治·爱默生的《马萨诸塞州森林自然生长的树木灌木丛报告》，等等，都是他观察和阅读的对象。

在书的开篇，关于一粒油松种子的迁徙过程，梭罗的描写相当精彩。

油松，我们熟悉的一种生命力旺盛的松树，即便在中国也分布广泛。北美油松的果球坚硬，呈深棕色锥形，果实被称为松仁。油松的松果若挂在树上没人采摘或不自行脱落，可以过冬，甚至能挂在树上多年，而种子则包在松果坚硬多刺的黑色球囊之中。通常，一个球囊可以拥有上百粒种子，每一个独立的小巢之中又成双成对精致地藏着两粒种子。更加神奇的是，松球能耐高温，如森林遇到山火，往往在火势过后，松果就能及时开裂，自动播撒出新的种子，重新唤醒大地。大自然这个如此精致的造物主，将自己的子民总是安排得有条不紊。梭罗发现了这一秘密，并在瓦尔登湖畔或其他地域持续跟踪它，观察它。

此时，风来了，种子开启了它们期盼着的迁徙之旅——在风和太阳的作用下，坚硬的球囊从树上坠落——随着一声脆响，果子在地上跳两三下后打开了。研究表明，松树所有的果实全都有翅膀，此时，饱满飞不动的就依赖动物传播，而单侧翅膀的则能靠风力和空气涡流散播。北美鹅掌楸的翅果就似乎具备这一强大功能。南茜·罗斯·胡格在《怎样观察一棵树》一书中观察到，一场冬季的

在加利福尼亚的森林中，由不得你不信，一颗小小的种子，就能长成这样树龄高达一千四百年的红杉树（田许扬提供）

风吹雪便能将一枚长约五厘米、刀片形或“陀螺仪”似的北美鹅掌楸的翅果吹到近二百公里远的地方。这是发生在冬天里的故事，种子们躺在地上，卷曲细瘦地伸向天空，风把种子从果壳里带出，把它们吹向远方……

当然，如果球囊掉落在水中，它们还得走一段水路；如果落在石头或泥土缝隙之中，等待它们的将可能是成为昆虫和其他动物的美食；或许它们还能取得规模优势，像农民播种粮食一般就地成材，长成一片参天松林。油松是一种成长性树种，一粒种子从落地到生根，当年就能长出幼苗。稚嫩的小枝，只要几年就能长得很高，它们很快便能改变当地的自然面貌，一旦它们成功地长成大树之后，它们的生命力可持续几百年。

多子多孙的油松如果没有特殊环境干扰，或许它们很快便可以轻松地覆盖地球。此时，动物们出现了，松鼠便是其中之一。松鼠对松子来说，是把双刃剑，一方面它们以松子为食，另一方面它们又可以帮助传播油松的种子。梭罗观察到，松子是松鼠喜欢吃的果子，它们吃松子的方法，其他动物根本无法比拟——用凿子般的利齿整齐地去掉松果的茎部，然后，大快朵颐。松鼠不但喜欢吃松子，而且还善于破坏，将松枝弄断，一枝一枝地搬运并储藏。储藏的目的是备荒过冬之用，从长计议，人类能够想到的它们都想到了。每年 10 月，是森林或田地间的松鼠秋收最忙碌的季节。当然，松鼠的搬运有时并不彻底，散落在田野地头甚至很长距离的球囊，成就了油松种子的迁徙。有一次，梭罗亲眼看见一只松鼠在一棵铁杉树下埋藏收获的种子，这一发现让他进一步证明了自己的判断，树林被种植，而且不断迁移。当松鼠们一旦死亡或者忘记了自己的储存物，那么一棵树便成长了起来。梭罗受达尔文理论的启发，又不断佐证达尔文的理论。

不仅如此，油松的生命力还表现在，每当松林遭到砍伐，油松的幼苗都能在森林的边缘继续繁衍。这时，清一色的松林会逐渐向旷野或草地开阔处不断延伸生长，甚至连干旱都无法阻挡它们前进的步伐，贫瘠的沙质土壤也不能。就是这样，在梭罗的眼中，油松成为自然界一个典型的代表，它们共同演绎了植物物种之间的新陈代谢和岁月更替。

在梭罗看来，观察树林里的任何生命成长都是愉悦的。他从中感悟并认识到了大自然的坚定，它们的创造力，以及大自然所体现出来的“穿越了最长的距离完成了她最伟大的杰作”。梭罗说，松林从种子中来，种子不仅意味着生与再生，而且每一种植物都能在每一粒种子里重生，每一天既是创造日，也是再生日。当然，我们都知道，大自然总有一套自己种子储存的方法，那就是土壤这个载体，一旦具备了水分、氧气、温度和光照这四要素，种子必然就要蓬勃萌发。2005年春的一天，发生了这样一次奇迹，从死海边古马萨达要塞废墟中找到的一颗休眠了近两千年的海枣树种子，在植物学家的呵护下重获新生，生长出嫩芽。梭罗虽然不相信植物会从没有种子的地方凭空破土而出，但他对种子却保持着一种充分的信心。“大地就是一座谷仓”，这就是梭罗得出的结论。

小观察，大发现。《种子的信仰》综合了梭罗对达尔文进化论理论的理解与思考。在梭罗看来，这一理论蕴含了自然之中存在的一种力量，因为它灵活，善于适应环境，等同于一种稳定的新创造。而梭罗，在与自然的对话中，带给我们的启示就是在这种孜孜以求中，不断地探索发现存在于大自然之中的秘密和法则，播下像“真诚、真理、简约、信仰、纯真这样的种子”。

国家公园：美国的，世界的

成千上万心力交瘁生活在过度文明之中的人们开始发现：走进大山就是走进家园，大自然是一种必需品，山林公园与山林保护区的作用不仅仅是作为木材与灌溉河流的源泉，它还是生命的源泉。

——约翰·缪尔（John Muir）

"国家公园"概念的提出源于美国。有历史学家将其简要地概括为"渺无人迹或以民俗为点缀的自然保护区"。1832 年，美国艺术家乔治·卡特林在北达科达州旅行时，出于对印第安文明和野生动植物保护的考虑，提出"国家公园"这一概念，目的在于让"一切处于原生态体现自然之美"。

1869 年夏天，约翰·缪尔来到内华达山脉间的约塞米蒂。他在山中度过了一百余天，用札记体裁，写作了《我在北美西部山地的第一个夏天》，即《夏日走过山间》一书。在他的另一本书《我们的国家公园》中，缪尔说："我用尽浑身解数来展现我们的自然山林保护区和公园的美丽、壮观与万能的用途，我持这样一种观点：号召人们

黄石国家公园，当年西奥多·罗斯福总统为拱门题词：For the Benefit and Enjoyment of the People（为了大众的利益和乐趣），就刻在这面大拱门之上（陈映竹拍摄并提供）

来欣赏它们，享受它们，并将它们深藏心中，这样对于它们进行长期的保护与合理利用就可以得到保证。”“长期的保护与合理利用”的观点，催生了约翰·缪尔建立“国家公园”的完整理念的提出。为此，缪尔进行了毕生的努力。三年后，美国政府颁布《黄石国家公园法》，终于诞生了世界上第一个国家公园——黄石国家公园。

鉴于约翰·缪尔在国家公园创建中的卓越贡献，我们有理由记住他。缪尔是苏格兰人。年少之时，他随家人一道移居美国威斯康星州波蒂奇小镇。瑞士地质学家路易斯·阿加西的“一块大陆冰毯刻蚀出了欧洲的主要地形地貌”理论影响了年轻的缪尔。后来，他阅读到了拉尔夫·爱默生和亨利·梭罗等大量关于自然启示性的作品，从而立志献身大自然。

缪尔第一次远行，便选择了徒步，在极度饥饿与极度兴奋的摇摆徘徊中，他小试牛刀，从印第安纳波利斯徒步至佛罗里达最南端的礁岛群，全程一千六百公里。四十岁的时候，缪尔终于来到加利福尼亚州的内华达山脉，并沉醉于大山深处。在这里，他写下了关于加州山地的一系列鲜活之作，分别发表于《太平洋月报》《旧金山杂志》和《大西洋月刊》等刊物。《我们的国家公园》最初以北美西部山地版面貌呈现给读者，后来又补充了一些文章，由霍顿·米夫林公司正式出版。我手头的《我们的国家公园》中译本，由吉林人民出版社出版，可算作我了解自然的启蒙读本，之后成为我最喜欢的书之一。该版本除了对约塞米蒂详细描写外，同时收录了缪尔《西部的自然公园与森林保护》《黄石国家公园》《巨杉与格兰特将军国家公园》和《美国的森林》等文章。虽然该书的篇幅不长，但基本上概括了约翰·缪尔对自然的所见所闻，以及对建立“国家公园”的观点表达。即使在当时的美国，《我们的国家公园》也是一本影响广泛的书。它最直接的成果是促使了加利福尼亚州立法会通过法案，使约塞米蒂脱离政府控制，成为美国第二个国家公园。于是，人们将“国家公园之父”的荣誉赋予了约翰·缪尔。

为了深入了解自然的奥秘，在探索过程中，约翰·缪尔付出了常人无法想象的毅力和代价。在约塞米蒂，贫困潦倒的他，不得不替人放羊以完成自己的行程。在原始森林，为了使自己的研究更深入，观察得更细致，他选择徒步，带很少的行李，靠篝火取暖，用心灵与大自然对话，与树木、岩石、动物，甚至昆虫为伴。

在马里波萨丛林，他仰慕美国西部刚毅、完美的红杉。他耐心考察森林的边界，细心测量树木，甚至攀上高处，找寻山脉、河谷间那一览无余的面貌。面对千年以上寿命的巨杉，他惊异、叹服，视其为神圣的纪念碑和殿堂，顶礼膜拜，并写出了文字优美、观察细腻的好文章——《巨杉与格兰特将军国家公园》。文中，他这样说："历经无数年的风风雨雨，它们（巨杉）长大成材，庄严而自足，这是植物乃至所有物种中最伟大的一员，它们是永生的。""我被这宁静所征服，仿佛巨大的殿堂中弥漫着震撼人类心灵的圣洁与庄严。"爱之深，才能恨之切。目睹巨杉不断被乱砍滥伐，他大声呼吁制止。经过考察，他甚至得出"森林在涵养调剂山区水源方面的价值要远远超过伐木与养羊所创造的价值"的认知。他说，美国西部山地的巨杉是生命之树，它们为低地提供了源源不断的生命之水，而我们每砍倒一片丛林，就有一条溪流可能干涸。在《美国的森林》一文中，缪尔列举了大自然中野生树木不得不为果园和玉米让路，破坏者发动了无休止的森林战争的诸多事例。他指责政府的不作为，说政府就像一个富有而

活跃的地质仍是黄石国家公园的主要看点（陈映竹拍摄并提供）

愚蠢的人，将田野、草原、森林和公园随意出售、浪费并让人劫掠。他抗议巨大的红杉林以及内华达山中许多松林落入外国人或资本家手中，使它们惨遭砍伐。此时的缪尔俨然是一位战士，一位森林的卫士。他撕心裂肺般疾呼——救救我们剩下的森林吧！

这就是约翰·缪尔，一个反对物质主义的激进的环境保护论者。

我们知道，创建国家公园的核心理念是为保护自然环境的某一种或某一类型特别景观而设立。为了加强对国家公园的管理，美国政府于 1916 年成立国家公园管理局，该局归属美国内政部直接领导，与土地、矿产等管理局平级。在同时颁布的美国《国家公园管理局组织法》中明确强调："不得对其造成破坏，以为未来世代享用。"

李如生先生是中国国家建设部官员，曾经专门赴美考察国家公园。在他撰写的《美国国家公园管理体制》一书中，他介绍了美国政府对国家公园管理的规范要求。其中的核心条款便是：自然地区保护面积不小于十平方公里，景观优美，生态与地形特殊，具有国家代表性，并且未经人类开采、聚居或建设；致力于长期保护自然的原野景观、原生态植物和特殊生态系统；公园由国家最高权力机构管理，限制工商业及聚居的开发，禁止伐木、采矿、设电厂、农耕、放牧及狩猎等行为，有效维护自然景观及生态平衡；维护公园原有的自然状态，以作为现代及未来的科研、教育、游览和启智资源之用。

这些规定文字在表达上虽然看似简洁，但实质上，对国家公园的管理和保护的内涵要求甚严。至此，美国国家公园的选定和保护正式纳入了严格的国家管理范畴，公益性成为主要特点。虽然此时约翰·缪尔去世已经有两年，但缪尔所倡导的国家公园应该"完好无损地留传后代，永续利用"的宗旨却得以被采纳。此后，美国国家公园建设得到了"始终是美国最引以为荣的创造物"、是"美国最完美的形象”的国民认可。一位美国政治家说：“如果说美国对于世界文明发展做过什么贡献的话，恐怕最大的就是国家公园的创建了。”缪尔的行走和文字，感动了一个国家。他用自己的生活方式改变了整个世界。

如今，美国已经建立各种类型的国家公园近四百家，包括战争、历史、纪念地、河流、海岸和各种小径等，其中直接命名为国家公园的达五十七家，基本上构建起完备的保护体系。当年在落基山脉附近的诸州中，分布着二十几处国家森林地带，每处森林地带的面积从六千到三万公顷不等，这些森林地带后来被政府作为荒野收回。政府封闭了这里的道路，关闭了酒店，禁止了一切有害的开发利用。以大雾山国家公园为例。这家公园位于北卡罗来纳州和田纳西州之间，占地面积三万六千公顷，每年吸引的游客超过九百万人次，成为美国最受大众喜爱的国家公园。自从成立大雾山国家公园后，在这片连绵起伏的广阔空间里，便没有了人类在其中生活的痕迹，原来散居于公园内的少量印第安山民都已搬迁出保护区。强制的结果，使国家公园成为真正的荒野。不仅如此，现在美国许多国家公园都已经与荒野保护区合二为一，保护目的性更加明确。

时至今日，从美国国家公园管理的现状来看，依然还存在不少问题，或者说留下了诸多遗憾，主要表现就是游客人满为患。当我们走进约塞米蒂国家公园的时候，原本以为一定存在大片荒野，以为保存着大量的野生动植物，但事实令人失望，人太多，汽车太多。正如当年约翰·缪尔对美国荒野所评价的那样：“这片大陆美丽的外表却在迅速消失，特别是其中的植物部分。”就说约塞米蒂吧，当年为了吸引游客，每天黄昏之时，公园经营管理者都会在悬崖上燃起大火堆进行表演，然后在观众的惊呼中将大火推下悬崖。令人更加无法理解的

如今的科罗拉多大峡谷已经告别了过去的寂静，不但游人如织，而且每年仍有九万架次的空中观光飞机在上空飞行

是，今天的科罗拉多大峡谷国家公园上空还保留着飞机空中游玩项目，飞机巨大的噪声每日环绕在大峡谷的上空，原本寂静的峡谷，变得喧嚣无比。大雾山国家公园人多车多，景区外脏乱差现象亦不少见，成为美国国家公园的通病。

在约塞米蒂国家公园，景区内的道路纵横交错，我们曾自驾转悠了半天也找不到一个停车位，或者在景区内转来转去就是找不到一条正确的路。现在的约塞米蒂，距离约翰·缪尔那个静谧的时代已经越来越远，不但野生植物大大减少，而且所能见到的动物也寥寥无几。我们曾经见到了几只长耳鹿，它们也是见人就惊慌失措地逃窜。而在黄石国家公园，包括与它相连的大提顿国家公园，曾经拥有的狼、高原狮、白尾鹿和巨角野羊等也与人类渐行渐远。

在管理方面，我以为，建立国家公园是否需要将原住民强制搬出，值得研究和商榷，但规定游客不得在公园内过夜、严格控制火种和过度的人流量等措施却是必要的。

建立国家公园，对我们来说，依然陌生。在中国，我们知道，创建国家公园的尝试始于云南。十年前，云南省迪庆藏族自治州通过地方立法创立普达措国家公园。该公园位于目前的香格里拉县，它定义的范围包括属都湖、碧塔海和霞给村。公园拥有地质地貌、湖泊湿地、森林草甸、河谷溪流和珍稀动植物，原始生态环境保存完好，总面积约三百平方公里。这是中国第一个具有国家保护性质的“国家公园”。后来，国家林业局以“以具备条件的自然保护区为依托，开展国家公园建设工作”的批复同意云南省列为国家公园建设试点省，并委托云南省林业厅主管。

对比美国国家公园的创建和中国云南等地进行的建设国家公园的试点，我以为，国家性、严格性和规范性是必须坚持的，兼顾“长期的保护与合理利用”相统一的认知是必要的，使其能够实现“完好无损地留传后代，永续利用”的宗旨也是必须的。普达措国家公园，就目前的现状和管理来说，还算得上是一个开发与保护都做得比较好的“国家公园”，环境基本上没有受到污染和破坏，是一块净土。公园内有明镜般的高山湖泊，百花盛开的湿地，水草丰美的牧场，飞禽走兽出没的原始森林。湖泊水质透亮，尤其是属都湖。湖区空气清新，天蓝水清，松涛阵阵，鸟语花香。属都湖和碧塔海是普达措国家公园的主体，管理规范，要求甚严，公园内不允许自驾。我曾亲历其中，从公园大门乘景区穿梭观光车进入，绕行一周约六十公里，湖畔林中，可坐车亦可步行，先抵属都湖，经弥里塘，再从碧塔海出来。措施比美国的国家公园的管理似乎还更进了一步。

相反，在此之前，1960 年，中国政府就在四川卧龙设立了“大熊猫保护区”。后来该地被联合国列为世界生物圈保护范围。2006 年，卧龙再次被联合国教科文组织作为世界自然遗产列入《世界遗产名录》。虽然现在面积将近两千平方公里的卧龙自然保护区是由国家管理，但并没有严格按“国家公园”的要求去设计规范。还有，目前云南的国家公园建设试点，有标准不统一、过多过滥的现象，如梅里雪山国家公园，只有收费，没有管理，也没有服务。从管理体制上说，“国家公园”的职能必须是相对统一、独立和综合性的。因此，以我所见，就中国各自然保护区或周边地区遭受过度开发，以及受到无法弥补的破坏现状来说，中国的国家公园建设还有很长的路要走。但愿目前“三江源国家公园”的建设试点能够取得成功。

时任美国总统西奥多·罗斯福曾经在黄石国家公园拱门奠基时发表演说，他说：“黄石公园绝对是世界上独一无二的。为了大众的利益和乐趣，我们创建了这个公园。为了保证全体国民和他们的后代能永远享用这片土地的唯一办法就是由国家管理公园，保护这个公园。人们要珍视和保护园内的景观、森林和野生生物，它现在成为美国的财产，属于全民所有。”

蓝山湾畔的高级农夫

去往遥远的北方，论岁数，我过于年轻了，但每个人在他人生的发轫之初，总有一段时光，没有什么可留恋，只有抑制不住的梦想，没有什么可凭仗，只有他的好身体，没有地方可去，只想到处流浪。我生命中的这段时光延续了八年。

——E.B. 怀特（E.B.White）

埃尔文·布鲁克斯·怀特似乎与生俱来就有一种自然情结。五岁时，父亲在美国最靠东北部的缅因州贝尔格雷湖区租了一块营地，全家八口人每年去那儿度过一个 8 月成为惯例，这是一次次愉快之旅。怀特曾经自豪地说，那里的“天然生境”，是世界上最美好的湖区。

1923 年的夏天，在《西雅图时报》担任记者的怀特突遭解雇。正当彷徨之时，《邮讯报》一则“旧金山商会启程考察阿拉斯加”的启事，让他如获至宝。他揣着口袋里不多的钱，购买了一张短程船票，从西雅图登船。此刻，作为一个年轻人，怀特是幸运的，船长莱恩给了他一个“以工抵乘”的机会，让他有机会实现前往蛮荒之地北极远游的心愿。

虽然在“巴福德”号轮船上做的是辛苦的夜班招待活，但他心中畅快，仿佛已经看到了罗伯特·瑟维斯和杰克·伦敦笔下的阿拉斯加——深雪覆盖的原野、冰块砌成的拱形小屋、北极熊、野蛮人、妓女、酒馆、暴烈的雪橇狗、严寒，还有遍地黄金。

“巴福德”轮的北极之行称得上是一次远航，一个往返来回得花四十天时间。对怀特来说，这是一次刺激的旅程。他一边干活一边欣赏沿途的景观，体验沿途的风土人情。的确，从旧金山出发，航线一直沿着北美漫长的西海岸线北行，全部航程上万公里。这种航程即便对当时的美国人来说，也没有几人能够享受到如此的荣耀。在我所知的人物中，我记得一百多年前，约翰·缪尔曾有过这样一次阿拉斯加之旅，他的目的地是阿拉斯加南端的符兰格尔群岛附近，一次专门的

被森林环绕的清澈荡漾的北方湖泊。这是梭罗向往的地方，也是怀特心仪的地方

冰川考察深度游；我还记得，大约六十年前，美国作家约翰·海恩斯独闯阿拉斯加，在费尔班克斯附近神奇般地生活了二十余年；三十年前的日本著名登山家植村直己，在走遍世界各地、完成攀登世界五大洲最高峰之后，独自一人来到阿拉斯加第一大冰川卡希尔特纳，再次挑战北美最高峰麦金利山，最终以悲剧告终，魂归雪山；几乎与此同时，日本探险家、摄影师星野道夫同样只身行旅于这酷寒的极北大地二十年，最终遭棕熊袭击，不幸罹难。北极圈横穿阿拉斯加中部，这是地球上的寒极，对于向往旅行的我来说，也只是想想而已。这一次，怀特真的来到了阿拉斯加，他行至的范围更远、更广。自太平洋东海岸，经内湾航道，绕过阿拉斯加湾，抵达了阿拉斯加半岛小城科迪亚克和荷兰港。最后，他又穿越了阿留申群岛、白令海和普里比洛夫群岛，抵达了遥远的东方亚细亚——西伯利亚塞尔兹角。

那时候的阿拉斯加还没通飞机航班，对大众来说，是个遥不可及的地方，充满了神秘。怀特对这次远行充满了惊叹与新奇，他心旌摇荡，但未必真正赏心悦目，他找寻的就是这种感觉。北太平洋地区区位独特，根据板块构造学说，北太平洋板块与北美大陆板块沿阿拉斯加湾相抵，形成了北半球最活跃的地震带之一。地震或板块挤压也让这里形成了世界上最壮观的海岸山脉。而北太平洋暖流抵达这里后，又带来了波澜壮阔的惊涛骇浪。怀特所乘之船，在内湾航道，就不断遭受这种海浪和变幻莫测的潮汐的冲击，罡风疾狂。抵达白令海峡时，还得经受冷雾弥天、浮冰孤寂的北极寒流袭击。那是一种难耐的“凄清”和“苍白”。这就是大自然的凶险，也正是这种凶险的经历，让怀特体味了其中无穷的魅力。此时已是北半球的夏天，在抵达终点北极圈附近时，他欣赏到了呈圆弧变化的太阳走向，以及“夜晚寒冷，通宵明亮”的北极独有的景观和北极光。

荷兰港，位于阿拉斯加半岛之上，半岛的形状像一轮弯月，深深扎入太平洋之中，犹如太平洋上一颗明珠。能够离船上岸，让怀特兴奋不已。那是阿拉斯加的大地，尽管那是一个几乎没有树木、不断吹着寒风、自然条件十分严酷的地方，但它是太平洋之冠，北极的土地。他沿着泥泞的小路，攀上小山包，坐在草丛间，眺望苍茫的大海，领略荒芜的原野。村庄近在咫尺，白色的建筑，东正教教堂，以及教堂竖立着的尖塔。村庄的背后，是青翠山冈。山冈在碧波涌动的大海中拔起，云烟缭绕。这里的普里比洛夫群岛是海豹之岛，每年北太平洋的海豹绝大部分都要在此上岛繁殖后代。北太平洋之夏，天空蒙，海碧蓝，驯鹿在岸上漫步，海象在海中追逐；北极熊南巡，座头鲸北漂；当然还有河流中潜伏着的棕熊与鲑鱼的生命博弈。这里，亚欧大陆与北美大陆在此亲密握手；国际日期变更线在此划定，船行白令海峡，东西两岸时差相隔一天，今天和明天在自己的掌控之中。北极圈横穿其间，让这里充满新奇与遐想。在遥远的过去，大约一万六千年前的某个时刻，我们的古代先民赶在末次冰期即将结束前，穿越了这片当时还是旱地、池塘或湖泊组成的“白令陆桥”，从亚洲大陆的西伯利亚踏进北美大陆的阿拉斯加，开启了人类首次走进美洲的历史进程。阿拉斯加，就是这样一个非同凡响的地方。

在《重游缅湖：E.B. 怀特随笔》一书中，怀特用“非凡岁月”一个较长的篇幅描写了自己年轻时的这次难忘之旅。这或许还是他一生中最远距离、最引以自傲的一段经历。北极边缘之行对他后来人生的影响深远。

海鸥从水面掠起

飘然滑向橙色的西方……

在结束阿拉斯加之旅后，怀特从西雅图上岸，一路打工，重返美国东部。1925年，《纽约客》杂志问世。从此，他与《纽约客》结缘。时任总编辑哈罗德·罗斯非常欣赏怀特的文采，聘用他为杂志的助理编辑。之后，怀特为杂志服务了大半生，写了近两千篇文章。他主持编辑杂志《新闻热点》栏目并长期负责撰写“编者按”，创造了《纽约客》的黄金时代。

怀特的故事似乎才刚刚开始。他曾经说，我生活的主题是一丝不苟，渴望简洁，面对复杂，保持欢喜。的确，这是他对工作的态度，也是他对生活的态度。毋庸置疑，他几乎具备了从眼前所有事物中找到欢喜的能力，诸如从城市的花园里发现一棵伤痕累累的树，观察一只刚刚孵出的鹅蛋；他也能够通过欢喜的眼光，发现复杂生活中的种种特殊性，诸如从投机的“獾狗”弗雷德，到《美国宪法》和美国民主。他博览群书，善于观察，又能保持良好的心智，所以他写出来的文字便拥有“超逸的优雅”。怀特的作品很多，最主要的是他的《书信集》和《随笔集》。这些作品使他当之无愧成为美国20世纪最伟大的随笔作家。

纵观怀特的书，毫无疑问，他的文学天赋很大程度上源于大自然的熏陶，或者说，他的灵感多是来自对大自然的体悟。怀特曾调侃说，我就是一个来自北方海滩的流浪汉。本质上，怀特是一个内向、腼腆的人，但他谦冲为怀，向来低调，几乎不参加任何活动。他心比天宽，一旦回归乡野，就变得生龙活虎起来。骑自行车是他最大的运动爱好，但他更喜欢各种生灵，曾经专门找来鸟类学家爱德华·福布什的《马萨诸塞和新英格兰各州禽鸟谱》啃读。有一次，为了追踪一只小鸟，观察它的筑巢，了解它的习性以及个头的大小、声音，还有分布地区，他不惜花费了大量的时间。不懂时，就在书中向福布什请教。还有一次，他居然凭借着自己并不丰富的鸟类学知识，发现了一只在新英格兰地区几乎无人知晓的小鸟——哈里斯雀。他为此充满成就感。大到鹿和浣熊这样的大动物，小到仓鼠、蜘蛛这样的小生灵，他都十分痴迷。他甚至为一头猪的死亡撰写了一篇饱含深情的祭文。他常常流连于乡下的谷仓和马厩。虽然在事业上他取得了巨大的成功，但他的心永远在那个遥远的地方——从小长大的缅因湖畔。

在《纽约客》工作之余，怀特经常回缅因州度假，往返穿梭于纽约和缅因州之间。为躲避城市生活的喧嚣，他把缅因当作了自己真正的家。缅因州，一个盛产圣诞树的地方，一个让怀特魂牵梦萦的地方。不必深入梭罗曾经的“缅因森林”，只要沿着海边，骑骑自行车或开车兜兜风，就能让他逸兴遄飞。他像自己父亲一样，在缅因州北布鲁克林濒临蓝山湾的一个“独特、圣洁的地方——小湾和溪流，落日的山峦，木屋和屋后的小路”，购置了一处几十公顷的海水农场。他，还有他的妻儿在此开启了一种野趣十足的高级农夫式的生活——怀特或驾船出海，或看护动物，妻子凯瑟琳经营自己的花园，儿子则在湖中钓鱼、游泳，一家人其乐融融。他喜欢那里黎明前的破晓，心仪那里清冽而平静的湖水，以及卧室建筑板材发出的气味和潮湿的林木透过窗纱飘入的气味……

读怀特，让我想起也曾在山野间生活了几十载的台湾诗人陈冠学。将自己喻为“诗农”的陈冠学，系心于纯朴，每日“日出而作，日入而息”“含哺而熙，鼓腹而游”，从而融入田园。我相信，怀特秉持的也是这一性情。他在缅因开办的农场甚至还有模有样，养了十五头羊、一百一十二只新罕布什尔鸡、三十六只普利茅斯白岩母鸡、三只鹅、一条狗（獾狗弗雷德）、一只雄猫、一头猪和一只笼鼠。这是怀特的传记作者哈尔·黑格告诉我们的。怀特说，他在缅因度过了一生中最快乐的时光。后来，这些猪啊鸡啊鹅啊，甚至他喜欢的蜘蛛什么的，都成为他生活中的一部分，变成了他的创作灵感，写入了经典的儿童读物《夏洛的网》。

无独有偶，有美国“执拗的农夫”之誉的作家吉恩·洛格斯登同样寻找着这种怀特式生活方式。洛格斯登夫妇俩旧梦重温，回归儿时俄亥俄州乡下一个曾经的印第安小农场，寄宿于溪畔之家，一边写书，一边为杂志社撰稿，过着一种半耕半读、自给自足的田园生活。此时的怀特深受别人的影响，诸如在瓦尔登湖畔开荒种豆的亨利·梭罗；同时又将自己的这种感悟和体验传之于他人，诸如与玉米、小麦、果树、蔬菜，以及众多鸟类和野生动物和谐为伴的吉恩·洛格斯登。和怀特一样，通过观察自己熟悉的农耕生活和家庭日常琐事，洛格斯登写出了一篇又一篇脍炙人口的文章。正是这样一群非典型“美国农民”，他们在大自然中“找到了城市社会中迅速消失的和谐与宁静”，找回了心灵的归宿。

对我来说，很羡慕他们，很向往这种生活方式，但身不由己，或者还是境界不够、决心不大。

怀特最重要的作品是《E.B. 怀特随笔集》。他在《大西洋月刊》《哈泼斯杂志》和《纽约客》等发表的这些文章，文采飞扬，深受读者的喜欢，多年来一直牵动着读者的心。直到 1977 年，他的作品才终于结集出版发行。怀特随笔的写作时间跨度超过半个世纪，所涉及的内容天南地北，无所不包。有评论说，他长期处于创造力的巅峰，令人叹为观止。克里斯托夫·莱曼－豪普特曾在《纽约时报》上这样评论他的《随笔集》：“时不时地，这些随笔让我们评论者眼前一亮，本星期就是如此。”而另一位评论家威尔夫利德·席德则更加全面地评述了怀特的随笔。他说，《纽约客》的作家一向都否认有所谓《纽约客》风格的存在，但在吉布斯、瑟伯和怀特的全盛时期，读者更清楚地确认有这样的风格。这种风格的名字就叫怀特——本色、轻快、敏锐且不加修饰。席德甚至还幽默地说："怀特写给送牛奶人的信，其效果比其他作家通宵达旦挤出来的东西还要好。"怀特自己则坦言，像我这样的随笔作者就是一些"自我放纵"的人，性喜随笔，一向如此。

怀特是亨利·梭罗思想的忠实读者和实践者。他在梭罗的作品中，尤其是在《瓦尔登湖》中找到了自己心中的平静和慰藉，只不过他长期的生活地是缅因州，他的随笔大多数也是描写在那儿的生活。和梭罗一样，他感同身受地"响应人类社会和自然世界的态度"。他曾就梭罗从热衷到警惕，再到敌视的"精神"铁路和自己对铁路的实用性需求进行对比，写作了一篇寓意深刻的散文《铁路》。这篇文章就像是一部描述缅因州或美国早期老牛拉破车式的铁路简史，读来既让人饶有兴致，又隐喻了火车声对人们生活方式带来的异化。作家彼得·德弗里斯这样评价怀特，怀特的一生漫长、充实。他热爱人，也热爱其他生灵，他们都是他的同胞。他天生有足够的敬畏心，无须宗教。梭罗便是他的神，或诸神之一。

高龄的怀特去世后，《纽约时报》在发表的讣告中称："如同宪法第一修正案一样，E.B. 怀特的原则与风范长存。"也正是在这一年，《纽约客》杂志被 Cond é Nast（康泰纳仕）公司收购。

不仅自然，而且文学，将两个看似关联不大的领域有机地融合在一起，成就了怀特的美好人生。

辑二 敬畏自然

荒野：杀戮的土地

我躺在树下的草地上，仰望天上的白云冥想，尽情享受乡间的宁静。的确，我很难想象还有别的生命能有意识地让身心获得如此健康的状态。……而深夜，或美美地睡在旷野之中，或凝望挂在树梢的月儿发出淡淡的光！

——华盛顿·欧文（Washington Lrving）

2016 年第八十八届奥斯卡奖，让《荒野猎人》大出风头，该片一举荣获最佳男主角等三项大奖。而影片或同名小说所反映的时代背景更让我感兴趣。

19 世纪初，美国第三任总统托马斯·杰斐逊思考如何向西部移民，于是他委派自己的私人秘书梅里韦瑟·刘易斯和美国军官威廉·克拉克上尉率考察队，划着独木舟沿普拉特河深入美国西部，包括后来总统再次派去的以泽布伦·派克为首的探险队。结果他们发现了西部的大沙漠，于是向总统报告说，那是一个野兽出没、大片荒漠、完全不适宜耕种和农业居住的地方。多年之后，在欧洲游历的华盛顿·欧文回到纽约。1832年深秋，受好奇心驱使，几乎就在同一地点，欧文跟随一支考察狩猎队或边疆追猎者也来到这里。他们沿着密苏里河上溯，背长枪，骑烈马，走溪流，睡帐篷，走进荒原。这一次，不再虚构，欧文经历的是一次实实在在的充满了凶险的野性之旅，并记录在他的《大草原之旅》一书中。

或许是因为华盛顿·欧文《大草原之旅》一书的影响力不足，或许当年杰斐逊总统并没能关注到欧文的这本书，让刘易斯和克拉克报告中所描述的西部干旱或不毛之地的阴影一直延续到19世纪40年代，即探险家约翰·弗里蒙特将密西西比河谷到太平洋之间的大片地域绘制出精确地图之后。此时，西部天堂般的面貌才得以呈现给世人。而杰斐逊的心愿未能如期实现，致使他的西部移民和建立横跨美洲大陆的交通线计划整整推迟了一代人。

密苏里河上游的黄石河。如果不去现场，此景只能在华盛顿·欧文的书中读到，只能在影片《荒野猎人》中看到（陈映竹拍摄并提供）

那时的美国中西部，呈现出一派天高地阔、广袤而深邃的原始蛮荒面貌。华盛顿·欧文抵达的大草原地区，包括密苏里河中上游至阿肯色河流域的广大区域。河流滋润了这片葱绿的荒原。除了森林和草原，这片荒原还是美洲野牛和野马的自由天堂。在威廉·福克纳的笔下，这里“成群的鹿悄然移动，如同烟雾一般，灌木丛与丛林深处则有熊、豹、狼，以及一些更小的动物——浣熊、负鼠、海狸、貂和糊鼠出没”。一个荒芜的野生动植物世界。后来，作家惠特曼来到西部，他沉醉于草原上绵延无尽的“完美的西部空气和秋阳的自由、活力和明智的热情”之中。河谷之“美丽甚至超过了人类的想象”。对今天的我来说，此景只应天上有，没有机会亲临，但从美国东部的费城乘机飞往西部的拉斯维加斯，我曾经过了这一地区。而影片《荒野猎人》，给我们再现了那儿绝美的现场画面。

当时，大草原地区还只是波尼族印第安人，或奥塞奇、科曼奇、克里克和德拉瓦尔等土著印第安游牧部族的生活领域。他们游弋于草原和山谷，以狩猎为生。由于自然环境恶劣，基本无法定居，因此养成了此地印第安人强悍的性格。在野生动植物的呵护下，这些印第安人在此创建了自己的原始文明。那个年代，距离美国建国只有短短几十年，中西部依然人迹罕至，美国波澜壮阔的移民运动也仅仅抵达密西西比河边。走进西部，让华盛顿·欧文充满期待。作为探索者，他们的骑行之旅从肥沃的冲积平原鱼贯而入，先是无边无际的小路，或是在杂草丛生的灌丛和峡谷中穿越，然后探险枝叶荫郁的丛林，最后才是一片光明——开放宽广的大草原。

西部，美国的西部，开始呈现在世人面前。草原的秋天，空气中弥漫着薄雾，阳光朦胧，景色柔和，丘陵高低错落，远山轮廓模糊。

这里的河谷与密林，波光粼粼，鲜花盛开，树木参天，秋色尽染。非但植物，大草原还是昆虫和其他动物的家园。犬鼠是一种动作敏捷、个性活泼且不得不介绍的小动物。它们的独特性，让自己成了美国中西部地区的珍稀动物。还有林中的蜜蜂，它们虽然是外来户，影响力却非同小可。伴随着人类文明，蜜蜂从大西洋边逐渐向西部挺进，来到大草原扎根繁衍。可以这样理解，文明带着蜜蜂走，而蜜蜂又推动着印第安人和野牛等动物向西部移动。当树林中变得芳香四溢之时，神奇的蜜蜂便成为大草原上的传奇。在这里，荒原上肥沃的山谷，是野鹿、野牛和野熊的栖息地；密林河流和小溪之中生活着大量河狸。刘易斯和克拉克的报告虽然在政府那儿没有起到什么作用，但他们带回的“这一地区海狸和海獭比起地球上任何其他国家都要丰富”的信息，却给商人和捕猎者带来了商机。当时的阿斯特和落基山皮毛公司迅速出动，通过物物交换获取毛皮。于是，这种以“软黄金”河狸皮为代表的毛皮贸易成为一种重要的经济模式，迅速改变了西部世界。在历史学家卜正民《维梅尔的帽子》一书中所描述的帽子，据说就是用这种河狸皮制作的。对这些野生动物来说，人类是入侵者。华盛顿·欧文承认，自己打破了这里的孤寂。不仅如此，人类给这儿的动物带来了灭顶之灾。

很快，不同的方向上传来枪声。不一会儿，一个猎手骑马跑进营地，马背上驮着一只硕大的雄鹿尸体。又过了片刻，几个年轻的猎手徒步进入营地，其中一个肩上背着一只母鹿的尸体。（李玉瑶译）

这是欧文他们进入大草原后开始对野鹿和野牛的杀戮。

大草原位于落基山脉东部的雨影区，春夏两季充沛的降水非常有利于一种特殊的矮草生长，而且这种草根茎发达，储存的水分确保了野牛的生存繁衍，因此在大草原上形成了一条辽阔的“大野牛带”。

在印第安人时代，野牛是大草原上部落人群的生存之本。他们一般采用传统原始的狩猎方法，用打制石器或长矛作为工具，对野牛进行集体围捕猎杀。事成之后，土著人会将猎物切成小块，分食或保存，以此维持部落的生活。新殖民时代开始之后，或者说华盛顿·欧文时代之后，猎杀变得惊心动魄起来。

我们朝野牛开了几枪，子弹射入它庞大的身躯，它扭转身，企图涉过河流，但只摇摇晃晃地走了几步，就慢慢倒向一边，气绝而亡——这是欧文一行采取的狩猎方式，工具和手段现代化后，对野牛构成的威胁也就更大。与华盛顿·欧文同行的皮埃尔·贝蒂，曾与熊有过一次遭遇。独自狩猎的他，遇到一只巨熊。他用步枪击中了它，随之，双方展开对峙。狂怒的熊露出可怕的白森森的牙齿扑向了贝蒂。千钧一发时，贝蒂倚着小溪中的一个立足处再次开枪还击，才将

到19世纪末，美国西部大草原上曾经的野牛数量从一千三百万头下降至仅剩八百头。今日大草原上的野牛数量已经得到了一定程度上的恢复，但也今非昔比（陈映竹拍摄并提供）

熊赶跑，捡回一条小命。惊险场面如同《荒野猎人》中人物休·格拉斯与熊的遭遇，只不过贝蒂要幸运得多，自己没有受到伤害。

大自然，俨然成了一个弱肉强食的“狩猎场”。

对于生活在大草原上的土著印第安人来说，草原河谷是他们的家。他们完全遗世独立于世界之外，自我保护，自给自足。他们不依附于任何外人，自己决定行为和生活方式。他们跟随着大草原上的野牛群，走四方。他们野性十足，吃野牛肉，穿野牛皮衣服，用野牛的脂肪做化妆品，用野牛的骨头做工具，住着圆锥形的帐篷，甚至用牛粪当燃料，几百年始终如一，直到外来文明的侵入。

在殖民初期，这种杀戮行为不仅仅针对那儿的动物，还有人类。草原上的印第安部落就曾深受殖民者的虐待，白人却“美其名曰”，他们是白人对西部“扩张的障碍”。的确，西部扩张，从社会结构来说，就是一群白人闯入了土著印第安人的生活之中。当时的法律由白人制定，而且条款直白：“人们可以随意烧、杀、伤害以及毁灭那些不受法律明文规定保护的人、动物和东西。”于是，成群的鸽子被炮轰，鱼和野兽被滥捕，森林树木被任意砍伐，印第安人惨遭屠戮。

克里克人，草原上一个性格鲜明的种族，男性肌体发达而健硕；女性长腿优雅，身材匀称。无论男女，他们都喜欢色彩鲜艳和装饰华美的打扮。他们具有东方人的性格和喜好。他们创造了“驯马—野牛文化”。那儿的奥塞奇人，甚至拥有古罗马人的英俊模样。他们善于骑射，腰间围着毯子，赤裸的上身似雕像模特，在穿上印第安鹿皮猎装、皮裤和鹿皮靴时，威风八面。印第安人的坐骑源于大草原，是草原上的野马。这些野马象征着西部，浑身洋溢着骄傲和自由的天性，奔驰在属于它们的荒野。这些马，是草原游牧民族的至爱。像草原上的野马一样，在草原上成长起来的印第安人，常年恣意遨游在草原上，将土地奉为太阳之神所赐予，不划界线，不做分配，展示出原始状态下的辉煌的“独立与自由”。在华盛顿·欧文眼中，他们随身携带着自己在人世间的所有财物，没有任何浮华的需求，他们所拥有的是“个体自由的伟大奥秘”。在华盛顿·欧文另一部重要著作《见闻札记》中，他写了《印第安人的品性》和《波卡罗克特的菲利普》等几篇文章，专门讲述印第安人精彩而又悲伤的人生故事，让人记忆犹新。

从《大草原之旅》中，我读出了华盛顿·欧文对生活在大草原上的印第安民族倾注的热情与关注。书中，他描述了奥塞奇人在草原上围猎野牛时的浪漫热忱。那是一种危险而令人兴奋的游戏精神。在阿肯色河边，欧文曾经充满好奇地光顾了一个奥塞奇印第安村落，他们的到来引发村里人的一场小小轰动。印第安人总体上是好客的。大家有说有笑，坦率真诚，围绕在篝火旁，哼着圣歌，用手击打胸膛作为伴奏的鼓点，充满野性之美。眼见为实，华盛顿·欧文将自己融入了真正的印第安人生活之中。他感到，印第安人并非只具有坚忍克己、沉默不屈的品格，他们有泪水，也有欢笑。虽然印第安人一生的大部分时间可能都在打仗、狩猎或讲述离奇故事中度过，但这并不妨碍他们成为伟大的模仿者和滑稽演员。他们充满好奇心，善于观察，目光敏锐且机警。他们是想象力的化身，坦诚、愉快并不受约束，而正是这种充满自由的想象力，勾勒出了大草原的勃勃生机。

当然，也有一些野性十足的印第安部落不易归化，充满血性，甚至还会成为人们的恐惧对象，波尼人便是其中之一。与奥塞奇人一样，波尼人也属于游荡于阿肯色河和雷德河之间大草原区域的民族。他们以牧马人的形象出现，是一群骁勇的骑兵。他们驰骋在广阔的草原上，有时候猎取鹿和野牛，有时候卷入掠杀征战。一些波尼人甚至居无定所，住着兽皮帐篷，神出鬼没，成为草原上的传奇。华盛顿·欧文的草原之旅，既激发了自己的想象，又让他躁动不安，毕竟自己踏入了波尼人的猎场，一个外来移民从来没有涉足过的荒野。

印第安问题是美国西部绕不开的话题。为方便移民拓荒，19 世纪初，美国政府通过《路易斯安那购地案》，到世纪末，在与阿帕奇印第安部族的最后战争结束后，为印第安人划定分散居住地的做法变成了一种广泛应用的实践形式，如俄克拉荷马就被指定为印第安人居住地，称为“印第安领土”。再后来，俄克拉荷马成为美国的一个州。印第安人也就再没有了属于自己的专属领地。

西部大草原上曾经遍布各地的野牛，到19世纪末基本上被消灭。最著名的“野牛比尔”，曾在受雇于太平洋铁路公司的一年半时间之内，创下一人猎杀四千八百余头野牛的纪录（陈映竹拍摄于黄石公园）

华盛顿·欧文毕竟是一位文学大师。他的经历，用他自己的话说，先是喜欢旅行，见识各地奇风异俗，然后读更多的书，将好玩的性情渐渐纳入理性的规范，从而树立自己的高度。他甚至早于爱默生，开创了美国文学根据本土生活与文化创作文艺作品的可能性。他曾经说，我给予世界的是“自己的见识和冗长乏味”，以及“各式各样的闲言碎语”。正因为如此，使他成为“美国文学之父”。他的行文从容不迫，抑扬有致，用笔细腻而趣味盎然，让人在阅读时产生一种身临其境的感觉，获得阅读快感。在我看来，《见闻札记》代表了他写作的最高成就。他陶醉于大草原，那个让他充满遐想的地方——草原、高地，溪谷、河流、湖泊，以及丰富的动植物；他深入印第安人部落，以“悠闲自在的眼光”，了解他们真实的生活状况，然后原汁原味地呈现给读者。

《大草原之旅》的内涵和价值，或许正在这里。在人类主宰地球之前，大自然所呈现出来的正是这样一种自然和谐的面貌。尽管充满杀戮，甚至血雨腥风，但在自然界生物链的形成过程中，却是必然。虽然我非常不愿意看到华盛顿·欧文在书中过多地对屠杀野生动物场景进行的描写，甚至怀疑那种场面的真实性，但那毕竟是发生在两百年前的事，那时的人类与现在相比还是弱者，并不能完全主宰大草原。《大草原之旅》是当时人与自然生存状态的一种真实表达，一个美国西部狩猎场景的完全记录。人与植物和动物之间，在大自然的面前是平等的，而这种结果似乎又有其合理性，尤其是对被生存环境所迫、到处流浪的印第安人来说，那是他们的生存之本。诗人亚伯拉罕·考利将其喻为一场“农夫们对于野兽和禽鸟所进行的无罪的战争”。当然，放在今天，这个观点显然无法让人接受。

华盛顿·欧文在书中所描述的这片区域，覆盖了今天美国的怀俄明、堪萨斯、科罗拉多、俄克拉荷马、得克萨斯和新墨西哥等州。在挺进西部的进程中，皮毛商是先行者，随后便是牧民、矿工、拓荒农民和城镇建设先驱者。至今，这里仍呈现出典型的美国西部味道，牛仔风盛行，人们头戴牛仔帽，脚蹬牛仔靴，骁勇彪悍，骑行于大草原。他们本性不改，动辄爱动枪，秉承了西部人骨子里的野性。

北方荒原进行曲

黄昏中，我坐在荒野里，不远处是巍峨的青山，我的旁边是波光粼粼的河水，还有画眉鸟的歌声相伴，这应该就是文明的最高境界吧！

——亨利·戴维·梭罗（Henry David Thoreau）

亨利·梭罗著作等身，但真正的游记随笔并不多。《河上一周》是他的处女作，也是他第一部游记作品。加上后来的《缅因森林》和《科德角》两部，他共完成了上述三部游记作品，而后两部书只留下游记手稿，梭罗生前并没有出版。

在独居瓦尔登湖畔两年、潜心构思写作《瓦尔登湖》的日子里，他忙里偷闲，仍然不时计划远行。尽管他一生中这样的远足并不多，但前往缅因州的卡塔丁山、奇森库克湖和阿勒加什与东支流等向往之地，算得上是具有真正意义上的几次。梭罗去世后，后人将他在缅因旅行时的所见所闻、所思所想文稿汇编成《缅因森林》一书出版发行。近年，四川文艺出版社将这本书引进出版，填补了梭罗作品在中国大陆翻译出版上的一个空白。

虽然我没有机会去缅因州，但还是从不少书中领略和感受过它的风采，包括 E.B. 怀特的《重游缅湖》和斯蒂芬·金的《肖申克的救赎》。而蕾切尔·卡森在 20 世纪 60 年代也曾独自来到缅因州的海边，度过了一个幽幽夏日，那里留下了她的“海滩和树林”，并写下富于诗意的自然观察笔记之作——《万物皆奇迹》。

缅因州是美国最靠东北角的一个州，南靠大西洋，边境以北就是加拿大。缅因州，几乎与中国东北的黑龙江省同纬度。它位于美国东部阿巴拉契山脉最北端地区，冬季寒冷，森林苍茫，水资源丰富。1846 年 8 月末，梭罗离开瓦尔登湖，先火车，后汽船，抵达班戈和印第安岛后，再划着印第安人的独木舟，向缅因最偏远的山林进行了一次跨越空间的陆地探索，目标——卡塔丁山。

卡塔丁山是新英格兰地区的第二高峰，缅因州最高峰。这个地区也曾是原属印第安人最早居住地之一，印第安语称之为“最高的土地”。在梭罗的那个年代，卡塔丁山区除了冬春两季有一些伐木工和印第安猎人进山，有少量永久居民在此定居外，几乎没有其他旅行者，纯属一块蛮荒之地。能够想着去攀登卡塔丁山的人，更加寥寥无几，即便是当地人也不例外。今天的卡塔丁山区域已规划成美国东北部唯一的国家公园。

智者无畏。这时，梭罗来了，他带着简陋的装备、一个背包，包内塞了一些衣服和必需品，邀了几个同伴。当然，为了安全，一个同伴还带上了自己的来复枪。与当年华盛顿·欧文一行浩浩荡荡挺进西部密苏里河大草原相比，梭罗就要相形见绌得多。

百年前的卡塔丁山是原生态的，梭罗一行，沿着佩诺布斯科特河边的常绿丛林向山区腹地进发。夏末秋初的森林是最美妙的季节，林木粗壮结实，森林一望无际。行走山野，呈现在梭罗眼里的是路边流淌的潺潺溪水，空气中弥漫的是甜美的芳香。心情好，一切都是欢快。梭罗曾经说，我“精神的好坏与外在风景的单调程度成正比”。恐怕只有来到这里，才会变成他的例外。梭罗在此听到了溪流中鹊鸭的欢笑，密林中松鸡、山雀还有金翼啄木鸟的歌唱。有时，他们偶尔还能遇上几栋伐木工们在荒野中过冬时留下的房子或营地。或者说，这里仍然是他再塑自己，并苦苦追寻的“最黑暗的森林，最浓密又没有尽头的森林，以及对市民来说最阴森的沼泽地”。缅因森林，就是这样一个森林的世界。湛蓝的天空，寂静的荒芜。梭罗一一数过，森林主宰者，是高大而又粗壮的山毛榉和黄桦，除此之外，还有众多的云杉、雪松、枞树和铁杉……

写作《瓦尔登湖》对梭罗来说是枯燥的。完成初稿后他精雕细琢，持续改了多稿，七年后才正式出版。这本书是一部梭罗定向描写自然景物的散文，同时还是一部思辨哲理随笔。梭罗写得辛苦，我们读起来也不轻松，但《缅因森林》则完全不同。梭罗《缅因森林》一书的写作节奏是明快的，心随思走，思随脚行，有多远走多远。如果说《瓦尔登湖》总体上是一种相对静态的描述，那么《缅因森林》则是动态的，行进中的完成式，纯粹的、互动式自然之作。这时，梭罗可以完全将自己陶冶在大自然的怀抱之中，放弃一切烦恼，而且将自己的读者一并带入。我的阅读过程，便如同他的行走过程，迈出了第一步就无法停歇，所以几乎是一气呵成。阅读《缅因森林》，的确就像是随着梭罗在缅因森林中漫步一般。这是一部恬静、干净、明澈并畅快的书。

距离卡塔丁山不远的一处丘陵低地大农场，是梭罗一行登山途中的一个大本营。这是一个白人定居者乔治·麦考斯林，或称“乔治大叔”的家。农场边河网纵横，远一些便是密布的森林，有桦木、山毛榉和枫树。麦考斯林来自苏格兰，与梭罗或许还称得上是真正的同乡，他横跨大西洋来到此地定居。乔治大叔在佩诺布斯科特河或湖泊或支流上行船谋生，也做些伐木工的活儿，以此筹集财富，过着一片天地只属于他一个人的悠闲生活。果然，农场被他经营得还有些像模像样。房子用巨大的原木修建，有四五个房间。空地上建有一座满满当当的粮仓。他在这儿养马、养奶牛、养绵羊、养鸡、养狗，还种植土豆、燕麦和草，也种一些萝卜、甜瓜和西红柿等果蔬，过着比梭罗在瓦尔登湖畔更逍遥、更富庶、更生活化的日子。梭罗来到这儿，喜欢并留恋了起来。

前往卡塔丁山的行路难，在他们离开九十五号州际公路，从麦考斯林家的农场出发后才算是真正开始，横亘于前面的便是丛林、河流、溪水和瀑布。梭罗一行六人携带着一些面包、猪肉、茶叶，一个棉布帐篷、几条毯子以及一些生火做饭用的工具，还有主要的交通工具——一艘平底船。在幽默、精明且热心的乔治大叔向导下，在繁茂、潮湿的林中披荆斩棘，开路再出发……

缅因山区山峦起伏连绵，河流和湖泊交替。该地区位于美国和加拿大两国之间著名的五大湖下游，称得上是新英格兰地区湖泊分布最密集的地区。佩诺布斯科特河是其中比较大的一条河，河湖相连，湖泊似项链上的珍珠，点缀其间。瀑布是一道道的坎，层层叠叠，在此探险只能不断迂回绕行。

在这里，河流和溪水中的鲑鱼是一个典型的代表性物种。经历了数千年的变化，冰川融化，陆地抬升，海平面趋于稳定。而这种变化的结果，让大量鲑鱼群开始回溯游至西北大西洋沿岸的河流或溪水之中，并在那里繁殖、死亡。鲑鱼的如期而至，改变了人们的饮食方式和生存环境。于是，土著印第安部落便学会了将鱼切片晾在架子上晒干和风干，或者将鱼悬挂在顶棚，用烟熏的方法保存。久而久之，印第安人便有条件在此建立起永久的村落。这里也成为一个后来人十分向往的地方。亨利·梭罗旅行至此，在领略和探索自然景致的同时，有感于神奇鲑鱼的故事。当然他不会错过捕捉或品尝这一北半球高纬度地区最著名的鱼类。的确，这种鱼的吃法可以很简单，在北方寒冷地区腌制好，便可以随时享用，生吃亦是美味佳肴。这种鱼，当然还包括大草原上的野牛，推动了新大陆人类发展史上的一场悄然变革。

在卡塔丁山清澈的小溪中，鱼类丰富，不仅有鲑鱼，还生长着鱼鳞熠熠生辉的鳟鱼。此时此地的钓鱼之趣，其乐无穷，做成的鳟鱼汤则鲜嫩无比。安贝吉基斯湖是梭罗所见过的最深、最美的湖，甚至优

激流险滩的探险之旅，往往是一种最精彩、最危险的过程。梭罗向往的就是这种刺激和视觉冲击。此照片拍摄地并非缅因州，而是与缅因相距不远的圣劳伦斯河上游支流中的一处险滩

于瓦尔登湖。站在湖畔，他久久不愿离开，从湖面眺望，群山起伏，烟雨朦胧，充满了新奇与神秘。在这儿的深山之中，最凶猛的动物是狼和熊，它们是绵羊的天敌。还有，草甸上生活着成千上万头驼鹿。那个年代，这里既是植物的世界，也是动物的天堂，动植物在这里构成了一个完整的、完美的生物链。林中生活，对梭罗来说，赏心悦目，是一种超越。从不喝酒的梭罗，就是在这里第一次品尝到了森林中清亮而又稀薄的啤酒，一种“像雪松汁液一样浓烈刺激”味道的啤酒。他赞赏这种啤酒，如同吸吮大自然中松树的乳汁——米利诺基特所有植物汁液的混合——原始森林绝顶的、最好的、最美味的水沫。梭罗说，喝这种啤酒，让人归化自然。

梭罗一行的此次探险之旅，最精彩、刺激的过程是冲击激流险滩。他们划船跨越了若干个小湖泊，撑船逆流过了无数的湍流和通道。在帕萨马米特河，他们决定挑战瀑布，为了强行突破，他们将船靠近溪流的一侧，之后又划入溪流中央，与激流搏斗。船或独木舟，擦着岩石时，通过左右摇晃调节平衡。撑杆折断的瞬间，用断杆猛击岩壁调整方向。经过佩诺布斯科特河一帘垂直瀑布时，船员们展示了非凡的勇敢，在深水中以高超的技巧保持船的平稳，用眼睛扫描着激流和石头的变化，船撑在岩石之间，与岩石擦肩而过，两侧的水卷起阵阵漩涡，险象环生。在时速近三十公里的激流中，稍不注意，行船如撞上石头，瞬间将劈成两半，这让梭罗胆战心惊。麦考斯林讲述了一次自己曾经的遇险经历，一块岩石后边的漩涡，使船随着水流打转转，几小时都无法甩出来……

卡塔丁山海拔仅千余米，绝对高度其实并不高，属于陡峭的花岗岩山脉，山顶呈台地状，大片裸露突兀的花岗岩从林间冒出，显得新奇。爬山，对不谙水性的梭罗来说，却可谓轻车熟路。接近山巅，那儿的植物发生了显著变化。下部生长着黄桦、云杉、冷杉、花楸和条纹枫，再往上，是山茱萸、御膳橘和蓝莓的世界，新鲜的蓝莓果子压弯了枝头，是美味的鲜果。山顶凉风飕飕，是草甸植物带。站在光秃秃的山脊上，可俯瞰附近的乡村美景，可惜梭罗运气欠缺了点儿，山顶云雾缭绕，云朵似乎永远飘浮于此，却另有一番风味。

这种感觉我似曾相识。在中国南方，有一次我访游江西九岭山脉，所到之处，山谷植被茂密，生长着常绿阔叶林和落叶林，山间多针叶林，以杉树为主。与缅因卡塔丁山几乎相同海拔高度的九岭官山，拥有同样神奇的森林带，尤其是长满青草的山巅草甸，由岩浆岩形成的林立巨石，荒野苍茫。许多巨型鹅卵石，似天外飞石，明显带有冰川侵蚀的痕迹。两座山有异曲同工之妙，所不同的是官山属于亚热带温暖湿润气候，降水更丰沛，而卡塔丁山属于温带大陆性海洋气候造就的森林带。梭罗说，我在山顶感觉到的敬畏，是很多人连进教堂都感觉不到的。从那里可以看到家园所在的那片大地，也可以感觉到时光的流逝。相信这种感觉对任何一个山友来说都一样，都能阅读并体验到。

此时，在大自然面前，梭罗似乎变得感性起来。站立山巅，大自然让他感到卑微，使他觉得孤独，他甚至听到了大山在对自己诉说，你为什么要这样早来到这里，这块土地本来就不是为你准备的。所以，我在阅读《缅因森林》时便产生了一种亲切感和敬畏感。我用大段文字描述梭罗的行走过程，并把自己置于其中，除了羡慕和向往之心情外，仍然旨在与梭罗进行一次跨越时空的沟通，以期形成一种心灵上的默契与交流。写到此，我对遥远的缅因森林甚至有点向往了，不知那片森林现在如何。

攀登卡塔丁山，最大的快感，可能不在于山，而是对山的向往，以及登山过程中对大自然的美好体验与感悟。对梭罗来说，走到这里“或许才最真实地意识到这就是自然，原始的自然，尚未驯服，而且是永远无法驯服的自然”。荒野之爱，体现了梭罗对大自然最真挚的爱。在这里，自然尽管美丽，却富于野性；在这里，即使是在隆冬时节，大自然也如春天般生机盎然；在这里，我们可以感受到一种力量，一种并不一定会善待人类的力量。此时的卡塔丁山在梭罗看来，“纯粹是造物主的手笔，是上帝按照自己的意愿造出的心仪之作”。他向往这里的印第安人自由而又无拘无束的生活状态。一个人或一群人生活在这荒野的边缘，大陆的深处。夜晚在河边吹一管长笛，悠扬的笛声和着狼的嗥叫在星光熠熠的夜空回响。梭罗做梦都想为建立这样一个“神人交流”的目标而努力。

梭罗感叹，荒野缅因，最震撼人心的是山林的连绵不绝，甚至比自己想象中的更严酷、更荒凉。他说，缅因州的那些森林与自己的家乡康科德的森林根本不同，在家乡的森林里从来都不会有置身荒野的感觉。的确，在梭罗的眼中，缅因乡野呈现的景致是野性并严峻的，却又温和。从群山之巅眺望远方，还有从湖泊中观赏森林，一定程度上还带着柔和，透着文明。这里河流的两岸间布满草甸，水草丰美，湖泊位于台地的高处，沐浴着充沛的阳光，森林则成为湖边漂亮的刘海，像一幅山水景观图——印第安人在那里狩猎，驼鹿在那里自由奔跑……

走进约塞米蒂山谷

在我攀登过的所有山脉中，我最喜欢内华达的塞拉，尽管它极度崎岖，它的主要面貌展开在最宏大的高度和深度之上，但并不难接近，并且热情好客，它那令人叹服的美丽展示出惊人的和迷人的形式，引来崇拜的游人络绎不绝，其魅力和魔力无穷。

——约翰·缪尔（John Muir）

约翰·缪尔走进约塞米蒂山谷，标志着人类对大自然自由和野性的认识进入一个新阶段。

1869年初夏，约翰·缪尔来到加利福尼亚。6月，囊中羞涩的他，谋得了一个放羊的差事。于是，他带着爱默生的书，与牧主、牧羊人和一只可爱的牧羊犬，赶着两千多只羊，来到内华达山脉，走进了原始的约塞米蒂山谷。在整整一个夏天百余天的时间里，缪尔白天饱览山水，夜晚听水著书，悠游于内华达的高山与峡谷之间，尽情地观察、研究那儿的流水、地质和动植物。他自豪地说，这是自己一生中真实、自由而又神圣的一个夏天。之后，他写作并出版了自己的第一本书、日记体旅行随笔——《夏日走过山间》。该书将内华达山脉腹地的自然生态，尤其是约塞米蒂的自然景致，完美地呈现于世人面前。

2014 年，就在约翰·缪尔走进约塞米蒂山谷一百四十五年后、约塞米蒂国家公园成立一百二十四年之后的这个 6 月，我追随缪尔，远涉重洋，来到约塞米蒂国家公园，踏着峡谷中的“缪尔小径”，踩着他当年的脚印，循着他的目光，体味这片土地。我重温了一回当年缪尔的朝圣之旅。

在美国自然主义文学作家之中，约翰·缪尔是我最尊崇的一位。这是一位全身每个毛孔和细胞都充塞着山的气息的人。在我眼中，他是一位真正的大自然引领者。缪尔曾说：“我只能在这片令人喜爱的壮阔山峦中漂泊，心甘情愿地在神圣的大自然中，当一名谦卑至微的

约塞米蒂国家公园白雪皑皑的高处入口

仆人。”约塞米蒂壮美的岩石与森林，对缪尔来说，都是他穷毕生之精力要读懂的史诗。他用自己的双脚踏遍了那儿的山山水水、密林灌丛。为此，缪尔写作了不少书——《群山在呼唤》《我在北美西部山地的第一个夏天》《加利福尼亚的山》《我们的国家公园》，等等。这些书，都是我的挚爱，能买到的也都基本上纳入了自己的收藏。阅读时，浸润其中；行走时，伴他同行。

从旧金山到约塞米蒂国家公园全程四百余公里。今日之交通，已非当年约翰·缪尔所需承受的长途舟车劳顿之苦，高速公路直抵山边。美国西部，多山地和高原，农耕区甚少。然而，就在内华达山脉和西边的太平洋海岸之间，形成了一块亚热带地中海式气候、地势平坦的中央谷地。这是一块土地肥沃、富庶，四季温暖宜人的大平原。6 月我们经过时，这里桃李孕育，葡萄成熟，草莓收获，一派田园与牧区风光。傍晚时分，夕阳西下，在距离约塞米蒂国家公园进山口只有几十公里处，我们在高速公路旁一家汽车旅馆留宿了一晚。虽然已临近目的地，汽车旅馆依然宽敞宁静；山脉虽然近在咫尺，依然无影无踪。带着《夏日走过山间》，行走约塞米蒂国家公园，是我美国之行的最大梦想，也是我事前早就计划好的不可或缺的一环。此刻此景，让我思绪飞扬。

从山口进入公园管理区，全是柏油路面，路况很好，我们一路溯河盘旋而上。这条河，就是约翰·缪尔在书中所描述的麦瑟德河，溪流潺潺。从入口抵达公园核心景区——大教堂岩和酋长岩，大约还有三十公里的路程。中途所设收费站简约、方便，可购买约塞米蒂国家公园的单票，也可买整个美国国家公园的套票，套票按小车计，八十美元一台车，价格还算便宜。由于太平洋暖湿气流在此遇到山脉抬升，山谷里降水充沛，植物生长茂密。回想当年，缪尔与他的伙伴们

麦瑟德河上的高山瀑布，是约塞米蒂的标志性景观。当年，约翰·缪尔曾坐在这里的一棵树下画素描，而今天的我们则来到此地找寻缪尔的故事

大约三百万年前，岩浆上涌，气势磅礴的造山运动将它隆起，形成了雄伟、坚硬完整的花岗岩群和冰川雕出的一个个高山堰塞湖。它们构成了内华达山脉的脊梁

也可能是从此进山，赶着羊群，亦步亦趋。他们慢，我们快。但我只能走马观花，找个感觉，探个究竟。

小河边，生长着岩蕨、雏菊、虎耳草和龙胆属植物，是一片从远古而来的“冰川草地”；更高一些的谷地，长着杜鹃、苜蓿、蔷薇以及羽扇豆类被子植物；进入山谷，则是高大的白皮松、山青栎和糖松，以及云冷杉等裸子植物。生长在此的植物有渐进的规律，从低矮的草甸灌丛植物到高大的云杉、冷杉和松林。林中还生活着众多的昆虫和小动物。溪流旁有蜥蜴，松树上有缪尔喜欢的松鼠。百年回放，风云际会，景观仍旧。这是约翰·缪尔曾经的或想象中的世界：“在冬日将尽的时候，山谷的盆地先是变成了一个湖，随后成了一片草地，再后来那里就堆满了大水冲过来的岩石和伐木，长满了荆棘和绿草，这就是现在的约塞米蒂公园——这里到处都是野羊——它们的痕迹在长满荆棘的小道和峡谷边随处可见。”峡谷中的草场“是一处完美的草地，几百年来没有发生过明显的变化”。缪尔说，在约塞米蒂，观岩是最大的享受。由于第四纪冰川的作用，许多山岩上留下了深深的冰川刻痕。变质板岩黑乎乎，白色晶莹的花岗岩制造了一座座庞大的穹丘。山岩、树林、瀑布与溪流在山谷里交相辉映。

苏醒的万物透着欢愉；鸟儿开始惊扰无数虫子；鹿安静地躲入灌木丛茂密的枝叶中；露水消失，花瓣展开，每个脉搏都跳动得更快……大自然之功是如此的细致……大地为矿石晶体所覆盖，矿石晶体披着苔藓、地衣，低处散布着绿草繁花，其上生长着较高大的植物，叶叶相叠，不断变换着色彩与形态，然后又有冷杉展开宽阔的掌状叶遮蔽着这一切，蔚蓝的穹庐则像一朵钟形巨花般笼罩着万物。（陈雅云译，下同）

约塞米蒂峡谷，约翰·缪尔称之为印第安峡谷。在建立国家公园之前，这里曾是一处印第安部落的定居地。印第安先民在此狩猎，他们用树枝和树皮搭建小屋，像鸟类或松鼠一样，过着无忧无虑的山居生活。

在美国的国家公园中，约塞米蒂是地质与生物多样性结合得最完美的地区之一。约塞米蒂独一无二的穹丘和冰川形成的花岗岩，最高的高山悬崖瀑布，最为茂密的冷杉林，以及鹿和熊等高等级动物，都是我关注的。我们将汽车直接行至约塞米蒂纵深山谷核心区。这里，目前建有一流的游客服务中心，可以解决吃的并有足够的停车场。在这里，也让我想起了 E.B. 怀特在《重游缅湖》里的一段描写，感觉很契合。怀特说:“这是背景，湖边的生活是画面，度假者勾勒的一幅单纯而安谧的图画。……美国国旗在蓝天白云下飘扬，树根盘绕，上面的小路引向一个个营地。……商店的纪念品柜台上，摆了桦树皮做的袖珍小划子，还有明信片，上面的景物看上去比实物要好些。美国人逃离城里的溽热，阖家在这里游憩。”

站在中心广场，映入我眼帘的，南边是从书中早已熟知的巨大的酋长岩；东面是庞大的大教堂岩，与中国黄山的巨型花岗岩体比较，雄伟有余，灵气不足。酋长岩是一座高度垂直面达千米的半圆顶山。据缪尔描述，这是世界上最大的一座裸露花岗岩。一万年前，由于冰川侵蚀，山峰被劈成两半，还有一半去哪儿了？我无从考证。它很神秘，又很神奇，让人无法想象。酋长岩是约塞米蒂的标志，它像一座精美的艺术品，静默孤独，傲视苍穹，散发出一种神祇般的力量。一片树林的深处，矗立着大教堂岩。大教堂岩，或岩石切割而成，或地陷所致，高山仰止，恍若山谷中一座庄严而神秘的殿堂。后来成为塞拉俱乐部执行董事的环保主义者戴维·布劳尔曾盛赞约塞米蒂的这些花岗岩。他说:“我喜爱山脉，我喜爱花岗岩。我特别喜爱塞拉山脉花岗岩的手感。”

约塞米蒂山谷瀑布很多，以弗纳尔瀑布知名度最高。在北美，这是一处落差最大的瀑布，水流从七百余米高的断崖上飞坠而下，声响震撼整个山谷。平坦宽阔的谷底，阳光普照的草地，是昆虫和其他动物的家园。约塞米蒂国家公园的核心景区，海拔仅两三千米。这里广泛分布着栎树、冷杉、松树和柏树，深入林中，不见天日，类似四川贡嘎山海螺沟。这里的糖松修条高举。巨大的冷杉，是约塞米蒂生长最密集、最主要的树种，包括白杉和红杉，而外形匀称、整齐雅致的红冷杉则是内华达山脉中最高大、最年长的树种。许多红杉植株可存活三千年以上，几乎可以长成百米参天大树。惠特曼在《红杉树之歌》一诗中，赞美红杉树“在这里可能强壮、美妙而魁梧地成长，在这里与大自然相称地耸立起来，在这里伸入辽阔明净的太空”。而在缪尔的笔下，红杉则属于千年的沉静。

随着海拔升高，冷杉之上便是耐寒的松树。旋叶松是耐寒松中

站在内华达山脉高处观看约塞米蒂山谷，远处便是巨大的酋长岩

的一种，该树种子生命力极强，多生长于崎岖的地面，或岩石的节理裂缝之间。特别耐寒的内华达圆柏，则生长在穹丘、山脊和冰河形成的山道上。这些栎树、冷杉、松树和柏树，似乎特意为历史而生，它们共同构建了内华达山脉的顶级森林群落，尤其是冷杉、云杉、铁杉、黄杉和松属在此形成北美针叶树生长中心，极大地丰富了植物史的宝库。

在约翰·缪尔时代，约塞米蒂山谷还是昆虫和其他动物的王国。熊，曾经是峡谷主宰者。在牧羊过程中，他就曾为羊在与熊的生存竞争中落败，损失了十头羊而耿耿于怀；鹿，尤其是黑尾鹿，无论过去还是现在，都是约塞米蒂山谷中最忠实的主人、“卓越的登山家”，它们具备“令人赞赏的精力与优雅”。山林中的鹿，目前依然活跃，但“见异思迁”，我们只能远远地观望。熊，准确地说，在这儿被缪尔称为“塞拉熊”，过去很常见，如今已经难觅踪影，它们是动物中的珍品，相当于植物中的红杉树。这儿的土拨鼠，是缪尔最喜欢的小动物。它们住在光秃秃的高山脊和巨石堆之中，被缪尔喻为“最能吃苦耐劳的山中动物之一”。道格拉斯松鼠，一种红松鼠，缪尔称之为“迄今为止最有趣和最有影响力的加利福尼亚松鼠科动物”。还有，灰松鼠、四纹花栗鼠、啄木鸟和刀翎鹑，如今仍然是人类的好朋友，它们将森林演绎得生机勃勃。现在，因为大量游人的到来，公园中的这些动物早就躲藏起来了。而在缪尔的日记中，他毫不吝啬地记录了自己在此美妙的感觉。

这是另一个愉快的山岭中的一天，在这一天，一个人就好像是溶解在自然里，被推向我们毫无所知的远方。生命看起来既不漫长，也不短暂，和树木、群星一样，我们无须注意节省时间，也无须注意浪费时间。这是真正的自由，一种可以很好地实践的不朽。

约翰·缪尔在山谷中转了一个夏天，走出了一条属于自己的路——“缪尔小径”。其实远不止于此，在此前，或此后，这里都曾经是缪尔魂牵梦萦的地方。“缪尔小径”长达三百余公里，连贯了约塞米蒂山谷的上上下下、山里山外，甚至抵达美国本土的最高峰——惠特尼峰。

后来，美国时任总统西奥多·罗斯福邀请约翰·缪尔来约塞米蒂旅行。他对缪尔说：“除了你，我不想与任何人同行；而且，我想在这四天之内摆脱一切政务，只和你在一起。”

内华达，平行的山脉形成拱壁，是一座浑然一体的天然屏障，独特的地质结构，遗世独立的山谷，造就了无可比拟的约塞米蒂国家公园。沿着峡谷山道上行，我们来到高处，重温着约翰·缪尔“居高山之巅而小世界”的经典语句，站在缪尔曾经登高远眺的地方，观看大峡谷由冰川造就的“U”形地貌。此时此刻，我坚信，穿越时空，我与缪尔看到了相同的景致。三百万年前，岩浆上涌，气势磅礴的造山运动，将它隆起，形成内华达山脉。之后，冰川和流水再将巨大的山体分化、剥蚀，逐渐形成山坡陡峭、谷底平坦的峡谷，以及雄伟、坚硬完整的花岗岩群。再后，冰川融化，大地回春，造就了众多瀑布、小溪和奔腾的河流。在冰川雕出的湖盆中，冰碛堆积形成了一个个高山堰塞湖。立于山巅，回望山谷，我仿佛看见约翰·缪尔依然在那儿前行，那是他的山。内华达是缪尔灵魂之所在。最终，他将自己永远长眠在了那儿，化在自己亲自种植的茂密的美洲杉林之中，化在了那青山峡谷之中。诗云：

曾有个牧人活在世上

高如山峰是他的思想

…………

观内华达山之美，要选择在高处。离开约塞米蒂山谷之后，我们驾车翻越内华达山脉。海拔四千五百米以上，山顶是一个白雪皑皑的世界，日光熠熠的花岗岩，像火焰，热力四射；高山“海子”，水波潋滟，湖水湛蓝、纯净，像光洁石盆中的水晶，倒映着蓝天、穹丘和山峦。虽然今天距离约翰·缪尔的时代已经渐行渐远，但山还在那儿。此刻，我想起了另一个故事。在今天的内华达山中，多了一些巡山的人，是他们，继续守护着那儿的一草一木、一山一水。蓝迪·摩根森便是其中之一。作为一个国家公园管理人的儿子，他从小在约塞米蒂山谷长大，之后又在此，包括约塞米蒂延伸而至的巨杉和国王峡谷国家公园，做了二十八年的巡山员，最终因坠崖而殉职。作家埃里克·布雷姆通过《山中最后一季》一书为我们讲述了蓝迪·摩根森的故事，一个比约翰·缪尔更加充满悲壮色彩、更加使人充满力量的故事。此刻，对我来说，能够站在这样的高处察看、体味内华达山脉，心中只有感动和崇敬。

翻越内华达，进入山脉东部的大盆地，那里完全又是另一种景致——荒漠、死谷……

倾听大自然的声迹

垂钓、打猎、农耕、散步、野营，因为这些活动都是将人们送往田野与森林。你可以去采黑莓并从中发现奇迹；或者在赶着牛羊去牧场时，听到一支新曲，获得一个新发现。到处都潜伏着大自然的秘密。每一个小树丛中都有一条新闻。蹑手蹑脚的探险总会让你充满期望。

——约翰·巴勒斯（John Burroughs）

美国自然文学界拥有两位著名的“约翰”，如果说约翰·缪尔是“山之约翰”的话，那么约翰·巴勒斯理所当然便可称为“鸟之约翰”。

约翰·巴勒斯较爱默生、梭罗和惠特曼的年代要稍晚一些，但深受他们自然观的影响。《牛津美国文学词典》这样介绍约翰·巴勒斯：“通过在其家乡卡茨基尔山脉一带的敏锐观察，在爱默生和梭罗的影响下，（他）成为继两位超验主义大师之后伟大的自然散文作家。”的确，约翰·巴勒斯一生写了许多崇尚自然的作品，包括《醒来的森林》《冬日的阳光》《自然之道》《诗人与鸟》以及《叶与蔓》等，其中早期的《醒来的森林》和晚期的《冬日的阳光》两部作品是其代表作。他由此赢得“美国自然文学之父”的声誉。其实，我倒觉得以“走向大自然的向导”或“鸟类王国的代言人”称之似乎更亲切，更能代表巴勒斯的本质。生动而优雅的文字让他成为读者眼中“和蔼可亲的智者”。

1873 年之后，约翰·巴勒斯在纽约哈德逊河西岸西园地区购置了一片农场。他亲自设计、修建了一幢“河畔小屋”，之后又建了一间“山间小屋”，像梭罗在瓦尔登湖那样，过着隐居的、贴近乡村的农夫式生活。他在此种植葡萄和苹果，养了一匹上等好马，除此之

约翰·巴勒斯在纽约哈德逊河西岸西园亲自设计、修建了这幢“山间小屋”。这是最合乎我想象的小木屋，也是巴勒斯晚年喜居的木屋（北京大学出版社提供）

外，他还兼顾写作，而且一住就是几十年。关于约翰·巴勒斯其人，英国作家爱德华·卡彭特在给惠特曼的书信中这样评价他——一个带着双筒望远镜的诗人，一个更为友善的梭罗，装束像农民，谈吐像学者，是一位熟读了自然之书的人。举一个例子，为了回答加利福尼亚一位学生来信询问的"鸟儿有没有意识"等类似问题，他便专门写作了《自然之道》这篇文章。

在后来的岁月里，美国许多人，包括西奥多·罗斯福总统都承认自己是在阅读巴勒斯作品的过程中长大，并沿着他的脚步前进的。针对他的读者，在《大自然的哲学》一文中，巴勒斯直截了当地指出："自然的学生和爱好者们比起那些汲汲于世、上下奔走求新猎奇的人们自有一种优势，他们足不出户，便可观赏大自然在他面前列队而过。……一个人周围的森林、原野、溪流、河湖都是一本书，从中他会汲取无穷的乐趣，只要他愿意。"的确，正是约翰·巴勒斯确立了美国自然文学的写作标准，他向人们昭示了一种贴近自然、善待自然的生活方式。

我手头能够阅读到的约翰·巴勒斯作品有几本，有三联书店程虹、上海译文出版社杨碧琼所译的《醒来的森林》两个版本，北京大学出版社张白桦译的《飞禽记》、四川文艺出版社姜焕文译的《河畔小屋》、安徽人民出版社马永波和杨于军合译的《自然之道》，以及鹭江出版社川美和张念群合译的《清新的原野·冬日阳光》。漓江出版社则精编了一册巴勒斯散文集《自然之门》。

《醒来的森林》，又称《延龄草》，或《叫醒一只知更鸟》，是巴勒斯的经典之作。这本书创作于1863至1868年的五年间，由八篇文章构成，于1871年正式出版。此书的销售命运显然要比梭罗的《瓦尔登湖》，甚至比惠特曼的《草叶集》好得多，出版后成为畅销书。

关于《醒来的森林》，译者程虹教授在序言中这样介绍，该书是作者“以美国东部卡茨基尔山及哈德逊河畔观察鸟类的生活经历写就的散文集，让我们领略了鸟之王国的风采以及林地生活的诗情画意”。在我看来，约翰·巴勒斯的《醒来的森林》是一位博物学家将自然尤其是鸟类观察写得最有文学味，同时又是一位作家对自然观察表达得最细腻的一部作品，或者说，这是一部将自然与文学结合得最完美的著作。如巴勒斯自己在初版导言中所说，我解读自然并不是为了改进她，而是为了提取她，与她情感交融，再用自己灵魂的色彩去重新创造她。譬如观察一只鸟，巴勒斯说，我要“以某种方式将这只

约翰·巴勒斯小木屋室内的书房。他在此与鸟儿做伴儿，找到了自己的创作灵感（北京大学出版社提供）

鸟和人类生活，和我的生活联系起来……为读者奉上的是一只鲜活生动的鸟，而不是标本”。于是，在书中他将雄鸟和雌鸟拟人为“他”和“她”。

准确地说，《醒来的森林》是一本约翰·巴勒斯观察鸟类的书，或者说是一张邀请读者进入鸟类学研究领域的请柬。巴勒斯曾说，鸟类学对我而言，最大的吸引在于寻觅、追逐与发现。而一切渔猎、美景或昼夜的冒险，都比不上远足时与原始自然之间的无言交融。因此，在美国自然文学作家之中，观鸟、写鸟、鉴鸟，巴勒斯是实至名归的第一人。他不但善于倾听，而且是用内在耳朵倾听鸟类。和梭罗、惠特曼的经历相似，约翰·巴勒斯一生从事过多种职业，当过农民、教师、专栏作家，也做过演讲经纪人和政府职员。但真正让他倾心的还是自然体验，书写自然。拿《醒来的森林》一书的写作来说，他力求表达的，就是要“把自然中的鸟类从科学家的束缚中解放出来，形成一种独特的自然之文学”。

约翰·巴勒斯的生活空间主要在美国东部，包括纽约州卡茨基尔山区、哈德逊河谷以及他曾经工作过的首都华盛顿等地。他对鸟类的观察也主要是在这些地方。

在北方，确切地说是指纽约州，每年3月，众鸟归来。此时，延龄草花开，蓝鸲成了巴勒斯笔下的第一只鸟。这是一种能够依靠微弱的磁力辨识方向的鸟，它们从南方飞来，带着春天的讯息，预示着春天的来临，同时也唤醒了巴勒斯的文学天赋。

蓝鸲又名东蓝鸲，是巴勒斯比较偏爱的一类鸟，于是蓝鸲在巴勒斯的笔下变得栩栩如生。这种鸟体形很小，却灵巧可爱，腹部呈棕白色，头部、上身及羽翼呈亮蓝色，显得漂亮。对了，在《飞禽记》一书中，附有史上最著名的博物画家詹姆斯·奥杜邦有关蓝鸲的精美手绘插图。大多数情况下属于候鸟的蓝鸲，一般生活在开阔地或林地空地之间，喜欢在树洞中或篱笆桩上筑巢。入春时节，蓝鸲的到来总会给大地带来一份惊喜。它们飞越千山万水，飘然而至；它们扬着翅膀，欢快地嬉戏；它们的鸣声，轻软而颤动；它们肆无忌惮，找寻栖息之地。

如果说 3 月是蓝鸲的世界，那么到了 4 月，则是知更鸟的天下。在约翰·巴勒斯眼中，知更鸟（实际上在新大陆称为旅鸫）是与乡村生活联系得最紧密的一种鸟类。此时的知更鸟，成群结队地掠过原野与丛林。在草原、牧场或山间，甚至在公园和庭院之中，到处都能听到它们的啁啾之声，看到它们的身影。这时，知更鸟会选择栖息在强壮、宁静的树中，在潮湿而阴冷的大地上放声歌唱。它用啼鸣打破冬季的沉闷，让漫漫冬日成为遥远的记忆。关于这种鸟，德国动物学家腓特烈·默克尔曾指出，知更鸟是一种仿佛天生具备方位感和方向感的鸟类，它们蹦跳的方向，通常就是其自然迁徙的方向。从外形看，知更鸟和蓝鸲类似，尤其是在北美洲分布广泛的蓝色知更鸟。它们充满活力，灵敏又警觉，好斗却又友善。它们不惧怕人类，喜欢与人亲近，从而备受人们喜爱，是人类忠贞不渝的好伙伴。于是，知更鸟被巴勒斯称为“积极奋发又能干的一种鸟”。

在观鸟方面，巴勒斯与惠特曼可谓志趣相投，他们的故事是曾经一道走进鸟类王国。关于知更鸟，惠特曼曾经这样描写它们：“无疑，它们是野性的、简单的、粗野的，但却又如此甜蜜。……从近午的灌木丛中传来的，是知更鸟纤弱的颤音。……快乐、娴熟、近乎人的声调……还有天宇那动情的呼啸。”美国作家哈珀·李曾创作著名的小说《杀死一只知更鸟》，其中知更鸟的形象，成为作者笔下美好、自由与平等的象征。

菲比霸鹟，是翔食雀的先驱。相比于蓝鸲那哀怨思乡般的吟唱，菲比霸鹟的歌声清脆欢快，充满自信，音乐天赋无与匹敌。这时到来的，还有歌声悠长而且浑厚的金翅啄木鸟，它用长长的稍微弯曲的喙，向全世界发布着和平友好的宣言。约翰·巴勒斯就这样细数着鸟类，倾听它们的叫声：灰冠山雀清脆甜蜜的哨子；五十雀柔和、略带鼻音的笛鸣；麻雀美妙而又滑润的歌声；草地鹨悠长洪亮的鸣唱；黄昏雀朴实无华的小夜曲；鹌鹑的口哨、松鸡的鼓点。就连妻妾成群、不甘寂寞的褐头牛鹂，也能真切地吐露出它们的音符。巴勒斯看到的，听到的，春天里，求偶的季节，所有的雄鸟终将成为歌手。5月之后，便是真正众鸟归来的日子。燕子、黄鹂、歌雀、金翅雀、极乐鸟、杜鹃、鹰以及各种鸫、鸦和莺会聚林间地头，共同演绎出一曲曲众鸟欢乐颂。

据说，约翰·巴勒斯还具备强大的听鸟天赋，能听出一只知更鸟通过模仿唱出褐噪鸫完美的歌，另一只知更鸟在自己的歌声里掺入了鹌鹑的音符，一只从东部西迁的草地鹨学会了一首新歌。

在《醒来的森林》一书中，约翰·巴勒斯细致列举了自己所观察到的一百六十多种鸟。他与这些鸟儿为伴，建立了一种真正的联系。他与它们沟通对话，相互关系和睦。因为热爱，他让自己的耳朵变得更加敏锐，并且能够“创造”出鸟鸣之声。为了认识这些鸟，巴勒斯走进阿迪朗达克山，不断造访那些遥远偏僻的原始森林与峡谷，去观察鸟的生活习性，保持与鸟类的亲密接触。他说：“作为一个爱鸟的人，我对于鸟类中不曾相识的朋友十分敏感，所以一踏进泽地，就被一种活泼欢快的歌声或是颤鸣声所吸引，它来自上方的枝头，对我而言，这是一支全新的歌。”在“自然之邀请”章节之中，巴勒斯介绍了自己如何识别鸟类的方法，值得我们阅读和借鉴。他认真研读鸟类学家威尔逊和奥杜邦的书籍，对照书，找到自己想要寻觅的鸟，仔细观察其形态、鸣啭、飞行及栖息地，然后与书中的描述进行对照。他说，这样你就能很快地领略到鸟类王国的奥妙。他甚至提出了一条与读者分享的学习捷径，只要记住几条基本的鸟类划分的科目，如多数的鸟大都属于莺、绿鹃、翔食雀、鸫或雀类，这样便能认识大多数鸣禽，并且轻易地把握每一种鸟的特点。

我尤其喜欢《醒来的森林》中“蓝鸲”一章。这种燕子般小的大眼睛鸟，约翰·巴勒斯不但把它写得活灵活现，而且文字优雅。

当大自然造就蓝鸲时，她希望安抚大地与蓝天，于是便赋予他的背以蓝天之色彩、他的胸以大地之色调，并且威严地规定：蓝鸲在春天的出现意味着天地之间的纠纷与争战到此结束。蓝鸲是和平的先驱；在他的身上体现出上苍与大地的握手言欢与忠诚的友谊。他意味着田地；他意味着温暖；他既意味着春天柔情似水的追求，又意味着冬天躲避退却的脚步。（程虹译）

蓝鸲不仅给春天带来了第一声啼鸣，而且上苍也赋予了它无与伦比的色彩。在大洋彼岸英国，那儿的蓝鸲与红腹知更鸟几乎一脉相承，但在美国新英格兰地区，它呈现出来的主色调是蓝色，而且独一无二，曼妙无比。蓝色知更鸟——新大陆明媚的阳光与蓝天给了它一件得天独厚的外衣。

蓝鸲生命力极强，在全世界广泛分布，美国亦如此，南方有，北方也有；东部有，西部也有。蓝鸲既是候鸟又是留鸟。作为候鸟，每到春天，它们便从南方的佛罗里达、南北卡罗来纳或弗吉尼亚北飞；作为留鸟，在红柏、野蔷薇和圆柏浆果等植物的诱惑下，它们也会在冬季选择就地驻守。蓝鸲的适应性很强，它们通常会选择残存的树桩或树根为家，甚至挤入啄木鸟的洞穴居住，或住进燕子留下的小巢穴。蓝鸲在美国是非常受公众喜欢的一种鸟类，人们甚至将为蓝鸲搭建鸟屋演变成了一种时尚。蓝鸲的夫妻生活堪比人类，而且有过之而无不及。为此约翰·巴勒斯给我们讲了这样一个浪漫而又有趣的故事。

雄性蓝鸲可谓世上最快乐同时也是最忠实的丈夫，他与雌鸟总是形影不离，他从不领路，也不发号施令。他跟随雌鸟，为她喝彩，浪漫而又充满诗意，而雌鸟的生活则忙里忙外，是个勤劳的妻子。在家庭生活中，雄鸟充当的角色始终是一个欢快的护卫官，总是寸步不离地守护着雌鸟。当她孵化时，他定期给她喂食。当选择巢穴时，雄鸟非常活跃地寻找巢址，他从不越权，把选择权留给妻子。女权社会，他尽量讨好并鼓励。当雌鸟选定巢址后，雄鸟则为她高声喝彩。在筑巢时，所有的重任全由雌鸟完成，而雄鸟只是一个旁观者。当然，他并不闲着，承担监工的角色，他用动作与歌声为她加油鼓劲儿。当巢筑好后，雄鸟便会钻进巢穴巡视一番，出来时，便率直地高喊：“妙极了！妙极了！”

这就是蓝鸲，这就是“见微而知著，见一毫而知雄狮之穴”的约翰·巴勒斯。

大漠深处的忘忧岁月

这么多的生灵怎么会在这片上帝创造的最为孤独的土地上生活……当你在那里生活过之后你就不会这么疑惑了。不是别的，正是这片辽阔的褐色土地上存在着这般的慈爱。披着彩虹的山峦，温柔的蓝色雾霭，春天灿烂的阳光，都具有让人忘忧的魔力。

——玛丽·奥斯汀（Mary Austin）

从旧金山出发，向东穿越一望无际的美国西部中央谷地，抵达内华达山脉，再翻山东行，在内华达与落基山两条巨大山脉之间镶嵌着的那个犹如一块略带焦糖似的馅儿饼的大盆地，就是美国西部著名的荒漠与沙漠地带。20 世纪初，玛丽·奥斯汀揣着自己的文学梦想，踏上西部之旅，在大盆地"那片没有疆界的土地"上居住了多年。在死谷，她穿越欧文斯河谷和莫哈维沙漠，探寻自然的力量，揭示印第安土著或其他种族人群与环境的融合，从而写出不朽名篇《少雨的土地》。书中，奥斯汀尽情地展示了工业化前美国西部的自由和自信，以及人们在那儿艰辛而又无拘无束的生活。

当年的大盆地，玛丽·奥斯汀进入其中时可没有现在这样方便。她曾指示了几条路径，一条是原始驿路，从荒漠的南面进入它的边界；另一条是从北边乘火车。她说，在所有的线路中，最好的一条是背着背包，沿着小道翻越内华达山脉。而我们现在走的正是从西往东翻越内华达山脉进入。不过现在条件好了许多，毕竟有了公路，我们可以自驾汽车挑战死谷荒漠无人区。我们携带着奥斯汀的书，并在她的指引下进行了一次有的放矢之旅。从约塞米蒂出发，最终抵达拉斯维加斯。

内华达是一座因造山运动而隆起的山脉，从平原上远眺，似一扇天然屏障，横亘于天际。深入山间，数百万年来地质侵蚀活动带走了沉积层物质，从而留下坚硬的花岗岩岩层，而岩层的凸显，始作俑者便是冰川和水流。立于山巅，举目四顾，内华达山气势磅礴。巨大的花岗岩岩体是山的主旋律。此时，森林已退居次要，稀疏地生长于山谷或悬崖峭壁；高山堰塞湖碧绿透彻，点缀于巨岩之间。内华达山脉壁立万仞，没有山麓，即便是夏天，山顶仍是白雪皑皑，但沿着山道下行，汽车便迅速降入山谷和荒漠之中。

死谷，听名字就令人生畏。它似乎是一个长形地带，绵延几百公里，四周群山环绕，荒漠是主角，沙丘或沙漠位于宽阔的荒漠之间。荒漠中还有湖泊，但目前基本上已近干涸。死谷的巴德沃特盆地低于海平面，为美国海拔最低点，湖水蒸发后形成了白茫茫的大片盐碱地或盐湖。从山巅至此，海拔差超过四千米，气温迅速提升，变得酷热难耐。白天，沙漠的温度可高达五十摄氏度，甚至出现七十摄氏度以上的极值。这种通常会导致连续百天四五十摄氏度以上的气温，令一些地方甚至连续十年都不下一滴雨。而一到晚上，气温便迅速降低，或降至零度以下。

我们在6月的一个傍晚时分走进沙漠，气温仍然接近四十摄氏度。现在的公路旁，比较人性化地建了一些加水站，可供旅行者使用。对于徒步旅行者来说，深入死谷，无论夏天还是冬季都是难度极高的挑战。荒芜寂寥，名副其实的死亡之谷。它的这个名称就源于无助的旅者在沙漠中的崩溃。这是我们体验到的死谷，也是玛丽·奥斯汀笔下的死谷。寂静之中，死谷里一片枯黄焦干，只有少量的枯木和沙棘植物。偶然能见着一两只匆匆爬行的小动物，蜥蜴或其他。时过境迁，现在的沙漠穿行，已不见人影，偶尔还能见到一两处人类曾经活动留下的遗迹，诸如废弃的矿井。荒漠中风力强劲，有不少色彩艳丽的雅丹地貌，如同新疆准噶尔盆地中的“魔鬼城”。由于生存环境恶劣，奥斯汀时代的喧嚣已经不再，传说中的印第安部落原住民或早已另走他乡，或迁入科罗拉多大峡谷水源相对丰富的地区。

死谷，夕阳下的沙漠腹地气温仍在三十八摄氏度以上。很难想象当年玛丽·奥斯汀和她的印第安朋友如何在此生存

走进群山之中的荒漠，对我来说，既兴奋，又失落——景色优美壮观，生态环境严酷。

或许，我们的旅行真的如玛丽·奥斯汀所说，没有和土地一起度过春夏秋冬，等待它的时机，就不能算真正领略到了“土地真实的心和内核”。

百年前，这片荒漠并不缺乏生命，有植物，有动物，也有人类活动。死谷之地，在奥斯汀笔下，山峦之间卧着平坦的高原，充满炽热的阳光。山体的表面是灰烬和未风化的黑色熔岩流形成的条纹，地面坚硬干燥，荒芜纯然。那时的湖泊并没有完全干涸，湖边充斥着白色的含碱沉淀物，而在迎风开阔处，沙丘被一簇簇低矮结实的灌木环绕。我们深知，在沙漠中，水是生命之源，所有的生物必须依靠水才能生存，而能否找到泉水，决定了人们是否能够在此生存。死谷沙漠的边缘与科罗拉多河相距不远，必要时，或许还能享受到一点儿科罗拉多河的恩赐。在塞里索，就有这么一条水径。溪流清新，在鲜嫩的青草和水田中流淌。正是这些生命之源，给奥斯汀带来了想象与希望，带来了沙漠中的生命故事。作家爱德华·阿贝曾这样说，沙漠沉默无语，是完全被动的，它只能引发人们的沉思，而不会引起人们的热爱。然而，在玛丽·奥斯汀的眼里，沙漠之中也有爱。

沙漠荒滩，准确地说，一年之中只有夏天和冬天两季。每年 6 月至 11 月算是夏天，这段时间常常炎热，且多风暴或沙尘暴；12 月至次年 5 月是冬季，寒冷异常，降雨稀少。短暂的春秋或许有，便是 4 月，那是大漠中贫乏植物开花的季节。例如荒漠中的牧豆树，只要有雨水的滋润，哪怕是一点点，它们就能展示自己强大的生命力，通过细细的嫩枝绽开花朵并结出丰盛的果实。这种强大有时还体现在另一种叫丝兰树的身上。丝兰树，一般都稀疏、单调地生长在高高的台地之上，刺毛短而硬，叶子像刺刀一样尖。花开之时，它的花朵呈奶黄色圆锥形，蓓蕾满盈，充满甜蜜的汁液，给生物带来美食。这些植物是奥斯汀在书中描写的两种，而所谓的美食则滋养了沙漠中的其他生命。

沙漠中，如果出现鸟类或者小型哺乳动物，那么必然就会有种子或昆虫。种子和昆虫是动物们的衣食父母。有时，色彩鲜艳的蜥蜴会在沙地中或岩石的裂缝中爬进爬出，它们是耐暑物种之一，在灼热的沙丘之上常常能发现它们的身影。螳螂捕蝉黄雀在后，这时，在蜥蜴或其他昆虫的背后，往往就有鸟类。鸟类，一般都会在沙丘中的仙人掌丛中筑巢，啄木鸟则会在丝兰树上栖息。而鸟类的背后则隐藏着更大或更凶猛的动物，如鹰隼、红头美洲鹫、短尾猫、红狐、郊狼甚至美洲狮。死亡沙漠，虽然生存环境恶劣，但各种生物往往也能在极其有限的资源配置下，共写沙漠中的生命故事，形成生态链。沙漠中的植物为食草动物的生存提供了生存基础，食草动物又为食肉动物提供了生存空间，如蚂蚁——太阳角蜥——短尾猫就是一条食物链，雀类——响尾蛇——走鹃又是另一条生物链。它们环环相扣，此时，只有那些懂得生存的物种才有可能在沙漠中占有一席之地。

关于人与动物在沙漠中的生存，奥斯汀给我们讲了一个郊狼的故事。虽然郊狼是一种肉食性凶猛动物，但在当时的土著印第安人眼中，它们很了不起，是印第安人真正的卜水巫师。许多连印第安人都无法找到的水源，却逃不出郊狼的眼睛。此时的郊狼就变得可爱起来，成为人类的好帮手。有一次，奥斯汀也跟踪了一头狼。郊狼穿过荒野，或许是去寻找水源，或者猎物。她发现，郊狼的轨迹和人一样，它们不但谨慎，而且行为方式的目的性十分明确。适者生存，这说明，野生动物在沙漠中，同样具备所有对它们的生活方式有重要价值的发掘能力。

玛丽·奥斯汀在书中讲了一则印第安寓言。寓言说，无论你相信还是不相信，沙漠深处，有一座撒满了金块的山，一座由纯银缝合起来的山，一个古老的黏土水床。于是，印第安先民执着地把它们找到并挖出来，做成煮饭的锅，用它们来装纯金颗粒。的确，蒙昧的印第安人就如他们的创世神话所说，“他们来自大地，来自大地母亲玉米女神。……四周一片黑暗，太阳尚未升起”。他们依靠狩猎生存，但充满智慧。奥斯汀深情地说，如果你能够在那片土地上逗留一段时间，你就会相信他们。在如此艰苦的环境中，印第安人就这样单纯地生存着。他们自给自足，他们逍遥自在，而森林或水边，条件稍好一些的地方，或许橡子、鹿、鲑鱼和扑动䴕等动植物便是他们的生存之本。

后来，荒漠中来了寻矿人，他们中有些人来自美国东部，有些人来自其他国家和地区。早期的西班牙征服者，将在美洲寻找黄金国作为一种幻想，之后又来了加拿大人或墨西哥人。他们带着一个煮豆子的壶，一个咖啡壶，一口煎锅，一个用来混合面包粉的锡罐。凭借这些东西，寻矿人走遍了美国西部，他们在荒漠中立足，在广袤、孤独、冷漠、美丽、可怕并且神秘的土地上，寻找并开挖矿藏，与印第安人一道，演绎出一个又一个西部故事。

布利特·哈特是一位纽约作家，19 世纪中期来到西部，为了丰富自己的创作，以及热爱和兴趣，他发现并开发了荒漠中的小镇——吉姆维尔。玛丽·奥斯汀在书中记录了这个小镇故事。

小镇躺在沙漠的边缘，位于面向山口涌起的斜坡之下，北边和南边是低矮而古老的冰川山脉，东面的果园与村庄的花园相连，边缘生长着野欧石楠和攀缘的野草。印第安肖肖尼人、派尤特人，还有犹他人和莫哈维人在此浸透了岁月的沧桑。他们在此建营地，用柳树或赤杨枝条搭建茅屋，男人在水草丰美的地方放牧狩猎，女人在家中用柳条编织篮子。这里的印第安之家，并非仅仅是茅屋，而是山脉背后聚集的云彩，是春天的激流，是台地上柔和蔓延的野杏树花。他们的家，是风，是青草，是地平线，也是山峦和溪流。奥斯汀绞尽脑汁，把最好的词汇、最好的赞美留了下来，献给这片土地。这里有一片宁静的荒野，它们由令人赞赏的各种事物和乐趣组成——一点儿沙子，一点儿沃土，一片草地，一两座石头小丘，一条满溢的棕色溪流，加上一抹人类的迹象。作家蒂莫西·弗林特同样心仪大漠深处的故事。他在《肖肖尼山谷》中第一次将山里人当作了小说的主角。肖肖尼人在他的笔下，充满了智慧。他们的刀具、枪支和捕兽机是他们的上帝，他们严峻的天性和所处的环境，使他们树立起信念。这些土著人将“原始的自由看成是生存的绝对必要”。

吉姆维尔是一个典型的西部小镇。小镇周边有矿井，也有熔炼厂。此时，镇上已经有了几百居民，拥有一条街道、几间酒吧。山谷上，松林蔓延，稀疏地生长着紫丁香、杜鹃和芬芳的开花灌木。由于发现了金矿，各种职业、形形色色的人，都蜂拥而至。他们中有矿工、有牧羊人、有牧师、有土著，和良莠不齐的淘金者、冒险家。这些人的名字带着泥土的芳香和西部味道，如“含碱的比尔”、“梭子鱼”威尔森、“三指”，还有“单音吉姆”，等等。他们性格迥异，有的冷漠，有的茫然，有的空虚，有的狂热，有的羞怯，有的粗鄙。他们或者被多风的群山抛弃，被太阳晒得干巴。他们中的每一个人都拥有或曾经拥有一座矿山，并且希望再次拥有。在这里，人们把行为看作历史，凭事实裁决，不受虚构和戏剧感的干扰。他们在这儿共同导演并演绎着一曲又一曲争夺、酗酒、凶杀、贪恋女人、跳舞歌唱、单纯、慈善，以及创业的大戏，如同美国大片所展示的西部传奇，如同《西部往事》。

每到春天，小镇上懒散的居民便会烦躁不安地向灼热的荒野游荡。他们以山峰和少数鲜被触及的水源为引导，寻找生活的归处。自始至终，他们都怀着金色的希望和梦想。他们张望前程，他们变富，再发展其他的，再变穷，但从不为此痛苦，他们学会了听懂山的语言。

奥斯汀说，这片少雨的土地粗糙原始，但有助于培育人们与超自然的个人关系。这里没有太多的庄稼、城市和行为方式的干扰来阻断人们的交流。他们的舌头带着无法无天的味道，没有哭泣的忍耐，没有自怜的放弃，不恐惧死亡，在事物的秩序中也不把自己放在太伟大的位置上。在这里，完全可以让你接受本能，获得休息，把激情和死亡作为犒赏。奥斯汀还说，如果你亲眼目睹了这一切，便会领会其中的内在精神价值，那里面有“纯粹的希腊精神”。

这就是奥斯汀眼中的、大漠中的美国西部，一种作为自由和男性力感的意象象征。后来，罗斯福的“西部牛仔”、威斯特的“基督骑士”、克莱恩的“象征性勇士”等形象成为美国大众生活中熟悉的文化表征，即美国西部片《独行侠》《佐罗》和罗伊·罗杰斯所展示出来的美国西部形象以及西部精神。

冰川上的来客

对登山家来说，航海旅行犹如变换口味，让人愉快振奋而又惬意。一扫昔日鲜花遍地、果实累累的森林和平原美景，我们看到的是全新的境界，感受到的是每一个物种新生命的律动……

对于热爱大自然纯净之美的人而言，阿拉斯加是世界上最令人心驰神往的地方之一。

——约翰·缪尔（John Muir）

雪山和冰川，一对孪生兄弟。现代旅行中，它们越来越受到驴友们的关注。我自己的体会亦如此。近年来，心系中国的西部，尤其是横断山脉中那些著名的雪山。我去那儿的目的很明确，去欣赏那儿的雪山和冰川。这回，约翰·缪尔终于也离开了大山，离开了他魂牵梦萦的内华达山区。他来到北太平洋，参与了一次“随团”旅行，考察阿拉斯加的冰川。准确地说，在此后十一年的时间跨度里，他先后四次前往那里。

在加利福尼亚的内华达山脉，尤其是在约塞米蒂山谷，缪尔曾经深入密林之中独自生活了很长一段时间。其间，他在研究山谷及岩石形成的过程中，俨然是一位冰川学家，发现并提出了具有独创性的“冰川运动理论”。但毕竟没能眼见为实，回溯时间，跨越空间，约翰向往阿拉斯加的冰川，梦想亲自体验、考证一次那儿正在运动着的冰川面貌。那是科迪勒拉冰原退却后在高海拔地区留下的冰川遗迹，充满了魅力和刺激。而我们，也可以一边读着约翰·缪尔的《阿拉斯加的冰川》，一边对照台湾旅行达人林心雅《跟我去阿拉斯加》一书的配图，跟随缪尔领略一次百余年前阿拉斯加冰川上的梦幻。

1879年5月，约翰·缪尔搭乘“达科尔”号汽轮，从旧金山出发，沿着太平洋东海岸，一路向北，开始了第一次阿拉斯加冰川之旅。

亚历山大是阿拉斯加最南端的群岛，对我们这些遥远的读书客来说，绝对是一个神秘而又陌生的地方。从这里开始到符兰格尔群岛一段的航行，海面纯净，令缪尔心旷神怡。海中的岛屿，森林密布，船绕过一个又一个犹如仙境般的海峡，来到他行程中的第一站，荒凉的兰格尔岛。下了船，他终于还是成了一位孤独旅者。兰格尔岛上的兰格尔村是一个简陋荒凉的印第安人居住地。岛上人员复杂，以外来淘金者居多。好在约翰·缪尔早已习惯了这种险恶环境，于是他背着自己的一小捆行李，在当地一位长老的帮助下，走进贫济会的木匠铺，找到一个临时落脚点，开始筹划自己的冰川之旅。

沿着斯迪汀河峡谷上行是缪尔冰川之行的小试牛刀之旅。这里高大的海岸山脉连绵起伏，山脉间孕育了众多的峡谷与河流，河流尽头是白雪皑皑的雪山，雪山之下是雄伟、壮阔的冰川。深不可测的森林延伸至海岸边，美丽的峡湾之中分布着无数的小岛。而斯迪汀只是其中的一条河。这里的河流虽不算很长，但负有盛名。乘小汽轮前行，先是平原，再是峡谷，然后是陡峭悬崖和山峦组成的峡谷山岬，最后便是流动的冰河、飞流直下的瀑布群，以及盘踞于高耸悬崖之上、不停地向峡谷下滑、推动着河流奔流向前的冰川。

从地球的年轮看，这里仍然算得上是一片新生的大地，大约一万年前最后的冰河期洪积世结束之前，这片大地仍然覆盖在厚重的冰层之下。此时，斯迪汀冰河大峡谷还拥有上百条冰川。探索格莱诺拉峰下的冰川是约翰·缪尔的第一次尝试，原本计划独自前行的他，在一位传教士扬先生的恳请下结伴同行，而又因为传教士在主峰登顶过程中的一次下坠事故而不得不终止。

我们知道，阿拉斯加位于高纬度，季节变化似乎也只形成冬夏两季，而夏天更短，只有两三个月。但在它的东南部，约翰·缪尔经过亲身体验，凭感觉，他还是觉得这里是一个非常适合人类居住的地方，于是特别喜欢。由于暖流影响，岛屿周围和大陆沿岸间空气湿润，气候宜人，一年中四季的温差并不大。8 月是阿拉斯加南部一年中最好的季节，天气晴朗，冰雪覆盖的雪峰晶莹洁白，雪山下的岛屿似在蔚蓝色的海洋中漂荡。约翰·缪尔第二次冰川之旅，是一次鉴赏之旅。此次旅行并不独行，缪尔成了导游，他们租了一艘小江轮，连船长和机械师在内一共六人，向着切尔卡特地区前行。沿着海岸，他们一路欣赏到了末端延伸至海洋之中的冰川。

缪尔所见的是距今一百余年前的冰川。随着全球气候变暖，就目前的情形来看，这些海岸冰川已大大退缩，即便我们现在仍能欣赏到林心雅所拍的图片，也已经是今非昔比，但在当时冰川依然气势如虹。峡湾入口处是茂密的森林，浅灰色的花岗岩高耸壁立。峡谷如同“大自然神殿的入口”，纵深便是气势磅礴的冰川王国。缪尔见到的冰川，高大巍峨，气势磅礴。切尔卡特地区的冰川形成于一连串形似火山坑式的雪泉之中。因为冰川作用，陡峭的山梁或山脊变得弯弯曲曲。初次冰川探险，约翰·缪尔一行跨过冰川融水形成的小溪，触摸冰川壁，或攀登上巨大的冰面。缪尔这样记录自己的感受，冰面上有“成群的尖顶、峭壁、尖塔和险峻突兀的凸崖和陡直的悬崖，它们像长矛一样刺向天空；每一个山峡和裂缝，每一道沟槽和深洞，里面都闪动着光影，它们充满生命的活力，微微泛着淡蓝色的光芒”。冰面上，花岗岩石壁被冰川磨得光滑，由于太阳的照射作用，冰川形成了特有的地貌——岩石上的刻蚀与沟槽。这些都是缪尔希望看到并了解的。在内华达山，他在行走关隘时，就曾经发现，由于冰川作用，关隘地区往往比山脉的其他部分要剥

高纬度的北太平洋天荒地老、海天苍茫的海岸。符兰格尔群岛对约翰·缪尔来说，是他的仙境（田许扬拍摄并提供）

蚀得更多，从而使山顶变得更加圆润。在约塞米蒂无法证实的现象，在阿拉斯加，缪尔看到了现场的演示。

第一次斯迪汀河冰川之旅的失败并没有让约翰·缪尔丧失信心，他决定再次独自挑战。沿着卡西亚山道，他直奔内陆河的终端。山道中，底层覆盖着厚厚的沙砾，两边是由玄武岩构成的断崖，往里深入，峡谷两侧长满了白杨、柳树、青松与银杉。阿拉斯加南端的群岛地带，气候和地形都非常特别。太平洋边缘为温带海洋性气候，阿拉斯加暖流的经过，给海岸带来了充沛的降水，滋生了大片的落叶阔叶林，这里是美国的地盘。从海岸往大陆深入一些，随着地势的迅速抬升，气候也迅速变成了高原或高山气候，更多的植物类型成为苔藓、绿草和灌木，在那儿，高山积雪下形成了规模庞大的冰川群，那里便是加拿大的国土。这一带气候和地形的复杂性非同寻常，但有一个共同点，这里都曾经是印第安人的家园，除了人，还生存着一种与人类不离不弃的、强壮的耐寒动物——北美驯鹿。

凯蒂是约翰·缪尔在《阿拉斯加的冰川》一书中描写的一位印第安妇女，一艘精美独木舟的主人。缪尔雇用她的船，她雇用了四个印第安水手，在急流险滩中破浪前进。这次，缪尔登上了格莱诺拉山的山巅，一览众山小，他实现了将山脉周边景致尽收眼底的愿望——山谷载满了皑皑白雪和冰川；乌云盘旋在冰川上方，投下淡淡的阴影；海岸山脉诸峰被森林包裹，北美的山脉拔地而起，向远方延伸……

然而，约翰·缪尔的冰川之旅还得继续。德特冰川是斯迪汀河上最神秘的一条冰川。这一次，约翰·缪尔终于踏上了它，两位印第安水手陪同他抵达冰川的边缘。这一条独立的冰川，蜿蜒曲折，巨大突出。冰川末端有三公里宽，冰层厚度高达六十米，而且冰川的表面布满了冰碛碎石，两边的冰川壁高达几百或上千米。缪尔独自一人登上冰川，并向中心地带挺进。冰川表面光滑，到处布满了窟窿、漏斗或冰裂缝，不小心掉下去便有致命危险。

我深深地被从冰缝、冰川锅穴和深坑里反射出来的淡蓝色的光芒给迷住了，这些美丽的光线都无法用语言形容。这里遍布无数池沼，每一个池沼都装满了蔚蓝色的冰。同时，这里还有密如蛛网、大大小小的通畅水道，流过畅通无阻的河道，这些冰川极其优美地漂浮在辽阔的河面之上。在这里漫步，我几乎每走一步都会不由自主地发出一声赞叹，心中由衷地充满了对自然界的无尽美丽和无穷力量的热爱和赞美之情。……（胡淼译）

沿着这条雄伟的冰川艰难爬行，对缪尔来说是一种极大的享受。白色的冰瀑虽然曲折，但坚硬无比。在距离冰川几十米之遥的峡谷两边，长着由桤木和柳树构成的茂密森林。瀑布、冰川和冰溪，加上两边的岩石，构成了这里壮观的美景；白色冰体、饱含水分晶莹透明的蓝冰川和满目苍翠的绿森林，加上蔚蓝色的海洋，使冰川景观变得壮美无比。

可以看得出，德特冰川是一条既古老又年轻的海洋性冰川。说其古老，冰川边的冰碛地区形成了许多锅穴，在叶理强应力作用之下，锅穴中仍然残存着或许已存在了上百年的蓝色冰体；说其年轻，作为海洋性冰川，其运动速度往往要快于大陆性冰川。正因为运动速度快，从而加快了冰川对两岸山体的饱蚀作用，导致山体岩石或泥沙崩坍，使冰川表面堆满冰碛物，并伴随冰川一起向低处运动。缪尔此时的所见，我感同身受。虽然我没去过阿拉斯加，但我曾经在横断山脉中领略过多条冰川的风采，四川海螺沟的一号冰川便是其中之一，它与德特冰川异曲同工，只是没有缪尔所描述的这般壮阔，但海螺沟冰川从贡嘎山七千余米的山巅咆哮而下，形成的上千米宽大冰瀑布的气势绝不逊色于德特冰川，只是冰川末端不是坠入海洋之中，而是化成溪流后汇入了大渡河。海螺沟冰川也属于积极的运动型冰川，冰川上有裂缝、断层、褶皱以及条痕石，奇异嶙峋的冰体如同一座座雕塑。它在运动过程中导致岩石推移，两侧山体崩坍，冰川上沾满了灰岩、漂砾和尘土，而且越到冰川末端，灰岩与尘土越厚实。

德特冰川形成于高大的山谷高台之上，体量巨大。被剥蚀的冰峰和被层层云雾笼罩的冰川让缪尔看得贪婪不已。冰川，以及由冰川融水形成的冰湖，在阳光下越发壮观，尤其是漂浮在湖面的众多小冰山和由小冰山形成的蓝色冰洞。这些冰洞之内闪烁着蓝白晶莹的色调，似乎也让我看到并能够回味起横断山脉然乌湖畔来古冰川之岗日嘎布湖中的一座座冰山。在缪尔看来，这些冰山滞留在浅湖之中，使得整个湖看上去就像是一个袖珍的北冰洋——它们被低吟的、无浪的水波推来荡去，大块浮冰在水面漂来漂去，沿着满是石头的冰碛岸边，处处可见它们搁浅的身影。

事实上，因为雨水多，夏天的阿拉斯加南部始终是一个湿漉漉的、像被雨淋湿的梦境之地。来到这里，对约翰·缪尔来说是一次全新的体验。他在这个冰川王国里，不但欣赏到了雄伟而曼妙的冰川，而且在自然生长的冰碛花园里，他还发现了动植物王国里的许多奥秘。在绿草如茵的冰湖畔，他与道格拉斯松鼠不期而遇；在雨中，他欣赏到了苔藓植物焕发出的鲜绿与明丽，石蕊花萼的红边和矮矮的山茱萸所结的璀璨夺目的红果，还有越橘盛开的白色小花，以及每一朵花下垂着的一颗颗水晶般的水珠；在山坡之上，他惊叹于铁杉和云杉的树根伸进岩缝，树干紧贴岩石的傲然挺立；在冰瀑布边，他留心观察着穿过瀑布顶部被冰川阻断的岩石形状，揣摩冰川和岩石衔接在一起的原因。由此他联想起在约塞米蒂冰川山谷中的探索，再次证实了自己当初的发现——冰川剥蚀地表的方式。

阿拉斯加冰川之旅，给约翰·缪尔留下了深刻的印象。那些日子对他来说，“一切都如此清澈，如此恬静，如此灿烂”。他感叹道，对一个人来说，能够在这片神奇的冰碛地表上，在这些美好的花园和丛林中度过一生，或许就是人生的第一快乐。他忘不了阿拉斯加冰川那湛蓝巍峨的峭壁，透过云彩若隐若现的裙带；他感受着冰山从冰壁上坠落时发出的咆哮，以及昭示出来的那震撼人心的自然力量；他完成了一部文笔优美、惊世骇俗的有关冰川描写的巨著。尽管这次探险经历对缪尔来说只是一次邂逅，但他乐在其中，他收获了自己的发现。他力求登峰造极，在山顶上，推开自己的心灵之窗，找到自己心目中的圣地耶路撒冷，获得永不止尽的源泉滋润。

约翰·缪尔的阿拉斯加冰川之旅为后人探索开辟了一处独特的旅行目的地和不可多得的冰川观赏、考察线路。如今，当年缪尔所到之处已经建立了冰河湾和美国最大的兰格尔山—圣伊莱亚斯山等国家公园或保育区，每年都吸引大批游客前往。鉴于缪尔的卓越洞察力和贡献，那儿有一条冰川还被命名为“缪尔冰川”。不过，由于气候暖化，约翰·缪尔所见的那些庞大的冰川已经变得单薄而脆弱，许多冰川和水道系统并入了海洋。时至今日，这片海湾的实际冰川，与两百年前英国船长乔治·温哥华所绘制的这片区域的冰川图对比，冰川长度至少退缩了一百公里以上。

《阿拉斯加的冰川》是约翰·缪尔生前最后一部作品，可惜的是，这部书他并没有写完，他也没有看到这本书的出版，他把自己对大自然的探索和深深的眷恋留给了后来人。

心灵前门的“窗眼”

在科德角的外海滩，沙丘依然耸立，光秃秃的沙壁仿佛毫无改变。……在那片阳光灿烂的洼地里，在风吹沙动以及潮起潮落之中，你看到的依然是一个不受人类干扰的世界，一片急切地进行着永久性创造的场地，一幕燃烧的岁月的盛典。

——亨利·贝斯顿（Henry Beston）

科德角，一个有鳕鱼的地方。它位于马萨诸塞州濒临大西洋的外海，半岛的形状像人伸出的一只右手，指尖朝里呈“钩状”。亨利·梭罗曾经形容它为“裸露、弯曲的手臂”。普罗温斯顿在半岛的最远端，位于指尖处。由于地理位置独特，梭罗曾几次行游于此，从伊斯特姆一直到普罗温斯顿，写下了他“最快乐幸福的书”——《科德角》。

科德角地区，尤其是半岛，由几千年前冰川退缩时遗留下的冰碛岩等沉积物构成，那儿没有树木，呈现出“荒凉野蛮的色调”，是“一片被大海逐渐侵蚀的寂寥的土地”。潮汐、沙丘、峭壁、湿地和海鸟构成了科德角自然生态的主格调。海湾内侧生长着许多茅草和沙地植物，还有众多的淡水小湖泊；外侧是几十公里的狭长海滩，面对着浩瀚的大西洋。大海的潮汐波澜起伏，每当海水上涨淹没海岸线时，海洋动物便在此独领风骚；每当潮水退却，陆地生物才得以显现生机。

1925 年之夏，亨利・贝斯顿像一位“海滩淘宝的人”来到科德角，他在面朝大西洋临海的海滩沙丘上建造了一栋简易的小屋并凿出了一口水井，在孤寂的沙丘之上，直面狂野的自然。为了解决吃的，他每周都会到最近的奥尔良小镇购买一些新鲜的面包和黄油；为了解决孤独，他偶尔也会到附近的海岸警卫站走动走动，或许还与夜间巡逻的警卫人员聊聊天。春来冬往，他在那儿住了整整一个年度。与梭罗走马观花式的科德角之行不同，贝斯顿通过自己的体验，讲述并记

面对大西洋，苍茫的科德角海滩（李卫东拍摄并提供）

录了科德角的美丽、神秘及大自然的冷酷与温馨——大海的潮起潮落，纷至沓来的各种鸟类，还有灯塔、海岸警卫以及海上过客们的故事。

面朝大海，亨利·贝斯顿在此体味着土著帕图克森印第安人的生存之地，寻访提斯匡托姆的故事。他仿佛看到当年一百零二位“天路客”搭乘“五月花”号，在船长克里斯托弗·琼斯的率领下在此靠岸登陆时的情景。“五月花”号的故事家喻户晓。这些冒险者于1620年9月6日从英国普利茅斯出发，经过近两个月惊心动魄的远航，横跨大西洋，抵达北美大陆。那是一次艰难的远航，一次开创历史的远行，或者说还是一万六千年前古代先民踏上北美大陆后，封闭了一万多年后的大陆系统而全面地向人类敞开胸怀，尽管在此之前有欧洲航海探险家已经率先抵达过北美大陆；尽管1494年，哥伦布通过第二次航海在美洲建立了第一个重要的欧洲人居民点伊莎贝尔镇。当然，这些英国清教徒远离故土，并非为了考古或寻亲，他们是为了寻找宗教的自由，或者说主要是为了逃避天主教的迫害，为了到新大陆重建英格兰式的乡村生活。他们给我们带来了北美新殖民地的创始故事。

梭罗曾经形象地说，站在科德角可以忘掉整个美国。而这里，清教徒们当年的登陆地正是贝斯顿此刻来到的沙洲半岛——科德角。

亨利·贝斯顿将自己建造的小屋命名为“水手舱”。为体现特色，他将小屋设计成大小两间，大的一间多窗户，这样，阳光便可以照射进屋内。他便可以靠在枕头上看到大海，观望停泊在港湾里渔船摇曳的灯光，海滩上溢出的白色浪花，大海深处洋面升起的繁星，并倾听浪涛在沙丘间的回荡。

我的那些朝西的窗户在傍晚最为美丽。在凉爽惬意的秋夜，天空中宁静的光谱及色彩如同大地上的秋色一样壮观。……夜的脚步在逼近，这沙丘上的一草一木都竞相向天空散发着各自的色彩。诺塞特灯塔闪烁着的灯光照在我北面的玻璃窗上，轮番将一束苍白的光涂抹在我卧室的一面墙上。(程虹译)

在阳光沙丘之上，在湿地微风与大西洋送来的凉爽海风之间，亨利·贝斯顿自豪地躺在宛若大海航行中的“水手舱”之中，感受着这样一种贴近自然的惬意闲暇与浪漫。他说:“在室内度过的一年是翻着日历消磨掉的一段经历。在旷野中度过的一年则堪称是完成了一项盛大的典礼。”“如今的世界由于缺乏原始自然而显得苍白无力。……在我的由海滩及沙丘组成的世界里，大自然的影像栩栩如生。……我在这里待得越久，就越急于了解这片海岸并分享它那神秘而自然的生活。”为此，贝斯顿用自己丰富的想象力，思考人类的未来，回应诗

今日的科德角海滩已经没有了当年亨利·贝斯顿笔下的荒芜。海滩变成了游人的游泳场。耶鲁大学访问学者李卫东先生提供了这幅照片，虽然与我的想象相差甚远，却是真实的

人 T.S. 艾略特的《荒原》，创作了在科德角海滩一年生活经历的《遥远的房屋》这部书。

约翰·巴勒斯的《醒来的森林》，让我们领略了鸟之王国的风采，但他没有写完整，那是林中的鸟，而亨利·贝斯顿在科德角则延续了巴勒斯的鸟类观察。这次他所观察到的是荒原的鸟、泽地的鸟、海滩的鸟，甚至高纬度地区罕见的热带鸟。

在科德角，鸟类成了贝斯顿精神上的最大寄托，他冀望通过它们构建起自然与人类之间的精神桥梁。在他眼中，科德角半岛是世界上最有趣的群鸟聚集地，可惜人们对它们的关注非常缺失。这里的鸟，特色不在于留鸟，而是各种候鸟。据他观察，从西印度洋群岛生成的飓风常常会将一些珍稀奇特的热带或亚热带鸟类送至这儿，如朱鹭，或军舰鸟。

其实，贝斯顿并非最早来到科德角观鸟之人。在梭罗的笔下，就曾经有过早期移民清教徒在此“有我们所见过的最多的鸟”的记载。就在贝斯顿抵达前不久，鸟类学家、《马萨诸塞和新英格兰各州禽鸟谱》作者爱德华·豪·福布什也曾孤身一人来到此地观鸟，但福布什终究没有贝斯顿这样执着。

科德角海滩鸟的种类很多，贝斯顿饶有兴致地记录着，并一一呈现给我们。这些鸟，有充满美感的林鸳鸯，有可爱的翻石鹬，有华丽的王绒鸭，但最常见的候鸟还是滨鹬、环颈鸟、大矶鹞、海番鸭、金斑鸻、鲣鸟，以及北极来客海雀、海鸦和海鸽等。许多鸟对我们来说，非但没有见过，甚至连名字都不曾听过。每当秋季来临，大批候鸟便从北方飞来，在海滩或湿地落脚。它们在这里聚集、歇息、觅食、交配。此时的海滩，热闹非凡，俨然是一个鸟天堂。这些鸟，或由它们组成的“璀璨如星的图谱”，被贝斯顿认为是科德角海滩上最神秘、最壮观的自然风貌。它们，或因共同意愿融为一体，或因心灵感应一并起飞，沿着海岸，一字排列飞行。贝斯顿有感于鸟类这种古老而复杂的适应生存环境的方式，他惊叹鸟儿如此完美而精细的生物进化，以及人类所失去或从未拥有过的那些灵敏而强大的感官功能。

杓鹬是贝斯顿钟情的鸟类之一。9月，当杓鹬飞来湿地，他便会选择穿越草地，近距离进行观察。他观看它们从水中起飞，看它们在空中盘旋，听它们清亮的鸣啼。同时他也喜欢各种雀类和莺类。夏天，他会按时潜入草地或湿地，追寻这些最早抵达的“外来户”，观看雀儿们从干叶残枝中掠起或在草丛中悄然藏身，聆听它们唱响的优美颤音。其中，加拿大威森莺是一种警惕性非常高的鸟，此时，贝斯顿的观察只能远远地进行。他喜欢观看威森莺在苍白沙滩上的来来往往，在黄褐色草丛中的进进出出，在晨曦中的蹦蹦跳跳，以及听取黄昏时的唧唧喳喳。

在“水手舱”的边缘，沙丘呈峭壁状跌落于海滩。峭壁与沙丘的顶部持平，植物生长于干涸的谷底。科德角的植物种类并不多，但足以建构起一个繁花似锦的世界。春日，站在高处观看，耳状迎春花一片翠绿，这是裸露地带生长最为繁茂的植物——从光秃秃的山坡之上一直蔓延至沙丘的边缘。而海滨则长满了稀疏的草和碧绿的大戟草灌木丛，河床上流动的大叶藻显露出湿润明丽的黄绿，这些色彩构成了这个世界春天的主色调。夏日，黄昏时紫罗兰色的薄雾轻纱般地洒向海滩及相邻的海面，这时海滩之沙呈现出独特的生命力。阳光下，沙的尘埃激发出一道褐色而强烈的光柱，并闪烁变幻着色泽。当风吹起，沙滩上卷起的沙旋涡，一路旋转奔向海边的波浪。秋日，半岛披上的则是金色与红褐色的盛装。冬日，当沙丘上的草谢幕之后，沙面剩下的只有星星点点的银灰冷色，此时，沙子在枯草下移动。一年四季，科德角海滩是多彩的，它的色调依时光及季节的变迁而变化。

在沙丘与沼泽之间的湿地，生长着各种草。夏秋时节，无处不在的薰衣草星星点点，在烈日的暴晒之下小花逐渐盛开，像云雾般飘浮在茶色或近乎鹿色的草地上。在冬春时节阴沉寒冷的日子里，湿地则呈现出另一种荒凉——平坦半岛的周边结上了一层宽宽的冰，浅水的河道则完全封冻，内海湾成为一个冰天雪地的世界。巴勒斯感慨，这时空旷孤寂的沙丘和海滩仿佛成了他一个人的世界，自己与它们完全交融在了一起。

科德角的大海、沙滩、湿地、沙丘和动植物构成了一道组合景观。北大西洋的海岸线是壮阔的。大海平静时，海水湛蓝，碧波浩渺，透着朴素的美；大海发怒时，汹涌澎湃，波澜壮阔，成为夺命“恶魔”。

“于是，你闭上眼睛，大海送上又一波浪潮，自从有了世界，大海就一浪追着一浪，绵绵不绝，它抚平了一切，又打碎了一切，去而复返。”这是我喜欢的 E.B. 怀特关于大海的经典描写句子。因为忧和爱，亨利·贝斯顿对大海的心态是平和的。他习惯于这种海浪的脉动——白天，整日在耳际回响；晚上，枕着浪涛进入梦乡。他甚至说，我的心灵几乎不受这种无休止的喧闹声的影响。当海面空晴之时，大海呈现出的是明澈、柔和的一面。这时，海天间一片蔚蓝，天穹的边际蓝白相间，贝斯顿将其喻为最可爱的蓝色，一种淡蓝，像花瓣似的蓝。当大海映照出可爱的天空，当海风轻轻地吹向海岸，阳光下，闪烁着光的波浪是最美妙的。

海面起风之时，大海呈现出的是恐怖的一面。这时，大海形成的巨浪会一个接一个地拍向海滩。它们越过层层阻碍，经过不断的破碎和重组，一波接一波地构成浪头，再将自己粉碎于海滩。贝斯顿以为，这是一种充满与消散、成就与破灭、再生与死亡的声音。遇上咆哮的巨浪，他感受到了海浪排山倒海的气势——海滩抖动，沙丘震颤，甚至连自己的房屋也一起摇晃。的确，这里有“美洲海岸最险恶的沙洲”——波勒科裂谷。曾记否，当年“五月花”号原本最终目的地是哈德逊河口，最后阶段却因为海浪阻止或船员疾病暴发，才冒着巨大风险改在科德角登陆。梭罗在《科德角》中，开篇就描述了一起发生在科德角海域的特大海难事故，传递了大海凶险的一面。自贝斯顿来到海边的那一年算起，到 20 世纪 90 年代的七十年间，有超过一万人在这一海域丧命。乔治·克鲁尼主演的影片《完美风暴》，就记录了发生在此的一次世纪最强风暴。贝斯顿在海滩上的一年，也曾经历了两次这样几乎夺命的危险。就在贝斯顿离开海岸不久的一天，他的“水手舱”便葬身于大海。这就是科德角，不但有美，而且凶险。

贝斯顿喜欢大海，曾经长时间观望海浪岁岁年年不变的节奏，探寻日日夜夜变化的规律。他赏玩大海狂野的表演、迷人的变化：看弯曲的水流由不同点的浪花涌起；看一道道长长的海浪不断破碎；看海浪滚滚冲向海岸时的猛烈搏击；看洁白的海鸥在一道道急浪之上的起伏飞翔。海浪唤醒了他最美妙的想象力。

亨利·贝斯顿这样回味自己在科德角海滩一年的经历：在此居住，我便生活在一个充满了自然气息的世界之中，各种独特强烈的气味和沁人心脾的芳香弥漫于我的周围。……从这里，我仿佛踏入了一扇大门，从中美洲进入缅因州。此时的他终于理解这片遥远而神秘的世界，这种生活意愿引发的强烈而深切的崇敬和感激占据了他的心灵。他自豪终于获得了一种博物学家的感觉，而这种感觉似乎也赋予了自己某种特权，将自己投身于一个“高于并超越了人类野蛮行为的更伟大的世界之中”。

在《遥远的房屋》的第十章，亨利·贝斯顿深有体会地说：“无论你本人对人类的生存持何种态度，都要懂得唯有对大自然持亲近的态度才是立身之本。”生活的天赋取自大地，它属于全人类。这些天赋是拂晓鸟儿的歌声，是从海滩上观望大海时的黄昏，是海面之上群星璀璨的夜空。此时此刻，贝斯顿的心情显然要比艾略特乐观得多。

时至今日，随着科德角国家海岸保护区的设立，科德角海滩上的那种孤寂已经不再，有盐盒似的老房子，还有古玩店和木屋旅店，游人的旅行车把半岛挤得水泄不通，尤其是在假日或周末，说不定人比那儿的鸟还多，亨利·贝斯顿因乐观而下的结论似乎早了一些。

心灵与自然的对话

> 小岛水势较缓的那一边，溪水一直像窗玻璃一般明澈，像一层亮光，照在砂岩形成的神秘文字上、页岩上，以及蜗牛刻了字的黏土淤泥上。水势较急的那一边，溪水宴请了令人目眩的一大堆弯曲而且给抛掷出去的水面，以及点点光影和支离破碎的天空。
>
> ——安妮·迪拉德（Annie Dillard）

我很喜欢阅读陈冠学先生的书。在台湾中部一处山间田野，他在那儿独自生活了三十年。一幢平屋，坐北朝南，位于田园的中央，“满屋子浸透了田园的气息”。在这片土地上，他日日采撷，过着农夫般“含哺而熙，鼓腹而游”式的生活。陈冠学说，一个小小的家，坐落于这天地间，不由得你不心满意足。在他看来，这是一个终日有山可看、有鸟可听、饥来有薯、渴来有溪的地方。他为自己精心营造了这样一个家。

而安妮·迪拉德，远在美国。她是一位诗人，亨利·梭罗的忠实拥趸。恰好也是三十年前，在一场突如其来的肺炎几乎夺去她的性命之后，她来到弗吉尼亚州蓝岭山谷中的听客溪，与森林、溪流和野生动植物相依相伴，过着与陈冠学一样的田野生活。

《田园之秋》是陈冠学先生的日记体散文作品，而《听客溪的朝圣》则记录了安妮·迪拉德在山间溪畔一年的生活。《田园之秋》是华语中不多见或许还能称得上是唯一的自然文学作品。在大自然的呵护下，陈冠学和迪拉德，他们目的性一致，怀抱着“最为广博的生态意义去寻求人之自然与本源自然的生命共通感”，实践着一种人与自然共同相处的生命体验。而这种生命体验随之也“沿着心灵自由入侵时间的繁复边缘”融入了他们的灵魂。

到 20 世纪 60 年代，美国文学逐渐摆脱“粗浅、缺乏想象力、停滞不前”的桎梏，“现实主义”思潮方兴未艾，突出表现为散文体小说的写作方式被广泛采纳。《听客溪的朝圣》就是这样一本书。该书的写作，安妮·迪拉德采用了一种大胆的、天马行空式的风格，以朴素的文字，细腻、温暖、多视野而又充满想象力的方式抒发自己的真情实感。于是，大自然在迪拉德的笔下变得活灵活现——孩子般的理直气壮和诗人般的洒脱之心。在溪前观鱼，她的思绪就像一条鱼，一闪而过，然后又像盐一样溶解，一会儿来，一会儿去。在描写乌龟在水中游弋的情景时，她用“平滑如豆，顺流而下，毫不费力，毫无重量地一连串划动着，就像人在月球上跳跃”这样的语句来表达。在我所阅读过的美国自然文学作品中，可以说，《听客溪的朝圣》最能体现现代散文的写作魅力。迪拉德将其移植于自然文学的创作之中，使自然与文学、文学与心灵相得益彰。她的作品源于自然，充满了“自然真义”和“生态智慧”，并呈现“驱向自然的狂野恣意的气质”。的确，优雅美文《听客溪的朝圣》，后来荣获普利策奖，引发文坛反响，被誉为美国“最有影响力的当代自然文学的范本”，其中

听客溪的涓涓细流，渐行渐宽，最后演变成了溪流和小河。在安妮·迪拉德的眼里，听客溪很美，水面平坦、宁静，因远近不同而呈现异样的色彩

的许多篇章甚至入选美国中学或大学教材。而这种美，当然也离不开在中译本翻译过程中台湾作家余幼姗的不遗余力。

蓝岭山谷属于美国东部阿巴拉契亚山脉的一部分。这个地方或许正如美国早期殖民地作家罗伯特·贝弗利在《弗吉尼亚的历史与现实》一书中所阐释的“惊奇地突然发现自己进入了一座原始的花园”。安妮·迪拉德将自己在山谷中入住的房子命名为“锚屋”。所谓锚屋，文字很优雅，在这儿迪拉德泛指了古时隐士的隐居之地。她的“锚屋”被拴扣在不足六米宽的听客溪边的一处石床之上。周边的环境，溪流，除听客溪外，还有卡汶溪；山，除听客山外，还有布拉希山、麦卡菲之丘和死人山。

如果天气好，往哪儿走都可以；看起来都很美。水色尤佳，平静的水面映出蓝天，涟漪起处则碎裂成沙砾浅滩，以及白白的沟渠和泡沫。若天色阴沉，或是迷蒙，那么一切都给洗掉，黯淡无光，除了水。水自具光泽。我出发去看火车轨道，去看鸟群飞越的山，去看那匹白色母马居住的林子。可是我前往水边。

……听客溪流到了屋子的西侧转一个大圈，因此小溪不但在屋子后方，我的南边，而且在马路的另一边，我的北边。我喜欢往北走。在北边，午后的太阳照射小溪的角度正好，既加深了倒映的蓝色，又让岸旁树木侧边的颜色变浅。对岸牧场里的小阉牛过来喝水；我在那儿总会惊动一两只兔子；我坐在树荫里那倒塌的树干上，观看阳光下的松鼠。（余幼姗译，下同）

这是迪拉德在一月时节对听客溪的描述。阳光、房屋、溪流、牧场，以及动物与人，构成了一幅节奏明快的田园图画。说的是自然景观，其实还是作者借景抒怀，传递着自己心灵对自然的回应，这时，大自然就是她心目中的“教堂和大雄宝殿”。房屋不远处，在听客溪的中央还耸立着一个小岛，溪的一边是陡峭的悬崖。岩石之上，生长着树干高大、树枝细长苍白而又脆弱的桐叶枫；岩石之下，溪水拍打着激流里的砂岩和四处散布的岩石。在听客溪凹字形的河道里，一块狭长地是“溪边的林子”，林子里长满了常春藤、鹅掌楸、桑橘、小郁金香和刺槐等植物。

长满青草的小岛是安妮·迪拉德常去的地方，她喜欢在那儿观景看物，甚至还常常坐在横过水面的桐叶枫树干上看书。迪拉德选择这个地方，显然是运用了霍勒斯·凯普哈特在《露营和山林生存技巧》一书中所传授的方法，仿若当年亨利·梭罗在瓦尔登湖畔建房造屋而度过的隐居生活。此时的听客溪，对迪拉德来说更是一个“充满刺激和美的世界”——小溪，让她的“眼睛休息，是避风港，是怀抱”；那些山，对她来说，“我住在那儿，而山是家”。

过田园式生活，在欣赏自然景物的同时，对动物的呵护似乎更重要，迪拉德亦不例外。

9月里，鸟皆安静。它们在山谷里换毛，反舌鸟在云杉上，麻雀在山梅花上，鸽子在溪边的西洋杉上……到了10月，大大的躁动来临了，也就是鸟儿迁徙之前的躁动。……鸟儿很兴奋，整日结结巴巴唱着新歌。花雀本来一整个夏天都躲在山上枝叶茂密的树荫里，现栖息在屋檐的排水槽上；山雀在刺槐上举行秘密集会，而一只麻雀举止怪异，像蜂鸟般在路旁一株秋麒麟草上方几寸之处盘旋着。

安妮·迪拉德好奇并安逸于这种和谐。听客溪中最常见的小动物，莫过于青蛙。观察小青蛙的一举一动，甚至吓唬它们一下，她觉得是一件很好玩的事情。她坦承，自己并非一位科学家或研究者，而只是一个探索者或潜行者，对自然的认知就像“一个刚刚学会站立的婴孩，常以一种率真而直截了当的方式困惑地注视四周”。譬如，面对溪流水面扬起的一层一层波动的光影，她有感于这种“纯然被动的魅力，就像云层下的光在原野上争逐，又像是正在做着的美梦”。听客溪之水源于巨大花岗岩之中深不可测的涓涓细流，细流渐行渐宽，最后演变成了溪流和小河。在迪拉德的眼里，听客溪很美，水面平坦、宁静，因远近不同呈现出异样的色彩，并以蓝调为主。溪流或小岛的四周，香蒲稀疏。它们生长于泥沼，于是让这里的植物逐渐变得繁茂。与此同时，溪水中丰富的食物又繁殖了大量的昆虫和鱼类，昆虫和鱼类继而又滋养了爬虫类、鸟类和哺乳动物，组成了一个完美的生物世界。

迪拉德笔下的生物世界似乎还迎合了查尔斯·W. 韦伯的原始主义理论。这时，平和的山谷、小溪成了“质朴无华生活的新的伊甸园”——优雅的小动物被迷人幽静的谷地与外界隔绝，它们毫不了解自从罪恶与死亡来到世界上之后，人与人之间，或人与上帝的各种动物之间的阴暗和血腥争斗。

此时，群鸟成了这儿的当家“花旦”。早春二月，这些鸟便在山谷里唱了起来，嘎嘎啾啾，悠扬的曲调在空中回响。婉转的鸟鸣声在山丘外缘、山谷的水塘边如火如荼地展开，穿过林子，滑向小溪。此时，反舌鸟表现出了强大的创新能力，它们像天神一般挥洒新意，不知疲惫，尤其到了 6 月，反舌鸟们从清晨便开始了马拉松式鸣唱，直至深夜。鸟儿让山间溪谷变得灵动。

每当这个时候，迪拉德便将自己的时间尽量多地打发在大自然之中。她习惯地、一动不动地骑坐在溪畔桐叶枫的树干上等待。她欣赏着：溪水中的一群群银鱼，冲来冲去，在混浊的沙里觅食；大鹬鸟，尾巴一翘便飞快地扎入水中；知更鸟，在叼着虫子的同时，仍然掌控一片田野；大桦斑蝶，费力地、直直地往空中攀升。还有，田鳖掠食，青蛙弹跳，蝌蚪沉水。她尤其喜欢房屋后院的一株西洋杉，树上有野鸽栖息，山上长着胡桃树、榆树和橡树。而在这些树枝之上，也常常有松鸡的惊惶尖叫，松鼠的奔走掩躲，蝴蝶的四处飞舞。在无风的夜晚，迪拉德甚至还习惯于沿着溪岸潜行，静候谨慎的麝香鼠出现。她追踪乌龟在水中的滑行，观看鲤鱼的跃动，分辨响尾蛇的声音，或者，探索燕八哥在黑暗中的觅食与归巢。

有一次，迪拉德悄悄地接近了一只小青蛙。这时，青蛙慢慢地收缩，身体内陷，皮囊下垂，眼神涣散，然后，一鼓作气，纵身起跳，逃之夭夭。她感叹于青蛙这种高超的逃生能力。在她眼里，自然界就是这样一个到处充满生命力并能够创造出繁复的世界。她领略大自然这样特殊的一面，忘我地将自己融入其中。

安妮·迪拉德心系这片山谷与溪流。她来到这里，目的是要对其意义保持开放的态度，尝试让自己时刻感受到这种存在所具有的力量。因此，她希望在此所看到的不只是燕八哥、草地、石块、树林、池塘和群山，而且还能看到羽毛里的倒钩、土壤里的弹尾虫、石头里面的结晶、叶绿素的流动、轮虫的脉动，还有松树之间空气的形状。最终，看清大自然，甚至宇宙的景观。

深入自然，思忖人与自然的关系以及彼此的价值，是迪拉德所希望的。她尝试着与这个世界上最伟大的主题——生与死，交锋。她追求自然界所拥有的纯真，倾心于这些小溪、田野和森林，然后迷失其中。她睁大眼睛，拓宽视野，在树篱和小丘上寻觅；她充满深情，当纯然沉浸于某一种东西的时候，她在精神上便进入一种超脱状态——心灵开放、全神贯注。

迪拉德来到溪流边居住，原本只是想过一种随水而流的自在生活，但此时，她感觉到，小溪非但没有将自己托起，反而将自己拉入了水。她常常站在鹅掌楸、梣树、枫树和橡树下思考，让自己眼光散漫并飘移，为的是过滤所有非垂直移动的东西。她认识到，“自然界没有是与非，是非乃人类的观念”，而人类这个“具有道德观念的生物，却生活在无所谓不道德的世界里”。她以为，这时，我们最需要的是冷静，而小溪恰好提供了这样一个场域。在她看来，生存就是变动，时间是一条活生生的小溪，它承载了不断变化的光。她学习自然，领会休斯顿·史密斯所说的“大自然里面，重点在于实际是什么样，而非应当是什么样”。她甚至感觉得到，越是亲近自然，我们人类就越会显得怪胎，以至于不得不将人类的价值观带到了溪边来拯救自己。而此时此刻，小溪成了调停者，它用慈爱、公正，包容了龌龊的恶行，并化解之，将它们转变成田鼠、银鱼和桐叶枫的叶片。

可以说，迪拉德的听客溪之旅是一次追求纯真之旅。她在此一心一意地接受爱之驱动。她倾心于小溪，热爱田野和森林，并自愿迷失于其中。而这种纯真，对她来说，是一种“精神上的忘我”，心灵既开放又全然专注。这时，安妮·迪拉德的思维是跳跃的，活泼的。她看到的、感悟到的不仅仅是大自然散发出来的生机与力量，而且，上升到哲学层面，也给她带来哲学思考——人类的困惑，以及未来面临的困境。通过观察，她理解到了树木宽大为怀的精神，从植物学认知引申出对人类道德的终极关怀。她不断寻觅“某种迥异于人性的自然物件和人类天性”，从而反思人与自然的关系。她坦诚、热烈，为这世界野生动植物的存在而欢呼。

读安妮·迪拉德，对我来说，会不由自主地产生一种发自心底的心灵感应。就像她一样，在溪畔，梦想自己能在广阔的空中随意飘浮，而且，这个世界也在一同飘浮。这时，世界在摆动，而自己就将成为一个漂泊者和寻找征兆的徘徊者。

拉瑟福德·普拉特在《美国大森林》一书中说，秋天的色彩像一团火焰，就像死亡本身，是树木等待冬季的一个标志。安妮·迪拉德也喜欢秋天，她将自己喻为灵气、秋风中的一片叶子。

坛城上的一叶知秋

我相信，森林里的生态学故事，在一片坛城大小的区域里便已显露无遗。事实上，步行十里格（里格，长度单位，一里格约四千八百米）路程，进行数据采集，看似覆盖了整片大陆，实际却发现寥寥。相比之下，凝视一小片区域，或许能更鲜明、生动地揭示出森林的真谛。

——戴维 · 乔治 · 哈斯凯尔 (David George Haskell)

如果说戈登·汉普顿用他的“一平方英寸”，以小见大，诠释了声音对自然环境影响的话，那么，戴维·乔治·哈斯凯尔则选择了一个“一平方米”见方的“坛城”，以点见面，探讨大自然的生存状态。

哈斯凯尔相信森林里发生的生态学故事，可以通过一滴水珠、一片叶子、一块岩石或一只昆虫在一个坛城大小的区域里表现出来。作为一位生物学家，他以专业的眼光审视这样一片区域，发现生命之间的内在关联，并在《看不见的森林》一书中真实记录其中发生的事件，从而揭示出森林的真谛。

这是一个奇妙而又富于创意的想法，哈斯凯尔设计的“坛城”具有超自然意义。坛城坐落于田纳西州塞沃尼南方大学的附属土地上。一片森林陡坡之上的坛城，由一条巨大的、历史超亿年的砂石河流浇筑而成，在岩坡上的百米处，一座高耸的砂石悬崖标识了坎伯兰高原的东部边界。从悬崖往下，地面渐次缓降，平地与峭壁交替，然后直接坠入几百米深的谷底。山下的峡谷里，原本是土著印第安人的居住区，现在则被欧洲大陆过来的新移民开垦为肥沃平坦的庄稼地和牧场。山之上，是崎岖的林地，有散落的滚石、倾伏的大树以及腐烂的树干，石块上覆盖着落叶。而哈斯凯尔的坛城，便依偎在最高处平地上的岩石之间。他深入此地，给自己拟定了一个规则——不断到访，观察一年中坛城上发生的变化；保持安静，尽量减少惊扰；不杀生，不随意移动生物，尽量保持坛城的原汁原味。

说到森林，我想起英国剑桥学者罗伯特·麦克法伦说过的一句话，他说，如同荒野一样，它能点燃人类的存在和认知形式。此刻，夏季坛城上的密林因受强光限制，黄绿成为主色调，暗绿色树影在天空散射光的映衬下显得浓郁。一场秋雨过后，森林变得更加深邃，预示了冬天的寒冷和生命的萧瑟。香根芹这种植物，在坛城的晚春时节发芽，当长出一团团嫩绿的植株后，夏季枯萎，秋季再舒展开新生的叶片，年复一年，周而复始，成为坛城的标志。凋零的秋叶组成了坛城上黑暗、潮湿、斑驳的落叶堆。它们随着生命的活力散布到森林的躯体中，使泥土变得芬芳，继而使潮湿林地间的郁闭度变得极高。坛城之上、周边长满了各种落叶乔木，有橡树、枫树，也有椴树、山核桃树和北美鹅掌楸。坛城范围之内，是微生物、昆虫以及其他动物的世界。这一切共同维系和演绎了田纳西高山森林地带典型的丰富生态和生物多样性。哈斯凯尔将我们带入坛城，带进了他所创立的这个世

戴维·哈斯凯尔相信森林里发生的生态学故事，可以通过一滴水珠、一片叶子、一块岩石或一只昆虫在一个坛城大小的区域里表现出来

界，并使坛城具备了象征意义，从而演绎出大自然各种动植物的艳阳繁花。

坛城上，地衣、真菌在阳光和水汽的作用下显示出多样化“碎片”，通过植物细胞壁中的自如滑动，渗出的消化液溶解了那些坚韧的木头，由此构建起“理想的温床”；蕨类和苔藓，在这里长着四季常青的叶片和茎干，呈现出饱满的绿色，它们通过叶绿素从阳光中捕捉能量，然后将光能转化为电子流，合成细胞所需的养分。这是坛城上的微观世界。哈斯凯尔来到这里，他带着望远镜和放大镜，深入其中潜心观察研究。

这时，毛茛科植物獐耳细辛长出了花芽。清晨，花萼伸展，紫色艳丽，并在一天之内绽放。它的花药围绕着柱状花丝，长成浓密的一丛。獐耳细辛盛放出坛城上第一朵花，昭示了春天里万物的复苏。

春天，坛城是短命植物的世界，山坡上绿草葱郁，鲜花烂漫。花开茂盛的时候，哈斯凯尔甚至能够在一平米见方的小天地里数出几百朵缤纷的小花，诸如春美草、唐松草叶银莲花、石芥花和蟾影延龄草等等。这些植物，奇特的是，大多雌雄同体。虽然有些花的花期可能只有短短几天或几周，但它们在地下却拥有长长的茎，能够依靠隔年的养分储存能量，从而实现隐秘的长寿生涯。在点燃灿烂生命之火，启示其他植物之后，这些野花便迅速归化于大自然的宁静之中。等到来年，它们再次成长，长出白色的花瓣，从厚厚的枯叶层中迸发出旺盛生机，从而周而复始。

坛城上的生命节奏就这样随着气候和季节的变化而变化，包括那些所谓“优点还未被发现”的杂草。到了每年 4 月，森林里便生机一派，树木焕发出新绿。对比枫树和山核桃树，此时，枫树率先展示出生命的活力，枝条已然悬挂于坛城上空。而山核桃树则还是一派暮冬寒气，形容枯槁，但在其内部，生命的节律悄然涌动，在为一两周后的枝繁叶茂做着准备。诸如此类，植物彼此间内在的竞争便这样如火如荼地悄然进行。针对植物生长的这种"蒸腾作用"，哈斯凯尔通过细腻观察，发现物理的法则为树木的成长提供了强大的动力支持。此时，山核桃树的雄花开始悬挂于枝头，花药在毛茸茸的花序上开始摇晃。风起之时，雌花的柱头接住花粉，假以时日，受精后的雌花发育成果。春华秋实，到了秋天，成熟的山核桃果坠落，第二年再发芽，完成一次生命轮回。而北美鹅掌楸则更是一种打破"生长快必然寿命短"规律的强大植物，它的生长速度有多快？有人调侃说，你种下它之后一定要离它远一点儿，不然它长着长着就会撞到你的下巴！它的寿命有多长？一般情况下，北美鹅掌楸的平均自然寿命可达两百至两百五十年，个别树木可以活到五百岁。在坛城的植物之中，橡树是深谙生存之道的物种。它的种子是许多动物的至爱，包括鹿、松鼠、花鼠，还有冠蓝鸦和野火鸡等等。面对严峻的生存环境，一株成熟的橡树自然有办法应对，它们依靠在丰年落下的成千上万粒橡子，多中取胜，确保自己来年萌发出更多新的树苗。哈斯凯尔在书中讲了很多这样的植物故事。万物皆神奇，这些植物通过大自然赋予的能力，展示出自己旺盛的繁殖力和效率。

博闻强识的哈斯凯尔，在《看不见的森林》一书中，对所观察记录到的事物有着精到或妙趣横生的分析和见解。所以，我们在阅读该书时，就会有一种读一本亲切的博物学专著的感觉，但又不失专业性。

哈斯凯尔的坛城上，存在着数百万个与人类相似的世界。各种生物形成了一条条完备的生物链。坛城上的昆虫有一半以植物为食，包括毛虫、蛾类和蝴蝶幼虫等等。这些家伙是坛城上植物暴力的制造者。在这种境况下，像三叶草之类体型较小的植物，就必须要应对上百种植食性昆虫的侵食，而大型的树木则可能达到上千种。尽管微观，但仍然是一个弱肉强食的世界。而毛虫们要生存，仍然要懂得时机的重要性。英国作家戴维·斯特里特在《栎树的自然历史》中说到，毛虫必须根据栎树叶萌发的时间把握好孵化时机，过早会饿死，过晚叶子已经长硬，而且全是单宁，变得无法食用，也会饿死。此时，哈斯凯尔还观察到，坛城上的植物在遭受虫食后一般都会留下明显的标记——叶片上的小洞。而小洞或又会是给昆虫带来致命危险的动因。我们知道，在自然界，植物、昆虫、鸟类和哺乳动物本身都是生物链或食物链上的一环，或者说，进化让它们环环相扣。昆虫对树叶的钟情，在于其大口吞食树叶内部的细胞，然后带给树叶一道道啃噬的伤痕。坛城之所以能拥有苍翠，是与鸟类、蜘蛛还有其他捕食者的功劳分不开的。哈斯凯尔举例说，莺鸟是坛城上的迁徙过客，秋天它们从北方森林飞来，然后再飞往几千公里外的中美洲越冬。此时的坛城便是莺鸟的中转站，它们飞落于坛城的树林之上，从树叶间觅食。这时，肉乎乎的毛虫为莺鸟们的长途旅行提供了充足的脂肪和蛋白质支持。

同时，在自然选择与进化的过程中，植物形成了强力、有效的防御体系，如枫树，它们用苦涩的鞣质来为叶子提供防御。众所周知，柳树皮和绣线菊属植物在医学上是生产阿司匹林药物的主要成分，在自然状态下，它们同样还是能实现自我防御的利器。还有人们熟知的西洋参，它们能够让体内充满各种化学成分，给天敌的肠胃、神经或荷尔蒙造成毁灭性打击。进化与演变此时成为推动力。自然的选择与进化，也让昆虫在逃避天敌的过程中练就了各自的绝招。一般的植食性昆虫，就往往能通过自身颜色与树叶的完美匹配躲避天敌。如毛虫防御性的刚毛，便是唯一得到自然选择许可的、无关乎口腹之欲的装饰。虽然它有时阻挡不了杜鹃等鸟类的侵犯，但对付其他鸟类，刚毛就是一把利剑。数百万年来，为了每天对付虎视眈眈的鸟类，毛虫们将自己的身体变成了卓绝的视觉艺术作品。毒蛾毛虫就是这样，在色彩斑斓的羽毛和艳丽的刺毛之中，暗藏着毒素。更为有趣并神奇的是，在夏威夷群岛，据科学家观察，一种叫尺蠖蛾的毛虫经过演变，彻底放弃了吃植物的食性，转而捕食昆虫。

此时，达尔文的自然选择理论，被戴维·哈斯凯尔利用坛城演绎得惟妙惟肖。从自然选择到自然进化，通过动植物构建起来的牢靠生物链，维系了坛城的承载能力，以及森林中资源的优化配置与平衡。

蝾螈是一种在背部表皮中布满毒素的小家伙儿。它们又称为水蜥或山蜥，彼此的关系，幼时以卵生、有鳃的形式存在，称为蝾螈；成年后便成为水蜥或山蜥，继而从水中走出，到林地潮湿的地方生活。灰红背无肺螈便是北美分布最广、数量最多的蝾螈亚种之一。此时，蝾螈成了坛城上的活跃分子。这些需在湿地中求生存的家伙，指头长的个头，幽暗光滑的皮肤闪耀着银色或橙色的小点。它们机智灵活，喜欢盘踞于长满苔藓的砾岩上或蜷缩在一片卷成杯状的橡树枯叶之中。冬天，它们从岩石与冰砾间潜入几米深的黑暗中避寒，过着穴居生活；春秋，它们爬回地面，利用落叶掩护，四处搜寻蚂蚁、白蚁和小飞虫为食。到了夏天，为躲避干燥的热浪，它们又重新潜入地下，追逐冷湿。哈斯凯尔介绍，蝾螈虽小，却是地地道道的“原始动物”，它们是从哺乳动物的祖先，或恐龙分支而来的陆生脊椎动物。

更加神奇的是，据美国科罗拉多州立大学霍尔姆斯·罗尔斯顿Ⅲ教授观察，蝾螈那指状的脚似乎还与我们人类的手十分相似，而且在脸型方面，它的眼睛、鼻子和嘴都与人类一样呈轴对称。在此意义上，说不定蝾螈之于我们，在遥远的地质年代或许还有亲缘关系。森林就是这样的“生命之泉”。坛城上的小生命众多，还有蜗牛、蛞蝓和树蛙等，它们共同营造了无比生动的美丽与演化奇迹。

就这样，坛城上的鸟类和哺乳动物始终生活在一张无形的听觉、视觉网之中，通过声音，每个成员建立起相互之间的联系。田纳西卡罗山雀就是其中的一个典型。这种山雀肌肉饱满，它们凭借着超凡出众的视力和引人注目的自我保护，活跃于林间。坛城上的鸟类，还有美洲凤头山雀、燕雀、冠蓝鸦和北美黑啄木鸟，以及数量众多的杜鹃等。黑枕威森莺“wee-a wee-a whee-tee-o”的鸣唱让哈斯凯尔听得如痴如醉，尤其是在黎明时分。森林之中鸟儿齐鸣，似天籁之音，给哈斯凯尔带来了“澄明与舒适”。他在此续写了奥尔多·利奥波德在沙乡的鸟类观察故事。

桦叶荚蒾是灌丛的主角，它在树枝末梢储存着足够的食物，预备着春天的来临，但需要闯过白尾鹿这道关。在林中，鹿啃食的对象随季节的不同而变换——冬天是硬木质食料，春天是草木，秋天则是果实。坛城对鹿的影响微妙，因为鹿的数量有限，所以灌木和细枝可以恣意地生长。同样，鹿的数量又受狼群的影响。狼是肉食动物，成年后的郊狼捕食哺乳动物是它们与生俱来的本领。哈斯凯尔在坛城上观察到的郊狼属于一种本土狼种——红狼和灰狼。这时，狼与鹿构成了此消彼长的关系，在鹿面前，狼是林中舞者。近两百年来，北美狼的数量急剧下降，因为欧洲移民来到了“新世界”。人的加入，让大自然在生物链或食物链上增加一个重要的砝码。这是一股强大的改变力量，狼自然无法抵御，终于在与人类的较量中败下阵来。

冬至那天，太阳西沉，深红色弥漫天际。这时，哈斯凯尔在坛城上听到了东边林坡上郊狼的嗥叫。或许郊狼也在观望这样一个“灿烂千阳”的自然场景。此刻，人与自然构成了一种和谐，这让哈斯凯尔听得心潮澎湃。他感慨，大自然不是机器，森林影响着我们的心灵。动物也有感觉，它们鲜活而生动，作为人类的表亲，动物们拥有的血亲关系赋予了我们共同体验。

戴维·哈斯凯尔一气呵成，给我们讲述了发生在坛城上的许多故事。而在这些故事的背后，哈斯凯尔的心情仍是沉重的。19 世纪是美国历史上经济大发展的时期，而发展所付出的代价，当然是森林面积的急剧减少。哈斯凯尔不无遗憾地说，我对森林的观察，就是要为我们反观自身的天性竖起一面镜子，看清前面要走的路，而通过静观富于生机的坛城，是要为我们给生命群落中其他部分命名、为重新发现并发展这种天性提供一条途径。

洛克的丽江时光

我给历来人所不知的地区和硕曲河的河道描绘了地形图，还制作了几百张彩色照片和底片，采集了几千份动植物标本。要知道，这些标本可是来自这一从未经人考察过的地区。（约瑟夫·洛克的电文）

——斯蒂芬妮·萨顿（Stephanne Sutton）

大凡去过丽江的人，都应该会知道约瑟夫·洛克的名字，某种程度上，丽江就是因他而变得知名起来。洛克是一位奥地利裔美国学者，在20世纪初，曾受美国国家地理学会、美国农业部以及著名的哈佛大学阿诺德植物园等机构的派遣来到中国云南。他在那儿，或为阿诺德植物园采集植物和飞禽标本，为美国国家地理学会服务；或为自己的兴趣和爱好，在丽江潜心研究纳西文字，几乎生活了大半辈子。

西方人对中国的向往，或对中国植物的觊觎，远远早于洛克的时代。19世纪中叶，英国探险家罗伯特·福琼（Robert Fortune）就被英国皇家园艺学会派遣前往中国采集植物。他最大的贡献就是将产自中国的茶树成功运到了印度大吉岭地区，并从中国采集了两百多种观赏性植物引入英国。为此，福琼写作了《中国北方的三年之旅》《茶叶之国——中国之旅》和《居住在华人之间》等书籍。后来，当来自法国的传教士谭卫道在四川发现并采集了大量的珍稀植物标本之后，这时西方人便意识到中国西南山区才是野生动植物资源的宝库。尽管此时约瑟夫·洛克并不是率先抵达中国西南边陲的西方人，但他却成为唯一长期在那儿生活并考察的人。洛克以丽江为基地，足迹踏遍广袤的横断山脉，包括云南、四川和甘肃等地的许多地方，最远之处甚至抵达了青海阿尼玛卿山和祁连山。山回路转，他最钟爱的地方还是丽江，他倾心于丽江的村落和风土人情，以及那儿令他痴迷的动植物资源。在丽江，洛克与各路人马接触交往，为美国《国家地理》杂志拍摄了许多珍稀照片，撰写了许多关于奇闻异事的文章，并写作了《中国西南古纳西王国》一书。他的这些照片和文字在西方的刊物

光鲜的青石板诉说了丽江这座古城曾经的辉煌

发表后，立刻引起轰动。于是，我们对约瑟夫·洛克也就变得亲近了起来。就个人的喜好来说，我对横断山有些偏爱，在横断山脉间行走的日子里，我带着洛克的书，沿着他的路径，不断关注、探访他曾经留下的足迹并寻访他的故事。

约瑟夫·洛克的传奇经历近年来在中国比较火热，出版社出版了许多有关他的书籍，但并不完整。好在斯蒂芬妮·萨顿的《苦行孤旅：约瑟夫·F.洛克传》弥补了这一缺憾。作者斯蒂芬妮·萨顿曾长期工作于哈佛大学阿诺德植物园。当年，詹姆斯·阿诺德向哈佛大学捐款十万多美元建立此植物园，如今它成为最著名的收集亚洲的乔木与灌木的植物园。在植物园，萨顿与洛克是同事，而且渊源深厚。她了解当年约瑟夫·洛克的经历，掌握了有关洛克的各种第一手材料。这一切都有助于她准确把握洛克的内心与性格，并告诉我们更多洛克鲜为人知的自然与人文寻访故事。这回，我的美国自然文学之旅也得以暂时回到中国，在斯蒂芬妮·萨顿的引导下，幻化成一个美国人在中国西南边地孤独苦行的自然之旅。

约瑟夫·洛克从小就对东方古国一往情深。为了将来有机会前往中国，十三岁开始他就自学汉语，二十九岁梦想成真，光顾了中国南方城市广州。家境贫穷的洛克，高中毕业后，便离开故土维也纳，孑然一身，云游世界。先是欧洲，然后美洲。抵达夏威夷之后，一个偶然机会使他认识了亚历山大·福特教授，从而走上了植物研究之路，并落地生根成为一位美国公民。此后，经过十几年努力，原本缺乏植物学基础的洛克，凭借着自己的天分和惊人记忆力，在植物学领域取得一席之地，成为当时夏威夷学院的一位植物学教授。他写作并出版了几十部有关植物和林业学的专著，包括《夏威夷岛上的土生树木》和《夏威夷的观赏植物》等。后来，洛克得益于哈佛大学阿诺德植物园主任、植物学家查尔斯·萨金特教授的邀请并资助，得以前往中国进行田野考察，为植物园采集新植物标本。

约瑟夫·洛克初到丽江之时，小城已拥有五万人口。在当时的中国，丽江俨然算得上一个像模像样的“大都市”。他独来独往于玉龙雪山下的雪嵩村和丽江古城之间。洛克心仪丽江，心仪丽江的纳西民族以及充满魅力的东巴文化，他说，“丽江的生活根本不受时钟的摆布，而只受天体运转规律的支配”，可以生性自由。在深入了解纳西族民俗后，他甚至说：“纳西是一个温良谦和的民族，具有比大多数白种人更高的道德标准。”洛克尤其喜欢丽江城边的玉龙雪山，为此他经常早出晚归，或几周，或几个月外出进行野外考察。从此，丽江成了约瑟夫·洛克魂牵梦萦的地方。他采集植物标本，考察各种树木，了解、记录当地的自然与人文，拜访普通老百姓的家庭或者寺庙，乐此不疲。几年下来，他收集了几万件植物、上千件鸟类和哺乳动物的标本。尽管洛克有不少这样或那样的头衔或称谓，但我始终觉得，骨子里他仍然还是一位出色的植物学家，然后，才是一位勇敢的探险者。

抵达中国后的约瑟夫·洛克，如鱼得水。这是洛克的梦想，也是我自己的梦想。近些年来，我自己的业余时间基本上都奉献给了横断山脉，和洛克一样，踏进那片土地后就难以自拔。每到一处，我似乎都是如影随形地踏着洛克当年留下的足迹前行。丽江周边的玉龙雪山自然不用多说，还有那里的杜鹃之山——哈巴雪山，和斧削四壁的金沙江大峡谷。当我攀爬滇藏交界处梅里雪山明永冰川，抵达海拔三千米附近的太子庙时，惊奇地发现，寺庙之内居然还保留着当年洛克住过的房间。在“蜀山之王”贡嘎山，我听当地人这样说，约瑟夫·洛克曾经从丽江经木里来此考察。当他第一次目睹雍容典雅的贡嘎雪山时，留下了“贡嘎雪峰像金字塔一般，鹤立鸡群于姊妹峰之上，高耸着直冲苍天”的描述。

在丽江以北的永宁，沙鲁里山脉纵深之处，有一处摩梭人之神湖——泸沽湖。依然让人感慨的是，湖中有一个湖心小岛，原称奈络普岛，后来被当地人改名为“洛克岛”。据说当年洛克来到这里考察，一看便喜欢上了它，在此住了下来，并与永宁总管阿云山结为至交。

约瑟夫·洛克本质上是一位孤独而又诚实内向的人，于是日记成为他最好的表达方式，尽管当时的他并没想过自己的日记将来有朝一日会出版。在日记中，他完完全全记录了自己在中国西南山野的所见所闻和心路历程。他曾经写道：“我感到自己似乎真正地领悟到了大

丽江的乡村，烟雨朦胧之中仿佛还在讲述过去的故事。当年约瑟夫·洛克曾独来独往地生活在玉龙雪山下的雪嵩村

自然及其法规和奥秘。”对于像我们这样的一般读者来说，今天能够重温到当年洛克的日记，仍然感到非常难得。

讲一个洛克与木里王的故事。从丽江前往四川木里曾经是约瑟夫·洛克梦寐以求的愿望。路程虽不算遥远，徒步也就百余公里，但由于山路土匪猖獗，以及当时乡城藏族对木里领地的不断侵扰，洛克一直难以成行。面对虽然危险重重但充满诱惑的木里，他决意组建一支队伍，深入崎岖的山岭河谷，探险木里。的确，当年的木里曾是一块外人难以进入之地，自然环境与人为设置的阻拦，为当时的木里统治者提供了一套极好的防护机制。在洛克之前，英国探险家、有“植物猎人”之称的弗兰克·金顿－沃德曾经涉足过那里。沃德曾说：“木里根本不需要向任何人称臣。”他的意思是，一般人根本就无法进得去。不过，约瑟夫·洛克似乎成了例外，抵达木里后，当时的木里王确德扎巴热情地接待了他。洛克参观当地的喇嘛寺（藏传佛教寺庙），观看土司举办的宗教仪式。从此，洛克与木里王之间结下了深厚的友情。这是洛克的第一次木里之行，之后还有第二次、第三次……

后来回到美国的洛克，尽力说服美国国家地理学会，请求给予再次前往川西的资金支持，探索那片地图上从未标注过的山区。而木里，正是这样一处落脚点。最终，协会同意了洛克的请求，于是洛克再次进入木里。

当初的木里，即今天的四川凉山州木里藏族自治县。从地理位置来看，它东靠西昌，北接九龙，西边是稻城，南临攀枝花和云南丽江。今天的木里仍然是一个自然环境极端险恶的地方，能够去那儿旅行的人依然寥寥无几。

在木里，我以为约瑟夫·洛克最大的地理发现，便是他在沙鲁里山脉纵深之处发现了秘境稻城。那是1928年的夏天，洛克曾两度抵达那里。稻城之路充满了危险，途中他竟然与土匪首领扎西宗普不期而遇。但很幸运，他与扎西宗普在一起喝了茶，聊了天，还互赠了礼物，相安无事。发现稻城，值得注意的是，洛克犯了一次不可原谅的错误。他将稻城贡嘎岭误认为是贡嘎山。直到几年之后，洛克才意识到自己的重大失误，但已经无法纠正。他的测量成果被美国国家地理学会鉴定为“一个有缺陷但有技术水准的产品”。没有关系，秘境总有被发现的一天，尽管推迟了几十年，毕竟约瑟夫·洛克在一百年前就已经到达了那里。后来，英国作家詹姆斯·希尔顿以洛克讲述的故事为蓝本，创作了小说《消失的地平线》，成就了一个人间仙境“香格里拉”的传奇。从希尔顿小说虚构的场景来看，稻城似乎最符合小说中所描述的意境——一个谁也不知道、谁也没说清楚、没人去过的地方，包括约瑟夫·洛克本人。

时至今日，稻城三神山依然静静地傲然于木里以西。它由北峰仙乃日、南峰央迈勇和东峰夏诺多吉三座雪山构成。其中最高峰仙乃日海拔超过六千米，符合当年约瑟夫·洛克在此考察时的测量高度。这个崇山峻岭之地，外围被俄初山等山脉环绕，所以被视为秘境。人们真正走入其中也只是近三十年的事。当时，执着、大胆的驴友们从最近的稻城县日瓦乡进入，大约需要步行三天。不过现在已经开通了公路，稻城也修建了民航机场。物是人非，稻城再也不是当年洛克以及希尔顿《消失的地平线》中所描述的那个寂静的天外世界了。

距离三座神山最近的小村庄，名叫亚丁。当年约瑟夫·洛克从西边的木里出发只能翻山越岭，过稻城与木里的界山夏诺多吉进入三神山的腹地，但他终究没能抵达亚丁村。目前从北面亚丁村村口笼同坝登山是最方便的线路。一段上坡路后，在山谷之中可以看见一座寺庙，即冲谷寺。冲谷寺周边，森林高耸密布，有灌木和高山藤蔓植物，也有清冽的溪流，甚至飞禽走兽。这座神秘且不露形迹的藏传佛教寺庙，隐蔽于仙乃日雪山之下。寺庙周边的房舍目前已毁坏严重，一片残垣断壁，四周被蛮石砌成的墙围成一圈。冲谷寺的历史对于了解三座主雪山，以及雪山的发现和藏民在此居住的历史都有重要意义，但无据可考。约瑟夫·洛克当年在探险途中曾在冲谷寺小住了几日，由于受到匪首扎西宗普的限制，他甚至无法下到向往的山谷之下去看看，于是便虚构了“蓝月山谷”一词，以此形容从冲谷寺到亚丁村这段美丽的“道阿容巴”峡谷。

洛绒牛场是一片开阔地，位于三座雪山的中央、仙乃日的背面，这是洛克探险的终点。牛场是观看夏诺多吉和央迈勇雪山最佳的地方。和洛克对此地充满向往一样，我曾经在一年之内两次光顾这里，夏天一次，秋天一次，目标就是朝觐三座雪山。夏季，这里绿草青青，溪流两旁，云雾缭绕；秋日，山谷草坪层林尽染，沙棘缀着一串串似橙、黄玛瑙般的果实，在灌丛中伸展。而“智慧化身”央迈勇雪山，则是约瑟夫·洛克的挚爱。这座雪山山形险峻呈锥状，此时此刻，洛克静静地坐在洛绒牛场观察，久久不愿离去。该山外形绝壁万仞，山势岩峣，但依然可以做到完全被洁白的冰雪覆盖，不肯露出一丝岩石的痕迹，非常神奇，俨然一座高耸的冰山。洛克被它的圣洁和高贵所折服，在日记中，他这样写道：“她是我见到的世界上最美的山峰。”而我去了两次都无法一睹央迈勇的真容，看来还得去第三次。

1949年年底，约瑟夫·洛克回到美国，受到各界的欢迎。《檀香山之星新闻简报》称之为“一位谦逊的探险者”。虽然回到了美国，但洛克依然心系中国的藏区边地，体味着中国西南纯朴的自然世界。到这时，之前所做的一切功利性事情对他来说都已经不再重要了，作为一位自然博物学家，让他无比眷恋的还是在丽江度过的柔软时光，以及那里纯粹的山野气息和淳朴的人文氛围。遗憾的是，直到去世，他都没有再次获得前往中国的机会。为此他充满失落。他说，我的魂灵依然留在了丽江雪峰间那万般宁静之中……

辑三
荒野思维

像山一样思考

有些人可以在没有野生生物的情况下过活，而有些人则不行。我写下这些文字，便是对后者所饱含的偏爱之情与两难境遇的阐释。……在人类社会发展将野生生物彻底扼杀以前，人们一直以为，野生生物和刮风日落一样，都是大自然习以为常的存在，于是也就把野生生物的存在视为理所当然。

——奥尔多·利奥波德（Aldo Leopold）

沙乡是贫瘠的，又是丰饶的。它在哪儿？在美国北部，威斯康星州的中部，威斯康星河畔荒弃的一个农场，就是它。在地图上，它很小，一个圆点；勘测实地，也不大——一片浅色的空白区域。

每年4月，当荒芜的碎石岭上，点缀其间的白头翁花开始怒放的时候，便标志着旱季在这里行将结束，象征着西部荒野的春天已经来到。干旱是沙乡气候的主要特点，即便雨季也只有大概6月这个把月的时间。这时沙乡的植物，如葶苈、沙地短叶松和羽扇豆等能挂上一些露珠，仅此而已。在荒野沙乡为数不多的鸟类中，数量上，土黄色的麻雀和“舞者”丘鹬是主角。在这种环境下，当政府纷纷劝说住民外迁的时候，奥尔多·利奥波德却义无反顾地来到了这里，他试图拿起铁铲和斧子对沙乡进行重建。因此，他在此盖了一所旧木屋为家，置办一个属于自己的沙地农场，和家人一道种植了上千棵松树，进行了一次关于自然、关于土地价值的试验。

让我们一道走进利奥波德的沙乡岁月。春天的到来往往从冬天开始，这时，冰雪消融。亨利·梭罗走进瓦尔登湖在冬天，奥尔多·利奥波德亦不例外，或许不是冬天，但他们都把写作开始的时点赋予了冬天。在《沙乡年鉴》中，利奥波德分三个层次探讨了一个问题，立足点都是土地。第一部分写一家人远离城市，来到沙乡，观鸟，办农场，自给自足，寻找世外桃源式的生活；第二部分是“随笔——这儿和那儿”，讲他自己几十年来在北美四处的游历，审视土地，探索对自然资源的保护；第三部分是“结论”，他着重探讨了土地及其保护过程中的伦理问题。

如果说白头翁花代表了沙乡的植物，那么荒野中一只小小的、无足轻重的臭鼬则是动物的代表，成为一年之始的标志性“人物”。雪化之后，臭鼬第一个从冬眠洞中爬出，摇摇晃晃于田野里寻找食物。这些鼬科动物“属于完好如初的荒野”。这时，春天来了，树枝发芽，山雀歌唱，鹿儿漫游，田鼠钻出草窠，毛脚鹰在天空盘旋，大地恢复生机。

在利奥波德笔下，虽说沙乡是一处荒芜之地，但并不尽然。沙乡的周边有山，有河，有森林，有沼泽，也有众多的动物和植物。水是生命之源，无水则旱，有水则灾，这是沙乡的写照。入春后，当远方高山上的积雪融化之时，沙乡便有可能成为一片泽国。正因为如此，每年的季节性洪水给沙乡的地形和地貌带来了多元化。沙

在奥尔多·利奥波德的观察和想象中，鹿群活在对狼的极度恐惧之中，而山又活在对鹿群的极度恐惧之中。在科罗拉多大峡谷，这样的鹿群仍然自由自在

乡虽然封闭，却仍然能形成一个小小的生物圈，构成一条独特的生物链。虽然各类生物在此生存困难重重，但还是其乐融融。利奥波德在这里，行走山野，追风赏花，观鸟捉鱼，将自己置身其中，与自己对话，也与自然对话，写出了一篇又一篇纯净又极富想象力的自然佳作。

有一天，我俯卧着，将自己埋藏在满是污泥的麝鼠洞穴里。我的衣服吸收了躺卧之处的颜色，我的眼睛吸收了沼泽地的全部学问。一只红头雌鸭带着它那群红粉色扁喙、金绿羽毛的小鸭子从这里游过；一只弗吉尼亚秧鸡几乎蹭到了我的鼻子；一只鹈鹕的影子从池塘上掠过；一只黄腿鹬在池塘里用它那柔和的颤音吹着口哨。此时，我绞尽脑汁想写出一首诗来，而那黄腿鹬只消抖了一抖腿，便写出来一首更好的。……（舒新译，下同）

利奥波德生活的那个年代，即20世纪初，正值美国新兴资本主义快速发展的时期，物质至上的商业利益追求与对人性关怀的缺失，以及对自然造成的破坏之间形成了尖锐的矛盾。通过《沙乡年鉴》，利奥波德列举了自1860年之后的七十年间美国自然环境遭受破坏的境况，并通过自己在沙乡亲历的体验，强调人们加强对大自然的保护，呼吁人们的生活要顺其自然，回归自然。

奥尔多·利奥波德立足于沙乡，但并不唯沙乡，即便描写沙乡的岁月以年鉴方式安排，也是由一篇篇可以独立成篇的随笔来组成，其中每一篇都是一个华丽的章节，每一篇都讲述了一个精彩的故事，许多文章还被选入了中学教材，《大雁归来》便是其中之一。

大雁是利奥波德笔下故事中的一个主角。沙乡所在地，距离美、加两国间的五大湖区不远，那儿恰好处于大雁南来北往迁徙的中转站。每年 3 月，大雁们成群结队从南方飞来，它们沿着河流低空飞行，在沼泽和草地上觅食。每到此时，利奥波德也会像欢迎久违的客人一样，用玉米地里积雪覆盖的残留玉米招待它们，甚至不断扩大草原上玉米的种植面积。这已是后来的事，即 1946 年的春天。此时的美国，颁布了一系列有关野生动植物保护法令，包括与英国签署的《候鸟保护条约》。所以大雁们再也不用担心每年秋季经过沙乡时，沼泽和池塘里可能布满的猎枪。利奥波德在此保护大雁，观察雁群的生活，倾听沼泽地里大雁们的鸣叫，观看它们翩翩起舞。此时此刻，大雁是幸运的。

当然，在沙乡，鸟类，不仅仅是大雁和高原鹬这些候鸟，还有许多本地“居民”，如前面所说的黄雀和丘鹬，以及草地鹨和红翼鸫等等。利奥波德与鸟为友，沙乡十年，他持续跟踪了近百只山雀，而且给每一只都戴上脚环，观察、记录它们的生活规律，了解它们的生存状况。利奥波德在书中讲了许多鸟的故事，旅鸽是其中之一。

旅鸽长着蓝色长尾，飞行迅速，姿态优雅，实质上还是一种可以远距离飞行的鸽子，而且这种旅鸽还曾经是威斯康星拥有众多数量的鸟儿。在不太遥远的过去，正是旅鸽，如潮水般飞翔，为天空扫清道路，将溃败的冬天逐出威斯康星的森林和草原。但旅鸽的故事却是个悲剧。

旅鸽热爱这片热土，它生活在这里，因为它对于串串葡萄和行将绽裂的山毛榉坚果有着一种强烈的渴求，因为它对路途的遥远和季节的变换从不以为意。倘若威斯康星一旦不能提供免费的食物，那么，明天它就会飞到密歇根、拉布拉多，或是田纳西。旅鸽的爱只限于当下所需，这些东西总能够在某些地方找得到。为此，它们只需要有一片自由广阔的天空，和奋力拍打翅膀的劲头。……

以上是利奥波德对旅鸽的描写，可见他对旅鸽的喜爱程度。就是这样一种常见的鸟类，它们的命运却以悲剧告终。在很短的时间里，旅鸽突然从威斯康星的原野消失。消失的缘由，后来的威斯康星人在该州怀厄卢辛公园建立了一座纪念碑，上面写着："该物种因人类的贪婪和自私而绝灭。"

每年4月至9月是威斯康星草原多姿多彩的时节，每周，甚至每一天都有野生植物迎来花期。利奥波德选择的沙乡农场便具有代表性。这个地方，交通不便带来了植物区系品类的相对丰富，有利于他的观察和研究。自称为植物爱好者的利奥波德，每周末，他都会流连于边远的森林地带，而工作日，就会在邻近的植物区，过他的沙乡生活。他坚持对两个不同区域里野生植物的花期做记录，十年如一日。他发现，一棵磁石草，种子发芽后的青春期需要花费五年的时间，但开花则要花上十年时间的漫长等待。最终，这种磁石草却因为放牧过度而从草原上消失。他对大雁的观察也很细致，甚至花了六年时间，观察每一雁群里大雁数量的构成，研究孤雁形成的原因，记录孤雁忧郁、伤痛的哀鸣。如果我们将时间回溯至19世纪中期，那时美国五大湖地区与纽约间的铁路开通，于是每年便有几十万只遭猎杀的旅鸽被送上纽约人的餐桌。事实上，不仅在威斯康星，旅鸽这种19世纪曾大量栖息于北美东北部的候鸟，在不到五十年的时间内就一直被人类捕杀，直至最后灭绝。

黎明的风吹向广袤的沼泽地。它迈着轻盈的脚步，推着一团团浓雾，几乎不被人察觉地穿过广阔的沼泽地。薄雾如冰川的白色倩影般向前漂移着，穿过整齐划一的落叶松方阵，滑过满是露珠的沼泽草地，将其沉浸在单一却又纯粹的宁静之中。

这是利奥波德《沼泽地的哀歌》一文的开篇，朦胧而又富于层次，阅读过程让人充满想象，充满期待。利奥波德曾经几乎将《沙乡年鉴》的书名取为《沼泽地的哀歌》。的确，大地之肺沼泽中的生物多样性得到了他最为淋漓尽致的表达。沙乡沼泽的腐殖土层位于远古湖泊的底部，这些腐殖土层由各种压缩的残留物构成。漂浮的泥炭阻塞了下泻的湖水，莎草、羽叶、落叶松、云杉等物质填充其中，吸干了湖里的水，制造了泥炭。于是，沼泽成了生物的乐园，鸟类的天堂。利奥波德所描述的沙乡沼泽，好似川西高原上的松潘湿地。我探访过松潘湿地，湿地曾经也是一个外流湖泊，随着高原的隆升，大约在一百万年前后变成了一个封闭型湖盆。在当初的湖泊中，由于第四纪沉积物限制了这里微生物的活动，致使水分不易下渗，有机物不断增加，从而形成了泥炭层，发育了漫漫的沼泽，花湖便是其中一个典型的湖泊。今天的松潘湿地，亦是鸟类的家园。有珍稀的黑颈鹤，也有不少常住“居民”，如野鸭、黄鸭、斑头雁和天鹅等。沼泽，我在松潘所见与利奥波德书中所写的非常契合，虽然两地远隔万里。利奥波德钟爱沼泽，在于它的原始性价值。他呼吁人类应该珍惜并呵护这种生态的原始性。

“一串低沉、傲慢的嗥叫，回荡在山崖之间，这是一匹狼在嗥叫。”在山中，狼算得上是一种凶猛的动物。狼对其他动物而言，譬如鹿，便是血肉末路的提醒；对狩猎者而言，也是獠牙弹丸的对决。谈“狼”色变，对任何人来说，都是脊背发冷的过程。直到有一天，狼终于在与猎人的对决之中败下阵来。《像山那样思考》是一篇寓意深刻的文章，利奥波德给我们讲述了山、狼、橡树、鹿和人等生物链之间相互关联的故事。在他的观察和想象中，鹿群活在对狼的极度恐惧之中，而山又活在对鹿群的极度恐惧之中。两者对比，利奥波德以为或许山的恐惧理由更充分，因为一只鹿被狼吃掉后，几年之后，将会被另一只鹿替代，而山不一样，一座山被鹿群破坏之后，用几十年的时间也无法恢复原状。这正是利奥波德所要阐述的主题，保护荒野，保护动植物之间长期以来形成的生物链，我们要像山一样思考。

关于土地，或者说自然资源，利奥波德认为我们人类应该保持与土地和谐共存的一种状态。而沙乡的实验，不断加深了利奥波德这种忧虑。他提出土地伦理观的核心，是旨在扭转人类在“土地—群体”中的征服者角色，但事实是，经济上的利己主义将当今的自然保护引向了穷途末路。他举例说，对美国早期定居者来说，可以得到的土地似乎无法穷尽。种植烟草的农夫发现，在新土地上种棉花最有利，于是改种棉花，两三季后，又改种玉米或小麦，玉米或小麦也不能种植后，便将土地毁弃，转向新的地区，根本不用维护土壤质量。同样，当时的畜牧业也是如此。例如在蒙大拿野牛遍地的草原上，因为人工养牛量大增，短短几年，大部分畜牧业就几乎被摧毁。

在《沙乡年鉴》中，奥尔多·利奥波德将自己对土地的思考上升到哲学层面。他将土地的价值喻为一个“美丽、完整与稳定的生命共同体”。认为任何事物，只要它保持这种“共同体”，就是对的，否则就是错的。他强调人类有道德上的义务去保护生态系统卓越的创造性，或者说最大限度地促进生态系统的美丽、完整与稳定。通过对丘鹬的观察，通过对荒野溃败的考据，通过像山那样的思考，他在其中寻找答案，得出自己的结论。

后来，利奥波德基金会主席苏珊·福莱德曾经这样评价他的书：“从唤起环境意识的角度上说，在美国，有一本书显然是最为突出的，它对人与土地之间的生态和伦理关系，做了最经得起检验的表达。”这就是《沙乡年鉴》。到20世纪70年代，利奥波德的环境伦理观得到进一步确立。美国思想史学者罗德里克·纳什在其著作《大自然的权利》一书中曾严肃地指出，大自然自有其内在的价值和天赋权利，人类没有理由和资格滥用它。

今天，虽然距离奥尔多·利奥波德的时代已经过去近百年，但他在书中对大自然的描写，所提出的对荒野意义的新认知，所倡导的生态良知和土地伦理观，以及充满理性特征的生命敬畏感，对今天的我们来说，仍然具有重要的启示作用。

清新荒野北国风

与低吟的荒野息息相关的是湖畔潜鸟的呼唤，夜幕中的北极光，以及苏必利尔湖西北那片广袤沉静的大地。与低吟的荒野密不可分的是由失而复得的原古生活方式中寻到的简朴的愉悦，时光的永恒及对远景的期望。

——西格德·F. 奥尔森（Sigurd F.Olson）

亨利·梭罗怀着对自然的敬畏走近瓦尔登湖，在湖畔森林筑屋生活了两年多；亨利·贝斯顿像一位“海滩淘宝的人”，在科德角海边造一栋小屋，居住了一年。这回西格德·F. 奥尔森更彻底，读大学期间，在与朋友相约前往北方的“奎蒂科—苏必利尔”地区进行了一次独木舟之旅后，便迷恋上了那片“点缀着璀璨的湖泊、裸露着古老的岩石、覆盖着原始森林”的荒原。结婚之后，他义无反顾地将家安到了那里——明尼苏达州的伊利，并与小镇“终生厮守”。

在我所阅读到的美国自然文学之书中，关于美国本土描写之作，奥尔森创了一个新高。这个高度主要是指纬度高。奥尔森钟情的“奎蒂科－苏必利尔”地区，位于美国明尼苏达州和加拿大安大略省之交的边境，北美著名五大湖之苏必利尔湖的西面。此处的纬度既高于梭罗在《缅因森林》中所描写的缅因州卡塔丁山地区，也高于戈登·汉普顿和约翰·葛洛斯曼在《一平方英寸的寂静》中描写的华盛顿州奥林匹克国家公园。当然，阿拉斯加不包含在内。的确，“奎蒂科—苏必利尔”地区很偏僻而且神秘，山多，湖多，冰川遗存下来的岩石也多，呈现出来的完全是一派地地道道的北国荒原景致。即便是美国人或加拿大人，能够去到那儿旅行的人也是寥寥无几。我有一位同学，定居芝加哥多年，我问她知不知道“奎蒂科—苏必利尔”这个地方。她回答我说，没有听说过，可见其偏僻或原始。这是一片河流湖泊众多、地势平坦、魁伟壮丽、适合泛舟的水域，主体部分位于加拿大境内。由于纬度高，那儿的冬季异常寒冷，气温常在零下三十摄氏度以下，可能还不止，想象中一定是一个冰天雪地的荒原世界。奥尔森将那儿的荒野描述得很美，应该值得信任，尤其是春秋时节。此时，森

西格德·奥尔森笔下的奎蒂科—苏必利尔荒野内涵太丰富，用任何一幅照片似乎都无法表达。这张照片拍摄于北美五大湖之一的伊利湖

林苏醒、河流欢腾，兽禽复活、鲜花烂漫。

早在17世纪中期，法国探险家皮尔·罗德森就曾来到这个地区。据他当时的报告，这儿是“各种鱼类的仓库，鲟鱼大极了，梭子鱼有七英尺长。一个团的一个月给养在这里几个小时就可以搞定”。

为此，西格德·奥尔森年复一年、日复一日地行游于此，创作了自己第一部、也是最为经典的自然散文之作——《低吟的荒野》。这是一部既新奇又好读的书，一个更加让我向往的地方。写作过程，奥尔森并没有刻意追求一气呵成，而是精雕慢写。《低吟的荒野》全书由三十四篇千字美文组成，按季节分春夏秋冬四个篇章，每一篇文章，均配以弗朗西斯·李·雅克的精美插图，讲述自然界中一个精彩故事。译者程虹教授对西格德·奥尔森偏爱有加，对《低吟的荒野》也是情有独钟，于是写了一篇长长的《导读》。从《导读》中我们可知，因为《低吟的荒野》，奥尔森曾经荣获美国自然文学最高奖——约翰·巴勒斯奖章。不仅如此，他还获得了由“山岭俱乐部”授予的约翰·缪尔奖章、美国艾萨克·沃尔顿联盟授予的奠基人奖和美国荒野保护协会授予的罗伯特·马歇尔奖。集四大自然领域奖项于一身，在美国可能只有奥尔森一人，足以见得奥尔森《低吟的荒野》一书在美国自然文学作品中所占有的地位。的确，美国荒野保护协会会长乔治·马歇尔高度评价了奥尔森，说他“让荒野和生活吟唱”。我倒觉得，随时都将梭罗的书带在身边的奥尔森，让自己成了梭罗不折不扣的忠实“粉丝”。正因为追随梭罗，他将自然写出了立体意境，让人读后回味无穷。而程虹也不简单，凭借所译《低吟的荒野》一书，同样赢得中国首届呀诺达生态文学奖。

在山野之间，人和物能够实现“一气共流转”。而这种交融，心灵与自然的合一，便是奥尔森的始终如一。他一心一意寻找的便是这种心灵归宿——与古老的节奏和时光的永恒、与湖泊的呼吸、与万物缓慢的演变保持同步。他曾经形象地说，有一天哪怕自己变成了一只鼹鼠，也要体验脚下岩石的感觉，呼吸一下阳光下香脂冷杉和云杉的气味，感受一回水花和沼泽地的湿气，使自己成为荒野的一部分。

在“奎蒂科—苏必利尔”荒原几乎生活了一辈子的奥尔森，在自己八十三岁那年一个隆冬的早晨出现意外。一场新雪之后，奥尔森在一块沼泽地边缘，一条小溪的尽头，一个他自己平日最喜爱并熟悉的地方，突发心脏病，倒在雪地里突然离世。对他来说，或许这真的就是最好的归宿。

传记作者戴维·巴克斯曾用“超凡魅力”和“神授能力”这样的词语来描述西格德·F. 奥尔森。巴克斯说，奥尔森的举止或不凡之处是能够将优雅、沉静、自信和动人之声融为一体。的确，在《低吟的荒野》中，奥尔森将自己语言的天赋，以及写作过程中词语的运用魔力发挥到了极致。

在《低吟的荒野》的开篇，奥尔森这样写道：

……我曾在许多地方听到了荒野的吟唱，但是只有在奎蒂科—苏必利尔湖区的荒野中听到的吟唱最为悦耳。因为，现在依然要背着行囊，摇着独木舟，沿着印第安人及探险者的原始小道才能到达那里。

在众鸟南飞、夜色朦胧的晚上，我听到了这种吟唱，鸟群高声的啼叫激活了漆黑的夜空，那震耳的歌声形成了阵阵气流。我在薄雾渐消的黎明、繁星低垂的寒夜捕捉到了这种吟唱。（程虹译）

奥尔森的追求就是这个，寻归荒野，走向原始。在“低吟的荒野”，他观看宽阔的湖面和湖边的悬崖，听浪涛拍岸；他观看鲈鱼在岩石下的湖中游弋，海鸥在头顶盘旋，自己最喜爱的松鼠们的忙碌和喧闹，听月光下一群野狼高歌；他穿越树木繁茂、古老的原始森林，探寻林中倾覆的朽木，以及朽木上覆盖着的松软苔藓和洒落于林中的金绿色薄暮；他探寻小河或溪流之源，从泉眼上方俯视礁石下的池塘，看那一汪汪清澈晶莹的碧水、花斑鳟鱼的潜泳与跃起，以及伊莎贝拉溪畔闪光的珠子。奥尔森回忆，自己从青少年时代开始，便熟悉美国东西部的山脉、南部的丝柏湿地和大草原，以及北部的沼泽地。而且，每当自己捕捉到哪怕是片刻的辉煌，心中便充满幸福与欢乐。

北国的春天，节奏往往要慢一拍，但在奥尔森看来，湖上厚厚的冰层和深深的积雪依然无法阻挡春天的脚步。在荒野，他捕捉着春天里每一处细微的变化——空气中的温煦，寒冷中的融和，溪流中的涓涓水声；他感受着春天散发的第一阵气息——树木抽枝发芽的气味，晶莹冰块融化的微音，松鼠抖动放松筋骨时的得意，红翅黑鹂一展歌喉时的姿态，松鸡冲着原木拍打的鼓点节奏，还有，春回大地时那一瞬间的绿意初现，以及花朵渐进式的含苞欲放。

奥尔森向往奎蒂科－苏必利尔荒野夏日里镶着蓝绿色花边的湖泊，与湖泊相连的河流、泥炭沼泽地所孕育的平坦草地，以及高地上那一片片起伏的云杉和松树的林地；他渴望秋日里红黄色彩的斑斓呈现，那如同火焰一般燃烧的盛景，那充满诗情画意的湖畔和树木掩映的水湾，以及覆盖着沉稳绿色的山坡被泼上的一抹孤单而生动的红色。

他的荒野之旅主要仰仗两种交通工具，一是独木舟，一是雪橇。雪橇是他冬季的出行工具，夏秋的旅行则主要依靠独木舟。他将独木舟比喻成一叶风中摇曳的芦苇。荡舟之时，自己与独木舟高度契合，从而与山水融为一体。奥尔森坦言，就无边无际的水域和自由来说，划独木舟是一种毫无拘束的探索，是人在潜意识里激起的深深的沧桑感，是一种由距离、探险、孤独和宁静融合在一起的魔力。独木舟之道，既是一条荒野之道，又是一条自由之道。荒野岁月，让奥尔森熟悉了那儿的每一座岛屿、每一个海峡、每一道水湾、每一处悬崖与峭壁。他十分清楚，春季里，五月花和杓兰花在何处开放；夏季时，哪些地方开满了白色的睡莲；到秋季，哪里的橡树和枫树红似火焰……

当瑞雪来临、北国冰封之时，北方的大地于是变得坚硬无比起来。这时的景象在奥尔森看来，光秃秃的白杨和桦树似哥特式建筑窗户上的透雕花格，辉映着蓝天；淡紫色的山峰，衬托着阴暗朦胧的云杉和青松的树影。此时，众鸟南飞，大地重返一个秩序井然、安静简单的世界。此时还在忙碌的，只剩下雪兔、松鸡、冠蓝鸦和鹿等动物，它们忙着贮存最后那点儿过冬的食粮，寻找云杉树梢仅剩的几颗球果子粒。它们匆忙搭建起自己的住所。此时，对这些动物们来说，冬天的残酷不仅仅是食物的短缺和天气的寒冷，在暴露无遗的状态下，还要时刻警惕可能遭遇到美洲雕、狐狸或野狼等猛禽猛兽的侵犯。奥尔森感叹自然界适者生存的规则与道理，它们之中只有强者才能活到来年的春天。冬季，对奥尔森来说，是更加具有挑战性的季节。每当这时，他便倚着雪橇，飞快地在林中或冰面上漂移……

拉克鲁瓦湖是"奎蒂科—苏必利尔"荒原最靠西边的一个湖泊。那是一片"广漠而孤寂的荒原"。拉克鲁瓦湖体量很大，湖中分布着众多的岩石岛，这是美国和加拿大两国的一个界湖。转悠拉克鲁瓦湖，西格德·奥尔森喜欢在那儿倾听"捕鱼专家"潜鸟激昂而悠扬的鸣啼，捕捉弥漫于山岭之间的第一抹淡绿；他喜欢深入湖中去垂钓鳟鱼，窥视梭鱼和胭脂鱼逆流产卵的过程；他努力找寻在小道上行走时的惬意感觉；他好奇于滚石滩的急流，以及印第安人在岩石上留下的壁画和他们的象形文字。当然，他更希望体验拂晓时分的原野和手摇独木舟沿着河两岸风景滑动时的快感。从拉克鲁瓦湖出发，奥尔森进行了一次荒野中的游中游，一次经典的徒步之旅，穿越克鲁克德湖，以及那里星罗棋布的岛屿和峡谷。他得意地水陆兼程，绕过巴斯伍德河的急流，经过奈夫湖碧波荡漾的水面和山岭岩层，再翻越奥特特雷尔湖的悬崖峭壁，自西至东，最终抵达最东边的萨格纳加湖。

从时间上说，奥尔森的年代距离我们今天并不遥远。那时的萨格纳加湖依然还是一座原生态荒芜的湖泊。湖水湛蓝，岛屿如舰，老树枯皱，悬崖覆盖着青苔，几乎没有被人类触摸过。他在此，找到了一种超然脱俗的感觉。在此之前，奥尔森一直梦想寻找的就是这样一个完美无缺、充满荒野之趣的湖泊。这回奥尔森如愿以偿。萨格纳加湖不仅人迹罕至，壮丽无比，而且在他的眼中，这是一个闪耀着理想的地方，或者说，是一个“不仅能掌控月出和日落，而且也能在拂晓时捕捉到北极光及河口白雾的远景”的地方。萨格纳加湖，让奥尔森明白了自己多年来孜孜以求要找寻的目标——发现大湖时那份完全属于自己的平静而欢快的感受。他甚至从中学会了去领悟和喜爱那博大的、随性蔓延的心境。在这里，奥尔森找到了“家的感觉”。

事实上，这才是我们真正的家园。对我们来说，奥尔森笔下的“奎蒂科—苏必利尔”荒原，在他的书中一睹为快是远远不够的。如果有机会，我一定要去寻找奥尔森的那种“超然脱俗”，那种“属于自己的平静、欢乐”，心中惦记着，把它当作一个梦想。

最后，不得不说的是，随着矿藏的发现，高速公路的建设，这片荒原之地很快就发生了改变。奥尔森说：“刚才，你面临的还是萨格纳加湖原始的荒野、它的古老沧桑和孤寂宁静；可转眼间，船桨一摇，就进入了现代文明和变化之中。”为此，他感到悲哀，古老美丽、崇高无价的东西失去了，无边的宁静被打破了。这片可爱的地方，孤寂不再。要知道，在20世纪50年代之前，这里还是落基山脉以东的北美地区硕果仅存的一块面积最大、作为荒野而保留下来的国际公园。

在美国自然文学关于荒野描述的作品中，奥尔森的奎蒂科—苏必利尔是最值得回味的。那是一片原汁原味的荒野。在美国，许多研究者对保存下来的荒野做过统计与分析，有的人认为真正的荒野已经荡然无存，有的人认为，美国的荒野尚存百分之二的国土面积。毫无疑问，荒野如今已经成为我们这个地球最珍稀的自然资源之一。阅读西格德·F.奥尔森的文字，再回头看看我们的周遭，自然与现代文明之间发生的碰撞是剧烈的，也是矛盾的。我们失去的已经太多，我们真的应该好好思考一下，给荒野一个存在的理由。

荒原，多样性储蓄地

（大峡谷）在最高处是亚白色的石灰岩和二叠纪的褐红色化石页岩，往下是古爬行动物时代的红砂岩，再往下是与远古森林同期的枫红岩体。几百米厚的石灰岩红墙，在地下水的侵蚀下十分脆弱，在峡谷中风力的回旋撞击下，形成了形态各异的红色塔座、鼓山、柱山、大溶洞、拱门和各种山洞。

——约翰·麦克菲（John Mcafee）

20世纪60年代，荒野运动在美国兴起。普林斯顿大学教授、著名非虚构写作大师约翰·麦克菲追随一位著名人物——《荒原法案》主要推手戴维·布劳尔进行了三场荒原之行，围绕着“我们是否还能与荒原同行”这一话题，发出了“一个时代的声音”。

被誉为美国“荒原保护代言人”的戴维·布劳尔，在担任塞拉俱乐部执行董事的十七年间，使俱乐部会员增加了十倍，达七万多人。在布劳尔的领导下，塞拉俱乐部深刻影响了美国有关土地、海洋和大气层利用等方面的立法。对美国垦务局来说，戴维·布劳尔简直就是

夏季仍被冰雪覆盖的北喀斯喀特山。当年戴维·布劳尔来这里是为了找回人类和自然的平衡；而杰克·凯鲁亚克来到此，或许只是想过一回“躺在草地上仰望云彩”的生活（张呈前拍摄并提供）

一个恶魔。布劳尔凭借一己之力，将垦务局拟在科罗拉多大峡谷中建设两座大型水坝的计划至少推迟了两代人的时间。为了荒原，布劳尔所做的就是与伐木公司斗，与矿产公司斗，与狩猎集团斗，与破坏自然的一切势力做斗争。

关于自然，布劳尔有一个重要的观点："我们要听从内心的召唤，留下一些森林和荒原，让人和自然重新回归新的平衡。"而对于荒原，他认为即便是在荒原死去的树木也要让其自然腐烂，这是对生态系统保护的需要，形象一点儿说，在他看来荒原还是地球的一个多样性储蓄所。于是约翰·麦克菲准确地捕捉到了戴维·布劳尔这一人物，并通过《与荒原同行》一书，对布劳尔以及他的塞拉俱乐部就环境保护与抗争等话题进行跟踪记录。

北喀斯喀特山脉位于美国西北部华盛顿州，是麦克菲一行的第一站。这是一片具有几百平方公里的高地，美国人心目中最美的地方。山脉由火山残留物堆积而成，冰川刻画出一座座巨大的锥形山峰，如同一部"火山教科书"。1964 年，美国国会依据颁布的《荒原法案》，将这片山地划归为永久性荒地。这个比美国国家公园管理更严格甚至苛刻的法案规定，除非极端紧急情况，任何机械均不得入内，永远不得开发，不得改变用途，不得采伐。北喀斯喀特山脉的冰川峰荒原是戴维·布劳尔追踪的目标。几乎与此同时，作家杰克·凯鲁亚克也曾来到此地。不过他与麦克菲的目的不同，在完成小说《在路上》的写作之后，凯鲁亚克觉得自己需要独居一段时间，像梭罗"寻找更大的裸露，就像某些荒丘的山顶"那样，关掉自己"思想"的机器，"享受"所谓的另一种"生活"。于是凯鲁亚克别出心裁地向美国农业部申请了一个林火瞭望员的工作，来到喀斯喀特山脉贝克国家森林公园的"荒凉峰"，在孤零零的山顶小木屋独居了一个夏天，过着观察林

神奇的科罗拉多大峡谷，从高处的石灰岩和二叠纪的褐红色化石页岩，到古爬行动物时代红砂岩，再到最下层的与远古森林同期的枫红岩体，组成了一堵多层次几百米厚的石灰岩红墙，好似一个天然地质博物馆

火并“躺在草地上仰望云彩”的生活。

虽然已是仲夏时节，但喀斯喀特山野的气候依然寒冷，冬雪正处于消融之中，仍然时常下雪。林线之上，巨大的花岗岩裸露着，峰顶是晶莹剔透的冰川和雪原世界。在裸岩的衬托下，山谷深邃，海子波

光闪烁，山泉水沫四溅。林线之下，粗壮的桤树、白杨和花旗杉立于山间，红冠啄木鸟掩映于树的枝头，墨绿的原始森林绵延而下，直抵缠绕曲折的河谷。浅棕色的粉末覆盖在土路之上，这是当年冰川运动过程中，由冰川与岩石研磨而成的“冰川粉”，远古或现代冰川留下的遗迹。锯齿状的群峰，映照在蔚蓝色的天空之下，在黄昏的余晖中泛着淡淡的红色。

斯坦福大学地球科学院院长、地质学家查尔斯·帕克是约翰·麦克菲的同行者之一。他是一位地质迷，梦想是“深入山岩的内部，了解它们的构造”。帕克曾在全球各地寻找金矿或铜矿，对矿脉似乎有一种直觉，体现出他超自然的力量。但帕克的荒原观与布劳尔恰恰相反。帕克对此的理解是，荒原要“最大限度地利用”。站在一个地质学家或个人的立场，帕克极力鼓吹“土地的全方位利用”。此时，站在喀斯喀特之山巅，帕克观看着远处的山峰、雪原冰川，以及山下的湖泊和密林。他说：“我实在看不出，在山的另一面开个矿会对这边有什么影响。”他的观点与众不同，认为即便是在著名的黄石公园地下发现了铜矿，我也会主张开采利用。他认为正确利用矿藏是必须的，必须去找到它们，因为我们的生活靠着它们。帕克的自然观代表了许多人的观点，他不赞成为了后人而委屈自己。帕克的一句经典名言这样说：“如果在白宫底下发现铜矿，那么白宫就该移走。”帕克与布劳尔是一对矛盾体，观点针锋相对。

事实上，他们所经过的山下就有一个叫霍顿的小村庄，曾经是一座废弃的铜矿。在铜矿被废弃的同时，周边的环境也基本上遭到破坏，砾土山和尾渣山堆得很高，寸草不生。

查尔斯·弗雷泽是一位新英格兰清教徒后裔，生活在南卡罗来纳州希尔顿滩头岛。在他登岛之前，滩头岛是一片被海潮环抱、沙滩围绕的荒原。岛上长满了美洲蒲葵、野生橡树、棕榈，以及生活着蛇、鳄鱼、鹿和鸟类等动物。作为一位地产开发商，弗雷泽用敏锐的眼光，决定在希尔顿的滩头岛开发建设一个度假胜地。

果然，岛屿被弗雷泽规划成翠绿淡棕和浅灰格调，名曰：观潮林。时至今日，道路穿行于茂密的棕榈林之间，岛上分门独栋建造了几百幢房子，而且，房屋大多以雪松为顶、柏林为墙，与周边环境融为一体，每户人家去海边都非常方便。不仅如此，弗雷泽还在主干道与海滩之间预留了大量的公共草坪。至此，弗雷泽在潜意识里依然还是一位注重环保的地产商，并采取了这样的行动：他甚至将岛上的一片地区划定为野生物种保护区和森林休闲区，建立了一处专门为旅行者使用的宿营区，并用法律形式约束自己，必须留下至少四分之一的原始树林。对于岛上的动物，比如鳄鱼，一旦它们长到两米左右，他便会将其送往动物园。他甚至专门雇用私人纠察来保护鳄鱼或鹿群不被偷猎。更绝的是，他专门为树木配备了“理发师”，修剪挂在枝条上的青苔。对于上岛来购房或建房的客户，弗雷泽总要在每份合同中附上几十页限制条款。他满怀信心地将岛屿设计成一个与环境相互和谐的有限开发，并打造了岛屿“环保协会”。

弗雷泽自以为是一位真正的环境保护主义者。他的所作所为体现了他“无论是怎样的自然地界，你都能在保存它原始美景的同时供人之用”的行为方式。这给戴维·布劳尔和约翰·麦克菲留下了深刻的印象。针对弗雷泽的做法，布劳尔表示部分认同。他说只要弗雷泽不砍树自己就不反对。与此同时，布劳尔更加关注，比如节假日会有多少游客来到岛上，他们如何休息，环保与经济如何协调等问题。在此，两位环保主义者深入探讨了环境的承受力与人的关系。面对荒原保护与人类对自然共享的话题，布劳尔甚至给弗雷泽提出了约塞米蒂国家公园管理模式的可借鉴性——在旅游旺季，山谷里人满为患，有成行成片的帐篷，首尾相连的交通，前前后后的报亭，但自然并没有受到太大的破坏。

我以为，弗雷泽的设想至少是一种进步，值得我们关注并探讨。即便如此，弗雷泽的岛屿开发还是遭到了美国公众的普遍反对。最终，国家公园服务署收购了弗雷泽的土地，并将其转卖给了国家公园基金会，成为公共储备。

怀俄明州的雪兰多山谷位于美国西部，降水稀少，属于干燥高原。只是到了春夏之交，冰雪融化之后，河床上才有水淌过，从而适合散放畜牧。弗洛伊德·多米尼，当时的工作是牧区巡视员。缺水，成了他脑海中最深刻的记忆。建拦河大坝，解决用水问题，成为他与生俱来的梦想和努力的方向。

一开始，多米尼用最原始最简单的办法，打井取水，或用马拉犁耙填沟储水。后来他采用推土机建坝，让池塘装满水。在环保人士的眼中，水坝是特别的，但他们又认为水坝对环境的影响是灾难性的。在这里，生存与环境保护始终成为困扰人们的一大难题。美国国家公园服务署德鲁克的“我们还没穷到非得把荒原给毁了，也还没富到能把这荒原给供着”的观点，就反映了当时人们的这种矛盾心理。

当初环保者所持的观点是，水坝改变了河流，破坏了自然系统。戴维·布劳尔所主张的就是这种观点，用他的话来说：“我憎恨任何水坝。”布劳尔甚至为当年政府在约塞米蒂国家公园建造赫奇赫奇大坝时，约翰·缪尔为此展开的战斗受挫而一直耿耿于怀。约翰·缪尔是环保组织塞拉俱乐部的创始人，而戴维·布劳尔是后来塞拉俱乐部的执行董事。当年，约翰·缪尔打输了水坝官司，导致塞拉俱乐部内部一分为二。今天，塞拉俱乐部再次内部分裂，导致戴维·布劳尔被迫辞职。尽管如此，戴维·布劳尔仍然是一个执着、坚定、打不倒的人。布劳尔曾经客观而又悲观地说，我们环保者所能做的只是把事情推后而已，从来不会有永久的胜利。当我们赢了一个回合，那片荒原还在，但依然非常脆弱；当我们输了一个回合，那片荒原也就不存在了。这是一场输不起的战争。

布劳尔辞职后并没有退出自己的环保事业，之后他成立缪尔研究所。他为美国西部“无数河流还在那些典型水库坝址处自由流动”而自豪。这是他的努力成果，他的杰作，尤其是科罗拉多河。

众所周知，科罗拉多河是美国西部的生命大动脉。16 世纪中期，西班牙海军中校赫尔南多·阿拉肯发现了这条河。对于是否要在科罗拉多大峡谷建大坝，长期以来一直是美国人争论的焦点。反对者之一的作家爱德华·阿贝就曾尖锐地指出，科罗拉多大峡谷的退化是人类

科罗拉多河上的胡佛大坝，在经济方面对西部贡献巨大，在环境保护方面却饱受争议（拉斯维加斯朋友Qiyu Xhong提供）

狂妄自大的象征，拯救峡谷便是人类摆脱现实困境、通往合理位置的信号。的确，全长近三千公里的科罗拉多河，上游是涓涓细流，干流和支流有绿河、扬帕河和小科罗拉多河等。这里是属于弗洛伊德·多米尼的世界。这回，已经成为美国垦务局局长的多米尼成了布劳尔的对手。

弗洛伊德·多米尼要建坝，梦想将科罗拉多河变成一长串“大水泡”，解决流域内上千万人的光亮、水利、灌溉、游乐和生计；布劳尔则要抵制，他要尽力阻止多米尼在科罗拉多河上拟建四座大坝的计划，努力实现美国政府最初达成的西部水资源供应协议，让怀俄明、内华达、犹他、科罗拉多、亚利桑那、新墨西哥以及加利福尼亚等州都能共享科罗拉多河。最终，双方打了个平手。布劳尔阻止了其中两座大坝的建设，他的战绩是成功制止了垦务局在绿河和扬帕河交汇处的大坝建设，从而保护了恐龙国家公园的大部分；而多米尼则成功地敦促国会通过《巨石峡谷工程法案》，建成了格伦谷大坝和胡佛大坝。他辉煌的战绩是从建两米高的水坝起步，将胡佛大坝抬升到了两百米高。不过，具有象征意义的是，最终还是布劳尔取得了胜利，他单枪匹马赢得了整个局面。

多年以后，我有幸来到科罗拉多河大峡谷参观“生了锈”的地球景观，以及人类“控制自然”的标志性工程胡佛大坝。立于坝址，我充满感慨。一方面，科罗拉多河点亮了充满活力的洛杉矶和拉斯维加斯，灌溉了美丽又壮阔的亚利桑那，无偿地将水奉献给了墨西哥；另一方面，科罗拉多河的确正在日暮途穷，河水在逐渐减少，含盐、含碱量不断增加，原先峡谷中茂密生长的淡绿色的柳树、黄杨和紫荆，以及以此为家园的许多野生动物都陆续淡出了人们的视野。比如在今天的拉斯维加斯，如果家庭用水不过滤净化，已经根本无法饮用。

至此，通过三个人与三个故事，戴维·布劳尔让我们看到并理解了生态环境的复杂性与人类生命的丰富性之间存在的互为依存的关系。我们将这一讨论展开并上升到哲学层面，借助霍尔姆斯·罗尔斯顿Ⅲ的生态伦理理论，可以得出这样的结论：人类复杂的生命也是环境复杂性的一种产物，同时它又必须以环境的复杂性为支撑。而这种环境的复杂性，包括海洋的、森林的、草原的，热带的、温带的，甚至极地的，当然也包括布劳尔所关注的其他。阅读《与荒原同行》一书，让我体味到，荒野的“原真”和“自然”价值之间存在一种张力，即便在今天看来，人们对此的认识依然存在一个渐进的过程或观念差异。毋庸置疑，戴维·布劳尔的功绩是卓著的。尽管戴维·布劳尔的环保之路走得很坎坷，但他锲而不舍的精神，还是影响了大批后来人，值得我们尊敬。于是，人们将他誉为美国环保运动史上的英雄——科罗拉多河布劳尔，大峡谷布劳尔。

一个远北极地古老的梦

我们与动物共同分享的世界，以及我们和一切存在事物的原初的互动，这些当下的感受与经历一旦过去了，很少能够带着令人信服的力量重返。

——约翰·海恩斯（John Haines）

从中国出发乘机前往北美，过堪察加半岛之后就开始飞入北极地区，再往东飞越白令海峡，便是美国阿拉斯加的土地，一个保守一些的美国人不愿意纳入他们意识的地方。

空中俯瞰，那里海天茫茫、雪山攒聚。北极圈穿越阿拉斯加的中部，北去，受地球绕太阳公转影响，一年中有半年时间将出现极昼或极夜现象。由于高纬度，阿拉斯加的冬季漫长，夏季短暂。日本摄影家星野道夫曾经这样描写阿拉斯加：在那儿，划着独木舟在峡湾漫游，你可以从崩裂冰河冒出远古气泡的“嘶嘶”声中，听到冰在海里回水的声响；在秋天的布鲁克斯山脉，你可以听见神出鬼没的狼的嗥叫；在南阿拉斯加海面，你可以听到漂浮着的座头鲸传出的歌声；在追逐北极光的同时，你可以看到成千上万头驯鹿从荒原踏过的漫长迁移……于是，美国作家加里·斯奈德说它是“北部最开放、最具野性的地方，是遗留在地球上最蛮荒的地方”。

的确，一个人如果能在如此孤寂隐秘的森林荫蔽下生存一段时间，一周，一个月，便是一件了不得的事。约翰·海恩斯成了这样一个人，当年，他独闯阿拉斯加，义无反顾地来到荒野中生活。后来，法国探险家、诗人西尔万·泰松受约翰·海恩斯的影响，带着海恩斯所著的《一个人在阿拉斯加荒野的25年》一书，独自一人深入俄罗斯腹地方圆百里荒无人烟的贝加尔湖畔泰加森林居住了半年，他也写作了一部类似题材的自然之书——《在西伯利亚森林中》。同样是海恩斯式的雪地林中小木屋，同样要经历冬季零下三四十摄氏度的极端严寒，同样是简朴生活状态下的阅读与写作，他在此体验到了与约翰·海恩斯在北极野地一样的孤寂生存。就这个意义来说，约翰·海恩斯便是非凡的。

远北地区短暂的夏季给了人们希望

事实上，约翰·海恩斯在阿拉斯加的荒野生活，居住最长的一个阶段在20世纪中期，他抛弃了一切，连续独居十五年。检讨那段令人难以置信的时光，一个人在这样一个如此遥远与孤寂的北极地区，能够做些什么？他轻描淡写地说，可以看看天空、星星、雪和火，大部分时间还可以读读书，如维吉尔。冬至过后，盼着日照时间一天天变长。他觉得，站在这儿，或躺在那儿，当夜晚来临，因静寂而精神焕发之时，便是一种很好的生活方式。的确，海恩斯将它演绎成了一种"很好的生活方式"。在我看来，这种所谓的生活方式并非常人所能为，它需要一种强大的心理承受能力和野外生存能力。海恩斯像当地原住民印第安人或因纽特人那样生活，他做到了。而远在亚欧大陆这一边西伯利亚的密林之中，面对世界上最大的淡水湖，跨越时空，手托腮帮，眼望虚无，西尔万·泰松同样也做到了。

阿拉斯加，远离美国本土，美国人曾用几百万美元就把它从俄国人手中买了下来，最终成为美国的一个州。时至今日都还保持着天荒地老原生态的阿拉斯加，是我向往的地方。但我对北极或者对阿拉斯加的了解基本上源于书，有林心雅；有谷岳和刘畅；有植村直己和星野道夫；也有约翰·缪尔和 E.B. 怀特。然而，上述任何一本书，都无法达到约翰·海恩斯生命中最宝贵时光的付出和"与狼共舞"于野外荒芜之地的生存境界。海恩斯从洛杉矶出发，远离人类社会，来到这个遥远的，森林覆盖的冰冻之地，寻找其实他自己也无法说明白的事物和理想。

一个流浪的精灵／回归到这块土地上／在森林中开辟出一块空地／用近处的树盖了一个遮避处／他来这儿／学习生存之道／成长和变老／睡觉和苏醒／他来这儿／观看河流／东移的云朵／和草上的霜花（吴

美真译，下同）

这是《一个人在阿拉斯加荒野的25年》一书的开篇，诗人约翰·海恩斯用自己的专业语言诗歌，表达自己的心境。这个地方，恰好位于北极圈上，阿拉斯加中部费尔班克斯附近。这是海恩斯的荒野，一个原印第安人的世居地。印第安语命名了这里所有的山脉和湖泊，构建了独特的荒野文化。海恩斯说，任何进入其中的人，都可以从容地找到一个属于自己的地方——可以去任何想去的地方，穿过云杉林或沼泽，越过桦木林或山丘，循着一条雪地中自己踩出来的路。在他的笔下，那儿并不全是荒芜之地，那里有自己所需的多沼泽的溪地，朴素的花草植物，布满云杉的山脊，无限延伸的北方冻原，还有天空中的苍鹰和林中的熊、麋鹿、驯鹿、兔子、松鸡、狐狸、狼等动物，水中则有貂、海狸和鲑鱼。

鸟归巢，兽有窝，人也需要有个居所。于是，约翰·海恩斯在这里搭建了自己的新家。小木屋隐藏在台地上浓密的云杉林中，台地俯向一条多矮林的小溪，坐落在雪中，低矮而结实。这里，可以见到多草的低地，也可以观察到溪流边觅食的麋鹿和山丘之上的貂。与西尔万·泰松的小木屋一样，周遭环境充满野性。以小木屋为永久性营地，海恩斯在此经营了一套路径和营地系统。他建了一个农场，划分了一块私人领地，领地中涵盖了数英里的桦树山丘、赤杨木丛和黑云杉沼泽。他给自己当国王，一个拥有众多动植物的王国。

阿拉斯加的环境总体上仍然是险恶的，在书的写作上，约翰·海恩斯倒也直奔这个主题。第一章即是“雪”，北极的雪与众不同，只能用艰难、恐惧和死亡等词表达。海恩斯将主题直截了当地交代得干脆。他，还有他的一间小屋和一队狗，与寂静和孤寂为伍，一起开始了这单调、孤独与危险的旅程。海恩斯曾调侃自己是这个地球上最冷的学者，追踪雪地上的每一条线索，在孤寂中写一本书。而且，他将这本书赋予了雪的历史，冬的历史，或者将其赋予为一本遥远时代山丘狩猎人所阅读的千年文本。

北地一年中只有两季。在短暂的夏日，是这儿的人们最为忙碌的季节——采浆果、钓鱼和劈砍木材；在漫长的冬日，他在黑暗中旅行狩猎，或在小屋中阅读思考。冬季食物缺乏时，他体味着依赖兔子和松鸡为生的滋味，过着“安静而渺无人烟”“婚姻与荒野分道扬镳”的日子。他拥有荒野，也被荒野所拥有，同时失去了其他的一切。

阅读约翰·海恩斯，我尤其关注两个问题。一是了解、欣赏阿拉斯加的自然生态与风物；二是思考在极端恶劣的自然环境下，生物的生存方式，如何度过漫长的冬天？或海恩斯自己在那儿通过亲身体验所总结的生存技能。此刻，海恩斯是勇敢的，他的生存之道充满困惑和矛盾，但极具挑战性。

每年 4 月，阿拉斯加大地开始复苏，标志着一年之中短暂夏季的到来。这时，雪在暮春时融化，冬天结束，大地回到阳光、种子和肥沃的泥土之中。此时，海恩斯的生活也变得忙碌了起来。他学习种植玉米和马铃薯等农作物；他上山去采集野生水果，布置狩猎陷阱，砍柴满足生活之需；他下河去钓鱼、捕鱼。虽不丰饶，却也有滋有味。这是一种原始的、原生态的生活状态。他归纳道，只要有一把好斧头在手，再加上一把枪、一张网、几个捕兽陷阱……生活便可以沿着那种古老、率直的方式延续下去。

在“捕猎记事”章节中，约翰·海恩斯给我们讲述了一个他在当地老猎人指导下学习捕获兔子的故事。在冬天的雪地里，老猎人从一棵枯死的柳树上折取一段约三英尺长的树枝，剥除分枝。然后将铜线在树枝一端打个直径三英寸可以滑动的活结，铜线另一端缠绕在树枝的中间部位，将线拉紧，并将树枝插入兔子必经之路上方的灌木丛里。这样就捕捉到了兔子。之后，海恩斯甚至还发明了“踏脚树枝”这样一种无害设计的办法捕猎小动物。显然，海恩斯把自己在荒野里的生活融入了当地生物链或食物链体系，尤其是在应对漫长冬季的时候。此时，杀戮，必然又残忍。一个不错的冬天，他捕获了二十只貂、一对山猫和两只狐狸。他用这些貂、山猫和狐狸的皮毛到小镇上换取报酬，买回生活所需的玉米、面包等食物。

麋鹿是阿拉斯加体形最大的动物之一。10月的一个下雪天，面对麋鹿季节即将结束，没有肉食过冬的海恩斯显得有些焦虑。他决定捕杀一头麋鹿。这是一头经过自己门前积雪的菜园往山上去，体形较大的棕色公麋鹿。于是，他手持一把来复枪，追赶入森林。

枪声一响……它摇晃着身子，挣扎要站稳，却重重地倒往右侧。……它的胸膛发出大大的一声叹息，它的一只腿略变僵硬。然后，飘雪的树林就静寂无声了。麋鹿那只张开的眼睛，空洞而迟钝地望向交杂着树痕的一片白色。几片湿润的雪花落在睫毛上，然后在温热的鼻孔里融化，继之沉入长长的、静止的耳朵里。

敬畏、懊悔、得意与解脱，成为约翰·海恩斯此时情感的混合体。

在后来的日子里，约翰·海恩斯“改邪归正”，他在小木屋旁的架子上安置了一个喂鸟器，放入玉米粉、面包碎片、肥肉和种子。对于冬天觅食比较困难的动物来说，喂鸟器提供了一些帮助，吸引了不少山雀和啄木鸟来享用。有时候，饥饿的狐狸也会不请自来。土拨鼠是山中可爱的小动物，冬眠过后的夏日，海恩斯的小木屋成了土拨鼠们的常客。每当初夏交配季节，肥肥胖胖、显得十分温驯的土拨鼠便会独守在小木屋的砧板上和狗屋上，挺直坐着，留心观看，嘴里咯喳咯喳地叫，或者呼啸，呼唤着配偶。小木屋构建了一个小小的和谐氛围。

生活在荒野里，约翰·海恩斯自以为发现了一个重新接触世界的方法。像西尔万·泰松那样，体会到小木屋不是收复的失地，而是一个落脚点，是遁世的避风港。海恩斯在此尽可能排除其他生活，过着仅仅属于这儿的生活。每一日，他都重新体验和守护着古老狩猎的期盼——出发，以及黎明时的小径。他可以暂时将自己部分人类的特质抛在身后，部分变成树，部分变成雪地上的小径。他想，这种回溯过程就是一条漫长的路，而且大部分时间都是在阴暗中行走，从其中看清楚了一些事物，没有很多，但看到的，永不磨灭。

海恩斯向往这种生活，什么都不做，默默无闻，像阳光下的一块石头那样安静。他在这里伐木，劈柴，生火取暖，将雪和冰融化成水，实现一个梦，一个远北极地古老的梦。他阅读并汲取许多古老的故事：关于雪和狗，关于麋鹿和山猫，关于依然是那些没有人烟之地原生态的梦……

领地是个港湾/城堡是座小木屋/弄臣是一只山雀/臣民是我的回忆。

这是西尔万·泰松在林中写的《雪之诗》。两位诗人就这样在荒芜之地自由生活，其意义，如海恩斯所说，在我们与自然相遇的短暂澄澈感和激烈感当中，在爱的行动当中，在回忆以及重回一些本质性的情节当中，那些经验的某些关键性时刻，是可以重拾的。生命的活力有赖于这些时刻，没有这些时刻就不可能有艺术，不可能有对精神的定义，也不可能和这个世界发生真正的关系。而泰松所说的则简洁、直白得多：我渴望宁静，为的是能够吼叫并赤裸地生活……

小木屋生活，此时或许变成了一种模式或隐喻，在自然文学作家们那里，一律殊途同归。从亨利·梭罗的湖边木屋到约翰·巴勒斯的河畔小屋，从约翰·海恩斯的荒原木屋到亨利·贝斯顿的海滩小屋，从安妮·迪拉德的溪畔木屋再到西尔万·泰松的林中小屋。这种生活必然引发一个问题，他们是否都在逃避？当然不是。西尔万·泰松曾就此做了回答，“逃避”是那些陷入习惯泥坑中的人对生命冲动的叫法。在他们的眼中，小木屋是一间实验室，一个加速对自由、静寂和向往孤独的实验台，一种自创的慢生活试验田，是古罗马奥古斯都金币图案的两面。

当然，这些小木屋不仅仅属于自然文学作者。20世纪中期，小说家乔治·奥威尔每年都要在苏格兰北部荒芜的巴恩希尔写作，那也是一座与世隔绝的石砌茅屋。在此，奥威尔创作了著名的《一九八四》和《动物农场》。很显然，奥威尔也需要在荒野之境中创作。事实上，荒野成为奥威尔笔下自主的灵魂，彼此发生着化学反应。他由此获得灵感。小木屋于是成为一种象征，一种归宿或大自然的赋予。对于这些作家们来说，只不过他们先知先觉，率先迈出了一步。

阅读约翰·海恩斯，他那种将“自己的意志在纯洁时光的田野里自由放纵式”的生活方式，让我敬畏。但从荒野保护的角度出发，这种生活方式，如果换作我，或任何一个普通人，可能都是无法想象的，或者说它并不具备必要性。

大盐湖，给自己铺一条回家的路

有关大盐湖的一切描述都有些言过其实——其炎热、寒冷、咸味及盐水。它是一片超现实的风景，没人能够确切地了解其真实的面目。……我讲述这个故事，是为了医治自己，是为了面对我尚无法理解的事物，是为了给自己铺一条回家的路，因为我认为，“记忆是唯一的回归家园之路”。

——特丽·威廉斯（Terry Williams）

《心灵的慰藉》是特丽·威廉斯写给自己母亲的一部书。阅读它，让我不由得想起另一部几乎题材相同的书——威尔·施瓦尔贝的《生命最后的读书会》。书中，在得知母亲患胰腺癌晚期后，施瓦尔贝不知道如何与母亲沟通，于是在母子俩共同的阅读过程中，他找到了一条途径，开启了两个心灵的读书会。《心灵的慰藉》，严格地说是特丽·威廉斯的一部自然文学作品，她立足于美国犹他州的大盐湖畔，观湖水的潮起潮落，观鸟类迁来徙往，体味人世间的悲欢离合。与此同时，母亲，还有祖母、外祖母以及六位姑姑和姨妈，甚至特丽·威廉斯本人等家族中大批女性先后患上癌症，让她的生活充满了痛苦与悲伤。于是她将自然界，人与自然，自然与现代文明，以及家庭、道德和健康等多种文化元素一并考量，以“一部非同寻常的地域与家族史”为副标题，写作了这部非同寻常的书。

在阅读《心灵的慰藉》的过程中，我恰巧观看了 CCTV6 播放的美国故事片《事业与荣耀》。影片介绍了美国摩门教的诞生，讲述了约瑟夫·史密斯创办摩门教的经历，而特丽·威廉斯家族便是摩门教的忠实信徒。在 19 世纪 20 年代，相传小约瑟夫·史密斯承蒙天使指引，在纽约州一个叫巴尔米拉的地方，发现了埋藏于地下的“金盘子”，由此他译出《摩门经》，并组建“耶稣基督末世圣徒教会”。之后由于教会教条与其他民众发生冲突，史密斯被迫离开，

盐湖城，特丽·威廉斯生活中既充满了愉快又历经痛苦的地方。照片为摩门大教堂，远处为大盐湖（Qiyu Xhong拍摄并提供）

伴随着美国向西移民大军，他带领信徒辗转俄亥俄、密苏里和伊利诺伊州等地。再后来，约瑟夫被暴徒杀害，教主由布里格姆·扬，即杨百瀚继任，最后他们穿越无人居住的长达一千余公里的大草原和沙漠，在自然环境十分恶劣的犹他州大盆地盐湖城附近落脚。经过二十年努力，摩门教徒在此拓荒建城，成立政府并建立了近两百个摩门教社区。今天的盐湖城便是摩门教教会总部所在地。这里至今保存或新建了坦普尔广场、摩门教堂和圣殿，以及现代化的圣徒博物馆等建筑，是游览者必去的地方。到2015年，摩门教的教友数量超过一千五百万。特丽·威廉斯及其家族也在盐湖城，包括盐湖周边的百瀚城等地生存至第六代。

大盐湖位于美国中西部的犹他州境内，东侧为落基山脉，西侧为内华达山脉。高原和山地之间的大盆地，冬季气候寒冷，夏季炎热干燥，尤其是夏天，气温常常超过四十摄氏度。因为降水量少，地貌多为荒漠或沙漠。盆地中的盐湖就像一颗珍珠，镶嵌其中，并滋润了生活于湖周边的城市，包括盐湖城和百瀚城等。大盐湖是北美洲面积最大、盐分最高的咸水湖，其形成历史可追溯至两万多年前。它曾经是一个拥有五万平方公里面积的大湖泊，之后逐渐缩小为六千五百平方公里左右，但面积仍是中国目前最大的咸水湖青海湖的一倍多。盐湖丰沛的水源，吸引了南来北往迁徙的众多鸟类，鸟给这片荒漠之地带来了生机和活力。因此在这里，城镇的广告不同凡响——百瀚城：通向世界上最大的猎鸟保护区大门。

大盐湖是一个内流湖，海拔一千余米，湖的东边和北边被群山环绕。每年春夏之交，雪山融水供给湖泊，完全依靠蒸发量的多少调节湖面的落差。近年来，受全球气候变暖的影响，盐湖的来水量大于蒸发量，导致湖水逐年上涨，严重危及了湖泊周边生物的生存。特丽·威廉斯是犹他州生态学家，盐湖水源河流之一的熊河，不但是她经常光顾的赏鸟之地，同时也是她考察生态环境的场所。熊河候鸟保护区的变化每时每刻都牵动着她的心。在这里，河、湖、动植物与人类的命运唇齿相依，于是，她运用独特的写作手法，以各种鸟类为题，不断记录湖面海拔高度的变化，将人与自然融为一体，构思、写作《心灵的慰藉》。

从纯自然欣赏的角度审视大盐湖，目前那儿依然是一处非常值得一游的地方。近年，美国作家詹姆斯·达什纳以此为背景，写作了一部有关“人类生存境况”的畅销书——《移动迷宫》。大盆地的主色调是盐碱地、荒漠和沙漠。尽管大盆地往北有美国第一家国家公园——黄石，沙漠南边就是著名的“赌城”拉斯维加斯，但盐湖城还是成了人们眼中的过站之地——黄石到拉斯维加斯的南北穿越——美国南太平洋铁路跨越湖泊东西穿越。

加州鸥，一种每年在大盐湖和加州太平洋海岸间往返迁徙的候鸟。此鸟类与我倒是亲近，来个近距离拍照也满不在乎

在特丽·威廉斯看来，大盐湖及其环境状况，如同一片城市附近的荒野：有变幻莫测的湖岸线；有荒凉无人的岛屿；有沙漠中无法饮用的一池碧水。

“鸟儿如此真实地呈现在我们面前，它不是在摆姿势，它是在生活。”这是一位鸟类学画家说过的话。此时，作为生物学家的威廉斯将它演变成了自己的生活。她对熊河候鸟保护区了如指掌。她知道那儿的长嘴杓鹬总是喜欢在保护区外围的草地上觅食；她知道云斑塍鹬喜欢和反嘴鹬、长脚鹬一道漫步于滩地觅食，以及云斑塍鹬的温柔沉稳和心平气和的性情；她也知道，当春天来临之时，尖尾鸭、绿翅鸭们会纷纷从南方或西南方飞来。此时，空中往往充满了野性的呼唤，处处回荡着鸟类的方言。她甚至掌握了在保护区内生存的两百零八种鸟中，包括大苍鹭、雪鹭、白脸彩鹮、黑颈长脚鹬、加拿大黑雁和绿头鸭等六十二种会在此筑巢、生活的情况。她说，这些鸟类与自己共同拥有一部自然史——一种在同一地域长久生活所获取的根深蒂固的感觉，使心灵与想象融为一体。

特丽·威廉斯习惯于大盐湖的烟波浩渺，阳光下的湛蓝，盐体的晶莹剔透，以及湖泊在地平线上的闪烁。她经常仰面平躺于清凉的湖面之上，将大盆地的蓝天印记于心间；她经常来到安蒂洛普岛岸边倾听、观看湖水一浪接一浪拍打的节奏，以及细嘴瓣蹼鹬在宁静海湾里的飞翔；她喜欢在甘尼森岛上察看乐于群居的鹈鹕们，形成一个圈捕鱼时的起起落落；越过海豚岛，在大盐湖的西岸，她喜欢用热乎乎的白沙覆盖自己的身体，体味内心所珍藏的珠宝；她甚至有机会登上“空中飞车”，在一片汪洋之上，俯视大盐湖如何掌控大地之风景，她清点着岛上鸟类的数量；她发现，沙漠竟然使自己成为它的信徒，奉行于一片有着幻影的风景里，由此她学会了谦卑，学会了点燃想象力的火花。她将大盐湖视为一个女人，视为自己，拒绝被驯服；她将大盐湖视作一片荒原，淳朴天然，自作主张。在秋高气爽、空气中散发着盐味的湖畔，她找到了属于自己的空旷的原野和天空，一方不受打扰的净土，并亲近同样需要宁静的鸟类；在一片寂静的晚上，她感觉大盐湖如同深沉宁静的母亲，安抚湿地，直至清晨湿地上的每一种声音都从睡梦中醒来。

此时，对特丽·威廉斯来说，大盐湖就像一块精神磁铁，紧紧吸住了她。只有大地的慈悲和心灵的平静才能拯救自己的灵魂，在这里，她发现了美，发现了人性。

从人文的视野考察盐湖城或大盐湖，特丽·威廉斯家族，就是这样一个根植于美国西部的家庭。在当年的迁移大军中，她的先辈靠着一辆两轮手推车，把家从密苏里州推到犹他州，来到盐湖城。她们不畏艰难，为了宗教信仰或为了获得宗教上的自由。特丽·威廉斯曾经这样说，自己就是在这种精神和物质世界的氛围中成长。在精神层面，她相信每一个人、每一只鸟、每一株灯芯草以及所有生物的精神生命。她或她们的那个群体的世界观已经深深地根植于这种超自然之中。在书中，特丽·威廉斯给我们讲述了一个加州鸥保护庄稼、清除蟋蟀、解救摩门教徒的故事。从此，与自然同行，加州鸥成为摩门教徒中的一个传说、犹他州的州鸟，并获得人们的敬重。

伴随着湖水的逐年上涨，大盐湖及其他方面的新状况也接踵而至。说到这里，主人公的故事似乎才刚刚开始。1971 年，特丽·威廉斯的母亲在自己不知情的情况下患上乳腺癌，而且被医生告之，存活两年的几率不足百分之二十。对于她们这个家庭来说，这是个突如其来的打击。这时，信仰变成了力量，熊河候鸟保护区成了特丽的庇护所。母亲的病因由何而起？她们当时并不知情，但沙漠中有秘密，有特丽挥之不去的噩梦。四周封闭的大盆地，在 20 世纪 50 年代至 60 年代初，曾是美国进行地上核试验的地区。美国原子能委员会曾在内华达州的亚卡场地干涸的河床上试爆了多颗原子弹，其中部分放射性尘埃飘向了东部犹他州。一个事实就是当年约翰·韦恩在此拍摄电影《征服者》，导致随后几十年中摄制组近百人患上癌症。盐湖城地区处于下风口，特丽·威廉斯的母亲及其家族成员的患病是否也是因为核辐射或核废弃物的影响，不得而知。从此，她陪母亲度过了漫长而痛苦、艰难而超脱的十几年，直至 1987 年母亲去世。

在特丽·威廉斯那里，信仰支撑着她和母亲，甚至一家人度过艰难的岁月。这是一个崇尚简单和内在生活方式的家庭，她们的“至理名言”是健康的饮食和生活，甚至到了不喝咖啡、不喝茶、不抽烟、不喝酒的程度。特丽在书中这样说：“信仰使我们敢于挑战理性逻辑，激励着我们绝处逢生，因为它与我们的欲望无关。……它调动起我们体内的隐形部分，使得我们优雅地生活。它信奉的是一种比我们自身所拥有的智慧更为优越的大智。在虚无缥缈的情况下，信仰成为我们的导师。”的确，在母亲和特丽的眼中，自然世界是彼此沟通的纽带，自然让人返璞归真，此时的风景便是“心灵的慰藉”。写到这里，我不由得想起吉恩·洛格斯登在他的《农夫哲学：关于大自然与生死的沉思》一书中所讲述的一个观点。罹患癌症的洛格斯登坦言，园丁和农夫要比其他人更容易接受死亡。他甚至认为，在自然界里，没有什么会真正死去。各种形式的生命体都在自我更新。相比“死亡”，“更新”才是最适合用于描述生命进程的词。洛格斯登说，如果我死于癌症，正确的反应应该是把我的血肉和骨头埋入地下做肥料，庆祝大自然获得了更新。

一种乐天知命的释然。

同样，虽然患病在身，但特丽的母亲始终是乐观并开朗的。她告诉特丽，自己将化疗等治疗过程想象为一条河，这条河的河水能够穿过身体，把癌细胞冲走。于是，特丽不断地满足母亲的要求，她们来到盐湖边，一起跳入湖中游泳，仰身漂浮于湖水之上，凝视天空，聆听盐水褐虾的喃喃细语；她们爬上小岛，挑战意志，一起欣赏湖光山色，释放压抑在彼此心头沉重的心情；她们甚至前往遥远的科罗拉多，将科罗拉多河当作母亲所想象的那条河；她们前往怀俄明州，沿着格罗文特河散步，观看黑嘴野天鹅在映着山林的河面上漂浮；她们攀登蒂顿山，在山顶欣赏落日晚霞、白杨树在风中摇曳时发出的灼灼火花。此时的母亲是坚强的，她用最美好的心态去度过最艰难的日子，聚精会神地度过每一天，把握一天之中的时时刻刻，将艰难的心路历程凝聚成一种生命哲学——当日近黄昏，你看到夕阳西下时，便会因自己能够与日月同辉而心存感激。

春天，湖水水位的抬升，已经严重影响了鸟类的食物和栖息地。这时，春季里鸟类交配与繁殖的热闹场面已经难得一见，除了一些构筑在小岛或树上的巢穴，湿地和湖泊中的一个个鸟巢遇水而漂，许多鸟因此失去了赖以生存的家园。洪水给白脸彩鹮和弗氏鸥等这些在植物中筑巢的鸟类带来了更加沉重的打击，鸟儿纷纷逃难，导致数目骤减。据特丽·威廉斯他们的调查，此时犹他州湿地的鸟类减少了百分之八十五。与此同时，特丽母亲的病情也在不断恶化。她对自己说：“我们必须与自身内心的孤独无助和平共处。没人能够解救我们。我的癌症就是我的西伯利亚。”

当特丽·威廉斯的母亲去世的时候，大盐湖的水位也涨到了最高位……

大洋深处的“荒野”

> 我们下潜得越深，就可以在时光中回溯得越久。当陆地上的生命处于持续动荡之中的时候，被风暴、地震、洪水、干旱、陨石和冰河时代摧毁的场面，似乎也无法打扰深海的平静。每个白天都迎来同样黯淡微弱的蓝光，每个夜晚都是同样的墨一般的漆黑。天气亘古不变。这里是一座活的博物馆。
>
> ——詹姆斯·内斯特（James Nestor）

站在海边，远眺大海是一件心旷神怡的事。住在靠海的城市，闲暇的日子，我总喜欢去看海。我经常思考，我们关注自然，可能往往只是注重丈量脚下的这片土地，或者天空。我们看海，也可能只是关注陆地与大海交会的海岸线、大海的一望无际，还有色调变幻莫测的海水，并不能做到像亨利·贝斯顿那样，在海边垒起一栋房屋，然后与大海相依相伴；也无法像蕾切尔·卡森那样，将海滨作为我们启程的祖地，细致了解海洋的生物与地质，以及那儿潮汐的变化和生命的律动。其实，我们这个星球，陆地面积不足三分之一，浩瀚的海洋才是主导性力量。在海洋里，我们不知道的是，它拥有比陆地多得多的生物，海洋离我们虽然很近，但依然令人感到陌生。海洋乃生命之源，对于它的纵深，事实上，我们知之甚少。

终于有了这样一次奇妙的探索和旅行，詹姆斯·内斯特便是其中的探索者之一。他喜欢海洋冒险，具备天才的气质，通过水肺潜水，他可以潜入海洋的深处进行探险。此外，他还是一位科学记者，《户外》和《纽约时报》专栏作家，于是，便有了《深海：探索寂静的未知》这样一本神奇而又充满魅力的书。可以说，该书为我们提供了一个对海洋“荒野”探索与研究的维度，内斯特给我们描绘了一个寂静、未知的深海世界。

在希腊度假小镇卡拉马塔，世界自由潜水锦标赛正在这里如火如

加利福尼亚海边小岛。海獭是一种大型、灵巧且温和的动物，一度群居于加利福尼亚生长着大褐藻的海边，因人类捕杀，于19世纪时几近灭绝。海獭减少后，其主食海胆则大量繁殖，海胆又吃掉很多大褐藻。于是生态系统完全遭到破坏，成片的浅海海底几乎沦为海中荒漠

茶地举行。比赛很特别，选手们围着浮台绳索，大吸一口气，然后翻身入水，潜入海中。三百英尺（大约一百米）深度是这次比赛的极限，当潜水员触摸到绳子终端后，便转身返回。

可以想象，自由潜水是一项难度极高而且极具危险性的运动项目。潜水运动具有多种约束因素。一方面，它考验人的吸气能力，闭气时间长的，自然胜算就大一些。曾经的世界最长纪录保持者德国人汤姆·西斯塔斯，他的纯氧闭气达到二十二分二十二秒。另一方面，它还要考验人的抗压能力。一般情况下，海水的压力随潜入的深度而增加，比如，潜入三十英尺深的水中，人的肺部将压缩为正常体积的一半，而下潜至三百英尺的深度，肺部压力将增加十倍。十倍的压力有多大，再打个比方，足以压扁一个可乐罐。所以，自由潜水并非一般人所能承受，其危险性，据说在所有体育项目中排行第二。当今世界，尽管潜水运动在西方国家比较盛行，但真正能够参与到其中挑战的人并不多，因为受条件限制，任何人在大海的深度面前仅靠一己之力，最终的结果都将是失败。没有最深，只有更深，因而自由潜水是一项勇敢者的运动。有人说，深海是目前地球上最后一块荒野，而自由潜水则是人们探索这一荒野，与海洋最直接、最亲密的对话的方式。

弗雷德·比勒是一位资深自由潜水员，曾经冲击五百英尺的潜水深度。自由潜水向来就是探索海洋，是海洋的一部分。比勒认为："在水中越潜越深，能够帮你达到另一种境界，超越新的极限。"自由潜水，对詹姆斯·内斯特来说只是一种爱好，或梦想。他乐此不疲地奔波于世界各地。对他来说，自由潜水不仅仅是一项运动，而且还是接近和研究海洋生物最有效的方式。于是，他搭乘他人自制的潜水艇潜入数千英尺之下的深海，与发光的水母交流；他目睹人们在深海中将卫星信号传感器刺入食人鲨的背鳍，与世界上最大的猎食者之一抹香鲸对视而游。但是要做到这一点，就必须忍受潜水艇密封舱中的潮湿、寒冷和对心脏的压力，以及吸入大量的高压氮气。也就是说，走向深海，人们在得到快乐的同时，还必须要准备付出代价。

而这些付出似乎很有价值，关于海洋，内斯特给自己也给我们带来了一种全新的视角。他向世人展示了一个立体的海洋——三百英尺以上的海中，充满阳光，色彩绚丽，这是许多生物可以驰骋的场所，当然也包括我们人类；而在三百英尺至一千英尺之间，是人类的极限，但这儿是鲨鱼和海豚们的天堂，这里，动物的感官逐渐变得强大了起来，它们可以通过感官感知周边的环境，从而拥有卓越的“视力”；再往深处下潜，海洋逐渐昏暗了起来，海水变得永恒，且暗无天日；当抵达一万英尺深的时候，深海里还有生物，例如抹香鲸就能在其中漫游；至于两万英尺以下的洋底，则是地球上最荒芜的区域。这里的水温已低于零摄氏度，海水的压力已经是水面的六百至一千倍。这里没有光，没有食物，但生命尚存，古细菌依然活跃。内斯特告诉我们，这片幽冥的水域，或许还是地球上所有生命的诞生之地。

在佛罗里达州大礁岛基拉戈海域，美国海洋与大气管理局曾在二十多米深的海中建造了一座“宝瓶宫”。这是一处实验场所，用来观察海洋环境，研究海洋生物。出于兴趣，詹姆斯·内斯特来到这里，体验了一回水下的潮湿、寂寞，直至头晕、虚弱和恐惧。

这就是水下世界。虽然透过光线，可以欣赏到海底的奇异多彩——珊瑚、鱼、海豹、甲壳类生物和海藻类等植物，但对于每一位研究者来说，他更大的收获恐怕还是新的发现。譬如我们的“衣食父母”海藻。海藻在常人看来，只是海洋中的一种普通植物，但正是这种植物，产生了地球上百分之五十的氧气。但它们目前的处境并不好，根据科考结果，因气候变化和海洋生态被破坏，地球生物赖以生存的海藻正在大面积减少。不仅如此，地球上最大的生物构造——珊瑚，同样也在以创纪录的速度消亡。更让人担忧的是，据说在未来的五十年间，海洋中的珊瑚或许就将彻底灭绝。

让我们回到海中，詹姆斯·内斯特随科学家潜入了“宝瓶宫”这座铁罐之中。他透过窗户和显示屏观看大海，在感受到一种无望孤独的同时，也收获了大海深处“沉静的力量”。之后，内斯特应邀来到印度洋中的法属留尼汪群岛，继续研究更深层海洋生灵。食人鲨曾是留尼汪群岛周边海域的主导者，因为数量众多且发生过多次袭击人类的事件，而备受人们的关注。食人鲨，尤其是公牛鲨，它们行动敏捷、凶残无度、行踪诡谲，是海洋中最致命的捕食者。这个物种肾脏发达，双眼大且不成比例，使它们具备了在深海黑暗水域捕食的习性和在淡水中繁殖的能力，而且它们还能够轻松潜入六百英尺以下的深海中捕获鱼类或其他生物。鲨鱼属于温体动物，大多数时间都生活在海洋中低温的中层带，在几乎没有能见度的深海中，它们仍然游刃有余。它们的一大特性，是浅海捕食，深海洄游。而且，在这一深度，神奇的鲨鱼可以沿着一条几乎看不见的路线，数百条成群结队头尾相连地往返，从起点开始再精准地回到原点。这些地方，人类只能依靠潜水艇、机器人，还有深海潜水员对鲨鱼进行探测。内斯特一行就是依据芯片技术并通过卫星定位系统追踪鲨鱼们的一举一动。

在一千英尺附近海洋的中层带，19 世纪早期人们的认知一直是一个“无生物层”，但事实并非如此。近年来的科研发现，这里以及更深的深层带、深渊带和超深渊带都存在生物。挪威科学家米卡尔·萨尔斯经过多年探寻，就在中层带发现了曾兴盛于恐龙时代、人们都以为已经灭绝的海洋动物——海百合。的确，海洋的这一深度还生存着各种各样奇妙的生物，如鱼类、凝胶状球体生物、软体动物以及从没人见过的一些其他生命形式。美国动物学会研究员威廉·毕比曾描述了这一现象。他说，当探照灯熄灭时，海洋中黄色、橙色和红色是无法想象的。蓝色充满了所有的空间，隔绝了你关于其他任何颜色的想象。

然而，海洋中的精彩还在继续。著名的深海动物抹香鲸，可以潜入一万英尺以下的海中。于是詹姆斯·内斯特来到斯里兰卡亭可马里海底峡谷，追寻抹香鲸的足迹。每年3月至8月是鱼类洄游的季节，抹香鲸将准时来到这里捕食深海乌贼，或进行社交和交配。在此，内斯特捕捉到了一组非常难得的在自然栖息环境下抹香鲸的生活情景。

一朵朵小蘑菇云以四十五度角的方向，从海面上喷射出来。抹香鲸只有一个与外界连通的鼻孔，位于头部的左侧，所以它呼气时会呈现出一定的角度。……我抬起头，看见在我们前面一百英尺的地方出现了一座小山丘，就像是地平线上升起了一轮黑色的太阳。……一只鳍，张大的嘴，一块白斑。一只眼睛陷在坑洼不平的头部下方，瞥向我们所在的方向。母鲸的体形相当于一辆校车大小，它的孩子就像一辆短小的校车。它们看起来就像是陆地，如同沉没的岛屿。（白夏译）

这是詹姆斯·内斯特第一次与抹香鲸的亲密接触，既惊奇又惊险。关于鲸鱼，有一个众所周知的故事。在19世纪初的一天，楠塔基特捕鲸船来到南美海域。在捕鲸过程中，船遭鲸鱼撞击而沉没。二十名船员只得乘上一艘小艇，漂流至外海。在随后的九个星期，船员们徘徊于因饥饿而面临死亡的边缘，于是船员们采用了传统的抓阄方式，决定生死。赫尔曼·麦尔维尔和纳撒尼尔·菲尔布里克提炼了这一素材，分别创作了长篇小说《白鲸》和非虚构作品《大洋深处》。这个悲剧，一方面说明了鲸鱼的凶猛且具有的攻击性，另一方面也说明了人类在大自然面前的弱小。到了 20 世纪，天平发生逆转，鲸鱼的命运被彻底颠覆。捕鲸业遍及全球，至 70 年代，海洋中百分之六十的抹香鲸均惨遭人类捕杀。

抹香鲸以下的洋底总体上是寂静的。浮游生物残骸、鱼类排泄物、动物蜕换的外皮，这些东西最终被分解成残渣，落至海底，形成软泥。这里的世界，海水变得冰冷刺骨，景象如同月球表面，形成一个个巨石、浅坑或宽广空旷的“平原”。一层一层由数不清的微生物残骸形成的粉末软泥，填充了这里。这些软泥，不被阳光融化，不被风吹散，不被雨水冲刷，沉积于此，两千年大概只累积一英寸。在这里，食物稀缺，没有阳光，没有光合作用，没有海草和藻类，甚至没有其他植物生长。如果说有生命，也是一个肉食动物的世界。这些动物依靠猎食，获取血肉之躯所需要的食物和能量，从而得以生存。

但事实还不仅于此。据近年的科学最新考证，人们在三千英尺以下的深层带及更深的海域，发现了大量生命体的存在。而且，那里甚至生活着地球上百分之八十五的生物群落，成为我们这颗星球上最大的生存空间。在深海，海底的软泥层实际上就是一个沉寂的微世界。我们知道，地球上海洋的最深处是菲律宾东北的马里亚纳海沟。詹姆斯·内斯特本计划前往，但错失了机会。他义无反顾，选择光顾大西洋最深处、近三万英尺深的波多黎各海沟，继续探索海洋中的超深渊带。不过，詹姆斯·内斯特后来还是实现了马里亚纳海沟的探险之旅。《深海：探索寂静的未知》出版之后的 2014 年 10 月，詹姆斯·内斯特应邀登上了一艘名叫“佛克”号的德国科考船。他们一行带着（海洋）着陆器，来到马里亚纳海沟收集水文样本、微生物，以及其他前所未见的生命形态。他们甚至还尝试在海沟中录制声音，以此了解深海中动物们的捕猎、交配或沟通情况。超深渊带生命形式的发现，令人振奋，成为近年来海洋探索最重要的成果。

果不其然，在俄勒冈州立大学海洋地质学家杰克·科利斯的率领下，詹姆斯·内斯特一行来到厄瓜多尔，在位于太平洋赤道附近、曾经的“达尔文”的加拉帕戈斯群岛海域，他们发现了许多海底热液喷口。那是一片海底平地，由火山灰堆积形成。海面上，赤道潜流汹涌澎湃；海面下，海底热泉喷涌如柱。就在这些热液喷口附近，科学家们有了重大的新发现，这里有螃蟹、蚌类和龙虾活体存在。不仅如此，科学家还发现了数量众多的其他生命体，一个依靠化学物质提供能量的全新生态系统。这一发现，证实了当年科学家提出的“原始汤”假说，即地球上最初形成的有机物均源于海洋中的化学物质，它们通过闪电等方式获取能量。如果真是这样的话，那么地球上数万亿个不同的细胞就有可能在地球深处沸腾的海水中复制再生，也就是说，地球上的生命起源并非阳光照耀的表层，而是在大洋底层的“微生物垫”，而且，这一生命体也包括我们人类自身。

这一发现让人振奋，它昭示着在人类起源之地，存在“另一种形式的人体（水体）”。我觉得这才是詹姆斯·内斯特《深海：探索寂静的未知》一书最有价值的阅读点。

大地上的无名英雄

蚯蚓干着卑微劳累的苦工，对它们伟大的使命并不了解。它们在土中上下穿行，而每一次到达土面时，便会留下一点儿取自地下深处的土壤。这一切挽救了贫瘠的表土层，也增添了人类的幸福。（摘自詹姆斯·萨缪尔森作品）

——艾米·斯图尔特（Amii Stewart）

让人难以理解的是，总有一些人会喜欢一些稀奇古怪的东西。早在一百年前，比利时作家莫里斯·梅特林克就是这样一个人，原本学法律的他，却放弃了从事律师职业的机会，转而选择文学创作。在文学创作过程中，他又选择了以社会性昆虫的生活为主题，写作博物题材作品，继而便有了《蜜蜂的生活》《白蚁的生活》和《蚂蚁的生活》等昆虫三部曲。难能可贵的是，他居然凭借戏剧作品《青鸟》荣获诺贝尔文学奖。而今天的艾米·斯图尔特又成了这样一个人。

艾米·斯图尔特的兴趣的确有些特别，她声称自己并非科学家，却喜欢生物。而在自己所喜欢的生物之中又对蚯蚓情有独钟。于是她拜访了许多生物学家，私下展开对蚯蚓的研究。她甚至这样想，要与蚯蚓合作，一起松土，一起为植物创造理想的生活环境。蚯蚓是这样一种生物：不引人注目，不会鸣叫，不会翱翔，也不会捕猎，它们一生都几乎生活于黑暗之中，被压迫于土壤之下，却有自身强大的一面。蚯蚓对大地的奉献是通过消耗、转化，从而改变土壤的面貌。在这方面，它们与地球上物种最丰富的蚂蚁、白蚁等社会性昆虫一样，都很重要。举一个简单的例子，研究结果表明，强大而默默无闻的蚯蚓可以在一个季度的时间内将一片森林中所有的枯枝落叶消耗殆尽。于是斯图尔特要为蚯蚓做个介绍，为它们点个赞。

我们知道，蚯蚓属于无脊椎动物，在生物分类中归类于寡毛纲蠕虫。蚯蚓的形状呈条形，松软，体节有规律，一条背血管贯通全身。更有趣的是，它们雌雄同体，五官俱全。一般来说，蚯蚓一生的大部分时间都在土壤中穿行，吃土壤中的有机小颗粒。蚯蚓的外观并不讨人喜欢，所处的生活环境也显得脏乱，或许身上还裹着人们更不喜欢的黏液，但蚯蚓本身却“出淤泥而不染”。用一句时髦的话来形容——我很丑，但很温柔。

的确，蚯蚓体现出来的便是这样一种“无害而轻盈”。在研究人员的眼中，它们是“一类关键物种”。但我们大多数人对蚯蚓还是会敬而远之，尤其不愿意与它有皮肤上的接触。众所周知，蚯蚓的生存空间广阔，几乎无处不在。在潮湿、肥沃的腐殖质土壤中，只要我们细心地挖开一些土壤，就能发现它们的身影。对土壤来说，蚯蚓是一位“出色的分解者”和耕耘者。它对松土的活儿很感兴趣，尽管不是它的本意。无意之间，土质疏松后，蚯蚓经过时所留下的孔道，便有利于空气和化学物质的输送，大大方便了植物吸收养分，间接效果十分显著。蚯蚓对自然默默奉献，贡献卓越，于是，斯图尔特给它们取了一个好听的名字——了不起的地下工作者。

关于蚯蚓，达尔文曾大加赞赏，他认为蚯蚓是一种充满智慧和爱心的明星物种，是人类值得信赖的朋友。的确，在达尔文之前，人类对蚯蚓的认识几乎空白，是达尔文开辟了这一研究领域。达尔文晚年时，对蚯蚓的研究倾注了大量的精力，以至于专门为蚯蚓著书立说。达尔文曾经这样深刻认识蚯蚓："我们很难找到其他的生灵像它们一样，虽看似卑微，却在世界历史的进程中起到了如此重要的作用。"这里，达尔文所说的重要性，我的理解，既包含了他对蚯蚓转化土壤能力的肯定，也包含了他对蚯蚓可能对一个区域的地质结构产生重要改变的见解。达尔文在一百多年前就告诫我们，不管我们是否在利用蚯蚓来改善农场的土壤，抑或是恢复我们受污染的环境，我们都应该记住一点：我们对蚯蚓的依赖比蚯蚓对我们的依赖要大得多。

艾米·斯图尔特对蚯蚓的兴趣显然受到达尔文思想的影响。她生活于加利福尼亚北部多雾的洪堡湾，而且拥有一个属于自己的小花园。当薄雾笼罩小镇尤利卡的时候，她的花园土膏微润，成为一个美妙的地方。她种的花，有紫丁香、杜鹃和曼陀罗，种的菜，有莴笋、白菜、土豆和豌豆，也种一些植物，有西洋蓍草、艾菊和香雪球等。她用堆肥滋润土壤，土壤滋润微生物，微生物再反哺生物，构建起了一个小小的私家生态系统。这其中，当然也包括了她的作品《了不起的地下工作者：蚯蚓的故事》中的主角——蚯蚓。

本质上，蚯蚓是一种脆弱的、无齿但嘴却非常厉害的家伙。它一天可以啃掉自身体重三分之一的土壤。在生态学中，蚯蚓，以及它与生存于土壤中其他生物之间的关系始终是一个谜。为了解开这个谜，斯图尔特刻意购买了一个蚯蚓箱。她在房子后院的屋檐下进行蚯蚓饲养实验，以便研究蚯蚓的习性。在一年时间之内，她饲养的两千条蚯蚓产生了百余斤土壤营养物质。于是，在斯图尔特的笔下，蚯蚓的故事变得生动了起来。

（蚯蚓箱）三个圆形的托盘一个叠着一个。每一个托盘底部有一个圆孔，从而保证蚯蚓可以从下方的托盘中进入更上方的托盘。……蚯蚓从最底下的一个托盘开始进食；它们在那里消耗着菜渣、咖啡渣还有旧报纸。当它们吃完底部托盘内的食物并将其转化为大约三英寸长的蚓粪后，就可以加入第二个托盘了，蚯蚓会受到食物的吸引，逐渐进入其中。同样的步骤在安装第三个托盘时再次重复。此时，在底部托盘中的蚓粪已经腐熟，可以在花园中使用了，而清空了的底部托

艾米·斯图尔特生活于加利福尼亚北部多雾的洪堡湾小镇尤利卡。那是一个土膏微润而且美妙的地方。显然，受到达尔文思想的影响，她对蚯蚓更加感兴趣

盘则可被用作新的顶部托盘。蚯蚓箱的原理就是三个托盘不断轮转的过程，蚯蚓则在三个托盘之间自由穿梭，……（王紫辰译，下同）

这是斯图尔特从众多蚯蚓品类中选养的一个——表居型蚯蚓。这种蚯蚓比较适应在堆肥或落叶层中生活，取食在腐烂植物残骸上繁殖的微生物。从习性上来说，表居型蚯蚓一般不会钻入很深的土层之中。除此之外，从分类的角度看，蚯蚓还有上食下居型、土居型、粉正蚓和暗色阿波蚓等品类。

上食下居型和土居型是两种喜欢深居土壤之中的蚯蚓。譬如上食下居型蚯蚓，有蚯蚓中"钻孔机"的称誉，它们能在土壤中挖掘永久性垂直通道。

首先，它需要将刚毛固定在土表，从而支撑住身体。紧接着它绷紧了全身环节中的肌肉，这会增加蚯蚓体腔的压力。蚯蚓在运动，繁殖和应激时排出的黏液，大多储存在体腔里，而体腔中压力的增加则推动了蚯蚓头部向前延伸。在此过程中，它也许会顺势吞下一点土壤颗粒。紧接着它的尾部开始向头部伸展的方向收缩，而整个过程也将周而复始。

这是一个既需要毅力又需要体力的活计。一天忙下来，只有到了晚上，蚯蚓们才会爬出地面呼吸点新鲜空气，寻找一点落叶、有机物或土壤颗粒充饥。上食下居型蚯蚓是一种身体强健但行动迟缓的蚯蚓，它们的用武之地在土壤之中。这种蚯蚓分布广泛，最长寿命可达六年；它们可以潜入洞穴深处，因此即便是在干旱的气候条件下，它们都有顽强的适应能力，总能找到潮湿、阴凉且有食物的地方。土居型蚯蚓的特点是从来不爬到地面来，它们喜欢深居于有植物根系的周围，如草场、耕地和林木旁，食用那些腐烂的植物根系，或富含细菌和真菌的土壤。土居型蚯蚓的分布范围甚至比上食下居型蚯蚓更加广泛，而且潜入的深度更甚，可达几米。

在一个荒凉、阴暗而陌生的地下世界，看似脆弱又平庸的蚯蚓，却蕴含着巨大的潜能。

其实，蚯蚓称得上是一个古老物种。在距今两亿多年前的二叠纪一次地球生物大灭绝中，地球上百分之九十的海陆生物都被消灭，但蚯蚓却神奇般地活了下来。之后，它们随大陆板块漂移来到世界各大洲。美洲大陆在哥伦布之前，至少是在新英格兰地区原本并没有蚯蚓这一物种，是英国在美洲成功建立第一个殖民点詹姆斯敦之后，约翰·罗尔夫一次无心插柳式烟叶运送过程中的不经意引入，让蚯蚓“促成了美国景观的永久性变革”。上食下居型蚯蚓是其中的一种，它们随当初来到美洲的欧洲移民，被夹杂在盆栽植物或船的压舱土壤之中，先东部再西部，在美洲大陆落地生根，继而将美国中西部平原改造成肥沃的耕地和良田。

艾米·斯图尔特的私家花园是她的一个试验田。在花园里，她种植了诸多有机菜蔬，而且长势都很好。她这样介绍，当把土豆从疏松的土壤中挖出，土豆如同复活节彩蛋，色泽鲜亮，而抱子甘蓝主茎高挺，可食用部分的球芽饱满。尽管她无法准确判别自己所施用的有机肥料与化肥相比哪种营养程度更高，但毫无疑问，那些有机蔬菜的根系周围，都离不开蚯蚓们的劳作。她所需要做的，就是将厨房里的垃圾用来喂养蚯蚓，再把蚯蚓产生的堆肥播撒至花园。这种堆肥提供了植物所需的养分，从而形成了一个小范围的生态循环。此时，蚯蚓的生理功能发挥了作用。它的基本原理在于，蚯蚓体内的石灰质腺将食物中多余的钙质随粪便排出体外。而钙离子则能帮助植物吸收同化土壤中的氮，氮元素又能促进叶片生长，并对植物生长发挥作用。

为了证实自己的结论，斯图尔特曾专程前往俄亥俄州进行田野调查，了解蚯蚓对农作物生长到底能起到多大的影响。克莱夫·爱德华兹是俄亥俄州立大学一位寡毛类学家。他告诉斯图尔特自己所做实验的效果。在植料中掺入蚓粪肥，比例从百分之十增至百分之百，以此对比蚓粪肥栽培与纯无土植料栽培植物的生长状况。结果，蚓粪肥栽培效果要好得多。在接下来对农田的实验中，也得出了同样的结论——常规农业（施用少量化肥）与有机农业相结合的“综合性低投入”农业，能带来最高的投资回报，产量最高。于是蚯蚓成了农业生产的最佳搭档。事实上，斯图尔特也了解到，在欧洲，或在大洋洲的新西兰，甚至一些与世隔绝的西印度群岛等国家和地区，蚯蚓在改善土质方面均取得了显著的效果。例如，新西兰在接种欧洲蚯蚓后，耕地生产力提升了百分之七十，其中一处牧场的黑麦草产量甚至提高了二十倍。蚯蚓起到了其他农耕技术所达不到的意外效果。

在当今农业大量使用杀虫剂、除草剂和化肥的境况下，更好地发挥蚯蚓的作用似乎变得更具现实意义，尤其是在蚯蚓饲养与利用蚯蚓处理动物粪便方面，应用前景广阔。当然，蚯蚓的作用还不止于此。一些科学家甚至做过这样的研究，对比有健康蚯蚓群落生活的土壤和没有蚯蚓的土壤，他们发现，有蚯蚓群落生活的土壤同化甲烷（天然气）的能力更强。我们知道，泥炭沼泽能从大气中吸收甲烷和二氧化碳，与此同时，也有二氧化碳与甲烷释放出来。这其中，就存在一个脆弱的平衡点。而蚯蚓在维持这种平衡中发挥了重要作用，它们能够吸收土壤中一部分甲烷和二氧化碳，减少温室气体的排放。再比如，在环境保护方面，利用蚯蚓对出厂的生物固体进行处理，能减轻气味、均一质地，从而使最终的产品营养价值变得更加丰富。

土地是人类赖以生存的基础，有机肥是土壤的衣食父母。艾米·斯图尔特通过对蚯蚓的观察和实验，不仅仅给我们介绍了蚯蚓这个我们熟悉却又陌生的物种的趣味故事，而且在发挥蚯蚓的作用方面，还给我们提供了诸多启示。尤其是在农业领域，如果我们能尽量减少使用多元维生素与抗生素，适度回归有机农业，我们今天赖以生存的农作物和食物或许将在整体上发展得更好，何乐而不为？

对蚯蚓的研究，除了专业领域外，在中国几乎还看不到。像斯图尔特这样普及和介绍蚯蚓知识方面的书籍，我也是平生第一次阅读，充满了好奇。但在美国，受达尔文的影响，对蚯蚓研究的历史已经有上百年，而且非常广泛、深入。目前仍然存在不少蚯蚓研究机构和专门饲养蚯蚓的农场，也出版了很多类似的书籍，如詹姆斯·萨缪尔森的《卑微的生物》便是其中代表作之一。我赞赏萨缪尔森在自己的书中对蚯蚓的一段评价——它们在土中上下穿行，而每一次到达土面时，便会留下一点儿取自地下深处的土壤。这一切挽救了贫瘠的表土层，也增添了人类的幸福。我欣赏比利时作家莫里斯·梅特林克在《昆虫物语》中的所述："生命的神秘没有大小之分，从不同的观点而言，一个看似微不足道的昆虫的洞穴，其实正是我们人类命运的缩影——飘荡在受命运控制与改变命运的曲线之间……"

而达尔文则说，蚯蚓是一股力量！

保护蚯蚓，利用蚯蚓，即是保护大自然带给人类的巨大财富。要做到并不难，关键是我们如何看待它。从这个意义上说，艾米·斯图尔特的《了不起的地下工作者》本身就是一本了不起的书，既独特，又有重要的现实价值。虽然《了不起的地下工作者》一书的影响力还不大，但它与蕾切尔·卡森的《寂静的春天》相互呼应，都一样重要。

苹果，一个美国梦的隐喻

美国的果园，至少是苹果佬约翰尼的果园，是一片花盛果硕的丰饶世界，在这里面，每一株种子苹果苗的根都扎在同样的土壤中，任何树苗都有一个平等的机会来成功，不管它的来源或祖传是什么。

——迈克尔·波伦（Michael Pollan）

植物不会说话，但也能讲述动人的故事。

C.I. 刘易斯在讨论自然的内外在价值时，曾经举了一个苹果的例子。他说，苹果的价值是外在的，它的功能只是作为一个钓饵进行散布种子的一场赌博，其价值只有在一只鸟、一头鹿或一个人食用了这个钓饵之时才能得以实现。这时，苹果在这场赌博中获胜，把人俘虏了。苹果让人享用它，而人就得照料苹果。这样，只要世界上还有想吃苹果的人存在，苹果的生存就不会成问题。

迈克尔·波伦就是将刘易斯的讨论与观点付诸实践的人。他突发奇想，站在植物的角度，替它们说话，讲它们的故事。这一切在我们看来虽然觉得不可思议，甚至觉得有些荒唐，但他真的就写出了这样一本奇妙的书——《植物的欲望》——用植物的眼光来看待我们这个世界。我们不是坚信人类可以改造自然、控制自然吗？我们不是倡导人与自然要和谐相处吗？这些观念的提出，从骨子里说明，人们还是想要做自然的主导，而且把自己放在了主宰自然的位置上。迈克尔·波伦批判了这一“人类中心论的幻觉”，并且认为这种“幻觉”从根本上影响了我们对人与自然关系的深层次思考。

在书中，迈克尔·波伦重点考察了四种代表性植物——苹果、郁金香、大麻和马铃薯。这四种植物，一种是水果，一种是花卉，一种是药类植物，一种是粮食作物。在长期进化的过程中，它们不谋而合都经历了人类的驯化，具有我们熟悉的广泛性，对人类的生存和发展起到了非同小可的作用。

拿马铃薯来说，它原本默默无闻地生存于荒郊野地，在地球上实在算不上是一种主导性植物，但它善于完善自己，发掘自己对人类的利用价值，于是马铃薯便可以从容地借助人类之手来发展壮大自

美国加州中央谷地的果园。它诞生于无数个像约翰·查普曼这样“卑微的美国种植者，一个再普通不过的耕种者”手中

己，成为今天在地球上分布广泛的植物。在这个过程中，人们不亦乐乎地开垦荒地，每天帮助马铃薯施肥、清除野草，目的只有一个，就是为了扩大马铃薯的种植，让马铃薯生长得更好些。进一步说，对于人与正在被人类种植、利用的马铃薯来说，到底是人选择了种植它们，还是这些马铃薯诱导了人类，这是一个奇妙、有趣的问题。马铃薯现象，说得好听一些，甚至还符合达尔文的自然选择进化理论——需求是生物进化的动力。也就是说，人们在自觉或不自觉中便被马铃薯驾驭。在迈克尔·波伦看来，在生物进化过程中，这是一个具有普遍性"共同进化"和"互为主客体"的典型例证。事实上，在动植物界，这样的例子比比皆是，如花朵与蜜蜂的关系，狗与狼的关系，等等。当然，作者所要表达的，主要还是人与植物之间的关系。推而广之，我们可知，正因为这种共同进化，使彼此间相互作用、满足双方利益、构成互换的好处，才共同演绎了大自然的生命之花。后来，美国科学记者查尔斯·曼恩将这种生态变化引述为"哥伦布大交换"或"物种大交换"。这一交换将玉米带到了非洲，将苹果和橙子带到了美洲，将番茄引入意大利、马铃薯引入爱尔兰、辣椒引入泰国、番薯引入中国，大量昆虫、草、细菌和病毒被广泛传播，"欧洲移民以及他们的后代遍布全世界"。从这个意义上说，哥伦布的航行开启了一个生物新纪元，深刻而广泛地影响了地球上生命的进化。

迈克尔·波伦给我们讲述了这样一个有关人类与自然界的关联又相互区别的故事。他的主旨是要把我们带回到那个相互作用的网络中去，让人理解地球上的生命演绎。

约翰·查普曼就像是赫克托·克里夫古尔在其作品《一个美国农民的来信》中所赞誉的"卑微的美国种植者，一个再普通不过的耕种者”。他的一生几乎就做了一件事——种植苹果。这是大约两百年前的故事。人称“苹果佬约翰尼”的约翰·查普曼开始了自己的苹果传播与种植生涯。生活在美国东部宾夕法尼亚州的他，最初，只是在本州栽种苹果。在满足了需求之后，他逐渐将苹果的种植范围向西部拓展，先是从宾夕法尼亚的东部向西部转移，然后跨州进入俄亥俄州，最后延伸至印第安纳州。

罗伯特·李·弗罗斯特有一句著名的诗“模糊地向西扩张的土地”，简要而准确地概括了美国西部扩张史。那时候，美国刚建国不久，历史上向西部拓荒的步伐也刚刚迈开。约翰·查普曼坚信“人的富裕来自土壤”这一生存和致富之道。苹果开路，不经意间，他竟然成了先驱。查普曼的事业因其灵活性和执着而独树一帜。他在一处种植，形成了一定规模后，又收拾起他的苹果种植生意，搬到新的地方去，并与边疆的拓展保持同步。查普曼的神奇之处在于，他总是知道下一波西部开发的热点将要在哪里发生，于是捷足先登，在有水的地方播下种子，然后等待苹果苗长大，等待拓荒者们到来。两年或三年后，他便可以轻松地将树苗卖出。在当时美国的边疆地区，他成了采用这种策略的唯一的苹果树苗经营者。他的这种做法，对于边疆的开发，对于苹果种植的普及，相得益彰，产生了深远影响。而当时的边疆，苹果树很珍贵，尤其是用种子培育出来的那些树苗，需求更加旺盛。在俄亥俄州，当时政府就曾专门出台有关土地使用许可的特别契约条例，要求每户定居者必须“种植至少五十棵苹果树或者是梨树”。这一规定的目的显而易见，在于防止人们在土地使用上的投机。因为在政府看来，一棵正常的苹果树通常需要十年时间才能成熟，政府需要鼓励果农长期扎根于土地。也就是说，一座果园就是一个持续定居的标志，而果园，即森林，这时就成了一种理想化的经过了人类驯化的森林范式。

在美国，苹果是最受大众欢迎的水果之一。这个故乡来自中亚哈萨克斯坦且历史比人类还早那么一点点的物种，销售量仅次于16世纪初由西班牙人从卡纳里群岛引入美国的香蕉，所以苹果被拉尔夫·爱默生称为“美国水果”。

历史上，美国曾经是一个缺乏糖分作物的国家，而苹果中充足的糖分，恰好迎合了那个时代美国人的需求。因为喜欢，苹果的普及就有了充分的理由。事实上，即便到了现代，许多美国的家庭中都会有一个果园。这些果园生产出来的水果，不但可以满足平时自己吃的，而且还能生产苹果酒。尤其是在美国广大乡村，苹果酒既替代了葡萄酒和啤酒，又替代了咖啡、茶和果汁，甚至还包括水。当年，约翰·巴勒斯就曾在自己的“河畔小屋”边种植了这样的一株苹果树。他对苹果赞赏有加，说苹果给自己带来了无比的温暖和快乐，“它那柔和的酸涩却让我们的生活变得多么甘甜！那红扑扑圆鼓鼓的苹果象征着多么健康丰润的生活，那是我们的生命之根”。巴勒斯甚至将苹果视为包医百病的水果。智利当代诗人聂鲁达对苹果更加情有独钟，“咬下苹果的一刹那，青春重现”成为他关于苹果的经典名言。“一天一个苹果，大夫躲着你走”就是当时流传美国的一句响当当的广告语。美国人曾经自豪地认为，苹果是“边疆一个重要的维生素C的来源”。由于普遍重视，苹果在美国曾经拥有众多品类。

作为一位苹果种植“苦行僧”，查普曼日复一日，年复一年，比绝大多数人都更多地投入了这项工作。他的苹果种植，采用了传统的方式，选择种子传播，而种植过程则是理想化的。不但要播下无数颗苹果种子，更重要的是，他尽可能地保存最丰富的品类，留下这些苹果的基因。如果说贡献，这倒是查普曼最大的贡献之一。在改变大地的过程中，查普曼改变了苹果，或者说他让苹果改变了自己。他的那千百万颗种子和种植的数千英亩土地的确改变了苹果，而苹果也改变了美国。

"红蛇果"是美国最著名的苹果品种之一，它的故事已成为美国梦的一个隐喻。在今天美国杰西·希亚特衣阿华农场的苹果树林之中，有一块花岗岩纪念碑，碑上仍然标示着当年红蛇果的原生地。市场天才斯塔克兄弟通过嫁接繁殖，让红蛇果一举成为美国果园里大片的、以嫁接方式的单一种植品种，并迅速占领市场。在阅读迈克尔·波伦的《植物的欲望》时，我特地到超市买来一堆红蛇果，仔细品尝、观察。红蛇果所确立的巨大市场优势，是它的甘甜和爽脆。它色泽红润，是一种好吃的苹果。如今在全球的超市中，只要有水果卖的地方，无一例外，恐怕都能见到它的身影。

现在的问题是，这种苹果的基因，被大量繁殖与嫁接，逐渐影响到了其他培育出来的绝大多数流行的苹果品种，包括富士苹果和加莱苹果。原来数以千计的苹果特性，还有把这些特性编码化了的基因，或者随着"苹果佬约翰尼"用种子种植而呈现出来的苹果多样性，如今都被优选、淘选，只剩下如红蛇果、"黄金美味"、乔纳森、"麦辛托什"和"麦克斯柑橘枇苹"等相近的几个品种。最近看到一则来自日本的报道更加神奇，日本福冈县的一位农民，用十几年时间，在一棵柠檬树上通过嫁接，结出了十一种不同的水果。这一成果，在让世人大饱口福的同时，却难倒了植物学家。

曾经由约翰·查普曼一手书写的美国苹果黄金时期，如今只能在纽约州的杰尼瓦湖畔一个由政府机构资助的"杰尼瓦苹果园"等少数地方才能见到。目前，这个果园还种植着世界范围内数量最多的苹果品种——五十英亩的土地上栽种着大约两千五百种从世界各地收集过来的苹果树。曾经多样化的苹果树就这样苟延残喘地幸运地活着。迈克尔·波伦说，不管你情愿还是不情愿，关于苹果，人们都不约而同地进行了大规模进化实验，允许传统苹果真正地千百万次地尝试新的遗传组合，改变苹果的基因，以此适应新的环境。被命名、被嫁接、被宣传、被繁殖，使苹果树适应各地的土壤、气候和日照，满足人们的欲望和口味成为苹果今天的使命。最终的结果是，苹果品种减少到只剩下若干个遗传上同一的嫁接品种，以适于人们的口味和农业生产。失去的，则是苹果品种那种至关重要的可变性——野性和有性繁殖，以及多样性。

亨利·梭罗在他的《野苹果》一文中，曾这样描述野生的苹果，他说几乎所有的野苹果都很好看，即使最粗糙的，在人眼中也会有某些可以弥补缺陷的优点。所有一切自然生长的东西都能够散发出某种特定的香味。这种香味缥缈如空气，而这一点恰恰是它的最高价值所在。梭罗对野苹果“有一种几近迷信的崇拜”。可惜，他认为野苹果时代即将成为过去。野苹果可能会从新英格兰永远消失……的确，现代苹果培育所取得的最大成就在于将酸涩的苹果，转变为人们眼睛和舌头的一种愉悦。但这种培育或驯化是否走过了头，让植物从而失去在野外发展自身的能力，值得人们思考。我们知道，无论如何，世界上最好的技术也不能创造一种新的基因，或者重新创造出一种已经消失了的基因，这是简单的自然法则。从这个意义上说，倒是杰尼瓦苹果园做了一件重要的事——拯救和传播所有形态的苹果——好的、差的、无关紧要的，而最重要的则是野性的。这种付出，目前仅仅依靠一个杰尼瓦苹果园还远远不够。

纵观历史，大约在一亿年前，植物就依赖动物或其他自然的力量，把基因传播到各地；大约在一万年前，因为植物的差异性而出现第二次繁荣。一部分被子植物改进了它们依靠动物的基本策略。它们利用了不仅可以在地球上自由移动而且能够思考和交换复杂思想的动物进行传播。于是，地球上出现了可以食用的草本植物，如小麦和玉米。这些草本植物煽动人类砍倒大片森林，以便为自己的种植腾出空间。如今，对大多数物种来说，“适应”就意味着有能力生存在一个已经被人类强有力控制的世界之中。随着人工选择进入曾经是完全由自然选择的荒野，荒野的梦想，在今天这样一个全球变暖、臭氧层空洞和各种技术已经允许我们在遗传的层面上改变生命模式的时代，自然选择就有可能变得无所适从。

关于野苹果的味道，梭罗还说过，略带苦味却让人喜欢，一只苹果，只有吃了大半个之后，你才能觉察到它的真正味道，它残留在舌头上，历久弥香。细细品味，你就会感受到一种成功的喜悦。纳撒尼尔·霍桑在《古屋杂忆》中说，在旧宅旁，生长着许多不同品种的苹果树，很容易让人心中产生温暖。这些苹果树，年年结果，过路的人可以随意摘来吃，可滋味是又苦又甜，而且各不相同。他的感觉，吃到嘴里就好像是沧海桑田、变幻无常的人生。

现在，在苹果基因逐渐同一化之后，再要体验梭罗或霍桑的那种味道和喜悦恐怕就很难了。从物种意义上思考生物的多样性，迈克尔·波伦对此表示忧虑。他以为现在我们所面对的状况是，一个个传统苹果品种都在远离我们，那么，一个系列的基因，一个系列的味道、颜色和肉质的特性，以及耐久性和对病虫害的抵御特性，也就有可能从地球上消失。如何认识苹果的多样性，约翰·缪尔引用了一位农民所说——文化是一个果园里的苹果，而自然是一个野生的苹果。我觉得，缪尔的比喻很形象，两者真的缺一不可。

静谧：一种国家资源

寂静其实是一种声音，也是许多、许多种声音。草原狼对着夜空长嚎的月光之歌，是一种寂静；寂静是落雪的低语；寂静是传授花粉的昆虫拍扑翅膀时带起的柔和曲调；寂静也是一群飞掠而过的栗背山雀和红胸鸲，啁啁啾啾、拍拍扑扑的声音。

——戈登·汉普顿（Gordon Hampton）

2014 年 11 月的最后一天，深圳读书月“年度十大好书”评选进入三十进十终评环节，来自全国各地的近三十位评委采用现场无记名的方式，投票评选年度十大好书。结果，戈登·汉普顿和约翰·葛洛斯曼合著的《一平方英寸的寂静》一书以高票入选。在随即进行的现场观众从“年度十大好书”中选出其中一本读者最喜爱的好书中，《一平方英寸的寂静》再次脱颖而出，成为那个年度最受读者关注的一本书。

在此之前，戴顿·克拉伦斯·米勒写作了一本奇特的书——世上第一部声学史著作——《声音科学逸史》，为人们了解声学发展的历史打开了一扇窗。美国自然文学的发展，进入21世纪之后有了新的变化，人们对自然的关注，不再仅仅强调个人对自然的体验和感悟，而是借助了技术手段。沉浸于“声景”，苦觅求索的独行者戈登·汉普顿就是这样一个人。此前，他的职业是西雅图一个快件投递员，之后他成为一个地地道道的自然观察者。他携带着相关设备，既听又录，不断地聆听、记录大自然的声响，探索自然中声音的奥秘，评析噪声对自然以及人类生活的影响。寒舍就“安身立命”于城市主干道旁，随着车流量与日俱增，每天不间断且沉闷的汽车噪声令我苦不堪言，所以，关于噪声这种“不合时宜的声音”的话题，我感同身受。我深知，在发展中国家高速发展的城市里，人们对噪声的关注，似乎离我们的生活还很远。西尔万·泰松在贝加尔湖畔密林中所倾听到的那种“树林的寂静卷裹着世界，而这片寂静的回声已历经百万年”的感觉，对今天的我们来说，似乎已经成为一种奢侈。

但噪声的故事却很悠久。公元1世纪，因为公鸡鸣啼，锡巴里斯人把公鸡赶出了城邦，于是罗马人嘲笑他们小题大做，而就是在这样喧闹的罗马城，凯撒大帝却不得不悄悄地给自己的卧室加盖了第二道墙。在《一平方英寸的寂静》序言中，戈登·汉普顿的第一句话引用了细菌学家、诺贝尔奖得主罗伯特·柯赫的“人类终有一天必须极力对抗噪音，如同对抗霍乱与瘟疫一样”的警语，这句话立刻引起了我的共鸣。那是柯赫百年前说过的话，现在正得到应验。正如戈登·汉普顿所说，人类今天已经走到了一个重要时刻，要解决全球性的环境危机，就必须改变我们现行的生活方式。他告诉我们，安静的地方是灵魂的圣所，可以感受到万物相连的爱。不受打扰，宁静地倾听大自然的声音，尽情诠释它们的意义，在戈登·汉普顿看来，是我们每一个人与生俱来的权利。

我赞同戈登·汉普顿对“寂静”一词所做的诠释。他的寂静，并非指某种事物的不存在，而是指万物都存在的状态。对这种寂静的体验，我忘不了自己曾在赣西明月山山顶松林中听到的风之婆娑，那是一种纯粹的、美妙的自然之声；我也不曾忘记在川西高原，行走在丹巴河谷，墨尔多神山陡峭逼仄的玄武岩之下，夜深人静之时，革什扎河滔滔奔腾的湍流之声。这时的寂静，只要我们敞开胸怀，就能感受得到。《一平方英寸的寂静》的终极意义，或许就是汉普顿说过的这句经典：等我们的心灵变得更乐于接纳事物，耳朵变得更加敏锐后，我们不只会更善于聆听大自然的声音，也更容易倾听彼此的心声。寂静，滋养了我们的本质、人类的本质，让我们明白自己是谁。

位于美国西北部华盛顿州太平洋海岸边的奥林匹克国家公园，当初创建的目的是为了保护罗斯福马鹿。这是一片由冰川侵蚀形成的森林区，除了奥林匹克保护区，还有瀑布等其他保护区。2005 年 4 月的一天，戈登·汉普顿独自一人深入奥林匹克国家公园所属的霍河河谷雨林。他开启了一个别出心裁的试验——在一棵被砍伐锯断并长满青苔的残株之上，放上一块小红石，并将其命名为“一平方英寸的寂静”。通过这个点，他倾听、记录着这个偏远之地的收获，或者侦听外来入侵的声音对这片自然声境可能带来的影响。以小见大，以点概面，这便是戈登·汉普顿对“一平方英寸的寂静”的设计。他说，这是一个安静的地方，可以听到非常细微的声音。“一平方英寸”最大的好处在于特定的地点没有人为噪声，石头静静地待在那里，寂静从这块石头开始，一圈一圈地向外扩散。

戈登·汉普顿之所以出此奇思妙想，根源还在于日渐严重的噪声污染。他为此到美国各州去寻找静谧，凭自己的体验得出“在密西

奥林匹克国家公园位于美国西北海岸太平洋边，那是一片辽阔的生态林，千百年来一直保持着这种原始、静谧的状态（张呈前拍摄并提供）

西比河以东的地区已经找不到自然静谧，而在密西西比河以西的地区，……有时无噪音间隔期会长达几分钟，但是在白天超过十五分钟的情形就真的很罕见”的结论。在他看来，寂静已经成为一种稀缺资源，它的灭绝速度，远比其他物种的灭绝要来得快。他甚至告诫，今天的美国已剩下不足十二个这样的地方。

其实，戈登·汉普顿对自然展开的倾听，早在20世纪80年代就开始了。他选择华盛顿州作为监听对象，共二十一个点，要求每个点无噪音间隔在十五分钟以上。到2007年，就只剩下奥林匹克国家公园霍河雨林这一个点，一个唯一可以用小时来计算无噪音间隔期的地方。之后，他干脆将家搬到国家公园附近，进行深入的观察和研究。

奥林匹克国家公园是一片辽阔的生态林，或者说还是世界上最繁茂的一片针叶林。这里的海岸线曲折，海崖陡峭，洋流湍急，千百年来一直保持着这种原始、静谧的状态。海岸之上，森林密布，温带海洋性（落叶阔叶）气候的滋润，让这里生长着地球上最高大的植物，高达百米的锡特卡云杉、西部铁杉、美西红侧柏和标志性树种花旗松，而且拥有全世界唯一的一片非热带雨林。

自地球诞生以来，不规则声响一直意味着危险，如火山的喷发、闪电雷鸣之声、地震的轰隆声等等，这些均为自然之声。约翰·缪尔曾说：“在大自然中，以山溪的语言最为丰富。”作为约翰·缪尔的崇拜者和追随者，于是，森林成了汉普顿的家。此时，戈登·汉普顿的所见所闻，河水流动形成的音质，伴随着河谷、地势、大小，甚至周边植物的不同而变化，演奏出了丰富的乐章。在听不到禽鸟、松鼠和麋鹿声音的时候，山谷总体上是寂静的。枯水季节，随机排列的石头，随着咚咚水流的回响，能奏出悦耳的音调，呼应不同力道的水

2009年，摄影师艾萨克·赫南德兹（Isaac Hernandez）深入奥林匹克国家公园霍河河谷雨林，拍摄了这张戈登·汉普顿用声音测量仪进行声音测量和录音的照片（艾萨克·赫南德兹拍摄并提供）

流，像一支乐队。当雨季来临，无数石头随波逐流，在硕大浮木根部的巨大孔洞的作用下形成振动和共鸣，形成波澜壮阔的“木之耳”交响曲，声响甚至传至国家公园远处的荒野海滩。戈登·汉普顿将观察标志点选择在潮湿的漏斗形山谷的顶端。这里，既可以听到河水流之声，又可领略其他动物或昆虫发出的细微声响。经过测定，他得出规律和自己的结论：“二十五至三十五加权分贝”为标准的“自然静谧”之音，而自然静谧，包括水流声、风声和动物等发出的声响，四十加权分贝上下为一般正常状态。

在森林中，戈登·汉普顿细致地记录着每一组外来噪声的数据。

这些噪声，一方面是本身的自然之声。当仪器显示二十八加权分贝时，他能听到数百码之外的河水声；当强风从河谷吹来，枫叶飘落带来的沙沙声，平均会发出三十加权分贝的声响；一只十五米外西方鹪鹩的叫声，或一只近距离飞过的蜜蜂可以带来四十加权分贝；当一只美西海岸红松鼠在十几米高的铁杉树枝上吱吱叫唤时，加权分贝可升至五十。民纳拉溪，是距离“一平方英寸的寂静”约两公里的一条溪流，那儿有美丽的瀑布，而瀑布带来的噪声量可达七十加权分贝。聆听，可使听觉更敏锐，在森林之中，声音在动物的听觉世界里显得尤为重要。如果一只小松鼠不能及时听到附近一只饥饿的鹗的声响，那它的危险将是致命的。另一方面，噪声的产生主要还是来自人类的活动。人造噪声始于早期人类的削凿燧石、制造工具，发展至今，比如在奥林匹克国家公园，工人们制造的生产之声，项目施工之声，以及每天在头顶飞过的飞机带来的声音等。

迈克·戈德史密斯是英国国家物理实验室声学部的研究人员，他根据科学实验数据，列了一张“噪声级表”。该表显示，三十五分贝以下是安静睡眠的环境；六十分贝是繁忙办公室的环境；七十五分贝是七米外轿车时速六十公里行驶的环境，人们交流开始变得困难；九十分贝是七米外重型卡车时速四十公里行驶的环境，连续暴露会对人听力造成伤害；一百零五分贝以上是两百五十米上方喷气式飞机飞过的环境，或高速公路上几米外的噪声。而高达一百一十分贝以上的风钻和电锯声，对人来说，是一个疼痛阈值。

奥林匹克国家公园距离西雅图—塔科马国际机场不远，飞机起飞或降落的航线恰巧经过公园上空。此时，在大约万米高空飞过的商用客机，会给地面带来约四十五至五十五加权分贝的声音增量。虽然在一般人看来，这并不会产生多大的影响，但戈登·汉普顿认为，它对自然的影响却是不可估量的。这种影响，对于安静的野地来说，不亚于一枚炸弹爆炸。戈登·汉普顿开始记录飞机带来的加权分贝。凌晨 2：55，一天中第一架飞机如期起飞，3：15 第二架，3：35 第三架……夜深人静时，飞机飞过形成的噪声影响足以把人从沉睡中惊醒。汉普顿测得一架上午 10 点飞过时带来的噪声为六十八加权分贝，这种噪声声波超过了正常环境声音的两倍。

于是，戈登·汉普顿决定有所行动。回到距离奥林匹克国家公园不远的居住小镇乔伊斯，他通过网站查找西雅图—塔科马国际机场的航班时刻表。经过时间比对，美国航空 N787AL 是一架波音 777-200 机型，从亚洲飞往美国，途经奥林匹克国家公园上空。于是，他决心凭一己之力，改变现状，请求航空公司更改航线，不再飞越奥林匹克国家公园。

后来，戈登·汉普顿获得林白基金会一万美元的资助，用于保护华盛顿州的自然声响。他利用美国航天总署的遥测数据寻找自然静谧之地，他将建议书送达美国内政部在西雅图举办的听证会，甚至自己召开公听会，宣示自己的主张。

与此同时，戈登·汉普顿还写信给阿拉斯加航空公司，要求它们绕飞奥林匹克国家公园。航空公司的回复很客观也现实，基本上代表了其他航空公司的观点。回信这样说："从西雅图飞阿拉斯加的正常班机的确会飞越国家公园上空，但从联邦航空总署空中交通管制的观点来看，偏好这条路线。若是偏离这个交通模式，会造成航班延误和燃料量增加，排放的废气也会增多。"回信又说："阿拉斯加航空是注重环境的公司，为了协助您达成努力的目标，我们将制定公司政策，鼓励所有非例行航班的飞行机组人员，避免飞越奥林匹克国家公园。"的确，既定的交通模式，燃料量的增加，以及废气排放量的增加都是航空公司要考虑的实际问题，尤其是在规划航线时，安全问题可能是航空公司要考虑的首要问题。

与国家公园管理局的交流也取得进展，戈登·汉普顿获得了多方面的理解和支持。管理局为此设立“自然声响计划”，确立了“尽可能保护与恢复声境资源，预防不可接受的噪音”的宗旨。针对汉普顿的建议，美国国家公园管理局甚至还为此专门制定了四条原则：自然与文化声境均为国家公园访客不可或缺的体验；每座国家公园的声响均需符合该国家公园成立的目的与价值；国家公园的声境是为当前与未来访客提供喜悦的必要资源；适当的声境对维持国家公园生态系统的整体健康和特定野生生物群落的活力至关紧要。这些宗旨和原则对美国今后国家公园的管理和自然保护提供了重要依据或规范。

从这个意义上说，戈登·汉普顿的努力可以说是约翰·缪尔以来环保行动主义的继续。他的付出还是有所回报。1996 年，比尔·克林顿总统签署一项行政命令敦促国家公园管理方履行其职责。美国一些地方，例如科罗拉多州，就规定汽车“必须安装引擎刹车消音器”。在欧洲，21 世纪初，欧盟委员会发布《欧洲噪音指令》后，许多国家纷纷制定并出台噪音控制法律。最终，美国国家环保局将“静谧”定性为“一种国家资源”。

乡村、城镇与乡土景观

我们喜爱19世纪早期的美国景观，因为它易于看懂和解读。农场立于田野中央，清晰地展现了它的繁荣和舒适。每个教堂都有白色的尖塔，每个公共广场都有纪念碑，每片田地都有篱笆，每条直路都有终点。这是一种由矩形田地、绿色树林、白色房屋和红砖城镇构成的景观。就像一幅明白易懂的画：生动，构图精心，引起情感共鸣，令人心旷神怡。

——约翰·布林克霍夫·杰克逊

（John Brinckerhoff Jackson）

美国东西部自然环境迥然不同，西部的山脉气势磅礴、山石磊磊，东部的山脉则森林无边、河网密布。美国文化地理学者约翰·布林克霍夫·杰克逊曾说，寻找新景观的最佳地点在西部。然而，我却更喜欢美国东部的山，准确地说，是阿巴拉契亚山脉的绵亘与绿意盎然。行走美国时，我曾多次穿越阿巴拉契亚山脉，行驶于山脉的峡谷、河流、湖泊和森林之间。让我留下深刻记忆的，是点缀于山脉、

这幅照片拍摄于纽约州的宾厄姆顿，我觉得它最富有阿巴拉契亚山脉间的田园与乡土景观气息

湖畔、田间和林中的一个个小城镇，不时掠过的一栋栋小木屋，以及阳光、草地、树林，还有河上或湖面上的波光粼粼。当我们走进纽约州宾厄姆顿小镇的广袤乡村时，这一画面在我的印象中成了定格。用乔治·艾略特的话说，“扩大想象的范围，让自我走进其中”。

此时，约翰·杰克逊的《发现乡土景观》进一步拓宽了我的视野。在书中，杰克逊从一个全新角度，通过历史与文化思维，总结并揭示了当代人极为注重的有关人类生活环境相互作用而留在大地上的印记——乡土景观。杰克逊所述的这种乡土景观，正是我们在美国“攻城略地”时所收获的体验。这些所谓的乡土景观，既包含了土地以及土地上的城镇、聚落和民居等，又记载着美国人的乡土经验和记忆，反映了人与自然的关系。

纵观古今，人类在进行景观设计时，自觉或不自觉地都会考虑它的自然性和社会性。作为政治性动物，先哲亚里士多德早就说过，人类拥有语言的能力，能讨论有关善与恶、公平与歧视，以及如何获得美好生活等问题。拿自然和社会的两重性来说，虽然它们彼此间有时相互矛盾，却也相互作用，于是使得人类产生了景观思维。而自然性，作为地球一员，人类与自然秩序的紧密关联性是不言而喻的。人类思考着为自己提供庇护的场所、食物、衣物以及安全，也就是说，人类要生存，就必须要与自然建立起一种恰当的关系。这是前提，它决定了景观设计的初衷和风格。而在实际过程中，这种设计总要受到各种偏好的影响，或体现两者之间发生的相互演替。约翰·杰克逊将这些景观要素归纳为道路、边界、纪念碑和公共场所（如广场）等空间组合。

具体来说，行走美国，给我们留下最深印象的便是广场。无论何处，美国的景观设计总离不开广场这一人们熟悉的元素。其实，我觉得，这是一种传承，美国并非先驱，纵观欧洲各地的城镇建设，无不如此。公元 1 世纪的古罗马，当时人们的阅读叫朗诵，就在广场上。的确，广场是一个体现活力与动感的载体。其实用性也不容忽视，人们在此或买卖交易，或交谈倾听，或休闲观赏。这种广场，有时甚至就是一块空地或街道中的一处开阔地，总而言之，是一处充满乐趣的场所。广场的益处同样不容小觑，作为一种城市形态，它聚集人群，并赋予人们快乐与安适，因此变得不可或缺。

在此设计安排中，离不开的另一个重要元素，那便是路。对路的规划与建设，我一直有一个看法，我们今天无论如何强调自然和谐也好，强调生态保育也罢，适度的路是必要的，当然荒野保护区除外。而在景观设计中，我觉得，路应该成为核心。路的源起，早在英国盎格鲁 – 撒克逊语中便有“陷道”之说，至今已有三百年历史，那是指“一条耙过的路”或“一条下沉的路”。作家托马斯·克拉克则说，人类走出了各式各样的路，“可见和不可见的，对称的或蜿蜒曲折的”。鲁迅先生对“路”的解释似乎要简洁、形象得多——走的人多了，便成了路。这是小路，之后便有了马路、铁路和航路等各种路，抽象地概括，便是“道路”。在莎士比亚时代，“道路”成为英语中的一个词，意思仅仅是指“一次马背上的旅途”。后来，路越通越远，越走越宽，形成了路网。“条条大路通罗马。”到了17至18世纪，法国在世界上率先建立“走向笔直，边缘宽阔开放”的完备公路体系。如今，美国拥有全球最发达的公路系统。美国公路系统的方格网体系曾经覆盖三分之二的国土面积。在规划时，美国人将全国划分成一英里见方的众多方格或区块，然后再将每三十六个区块划为一个城镇单元，而每一个区块或方格的四周，理论上都以公路为载体作为边界。如今，翻阅美国的地图，我们可以清晰地看到，美国各州的地域划分仍然呈现出网格状特点。无论是州界或城镇的设置，还是私人土地的分界线，大多都采用直线，带着明显的人为设计色彩。德国历史学家于尔根·奥斯特哈默在其《世界的演变：19世纪史》中这样分析，在美国西进运动过程中，这种“网格线”就像“一台机器”，“它将所有权问题上的主权诉求和领土统治关系转化为经济利益，并以此将国家与私人对占有土地的兴趣结合在一起”。

于是，在美国，路为乡村和城市的发展做了定性和定位。

当然，约翰·杰克逊带我们探寻的，主要还是一种让我们能够怡然自得的乡土景观。如博物学家爱德华·威尔逊所描述的，人们往往喜居于靠水的高地，观看稀树草原。的确，那是我们的家园。

早期的欧洲人将大地视为“万物之母”，人们形成了对土地强烈而又深刻的依附关系。就是在这种经意或不经意间，自然景观被逐渐地组合起来，用途开始分化。对农民来说，最好的土地便是环绕宅第的田地，他们建造围栏，使整齐划一的地块得到有效的耕种；对牧民来说，他们扩建牧场和草甸，用于放牧和饲养；还有一部分，则被树林和灌丛覆盖，而这一部分树林和灌丛在今天的我们看来便是熟悉而美好的景观，但在当时，则意味着荒野。

随着新大陆的发现并吸纳大批移民后，早期美国马萨诸塞州和康涅狄格州的田野、村落和城镇，经过18、19世纪的发展，逐渐从原始的蛮荒形成新的风格，成了美国乡土景观的缩影。康涅狄格河周边的田野就是一个典型，这里人造景观风光绮丽，是当时美国景观文化的代表。而这种文化随着移民地域的演化和推进，也不断变化。当牧场与耕地逐渐连成一片的时候，这种景观也就变得更加清晰了起来。随着人类试图与自然环境和谐共处的过程不断演化，村庄、耕地、牧场和林地等四维空间逐渐成为人类家园设计的主要载体。这便是传统意义下的乡村景观。美国《新英格兰农民或农事词典》一书曾这样记载当时的乡村规划："主要用于耕作的地块应邻近住宅和粮仓……牧草地应设法选在相邻处，林地则在离屋舍最远处。"这是一种美国式乡村景观设计的理想范式，直到20世纪初，随着美国农村机械化程度的提高，这一模式被彻底打破。而在美国西部，每当完成一次西进高潮，便会出现一个新的社区。人们在新的社区开垦土地，在处女地上播种耕耘，在广袤的大地上建起一座座"理想花园"。

如今的美国，田地被普遍定义为"一大片耕作的土地，通常只栽种一种庄稼"。田地中，没有任何树木，没有道路、公共空间或田间服务设施。田地成为一系列高度统一而实用的空间集合。

当年，耶鲁大学校长蒂莫西·德怀特撰写了一本称为《旅行》的书，书中对纽约州以及新英格兰地区，尤其是康涅狄格河谷有关田地、牧场和道路进行了描述："当（目光）接触到（河流）沿岸充满活力的城镇，以及整个景观中有标志性意义的教堂；看到茂密、原始的森林，与富饶、文明的耕地形成鲜明对比。……毫无疑问，在这精致而又宏伟的美景前，我们对于美丽景观的渴望得到了满足。"这是一位学者对自然的浪漫表达。在德怀特的所谓景观中，教堂是中心，田地、果园、房屋按照一定模式组合，四周则是森林和高山环绕的天然屏障。可以这样理解，这就是当时人们对环境和人造景观最为清晰、最具说服力的看法和描述，一种适合于朴素生活方式和典型的审美价值观。

城市化后，对于城市的认知，美国曾追随于英国，但并非是对英国模式的简单复制，随着小城镇或卫星城的发展，它被赋予了一种新的特殊模式。美国的城市是伴随着 17 世纪英国人来到新大陆的殖民地建设而发展起来的。但也有传承，美国最初的城镇建设以建居民点为目标，建一座"山上的城市"是新教徒抵达北美后的理想，后来随着城市规模和权力的扩大，以教堂为中心，城镇才逐渐过渡为政治中心。再后来，随着商业、制造业、铁路和高速公路的发展，在经济利益的驱动下，乡土景观模式逐渐被颠覆。到 19 世纪末，美国绝大部分人口入居城镇，多数美国人与乡村景观决裂，从而彻底改变了美国人的生活和思想。

今天，在我们行走美国的过程中，一个普遍的感觉是美国的小城镇都很相似，缺乏多样性。一般情况下，每个小镇都有一条中央大街，两侧的砖屋鳞次栉比；都有大片独栋木屋组成的街区，草坪围合房屋。其实，我觉得，这就是一种典型的美国式风格，包括独门独户的住宅，虽然谈不上高雅，但简洁、明快，开放又有秩序。如果说有变化的话，那就是空间组织方式在不断变化。根据我的观察，目前美国人的居住方式，最显著的变化趋势是人们喜欢从原先居住的城镇中心，往更宽敞一些的郊区转移。第一个特点是在城市与乡村连接地带，形成开放式居住环境；第二个特点是，小镇道路更加漂亮、宽敞，居住区绿树成荫，白屋围合。同时，这种风格也影响着超市、购物中心、汽车旅馆，以及学校和医院等公共设施的布局。

以波士顿这个新大陆率先建成的城市为例。最初的波士顿只是一系列农场或居民区组合，像是一个教区，之后发展成一个新英格兰式小镇，再后来发展成为一个超级城市群。当时的人们定义小城的方法很简单，当一个地方聚集了某种服务或商品时，那里就被称为城。如弗吉尼亚的亨里克郡，就干脆叫作“在亨里克的城市”。殖民者在美国小镇建设方面发挥了创造性。他们在空旷的乡野中，一般是在一个地区的中心地带或重要的公路交叉口，矗立起一座

波士顿，美国历史、文化之都。站在麻省理工学院校园门口，我拍摄了波士顿的这张全景照片

整齐砖墙的市政中心，周围簇拥着草坪和大树，久而久之，一座小镇，甚至一个县城就诞生了。而此时市政中心的设立就显得尤为重要，如 19 世纪中期的康科德小镇便专门成立了这样一个市镇建设委员会，指导修建一座用于市政事务和公众聚会的市政厅。于是，人们来到此地，关注法庭开庭，关注年度选举，听演讲，看演出，召开音乐会、交纳赋税等等，逐渐聚集起人气，成为人们趋之若鹜的社交场所，最后演变成市民聚集的政治经济中心，继而演变为规模日趋扩张的像波士顿这样的大都市。

其实，乡土概念不但在美国，全世界都一样，通常意味着农家、自产和传统。农家，如果与更多的建筑结合便构成了乡村或小城镇。在美国，乡村或小城镇住宅建筑类型形式多样，包括小木屋、轻型木构架房屋、盒状房屋、预制房屋和可移动房屋等，其居住传统源于 17 世纪的英国。其中木结构房屋更早，源于中世纪的欧洲，却在美国得以复兴。美国人在建造房屋时喜欢自己动手，在闲暇时把自己当作木匠。广袤的森林为建筑提供了丰富的木材，让小木屋得以简单建造，生动鲜活，具有个性。"随性自然"，如梭罗所说，乡村地区最有趣的建筑，往往就是那些最不做作、最简陋的木棚和茅舍。梭罗的瓦尔登湖畔小木屋就是这样，小屋十分窄小，窄得连回声都没有，它既是厨房，又是卧室，既是客厅，又是起坐间，能满足基本所需。

P.A. 布鲁斯在《17 世纪弗吉尼亚州经济史》书中则说，拓荒者们建造一种小而粗糙的房屋，水平木板钉在垂直板上就成了墙，木板垂直钉在墙顶上就成了屋顶。盒状房屋就是这样一种简洁、廉价的房子，外形似板房，没有框架和支架，内部没有隔板，也无须地基。宽木板被垂直钉在地面的门槛上，屋梁将它们紧紧固定在一起，墙上挖个洞便成了门和窗户。作家戴安·特贝茨说，这种小木屋在密苏里高地相当普遍。让人难以理解的是，许多美国人将这种小木屋当作繁荣的象征，而且一些有钱人甚至乐意住在这些由本地木材和油布屋顶支起的盒状房屋里，自享其乐。在阿拉斯加，森林局甚至在东南部的森林中专门建造了一百余座这样的山中小屋供需要之人使用。在建筑学家看来，这一曾经遍布美国的新建筑方式，或许还符合古希腊亚里士多德“建筑的和谐与人体的和谐相契合时，建筑就是美的”的哲学观点。这即是美国人“新的家园”。现在，这种“小木屋”成为一种隐喻、一个象征。

当今美国，人们的居住观已经发生显著的变化。人们不断逃离大城市，搬迁至小城镇里或大城市周边居住。这样的小城镇一般规模大约住几千人，既方便又充满活力。它拥有宽敞的街道、巨大的停车场、低密度的社区、开阔松散的布局以及优雅、闲适的自然环境。对于一向主张“行主知从”实用哲学的美国人来说，这不但是审美观的变化，回归自然，也是一种现实的选择。我们在新泽西时就住在这样的小镇旅店里，感觉很方便、很安静、很温馨。

我们的小镇

艾奥瓦处于这个半球上最大平原的中央，在这个州任何一处爬上屋顶，穷目力所及，你面对的都是大片平淡无奇的玉米地。这儿不管哪个方向距大海都有一千里，距最近的山脉四百里，距摩天大楼、劫匪和趣事三百里……

——比尔·布莱森（Bill Bryson）

关于美国小镇，有许多作品，E.W. 豪的《小城故事》是其中著名的一部。而桑顿·怀尔德在话剧《我们的小镇》中则呈现了一个美好小镇的愿景。作者将自己心目中的美国小镇形象设计成有一条大街，一排店铺，一所小学，一所中学，有教堂，有市政厅。居民家中有花园，花园里搭建了葡萄架，栽培了各种各样的植物和果蔬，镇上还生长着一些古老的树。众所周知，美国是一个执着于小镇理想的国家，一个在幻想中沉迷于小镇理念的国度。这回，比尔·布莱森带着考察的目的，驾车周游美国，来了一场说走就走的小镇游。

比尔·布莱森从中北部的艾奥瓦州出发，经过平坦单调的伊利诺伊，在一片波浪起伏的玉米地中前行；他进入丘陵起伏的肯塔基，在那里尽享明媚的阳光；他穿越田纳西轮廓模糊的农田，欣赏阿巴拉契亚山脉的翠绿山峦，体验美国极美自然景观与一穷二白贫困的两种极端；他来到亚拉巴马，感受落后又缓慢的节奏，以及佐治亚沉闷的红土平原；他在南卡罗来纳和马里兰，漫步于静悄悄的烟草田，光顾错落有致的农场，寻找被遗忘的小镇；他在弗吉尼亚体验“地球上唯一的天堂”，“高贵的野蛮人”曾经居住的原始壮丽的乐土；他在寒冷而黯淡的灰色平原，遥望惊涛拍岸、灯塔孤寂挺立在花岗岩上的缅因；他在新罕布什尔，走进树叶飘零的森林；他到堪萨斯体验最典型的美国牛仔文化；他攀登落基山脉，观看科罗拉多山体怪石嶙峋的蓝色和厚厚覆盖的白雪，寻访当年金矿造就的暴发户；他在新墨西哥虚无缥缈的大路上，感受一路狂奔的刺激。然后，站在亚利桑那科罗拉多大峡谷的边缘，感受大峡谷无边无际的空旷，察看犹他姹紫嫣红的

清晨，我们闯入宁静、祥和的加州海岸山脉间的丹麦小镇。我想它的优雅绝不亚于比尔·布莱森笔下的任何一个小镇

山色、色彩多变的荒漠；最后，他游荡在蒙大拿和南达科他，在空旷浩瀚中，洗涤心灵的孤寂。

有“俏胡子”之称的比尔·布莱森本身就是个好玩之人。这位性格开朗的旅行达人，年轻时就很疯魔，“高蹈云游”是他的梦想。横跨欧洲，只身徒步四个月，他曾从挪威的汉默菲斯特出发，独自行至土耳其的伊斯坦布尔。之后，他边走边写，居然有了不少收获，陆续出版了《失落的大陆》《无处归属》《小岛札记》和《林中远足》等系列旅行随笔作品。其中《林中远足》是他徒步美国阿巴拉契亚山脉时所写的一本书，可惜中国国内尚未出版，值得期待。《失落的大陆：美国小城之旅》是我喜欢的一本，而且在我阅读过的有关美国自然文学之书中，大跨度旅行之作，也就比尔·布莱森这一本。该书篇幅不长，但内涵丰富，主要是他行走的地方多。而书名中所谓的“失落”，我的理解，本质上还是他想表达自己“怀旧和追逐，怀童年巡游之旧，寻觅理想中的美国小城”的愿望。《失落的大陆》记录了他驾驶着自己那辆老式雪佛兰汽车，以美国艾奥瓦州得梅因市的家为起点，先东部，再西部，历时三个月，走遍美国五十个州中的三十八个以及华盛顿特区，总行程两万余公里的历程。

布莱森的写作特点，用他自己的话来说，除个别动情的表达外，他并不赞同矜夸高论。他从不在自己的纪实作品中做浪漫主义美化，因而他的作品显得朴实，朴实中又不乏幽默与诙谐。一次，当他旅行至伊利诺伊州卡本代尔小镇时，面对喋喋不休催他点餐的女招待，他说：

“对不起，我还得等一会儿。”

“好的。”她说，“您不用着急。”她走到某个我看不见的地方，数到四，又回来了。“现在可以点了吗？”她问。

“对不起，”我说，“我真的还得等一会儿。”

“好吧。”她说着走开了。这一次她可能尽量数到了二十，……

“你反应有点慢，对吧？”她明察秋毫。

我好难为情。“对不起。我对这儿不熟。我……刚从监狱里出来。”

她的两眼睁大了。“真的？”

“是啊，我杀了一个老是催我的女招待。”（温华、张艳蕊译）

所以，他的作品一问世，便受到读者欢迎，一时好评如潮。

初读《失落的大陆》，对我来说，便有一种一气呵成的冲动，而且是对照着《美国地图册》与他一路同行。我喜欢布莱森所选择的自驾旅行方式，因为它最便利。我曾经自驾上过青藏高原，也在美国东部和西部自驾穿越了十几个州。此时，阅读布莱森自然备感亲切，我如影随形。

读比尔·布莱森的书，有点像读林达的《扫起落叶好过冬》和《历史深处的忧虑》等“近距离看美国”丛书系列带给我的感觉。两者比较，似曾相识，都是行走美国，仔细琢磨，也有不同。林达思维缜密，是个讲故事的高手，他着墨于历史、宗教、法律和政治，剖析发生在美国，包括一个个小城镇里的故事，借古喻今，见地深刻；而布莱森则是一位脚踏实地的行者，他的小城之旅，视野要宽泛许多，讲自然，谈文化，说体验，无所不包。的确，阅读布莱森不需要足够的耐心，细节和经历都很有味道。通过这样一场自言自语的旅行，他带你走遍美国，认识美国。

美国是一个小城镇高度发达的国度，甚至可以认为美国的农村化即是城镇化。除了像纽约和洛杉矶这样的超级大都市，其他城市的人口都不算多。即便是华盛顿特区，人口总规模也只有三百万左右，而真正生活在首都核心圈的也才六七十万人。在美国，星罗棋布的小城镇分布着大量人口。美国人喜欢居住在小城镇，或“次城区”，有其道理。究其缘由，族群、物价、大学、名人故居或旧居以及便利性等都可能是因素之一，而更直接的原因，恐怕还是为了亲近自然，享有乡村的“宁静、纯洁、纯真的美德”。在前面的文章中，约翰·杰克逊以“发现乡土景观”为题，从建筑和城镇规划的角度对小城镇的发展有过深入分析。而美国评论家唐纳德·马奎里斯则一语点破：“我们的小镇，是人类家庭的小宇宙，是美国的属种。”在东部旅行的时候，我曾在新泽西一个名叫SECAUCUSR的小镇旅店住宿多日。旅店周边绿树掩映，枝繁叶茂。每天早晨或傍晚，我都喜欢端坐在旅店门口的长条椅上，十分享受地喝一杯旅店二十四小时供应的免费咖啡，观蓝天白云，看鸟飞鸟落，闻眼前绿草花香，寂静而惬意。

其中缘由和情结可能还不止于此。我想，人们喜欢小城镇，主要的原因是它糅合了城市的方便和乡村的美，或者说，小城镇的典型性主要在流动性与稳定性方面得以充分体现。小城镇虽说不一定都完美，但绿色植物多，如同“与邻居之间有围栏与上面的北美红雀，有多花狗木与兔子”。这是美国人心目中的“城镇加乡村”式理想生活，既如爱默生笔下的自然——新英格兰的乡村，又如英国作家约翰·克莱尔笔下的“黄金年代里快乐的伊甸园”。

比尔·布莱森之旅，穿越了一百余座小镇。在书中，他罗列了各式小镇的特色。诸如，密西西比的极好小城哥伦布；集生活步伐和大城市活力于一体的亚拉巴马奥本小镇；能满足游客一切需求的佐治亚松山小镇和属于富兰克林·罗斯福的好地方——沃姆斯普林斯；覆满藤蔓的酷毙了的弗吉尼亚模范小镇威廉斯堡以及属于乔治·华盛顿的弗农山；加利福尼亚富裕、肥沃的农业区——圣金华河谷图莱里小镇，以及爱达荷的宜人小镇福尔斯等等。他确信，在美国的某个地方，肯定有那么一个地方，如电影《黄金时代》和《史密斯先生到华盛顿》中所表现的那样——一个阳光普照下的整洁小镇，种了两排树的主干道上，到处是和蔼可亲的商人，还有一个法院广场。木屋组成的居民区里，漂亮的房子在优美的榆树丛中沉睡。

当布莱森行至佐治亚州，在靠近大西洋、风和日暖的萨凡纳小镇，他似乎发现了这么一个完美的地方。小镇拉斐特广场，砖铺小路，涓涓溪流，低垂着由西班牙苔藓覆盖的浓郁树木。广场前，矗立着一座精致、洁白的大教堂。大教堂一对哥特式尖顶高耸入云。广场周边，分布着一些具有几百年历史、砖墙显然已经风化的老房子。他感叹："我竟然不知道美国存在着如此完美的地方。"萨凡纳凉爽安静地躺在树木的天篷之下，细长笔直的街道阴凉而安宁。于是，他将此定义为最宜人的美国小镇——贫困、落后，却美好得一塌糊涂的——"美丽生灵"小镇。这样的地方，甚至还包括距离萨凡纳不远的南卡罗来纳州的查尔斯顿小镇，有着意大利那不勒斯的气候与氛围，最细致的维多利亚式装饰风格，以及美国大城市的财富和生活方式。

关于佐治亚，美国最早的职业博物学家之一的威廉·巴特拉姆当年也曾来到这里。他用日记记录了自己行走中的所见所闻。他说那里居民稀少，种着水稻的深褐色田野很快就轮作为荒野，但不是欧洲人神怪故事里的漆黑、可怕的荒野，而是鸟语花香、肥沃的天堂。巴特拉姆旅行日记中似乎每一页都在为这块富饶、芬芳、清新的土地欢呼。当停下来吃午饭的时候，他捉了一条鱼，摘了几个橘子，然后把鱼放进橘汁里，放在火上炖了起来。在格里特河附近，他拔起植物的根，"便把生机活泼的苜蓿与香料混合的芳香气息散发在空气里"。巴特拉姆说，这种沉浸在自然中的喜悦并非文学创作，而只是真实的记述。

受地理位置、气候条件、历史变迁等诸多因素影响，其实我们没有必要给小镇模式一个标准答案，事实上布莱森也没有这样做，他知道这是一个不可能完成的任务。在中国，这样的小镇其实也不少，如广东番禺的沙湾古镇，如果用宗祠替代西方的教堂，同样美轮美奂。除基本共性外，我倒以为，吉光片羽、个性化才是完美小镇最主要的构成元素。

地大物博的北美大陆，小镇是个生产故事的地方。在美国，东部的移民文化，中北部的农耕文化，南方的种族文化，西部的牛仔文化，虽然风格迥异，但畅游其中，或许梦想成真，或许梦想失落，都让人心醉神迷。

虽然拒绝浪漫，但比尔·布莱森并没有吝啬对心目中理想小镇的溢美之词。除萨凡纳和查尔斯顿小镇，他来到纽约州，也陶醉于奥齐戈湖畔的库柏斯敦小镇，这是布莱森眼中新英格兰范式美国理想小镇的典型。小镇的秋色丰富多彩，街道两旁是方顶砖瓦房屋，古老的银行、电影院和家族式商店，还拥有特色化的棒球名人纪念馆和农夫博物馆。还有，北部密歇根州“零落而不起眼”的，一个山毛榉和白桦林茂密生长的地方——麦基诺城。麦基诺城将五大湖之一的密歇根湖的南岸与北岸合拢在一起，形成麦基诺海峡，海峡将密歇根湖与休伦湖分隔，又与北边的苏必利尔湖相连，地理位置特殊。麦基诺城湖光山色多彩绚丽，维多利亚风格的别墅建造在断崖之上，只要规避冬日的寒冷，到了夏季，这里便是旅行或度假的好地方。悠游了众多小城之后，比尔·布莱森同样没有忘记对落魄小镇的批判。在密西西比州，一个小镇的广告牌上这样写着：“欢迎来到密西西比，我们开枪杀人呐。”人未到就得吓跑。其实不然，密西西比依托蜿蜒的密西西比河山谷，变得富饶、有力而温顺。堪萨斯州，美国的“小麦之州”，它的道奇小镇曾经是牛仔的世界，这是一群爱舞刀弄枪的家伙，历史上该地野牛众多，还有土著印第安人，都曾惨遭他们的屠戮。

比尔·布莱森在书中讲了许多小城镇的故事或见闻。我想，伴随着城市化进程，当人们纷至沓来“围城”，涌入大城市的时候，也有另一部分人却在“胜利大逃亡”，回归自然，向往小城镇的生活。作者在书中传达了自己对旅行、环境、生态以及社会发展等方面的诸多信息和倾向性观点。这些信息和观点对我们来说，或许是个启示。甚至，我觉得《失落的大陆》不仅可被看作一本旅行之书，甚至还是一部关于生态学和社会学的著作。它告诉我们，无论大城市也好，小城镇也罢，都有必要和大自然达成一种和谐与平衡。回到约翰·杰克逊给美国小镇所下的定义，他说，小镇就是一个人们相邻而居的社区，大家在一起自由工作和生活，通过与乡村的紧密联系，并融于乡村的环境，可以让这个社区变得更加完美。的确，既然人们都有逃离大城市的狭窄与拥挤的愿望，又无法实现像梭罗那样纯粹的自然之梦，那么我想，小城镇便是必然的选择。

明媚的阳光，迷人的田野，簇拥的密林，以及宁静而惬意的生活环境，是美国小城镇的主格调。我对此怀抱期望，在中国。

辑四

生态之殇

旷野中的一声呐喊

> 对于鸟类爱好者，对于为自己花园里的鸟儿感到快乐的郊外居民、猎人、渔夫，或对于那些荒野地区的探险者来说，对一个地区的野生生物造成破坏的任何因素都必将剥夺他们享受快乐的合法权利。
>
> ——蕾切尔·卡森（Rachel Carson）

2015 年开春，一部有关环境保护话题的纪录片《穹顶之下》被中国大众热议，让我想起并重温起《寂静的春天》。当年，美国作家蕾切尔·卡森出版《寂静的春天》一书，同样引发那个年代美国人的激烈争议。《穹顶之下》说的是大气污染，《寂静的春天》反映的是农药滥用，共同点都是环境问题。时过境迁，环保问题再度在中国民众中引发热议，时间已经过去五十年。

让我们回到《寂静的春天》一书，重温一次当年美国发生的情况。

蕾切尔·卡森，20 世纪初出生于美国宾夕法尼亚的斯普林代尔小镇，职业是海洋生物学家，业余身份可称为典型的博物学家。当年，她对环保问题的关注，源于一封读者来信。一位伊利诺伊州的妇女在信中说，她们村几年前鸟儿很多。冬天，北美红雀、山雀、绵手鸟和五十雀等川流不息地飞过；夏天，红雀和山雀又带着小鸟飞回来。自从树上喷洒滴滴涕农药后，再也见不到鸟了。

从此，面对森林中出现的“寂静的春天”现象，蕾切尔·卡森凭借一己之力，发出了一位充满爱心和责任心的环保工作者的最强音。

蕾切尔·卡森在《寂静的春天》一书中，详细阐述了环境保护的重要性。她通过环境理论，以及自己多年从事科研的大量数据，揭示了工业生产与日常生活排放的大量污水、烟雾以及化学有毒物对环境和人类生存造成的巨大危害，尤其是针对美国各地当时普遍使用的农药。该书出版后，因为话题敏感　　农药危害人类环境的预言，触及了许多人的经济利益，立刻引发激烈争议。卡森本人也不断遭到攻击

美国西部怀俄明州，寂静的旷野（陈映竹拍摄并提供）

与嘲弄。这些人或群体中，有相关农药企业，也有那个时代的科学家，甚至一些媒体。他们中，有些人是为了维护企业既得的巨额利润，更多的人还是对于农药对环境危害严重性的认识不足。但这些攻击与嘲弄是无情的，也是致命的。人们说卡森“歇斯底里，是极端主义者”，将她藐视为“自然的女祭司”。面对这些人身攻击，卡森克制着、容忍着。但理论上的指责更致命，当时的一种观点认为：“此争论赖以支撑的症结问题是，卡森坚持认为自然平衡是人类生存的主要力量，而当代化学家、生物学家和科学家坚信人类正牢牢地控制着大自然。”

20 世纪 30 至 60 年代是世界工业化发展迅速的时期，同时也发生了许多严重的环境污染事件，如洛杉矶光化学烟雾和伦敦的烟雾等。那时“环境保护”还是一个新词，在人们的心目中，“征服大自然”“控制自然”才是主流口号。蕾切尔·卡森的书惊天动地，颠覆了当时人们的主流价值观，第一次对上述人类意识的绝对正确性提出了强烈的质疑。尽管批评、指责声不断，卡森也感觉到了孤独无助，但她依然顽强，并善于倾听，用她自己的话说，即“那些凝视自然之美的人一生保有这种力量”。为了确保自己的调查和论证真实、准确，她对自己书中的每一次调查、每一个观点以及写作的每一个段落都认真地逐一复查核对，反复推敲，用无可辩驳的立论证明自己。后来的研究表明，卡森的警告“有不及而无过之”。她告诉世界：“人们恰恰很难辨认自己创造出来的魔鬼。”“‘控制自然’这个词是一个妄自尊大的想象产物。”

事实上，蕾切尔·卡森为此也付出了沉重的代价。《寂静的春天》出版两年后，她就因为乳腺癌去世。

我们知道，环境对地球、对人类产生的影响是多方面的——空气、土壤、河流、海洋、生物以及人类赖以生存的食品，等等。工业革命后，美国经济得以迅猛发展，同样，化学工业也不例外。蕾切尔·卡森的研究侧重于化学药物——农药的使用，关键点便是杀虫剂。

在书中，卡森经过调研与考察，列举了很多危害性极大的杀虫剂。这些杀虫剂对环境的影响令人触目惊心。砷，是一种高毒性无机物质，是美国多种除草剂、杀虫剂中广泛使用的基本成分。砷元素源于煤烟，其中的芳香烃被确定为基本致癌物质。当时，在美国南方，含砷喷雾剂被广泛使用于产棉区，主要用途是消杀棉虫。但它的使用严重波及其他生物的生存，包括长期使用砷粉剂的农民。砷粉剂散落在农场，污染溪水，毒害蜜蜂、奶牛等生物，对人的危害主要表现为慢性砷中毒。最严重的后果，砷几乎让当年美国南方的养蜂业全军覆没。烷基和有机磷酸盐杀虫剂，是世界上剧毒的药物之一。有机磷除草剂的使用对杂草数量产生的影响超过了以往任何一种技术。这些化学性除草剂的成功问世，便宣告了许多杂草的消亡或演化出更加顽强的种类。再譬如，有机磷杀虫剂以一种奇特的方式对生物起作用，通过人体内的酶破坏了神经系统。在当时的亚拉巴马州田纳西河支流，由于来自田野的水含有毒杀芬，致使河里的鱼全部死亡，而科罗拉多州一家制造工厂排出的有毒化学药物，通过地下河流向农田，毒化了井水，使人和牲畜病倒，庄稼毁坏。大量事件表明，农药，不仅消除了杂草，杀死了昆虫，而且也杀死了它们的主要天敌——鸟类。

在加利福尼亚的克利尔湖地区，人们曾经使用滴滴涕灭杀蠓虫，但在灭杀蠓虫的同时，也导致食物链上的生物的滴滴涕残留严重超标——对比滴滴涕在湖水中的含量，浮游生物的含量超过湖水的两百五十倍，鱼类的含量超过一万倍，水鸟的含量超过八万倍，致使这些水鸟统统失去孵化能力。蕾切尔·卡森在书中列举了这样一个典型案例。为了消灭和控制一种意外引进的有害昆虫——日本甲虫，密歇根州曾于1959年秋天进行了一次大规模灭虫运动，对包括该州东南部，以及底特律郊区在内的近三万英亩的地区高剂量喷洒一种最危险的氯化烃——艾氏剂，结果导致大批人群、家禽和所有的野生生物中毒。在洒过药粉几天后的反馈中，有的地方发现了大量已死或快要死的鸟；有的地方已经看不到活着的鸟类；有的地方的田鼠、狗和猫等动物，或死或已经中毒，而且许多人也出现恶心、呕吐、发冷发热和咳嗽等症状。不仅仅是在密歇根，这一灭虫活动延伸至其他州后，同样造成了严重的灾难性后果。尤其是伊利诺伊州，在使用了一种毒性超过滴滴涕五十倍的狄氏剂杀虫剂后，在中毒的甲虫被消灭的同时，许多鸟，诸如鸫鸟、燕八哥、野百灵和白头翁，还有知更鸟等，几乎全军覆没。而且，这种生物链上滴滴涕中毒素的聚集过程，不仅杀死了害虫，也危及了人类的食品以及人类自身的安全。

一只百灵鸟，已经不再“百灵”：

它侧躺着，显然已失去肌肉的协调能力，也不能飞行或站立，但它不停地拍打着翅膀，并紧紧收缩起它的爪子。它张着嘴，吃力地呼吸着。（吕瑞兰、李长生译，下同）

另一只可怜的田鼠，样子更惨：

表现出了快要死去的特征，背已经弯下了，握紧的前爪收缩在胸前……它的头和脖子往外伸着，嘴里常含有脏东西，使人们想象到这个奄奄一息的小动物曾经怎样地啃着地面。

此类现象，不胜枚举，占了《寂静的春天》一书很大篇幅。阅读至此，我想起了早在1854年一位来自西雅图的土著部落首领给当时美国总统的一封信。在信中，部落首领针对白人定居者残害北美土著民族，以及西部环境遭到的破坏提出了强烈抗议。他在信中说：“如果没有野兽的话，人会是什么？如果所有的野兽都消失了，人就会因巨大的精神孤独而死去，因为在野兽身上发生的事情也会在人的身上发生……教给你的孩子我们一直在教我们孩子的东西：地球是他们的母亲。发生在地球上面的事情，也会落到地球子孙的头上。……地球不属于人，而是人属于地球。人并不构织生命之网，他只是这网中的一根线。他对于这张网所做的一切，也就是他对于自己所做的一切。”

这位西雅图酋长代表人类良知的请求，让人感动。

最终，蕾切尔·卡森还是幸运的，她的呼吁得到了民众的普遍支持。《寂静的春天》出版后，这本书的销量迅速突破五十万册。美国哥伦比亚广播公司为此专门制作节目，利用电视网进行宣传。卡森也多次在公众场合进行演讲、解说，甚至在美国国会与资本财团公开辩论。为此，时任总统肯尼迪专门指派工作组展开调查。最终，在政府层面，调查报告确认了关于杀虫剂潜在危害的警告。蕾切尔·卡森所唤起的意识和关怀，催生了美国环境保护署的设立，促使联合国在之后的“人类环境大会”上通过由各国签署的《人类环境宣言》，从而开启了全球性环境保护事业。

蕾切尔·卡森通过大量的事实告诉我们，杀虫剂的滥用与我们基本的价值观相违背——最坏的情况是制造出“死亡的河流”；最好的情况是引发缓慢的危害。卡森发出的警告是否能收到预期的效果，当时她并不确定。的确，在《寂静的春天》出版多年之后，世界各国的法律、法规和政策系统并没有做出足够的反应。在与巨大的经济利益博弈的过程中，环境保护最终还是多处失守。但卡森的勇气和远见卓识，使她“远远超出了她挑战的那些强大而又高额盈利的工业界的初衷”。蕾切尔·卡森坚信：“这些战斗将最终取得胜利，并将理智和常识还给我们，使我们与身边的世界和谐相处。”

蕾切尔·卡森的《寂静的春天》，包括后来出版的巴里·康芒纳的《封闭的循环》等书，都从生态学角度揭示了现代科技给人类生活环境带来的副作用，提出了一个个非常重要的启示。它告诫我们，人类必须要学会与其他生物共享自然。卡森曾说，我们只有认真地对待生命这种力量，并小心翼翼地设法将这种力量引导到对人类有益的轨道上来，我们才有希望在昆虫群落与我们自身之间形成一种合理的协调。

百余年前，德国哲学家康德说："作为地球上唯一拥有理解力的生物，他（人类）无疑是自然界的有资格的主人……他生来就是自然界的最终目的。"美国经济学家 H.C. 凯里也曾说过："地球是一部伟大的机器，交给了人，让人为了自己的目的来塑造它。"时至今日，无论是康德认为的人类与自然界的关系不受任何道德方面的责难，还是凯里所说的人类为自己的目的性塑造，我想我们都应对这些观点进行彻底反思。在此意义上，蕾切尔·卡森的所作所为是开创性的。随着时间的推移，人们对环境保护的认识也产生了根本变化。作为环境保护的先驱，蕾切尔·卡森的极大热情，唤醒了数以万计民众的觉悟并追随她，包括像美国前副总统阿尔·戈尔这样的一批政治家。而一些企业家也慢慢认同卡森的观点，开始重视环保问题。阿尔·戈尔在评价《寂静的春天》时说："蕾切尔·卡森这部里程碑式的著作已无可辩驳地证明，一种思想的力量远比政治家的力量更强大。……《寂静的春天》犹如旷野中的一声呐喊，以它深切的感受、全面的研究和雄辩的论点改变了历史的进程。"戈尔一句"旷野中的一声呐喊"为卡森做了精辟的评点。到了克林顿总统时期，美国针对环境保护问题，确立了"更严的标准；减少使用；广泛推行可替代性生物制剂"

的原则。

1979年，科学出版社在中国率先引进并出版《寂静的春天》，从时间上看，尽管晚了十几年，但在当时中国刚刚改革开放以及生态环境还不错的情况下，实属不易，足以说明当时的中国对环保问题的关注和重视。今天看来，情况已经发生了重要的变化，遗憾的是中国并没有及时吸取当年美国等西方国家的教训，而是重复走了工业化加污染的老路。中科院植物研究所蒋高明研究员提供的数据显示，目前，中国每年的农药使用面积已达一亿八千万公顷，受污染的农田超过一千万公顷，不仅是农业，工业污染问题也已经到了相当严重的程度。

时至今日，在美国，生物控制学、昆虫“雄性绝育”技术、细菌杀虫剂、微生物杀虫剂和寄生性昆虫等技术被推广并应用。一本书，改变了世界。美国人甚至将《寂静的春天》的影响力与《汤姆叔叔的小屋》相比，说这是两本改变了美国社会的罕有书籍。如果说比彻·斯托夫人的书引发了美国南北战争的话，那么，蕾切尔·卡森的书则发出了人类“生态运动”的起跑信号。

后来，一个由美国人组成的小组推选《寂静的春天》为近五十年来最具影响力的书之一。

身边的，遥远的熊猫

熊猫是一种禀性温和且自足的生物，独特又神秘。数百万年前，人类的演化尚未完成时，熊猫就生存在地球上，它们是生存竞争中的成功者，比起很多其他在冰河时代大变动中消失的大型哺乳动物都生存得久。这一物种灭亡的时间不应来得那样快。

——乔治·夏勒（George Schaller）

中国没有进行“国兽”评选这一说，不过评不评都无关紧要，我想，即使评选也非家喻户晓的大熊猫莫属。我第一次巧遇大熊猫是20世纪80年代在四川九寨沟，但并非自然环境下的野外所见，而是当时峨眉电影制片厂拍摄故事片《熊猫》时所携带的。之后，在我行走川西高原的过程中，又多次与熊猫谋面，卧龙、雅安、成都等地。在雅安雨城区小北街，我甚至还专门拜访了当地的大熊猫研究协会。当然，留下深刻记忆的，还是在卧龙自然保护区的熊猫保护与繁殖基地，对我们一般旅行者来说，真的想要与野外生存的熊猫亲密一回，几乎没有可能。

熊猫的故乡在青藏高原东部边缘，包括岷山、邛崃山、大小相岭、凉山州和秦岭的局部，竹子是熊猫生存的必要条件。熊猫这种中国独有的“动物活化石”，古时称“貘”或“貔貅”，有着比我们人类还悠久的历史。作为冰河时代遗存下来的时光守望者，它们于崇山峻岭之中的沟坳、洼地或河谷阶地，遗世独立地生存。禀性温和且自足的熊猫，其皮毛的优越保暖性能，使它在能够适应野外严峻的生存环境的同时，又不断遭到人类的捕杀。目前野生熊猫存量在一千六百只左右，已成为熊科动物家族中最为珍稀、生存受到最大威胁的物种之一。

从成都前往四姑娘山，走都江堰这条线，卧龙自然保护区是必经之地。在汶川大地震之前，我曾从此经过。汽车抵达映秀镇后，左拐，沿着耿达河（渔子溪）、皮条河溯河而上，便进入了保护区的范围。保护区位于岷江以西，巴朗山垭口至四姑娘山一线以东，卧龙镇是中心。卧龙峡谷的地质构造由龙门山北东向褶皱逆冲断裂形成，因而九曲十八弯，狭窄崎岖，巉崖突兀。峡谷两边的山上分布着温带针叶林，云杉、冷杉和杜鹃是主体，林下生长着大面积的箭竹；山下的溪流清澈澎湃，溪水边分布着茂密的常绿阔叶林和拐棍竹。箭竹和拐棍竹高低层次分布，确保了熊猫有充足的食物来源。抵达熊猫基地后，地势豁然开朗起来，这里是羌族的世居地，也有藏族和汉族，山寨点缀于半山腰，山间谷地有一些狭窄的牧场。

抵达卧龙，游人便可以进入繁殖基地参观熊猫园。基地的功能我想不外乎两个，一是方便对区域内熊猫的监控与保护；二是进行熊猫繁殖试验。基地虽不是熊猫主题公园，但这里的熊猫却最接近其本来的自然生存状态。20 世纪 80 年代初，中国和世界野生生物基金会

（WWF）合作设立熊猫研究项目。美国生物学家乔治·夏勒博士作为该项目外方专家代表来到中国，在卧龙、唐家河以及熊猫可能生活的其他区域，他与胡锦矗等中外专家团队进行野外追踪和调查，研究这个“集传奇与现实于一身的物种，一个日常生活中的神兽”。

《最后的熊猫》便是乔治·夏勒通过实录方式写作的一本介绍熊猫的书。尽管在此之前，有不少人写过此类相关作品，比如《追踪大熊猫》《淑女与熊猫》《熊猫世界的秘密》和《竹熊》等，但这些书多为当年西方探险队杀戮和捕捉熊猫的，或写真集，或纯科研的专著。20 世纪初，法国博物学家阿尔芒·戴维来到四川宝兴，第一次发现野外生存的熊猫，引发后来西方人对这一物种近乎疯狂的猎杀与交易。几乎与此同时，据说时任美国总统泰迪·罗斯福的两个儿子也

2004年，汶川大地震之前，我们来到卧龙自然保护区参观大熊猫保护基地并拍摄了这组照片

曾来到这里。他们来四川的理由很荒唐——猎杀大熊猫以证明自己的男子汉气概。从自然保护的角度深入丛林，探索熊猫真实的生存状态与秘密，乔治·夏勒的书是全本。事实上，当我们来到卧龙自然保护区，再想深入其中，也只能跟随乔治·夏勒他们一道进山。

万籁俱寂之中，竹叶忽然开始摇晃，一根竹茎像玻璃脆裂作响。竹丛中出现一头大熊猫，雌体，斜倚在雪堆里，背靠着一丛灌木。她微侧身躯，伸出前爪，用象牙色的爪尖抓住一根竹茎，非常灵活地在基部将它咬断。她把竹茎紧紧握在掌中，从头到尾嗅了一遍，确定可食，就像啃芹菜一般，从基部嚼起。她用有力的臼齿把竹茎咬开、嚼碎。吃完后她游目四顾，找寻新目标，动作从容自若，熊猫和竹子在生态上结合为完美的一体。（张定绮译，下同）

这是乔治·夏勒描写熊猫在竹林中进食的一段文字。其实，探访熊猫并非易事，大多数情况下，熊猫是一个独行侠。即便像夏勒这样的专业人士，在森林里转悠几个月往往也是一无所获。夏勒曾感叹道："追踪熊猫的活儿苦不堪言。"当年，他们在一个被称为"五一棚"的地方安营扎寨，建立研究基地，保护区周边的臭水沟、干沟、转经沟、英雄沟和二道坪等地是他们重点搜索的区域。

在深入卧龙四个月后，乔治·夏勒一行终于用捕笼几乎同时捕获了两头熊猫——雌性的珍珍和雄性的龙龙。他们给熊猫分别取了这两个好听的名字。之后，第一个被他们捕获的珍珍成为乔治·夏勒书中的主人公，一个让他魂牵梦萦的熊猫。戴上了无线电颈圈的龙龙和珍珍，回归了山野，它们像一位导游，带着夏勒他们开始转山。充满自然野趣的熊猫故事，这时真正开始了。

我独自在狭窄的山脊上，设法跟熊猫取得联络。我把接收器调到龙龙的频道；他在我下方的溪谷里，无视严寒，正在找东西吃。我把频率转到珍珍；她在经常出没的山坡另一头，信号静止而稳定。我可以想象她在那儿，蜷缩着身体忍受坏天气，雪花落在她黑白相间的毛上，直到她跟雪与树影都无法分辨。

此时的乔治·夏勒像一位放牧者。他每时每刻都牵挂着两只野生的大熊猫，二十四小时监听珍珍和龙龙的行踪，心情不亦乐乎。不久，他们还巧遇了一次两头公熊猫同时追求珍珍，在纯自然状态下合欢的场景。

珍珍像一头紧张的山羊般嘶叫：表示友善。另一头熊猫跟在那头雄体身后约三十英尺处，也是雄体，但体形较小。稍大的雄体转动身躯，……骑上她，珍珍蹲下，大雄体凑着她的后臀，也半蹲下身躯，前掌扶着珍珍腰下。但珍珍忽然从他身下溜出去。小雄体又接近了，低哼着准备再次出击，不过我只听见嗥叫、咆哮和哀鸣，像一群狗在打架，还看见竹林剧烈摇晃。大雄体又回到空地上，再次跨上珍珍，小雄体仍不放弃，又一次逼上前来……

这种场面很难一见，尤其是在野外环境之中。熊猫的发情期和交配时间都非常短暂，一般来说，发情期只有一两天，交配时间只有十几秒。这是一个灿烂明媚的春日。此时，山坡上的紫色樱草花已经灿然盛放；杜鹃花的叶片闪闪发亮，饱满的粉红花苞即将吐蕊；枫树和落叶松抽出了新叶；桦树赤色的树干，在斜射入林中的阳光下，幻化成一根根火柱，枝上挂着的地衣如串串绿晶。候鸟归来，林中变得生机勃勃。

之后，珍珍撤下山脊，离开箭竹林，进入拐棍竹林，享用起了多汁的竹笋和竹茎。表面上看，熊猫都是些特别能吃的家伙。由于竹子不易消化，营养价值低，所以在冬季，熊猫通常都以食竹叶为主，到了春天，它们转而食又干又硬的竹茎或竹笋。进入夏季之后，它们又会改吃竹叶。珍珍是可爱的，吃竹笋时，它用前掌的钩爪把竹笋扳过来，利落地在基部将其折断。然后坐下，斜捧着笋，咬住笋壳，嘴往旁边一拉，前爪边转边扯，就把笋壳剥了下来。原本看上去有些笨拙的熊猫，此时却变得动作敏捷。熊猫一天的作息时间很单纯也很乏味，不是吃便是睡。一天中，它们通常得花十几个小时在吃的方面，其余时间多半在睡觉。这就是熊猫的生活，尽管孤独，生存范围和空间也不大，但很充实。它们生活在一个亲戚和邻居组成的社会之中。

在卧龙的几年，乔治·夏勒一行捕获并给戴上无线电颈圈的像珍珍一样的熊猫共有六头，还包括龙龙、宁宁、威威、憨憨和貔貔。

熊猫的主要食物为竹子，而竹子是禾本科植物，也会开花结果。竹子的特殊性表现为，开花有周期性，大约每四十五年一次，开花后的竹子就意味着死亡，而死亡后的竹子再生周期又需要十年。这种脆弱的生态环境对熊猫的生存是致命的。20 世纪 70 年代和 80 年代，岷江流域曾先后两次出现竹子大面积开花事件，结果导致很多熊猫因饥饿而死亡。除此之外，还有人为因素。

先说憨憨，这是一头大家公认的最漂亮的熊猫。然而就在乔治·夏勒发现它后不久的一天，憨憨就被杀害——被勒死在盗猎者制作的网里。盗猎者剥、割了它的皮毛和肉。憨憨的惨死，只是其中的一例，对珍稀物种来说，盗猎是它们生命中最大的危险。历史上，自从熊猫被发现，盗猎活动一刻也未曾停止。最初是西方人明目张胆的疯狂，小罗斯福在《追踪大熊猫》中就记录了第一批西方人在 20 世纪 20 年代末期对川西大熊猫的杀戮经历。新中国成立后，外国人掠杀熊猫的现象被扼制，但盗猎事件仍然层出不穷，即便在卧龙被设立为保护区之后，盗猎事件仍时有发生，高额的利润与回报，致使盗猎者铤而走险。到乔治·夏勒完成计划离开时，除龙龙外，其余被监控的五头熊猫都相继死亡。

靠山吃山，人与野生动物抢占山林的现象曾经变得很突出。20世纪70年代，卧龙或其他一些熊猫生活地的森林砍伐非常严重，村民们伐木、采草药等行为，不断挤占了野生动物的生存空间。与此同时，另一种现象，一些部门不断将熊猫输出——出租供国外动物园用于商业活动，换取外汇或弥补熊猫保护经费不足的行为，也让人担忧。为此，乔治·夏勒结合自己的考察以及熊猫的生存现状，提出了许多中肯的保护意见和建议。我以为至少有两点应该得到重视。其一是让熊猫自由地在山林环绕的竹海中平静地生活。自然山野是熊猫赖以生存的家园，熊猫不可能通过自身的调整来迎合人类，那我们就应该去迎合它们。其二是建议在秦岭、岷山和邛崃山之间建一条熊猫走廊，扩大熊猫的生活空间。

1985年4月，熊猫珍珍在距离“五一棚”不远的地方死亡，活了十三年。

《最后的熊猫》在给我带来阅读快感的同时，也让我读出了其中的沉重。乔治·夏勒告诉读者，在他与熊猫共同生活的那几年，熊猫已经成为自己灵魂的一部分，就像熊猫用它灿烂的生命照亮竹林一般。他的回忆在沉痛与喜悦之间浮沉，他常常牵挂与自己有过接触而自由生活的那些熊猫。当然，从他的描述中，我们也可以看出，他最难忘的还是珍珍。他回忆说，自己永远记得离开“五一棚”那天遇见珍珍的情景——它的突然现身仿佛是一件临别赠礼。为此，在《最后的熊猫》一书中，作者采用了珍珍当年闯入考察队营地帐篷时被拍摄的一张照片做封面——圆圆的扁脸，胖乎乎的体形，忧郁的眼睛，让我刻骨铭心。

圆圆的扁脸，憨态可掬的形态，忧郁的眼睛——熊猫珍珍当年闯入考察队营地帐篷时被拍摄的这张照片，让我过目难忘（上海译文出版社提供）

在上海译文版的作者序中，第一段里夏勒便写下了这样一段深情的话：“雪封的树林，我们翻山越岭追踪一头动物而在雾里迷了路，一头名叫珍珍的熊猫在竹荫下有条不紊地嚼竹子。昔时的心情不能重现，我的经验也无从完全表达，如果剔除感情色彩，我跟熊猫相处的那几年，恐怕几句话就说完了。”此时此刻，我深深地沉浸于乔治·夏勒的熊猫故事之中。我感到，熊猫虽然就生活在我们身边，却又是那么遥远。

乔治·夏勒曾经说，熊猫没有历史，只有过去。它来自另一个时代，与我们短暂交会。当年，在离开卧龙的那一刻，他悄无声息地挨近到距珍珍只有十几米处，静静等候。

我发现她在距营地不远的地方，蜷着身体坐在一块布满青苔的大岩石上，脑袋低垂，嘴埋在交叠的前臂里。……她抬起头，满不在乎地看看我，转背对我，斜倚着身子，照旧睡她的觉。她无视我存在的态度中，带着惊人的自信和无比的自由。她偶尔会换个姿势，侧睡或趴睡，有时起身抓痒或赶走脸上的苍蝇。有一次，她朝传来嘈杂声响的营地方向看了一眼。两个半小时后，突然下起倾盆大雨，她举臂挡住脸，伸伸懒腰，打了个大呵欠。爬下岩石，开始嚼竹笋。我至此离去，而她的身形在幽暗竹林中发出柔和的光辉，最后像飘飘而落的雪花，融化在森林里。

写到这儿，我需要提一个动议，中国是熊猫的故乡，在经济发展、自身保护条件和水平提高以后，建议政府终止熊猫的外租行为。让熊猫留在中国，留在那片只属于它们的横断山脉边缘的山林之中。

终将逝去的必然

在过去的一个世纪里，人类的生活已经成了一部燃烧石油的机器。至少在西方，生产过量的二氧化碳的体系不仅仅庞大和不断地发展着，而且它也体现在人们心理的各个方面。

——比尔·麦克基本（Bill Mckibben）

在《阳光下的新鲜事》一书中，作者约翰·麦克尼尔曾宣称，从长远看，人类与环境的关系变化最终将成为20世纪人类历史上最重要的变化。的确，他说对了，近百年来，环境问题成为人类一个敏感而沉重的话题。

从亨利·梭罗走进森林，到蕾切尔·卡森、约纳坦·斯切尔等强调对自然的现代保护，这一切都成为自然文学作家们写作时绕不开的话题。十几年前，吉林人民出版社以“绿色经典文库”丛书形式，由吴国盛教授主编，分批引进翻译并出版了一系列这类经典作品，形成了一股绿色冲击波，从而推动了中国现代意义上的自然与环境保护运动。比尔·麦克基本的《自然的终结》便是其中一本。

比尔·麦克基本是美国的一位环保主义理论家。长期以来，他潜心研究环保问题，写了许多文章，也出版了不少著作。忧郁的《自然的终结》出版于 1989 年，并产生广泛影响。今天，虽然距离麦克基本的写作年代已过去近三十年，但他在书中所揭示的环境问题仍然历历在目。作家里克·巴斯曾评说："读《自然的终结》，你注定不会因这本书而感到快活，但是请读它，像很少一些人写过的作品一样，这是一部伟大而又令人心悸的著作。"巴斯说得不错，就环保这一题材来说，这是一部历久弥新的经典之作。如果你关注自然，那么我想，这一定是你的一部枕边书。

在《自然的终结》出版十周年之际，麦克基本为该书重写了序。序言中，他回眸了刚刚过去的十年里地球在环境方面发生的深刻变化。他说，地球这十年比以往任何十年都来得温暖，改变是急剧的、危险的，而且是神秘的。为此，他列举了大量观察数据，比如北半球春天提早来临；二氧化碳排放量的增加；污染物已成为改变地球的强大力量。世界范围内，冰川后退，南北极冰盖变薄，海平面不断上升，等等。在我看来，或许地球环境的变化就是这样一个潜移默化的过程，短期内我们很难感觉到它的变化。事实上，目前科学家们对这种变化的认识和解释本身也还模糊，缺乏颠覆性数据支持，因此难以定论。所以，对于地球变暖的争论，虽然持续了几十年，但并无实质性突破。时至今日，我们都十分清楚，地球的确在改变，没有改变的往往是我们的观念，或一些团体和企业的利益驱动，以及我们这个崇尚消费的时代。实质上，这还是一种利益博弈。因此，麦克基本警告，"自然的终结"终将成为一种比我们人类还要强大的独立力量。

比尔·麦克基本借用科学家普遍认可的观点进行了诠释。他认

死谷的入口处立了一块牌匾，上面书写着这样一句话："地球上最低最干最热的恶水滩，以此纪念沙漠之父——约翰·J.克劳利。"（笔者译）人类的未来在哪里？比尔·麦克基本说，近一个世纪以来，人类已经对自然欠下了许多无法清偿的债务，人类的力量扰乱了地球自诞生以来缓慢发展和变化的进程

为，环境问题首先表现在气候方面，而气候变化的罪魁祸首，正是二氧化碳、甲烷（天然气）和氯氟烃这"三驾马车"，导致的结果则是温室效应以及由此所引发的各种问题，而产生这些问题的症结还是人类，即人类对自然资源的过度开采和滥用。

在地球历史上，温暖的气候曾经催生并养育了地球上的生物，包括我们人类。我们知道，生物进化曾经的磨砺是缓慢的，人类从大海或淤泥中走出，大约用了千百万年，甚至上亿年的时间。作为地球生物后来者，在经历了大约七万年前的"认知革命"、一万二千年前的"农业革命"和五百年前的"科学革命"之后，人类很快变成主宰者，构建起了地球上的各种文明。工业化，尤其是"二战"以来，伴随着全球经济的快速发展，人类对地球形成了颠覆性影响。世界观察学会二十年前提供的触目惊心的数据表明，在过去的三十年，大气中

的二氧化碳增加了百分之三十；在过去的十年，南极上空出现了巨大的臭氧层空洞；在刚刚过去的五年，受酸雨侵蚀的森林，从原来的百分之十上升到了百分之五十。而就在这个时期，美国的汽车保有量达到一亿两千万辆，成年人几乎人均一辆。当年，洛杉矶因汽车带来的“光化雾”影响，在谷地自然逆温层的共同作用下，导致空气停滞不动，导致一年中四分之三天数的空气质量被官方定为“不健康”。

针对有“固定空气”之称的二氧化碳，乌普萨拉大学博士斯万特·阿尔汉尼斯曾经有过深入的研究。他之前的研究领域是溶液的导电性，因此获诺贝尔奖。但他的更大贡献还在此之后，通过对工业革命最初几十年的大数据分析，他发现，人类正以空前的速度燃烧煤炭，然后，将固态的煤转化为气态的二氧化碳，并送入大气层。由此他得出了这样的结论，如果大气中二氧化碳含量升至工业革命前的两倍，全球的平均气温将上升约三摄氏度。而这一温度的上升，将可能导致中美洲夏季的热浪持续一百余天，从而引发庄稼大面积干枯死亡。阿尔汉尼斯的这一研究成果当初并没有引起世人的普遍重视。一些科学家甚至认为这些二氧化碳增量都会被海洋吸收，担心是多余的。直到后来，美国科学家证明海洋只能吸收少量的二氧化碳，而且从烟囱、火炉或汽车排放到大气中的二氧化碳，大部分还滞留在空气之中。

除此之外，人类向大气中排放二氧化碳的过程，并非只是通过燃烧煤炭或石油等矿物质这些途径。举个简单的例子，我们常喝的咖啡，在烘焙过程中，一公斤咖啡豆经化学反应便可产生约十二升二氧化碳，而全球目前每年的咖啡消耗量为四千亿杯之多。还有，比如森林的砍伐与火灾；冬天农村的麦秆焚烧；人类自身或动物的甲烷气体排放，等等。

以甲烷为例，目前仅巴西一个国家就饲养了超过两亿头牛，这些牛释放了大量的甲烷。让我们惊讶的还有白蚁，这种小家伙，即便是在一个小小的土堆范围之内，每分钟就能释放出五升左右的甲烷。而我们每个人的甲烷排放，则相当于半吨重白蚁数量的排放量。再譬如稻田，稻田基底上那些不含氧气的涂泥是甲烷生成菌最好的庇护所。这样全世界稻田里的水稻，每年就可以向大气中排放沼气一亿吨以上。当然，还有众多诸如垃圾场焚烧和垃圾腐败产生的甲烷等等。总体上，甲烷在吸收红外线辐射方面比二氧化碳强二十倍，它们贡献了世界温室效应的五分之一。这些气体升至高空后，一些有害物质，比如二氧化硫和氧化氮，便会转化为含硫或氮的酸，最终飘落或随雨水降到地面，变成酸雨危害植物，使湖泊和海洋酸化。如今，酸雨已经成为空气污染最普遍也是最重要的形式之一。麦克基本在书中所举之例不胜枚举。当然，上述所说的牛、白蚁以及稻田中释放的甲烷还不是最主要的，地球上更大规模的甲烷，目前还存在于仍被密封的冻土带和大陆架的涂泥之中。一旦地表气温升高，这些冻土层融解，甲烷外溢，对地球上的生物来说，带来的影响将是灾难性的。麦克基本曾诙谐地说，这种释放相当于在炎热的夏季，给地球上的人们盖上一床巨大而温暖的毛毯。目前的状况是，据科学预测，在 20 世纪，人类已经使大气中的二氧化碳升高了百分之二十五，甲烷含量增加了一倍。21 世纪，这个数据可能还得翻一番。

再看看氯氟烃。1928 年，通用汽车的化学家发明了一种由碳、氯、氟原子混合组成的无毒气体，叫氯氟烃。这种东西即是冰箱的制冷剂或喷雾罐的推进气体。此后，氯氟烃在许多领域被广泛使用，如汽车、家用空调、塑料制品发泡剂，甚至泡沫咖啡杯和快餐包装等。在性能上，氟氯烃和二氧化碳相似，也能吸收热量并形成污染较为严重的霾雾。更加严重的后果是，氯氟烃一个非同寻常的特征是当此气体散发至大气中后，可长期保存，而且经过多年大气层中的上升运动，它们一旦抵达同温层后便会和臭氧发生化学反应，一个氯原子可以毁掉十万个臭氧分子，最终可能导致臭氧层被整体摧毁。1957年，当英国设于哈利湾的观察站发现在南极上空出现巨大的臭氧层空洞时，距离通用公司发明氯氟烃仅仅过去三十年。无独有偶，三十年后，科学家在北极的冬季也发现了与南极类似的臭氧层空洞。目前，南极空洞已扩大至三千万平方公里，影响到了澳大利亚和新西兰上空的臭氧层。环保专家米切尔·奥本海默说：“我们现在已经很快进入了紫外线辐射的危险王国。”这种紫外线辐射有多厉害？科学家说，当臭氧水平下降两成，人在阳光下只要停留两个小时，裸露的皮肤就将起疱。这并非危言耸听，科学家还推测，这个灾难就在眼前，到2050年，大气中百分之二十五的臭氧将可能遭到破坏。而当大气平流层中一旦没有了臭氧，后果是什么？当然是太阳紫外线辐射的长驱直入，就像三十亿年前的地球，陆地上没有任何生命存在。

1988年，是美国乃至许多美洲国家的人们记忆犹新的一年，由于热带海洋温度异动，形成的暴风雨驱动了北美地区的喷射气流，从而引发强烈飓风。这一年，“吉尔伯特”飓风以每小时三百余公里的速度横扫美国东部，成为该国有史以来最猛烈的飓风。

而飓风的形成，与西太平洋上的台风如出一辙，都源于海水温度的变化。这一年，除了飓风，美国全国范围内还普遍遭遇炎热和干旱天气，相当数量的人由于无法适应如此高温而死亡；这一年，因为高温，直接导致了美国玉米产量减产百分之三十五，在美洲大陆迁徙线路径上飞翔的鸟类数量下降一半，加拿大平原上三百余个草原壶穴只剩下七个有水，而这些壶穴都是一万年前冰川退却时留下的。然而，就在热浪发生期间，美国参议院举办矿物燃料与温室效应听证会的同时，具有讽刺意味的是，一款将发动机动力从二百四十五马力提升至四百马力的道奇轿车，正在如火如荼地宣传、热卖之中，两者形成了鲜明对照。一方面是环境在变坏；另一方面，人们为满足欲望，又在不断让环境变坏。

E.B. 怀特说，自然的不确定性是一种令人恐怖的不确定性。他道出了人类所面对的这种自然悖论。这就是比尔·麦克基本“自然的终结”命题的出发点。一方面，人们要满足对美好生活的追求，要满足有温暖的房屋和各种方便，需要追求高效率，保持对经济的持续增长，从而持续产出大量二氧化碳；另一方面，二氧化碳的增加，使地球温度不断升高，改变了地球的干湿模式，又使人类必须花大量的人力和财力去应对各种灾难。在书中，比尔·麦克基本列举了许多有关地球改变的现象和实例，以证实人们在面对这种变化时的无奈。我深信，麦克基本在写作《自然的终结》时，一定充满了纠结。我也理解，麦克基本的自然终结，并非就是自然过程的终止，人类与自然的分道扬镳也不仅仅体现在范围上，更重要的是体现在自然环境遭受破坏这一本质上。他说，这便是自然独立性之意义。

我们知道，在地球生态系统中，人类与其他生物的区别取决于两个因素，一是人类是唯一能够威胁甚至改变自己生存所依赖环境的生物，二是人类还是唯一可以扩展到陆地所有生态系统之中的生物，而且还能够通过技术来支配它们。纵观人类的历史，在这一过程中我们最主要的任务就是从不同的生态系统中去获取资源，包括食物、衣物、居所、能源和其他物质材料。在原始的状态下，人类对自然的干预可能只是局部的，对环境的影响或许还微不足道。正因为技术的进步，使人类有足够的能力改变自然，于是人们以“叛逆者的姿态”，或以非自然的方式来对待自然，掠夺自然资源。通过研究，比尔·麦克基本忧心忡忡地告诉我们，近一个世纪以来，人类已经对自然欠下了许多无法清偿的债务，人类用力量扰乱了地球自诞生以来缓慢发展和变化的进程。我们已经生活在一个后自然时代，自然的终结是终将逝去的必然，也就是说，我们征服了自然，同时我们又正在毁掉被自己征服的自然。

英国作家克莱夫·庞廷在其著作《绿色世界史》中提供了这样一组数据：

20 世纪是最近这一千年中最温暖的世纪；

20 世纪 90 年代是有记录以来最温暖的十年；

1998 年是这一千年中最温暖的一年；

有记录以来最为温暖的四个年份分别是 1998、2002、2003 和 2004 年；

2006 年 9 月，美国宇航局报告说，最近这三十年中，每个十年地球温度都上升零点二摄氏度。

…………

上述数据，或者说麦克基本得出的结论是沉重的。人类的未来在哪里？在书的结尾，比尔·麦克基本回到现实，表达了谨慎的乐观与信心。他说，如果现在就限制我们的人口、物欲和野心，或许自然就在某一天还能恢复它独立的运行机制，或许气温也可以在某一天会对它的趋势进行自行调整，或许雨水也可能会根据它的步调做出调整。这样的话，荒野就有可能重新属于人类，属于以它为家的所有野生动植物。而保护荒野最好的方式是理性，改变我们的思维方式是问题的核心。

从这个意义上说，思想比行动更重要。

西部，边疆的故事

那是一片神奇的土地。在那儿，不安分的拓荒者勇往直前，开拓了一个又一个边疆；在那儿，美国民族的特点——自立、民主、创新精神——得以形成；在那儿，我们脱去文明的外衣，换上简陋的鹿皮衣裳；在那儿，几百万沮丧消沉的移民从世界各地汇集到一起，抖擞精神成为美国人，发出雄壮粗野的自由吼声。

——唐纳德 · 沃斯特（Donald Worster）

唐纳德 · 沃斯特是美国当代人地关系史学家，堪萨斯大学赫尔杰出教授。他著作等身，尤其是在自然资源与环境保护方面，成果卓著，曾荣获世界生物资源保护协会和美国环境史协会杰出成就奖。西部曾是美国人趋之若鹜的梦想之地，尤其是在 19 世纪，城市与边疆就像一块吸引人口迁徙的巨大磁石，为渴望实现梦想的人们提供了无穷的机会。如今，沃斯特断言，今天西部那种令人激动的“真正的自由之乡”已经不再。他主张人们要多一些思考，更为清醒、理性地审视西部现象。

的确，说起美国西部，在我们的想象中，那是一片“晴朗的天空，成群的野马在广阔的原野上奔驰”，如《荒野猎人》中的场景，如小说《啊，拓荒者！》中的描述。在西部开发之前，那儿的广阔无垠成为潜在的财富，让人充满遐想。

唐纳德·沃斯特对美国西部提出自己的见解，界定了具体范围。这一范围包括从大平原往西至太平洋沿岸之间的广大地域，或者说是目前美国本土西经 100 度以西的旱地、沙漠、高山和加州的海岸山脉之间的地区，如果更宽泛一些，甚至还包括属于西部边缘的阿拉斯加和位于太平洋中部的夏威夷群岛等美国领土。为此，唐纳德·沃斯特专门写作了《在西部的天空下》这部关于美国西部自然与历史的研究性著作。尽管是一部研究之作，但对像我们这样的非专业读者来说，这本书阅读起来一点儿也不觉得晦涩，而且具有启示意义。一些专业性术语在沃斯特的笔下，通畅明了。其中许多观点源于他深入实地所进行的大量原野考察而得出的结论，如对黑山科罗拉多大峡谷、

高耸的落基山脉下的小村庄。高山、旱地、荒漠、牧场代表了西部地理上的典型特征

内华达山脉、圣华金河谷和许多荒野区域的分析。写得真实，书就好读。要了解美国的自然与人文发展史，西部不可或缺，而要了解美国西部，沃斯特的这部书在我看来也不可或缺。在书中，沃斯特对西部的现象与本质做了很有见地的概括，并且以独特而宽泛的视野、与众不同的观点和思想，将我们引入其中，逐步厘清了美国西部生态与人文发展的基本脉络，以及发展过程中所遇到的困惑。

通俗地说，美国西部的历史，也可认为是美国边疆史，或美国西进运动史。这一历史进程，从殖民地建立开始，至19世纪末，风起云涌三百年。那时的美国拓荒者信奉征服整个北美大陆是神意所定，是“天定使命”。他们带来的是欧洲已经发展了几百年的经验以及最先进的生产力和思想理念，从而形成最符合市场经济的美国早期自由主义精神资源。当时，时任总统托马斯·杰斐逊曾经考虑，移民西进运动是否应以密西西比河东岸为终点，将西岸留给印第安人居住，但他无法阻止移民西进的潮流。诗人沃尔特·惠特曼说，自己未来的读者将在西部。惠特曼甚至宣称“《草叶集》是为跨越密西西比的地区，为大平原，为落基山脉和太平洋斜坡而写”的赞歌，尽管在《草叶集》出版之时，惠特曼自己连密西西比河可能都没跨越。一向独来独往的亨利·梭罗也承认，西部以一种难以形容的磁性吸引力牵拉着自己，荒无人迹的原野有一种至高无上的美好。他说，我们往西走，带着创业和探险的精神，走向未来……

这土地是我们的，在我们属于这土地之前。
她是我们的土地一百多年了
我们才成为她的人民。她是我们的。
…………

在肯尼迪总统的就职典礼上，罗伯特·李·弗罗斯特激情朗诵的诗作《完全奉献》，便是那种思潮的集中反映。移民，在西进进程中展示了非凡的能力与开拓精神。而荒野一旦被征服，他们便爱上了那片土地，西部荒野成为人们的“希望之乡”。

在此过程中，美国史学界曾经形成了两种对立的观点。一种观点是为美国白人文化唱赞歌，颂扬西进运动；另一种观点是强烈关注西部土著人和有色人种的遭遇，以及西进运动开发过程中所付出的社会与环境代价。沃斯特理所当然地持有第二种观点。他在文化上充分体现了自己的开放和宽容。譬如，他主张“试着站在美洲印第安人的立场上看待过去”。再譬如，针对传统的“征服自然观”认知，他明确指出“人类对自然的主宰只不过是个幻想，一个无知的物种做的一个短暂的梦而已”。他还认为：“以追求个人自由为目标的西部史最终却走向剥夺个体自由。”唐纳德·沃斯特通过谦逊的智慧，博见的方法，充满正义感的史学精神，以及字里行间流露出的对弱势群体、对多样性和生命的尊重，对美国西部的历史进行了恰当的描述与总结。事实上，正是沃斯特这种充满了幻灭感和悲剧意识的史学观，为他赢得了人们的尊重和应有的学术地位，让人们对西部有更加客观的认识。

就像两百年前人们发现美国西部、走进西部时所表现出来的兴奋一样，我自己的美国西部之行也是一种挡不住的诱惑。不是征服，而是新鲜感。西部，的确能给人带来激励和鼓舞，或者说，西部令人荡气回肠的大草原、大沙漠、大山脉，以及那儿顽强生存的动植物和土著印第安部落，带给了人们更多的感动、想象和挑战，因而它更符合美国的气质，美国人心目中的精神崇拜，以及由此创造出来的“独特的美国精神品质”。

我对美国西部的了解，看唐纳德·沃斯特的书不是唯一。除了移民，早在19世纪初就有不少作家将足迹踏入了那片土地。当年，一位名叫乔赛亚·格雷格的年轻商人结合自己的商贸探险之旅，写作了《大草原贸易》一书，几乎同时，大作家华盛顿·欧文也深入大草原之中的密苏里河腹地，写作了更具影响力的《大草原之旅》。在这些书中，格雷格盛赞西部边疆“伟大的救赎力量”，以及给自己带来的自由；欧文则在陶醉于大草原的同时，深入印第安人部落，以“悠闲自在的眼光”解读他们真实的生活。之后，有关美国西部的书层出不穷。行者伊恩·弗雷泽在旅行的同时，延伸了自己的思考，在他的《大草原》一书中，他既同情印第安人面临的处境，又对大草原历史进行了注解。他从自己想象中的大草原所展示的“文明统治下的和平、繁荣、理性和自由”出发，提出了关于西部因“制度化的疯狂所带来的梦魇”观点，我以为具有重要的意义。

19世纪末，来自威斯康星的历史学家弗雷德里克·杰克逊·特纳出版了另一部关于西部的重要的书——《边疆在美国历史上的重要性》。这时，“边疆”作为一个概念被首次提出，并为后来美国历史的“宏大叙述”奠定了基础。作为对这个领域思考的第一位学者，才华横溢的特纳分析了西部边疆对美国社会和政治以及美国国民性发展形成的重要影响。他说：“美国各种制度的特点是，它们被迫去适应正在逐渐扩大的人民间出现的变化，以及横跨大陆的过程中，人们征服了蛮荒之地，并把这一进程的每一个地区从边疆地区的原始经济和政治状态发展成为复杂的城市生活。”对此，特纳进行了解释，他认为首批抵达北美东海岸的移民者确立了欧洲模式的文明，而这一文明逐步向西推移被认为是自由地的地区，产生了不同时期的边疆。关于拓荒者和传统的西部发展史，特纳用“一步步，他改变了荒野”这样一句经典的话予以概括。的确，在这些边疆地区，特纳认为文明与野蛮经过相互融合，不同的环境逐渐将各种欧洲文化转变为真正的美国文化与特性。于是，在“重归荒野，人类便会洗尽铅华，返璞归真”的那片拓荒土地上，一部美国西部史便诞生了。

后来，美国历史学家亨利·纳什·史密斯出版了《处女地》一书。史密斯为本书取了一个副标题——作为象征和神话的美国西部。这是一部在当时关于美国西部作品中深受读者和学术界好评的一部书，史密斯传承了特纳的边疆学说，即将荒凉的西部打造成“世界新花园”。他在书中给我们讲述了著名的“公牛比尔”的故事。到19世纪末，伴随着“公牛比尔”影响力的逐步扩大，当美国的畜牧业从得克萨斯向北扩展至整个大草原时，作为蛮荒西部的牛仔粉墨登场，成为西部的主要形象。当内布拉斯加州一位名叫巴克·泰勒的人横空出世，成为美国历史上最出色的牛仔明星时，从此西部文化便贴上了牛仔的标签。

唐纳德·沃斯特将在西部定居下来的牛仔作为一种标志，并认为正是牛仔们在此建立起了一种独特的生活方式，形成西部的主流文化。这种文化继而成为整个美国民族的象征。尽管对这一观点一些史学家可能不屑一顾，但沃斯特更加倾向于大众的这一直觉。

沃斯特认为，在西部，人与人之间的关系看上去似乎总是更加坦诚、愉快和不受约束，因此也更容易被忽略或者被遗忘。的确，美国西部大部分地区都属于脆弱的边缘性环境，中间是沙漠或半沙漠。那里的土地要么太热，要么太冷，要么太干旱，要么山太多，让人类望而却步，这是自然环境。而人文环境，没有水利灌溉和空调制冷技术的支持，对现代人来说，根本无法在那种环境状况下长期生活。这种环境既不利于农业和畜牧业的发展，也不利于需要依附于自然的工业化以及城市化进程。

以畜牧业为例，罗伯特·奈丁的《阿尔卑斯山的平衡》是一部经典的书。书中奈丁讲述了一个在瑞士小村庄托布尔发生的故事。七百年来，该村为畜牧业的发展制定了一些严格规则。规则的内容主要涉及土地的使用，规定村中谁有放牧权，谁在集体牧场中拥有份额，甚至对每个家庭冬天储存的干草、饲养的牛的数量都有明确的限制。他们将全村的土地划分成五千个地块，一个家庭一百个，各个家庭的地块错落相间，仓库共用，由此构建了一个自给自足、紧凑、平等的群体和社会生态秩序。当然，最重要的是，托布尔村的畜牧生活建立在居民普遍接受、一贯支持的对自然有限性的共识之上。沃斯特讲这个故事，所引用的那些规则，他原本以为也能适用于美国西部的大平原，但未能实现。

我们知道，美国人是一个讲究实用的民族。他们的理想不外乎两个：一个是生活在自然之中，有一个好的生存环境；一个是与机器为伴，创造更多的财富。事实上，两者往往不能兼得。拿 19 世纪 60 年代的得克萨斯州来说，此时北美牧场制已形成，牧场专门引进饲养了大量的牛和其他动物，目的是满足市场之需。在这种新的畜牧业体系中，社会化大生产模式下的畜群成了一种资本，被用于获取利润，实现资本的无限增长。结果，牧草变成了牛，牛被运送至屠宰场，继而被成百万地屠杀，然后加工成牛排。可以想象，这是一种悖论。过度放牧，自然遭受破坏，与传统的畜牧方式背道而驰。事实也证明，大规模的牲畜取代了原来大草原上许多野生的食草或食肉动物。数据表明，到 20 世纪 20 年代末，怀俄明州的狼只剩下不到五只，美洲狮几乎灭绝。而大部分草场被破坏后，又几乎摧毁了西部大部分畜牧业。仍然用一个数据表示，据调查，仅仅是美国西部畜牧业发展的前五十年，牧场损耗率就超过了一半。带来的后果很严重，草原上的生态平衡被破坏，水土流失后，很多原生物种无法自行恢复。后来美国政府颁布《泰勒放牧法案》，加强了对公共土地的管理，滥用情况得以局部扼制。再后来，美国政府又采取诸如选派经过科学训练的外来监督人员与公有制相结合的方式来保护牧场，同时培养出了成千上万名专家参与并加强对牧场的经营与管理，国会还通过了《森林和牧场可更新资源规划法》，但效果都不好。总之，西部畜牧业过度发展，给生态带来了无法弥补的损失，而经济发展也没有从中获得理想中的效益。牺牲了过去，也牺牲了未来。这是美国的教训，也是美国带给世界的教训。

上述文字仅仅是唐纳德·沃斯特在《在西部的天空下》一书中所讲述的发生在大平原上的生态故事。在书中，他还给我们讲了许多，诸如加利福尼亚过度的水利利用与建设；科罗拉多河上胡佛大坝建成后对环境的影响；大平原上农业发展后黑色沙尘暴带来的环境灾难，以及在遥远的阿拉斯加，人们对地下石油和天然气的大规模的“征服”及其带来的后果等。

在书的结尾，唐纳德·沃斯特不无忧虑地说，大平原带给人类的教训是清晰并复杂的。他告诫后人，放弃旧的对原始的、未受干扰的、伊甸园式的荒野的幻想，人类照样可以生存。但这种幻想从来都不符合我们所看到的真实的自然。他还指出，我们永远都不能将自然完全转化为人工制品，我们不能脱离自然而存在。尽管人类很精明，但仍然需要一个独立的、自行运作的、有弹力的生物物理世界来维系我们的生存。唐纳德·沃斯特赞同比尔·麦克基本在《自然的终结》中的观点，如果自然真的终结了，我们人类也将结束。

地球的阿喀琉斯之踵

2025 年，海平面不断升高，海水步步逼近沿海城市，一点一点吞噬着上海、东京、夏威夷、马尔代夫……

2039 年，海平面升高了一点五英尺，一场三级飓风掀起的风暴潮摧毁了大半个纽约……

2050 年，加州的一场地震，使堤岸垮塌，盐水瞬间从旧金山湾涌进，富饶的三角洲变成了盐水河湾……

——海蒂·卡伦（Heidi Cullen）

气候，在塑造地球或人类的历史方面是一种基础性力量，作为一种自然现象本无所谓怕与不怕，太阳光与地球形成的倾斜角，地球的自转以及绕太阳公转，让地球产生了白天和夜晚的更替与四季，产生了气候带，从而形成周期性季节变化。气候变得可怕了起来，有其自然规律，如火山爆发、地震等内部因素，以及宇宙外行星带来的外在因素，如陨石坠落等。当今，气候带来灾变影响，更多的恐怕还是人类自身滥用和掠夺自然资源造成的，譬如温室效应，让气候发生了对人类不利的根本影响。

海蒂·卡伦是美国气候学家，曾长期担任美国天气预报频道首席现场直播气候专家。她凭借着自己对气候形成、变化的独到理解，写作了《可怕的气候》一书，在书中探讨并预测了地球过去以及未来的气候变化趋势。阅读时，我更倾向于《可怕的气候》是一部非专业著作，的确，卡伦将其写成了一部雅俗共赏的大众读物。对于像我这样一个喜欢地理学而又非专业人士的读者来说，能够一气呵成地完成快速阅读，至少说明卡伦在写作上是成功的。卡伦将书写的结构进行了简单化处理，全书分为今天气候的回顾和未来气候的预测两部分。针对现状，她从美国明尼苏达州红河流域一次百年一遇的洪水肆虐典型性分析入手，探讨气候对天气的规律性演变；针对未来，她通过对非洲萨赫勒等地区的点对点分析，探索气

碧波浩渺的旧金山海湾

候的趋势性变化与影响。

在海蒂·卡伦看来，气候的变化，归根到底是温室效应作祟，而温室效应对气候研究者来说则是一个“最完美的问题”——既无法预见又难以解决。之所以有这种认识，卡伦说，就目前的状况来说，虽然我们大多数人都切实感受到了气候在变化，也承认地球受到了温室效应的影响，譬如冰川的融化加速，突发性灾变增加，而且明知这主要是人类活动造成的，但事实上，人们往往都不会将温室效应所带来的种种危机优先应对。的确，温室效应并没有像人类面对诸如经济、教育、能源、贫困、医疗健康和恐怖袭击等问题来得直接。这种现象，心理学家将其解释为“温室效应与人的情感、经验以及记忆之间缺乏联系”。也就是说，长期的干旱、物种的灭绝和不断升高的海平面，这些因气候变化对环境带来的影响虽然我们都能感觉到、关注到，但人的感性直觉并没有那么直接。于是，

土地肥沃、宽广的加利福尼亚中央谷地，是美国著名的农业产区。图为一望无际的玉米地，这是美国中部最常见的景象

人们自然而然得出了这样的结论：那些都是遥远的事物，与自己没有太大的关系。说得再通俗一些，人们可能很关注天气现象，今天如何，明天怎样，却对长期形成的气候趋势表示漠然。像比尔·麦克基本一样，海蒂·卡伦对此充满忧虑，这正是她在书中所要阐述的重点，因此卡伦需要用事实说话。

不幸的是，气候系统的时间性滞后，包括对于人类排放至大气中的所有额外温室气体，气候系统无法立刻做出反应。一旦某一天，当我们感觉到这种气候已经发生深刻变化的时候，就可能于事无补。到那时，气候所表现出来的可能才是真正的可怕。

众所周知，地球历史上曾经历了多次气候变暖或变冷期，目前仍处于第四纪冰川小冰期温暖期。为了准确地说明这种冷暖变化，海蒂·卡伦列举了早已灭绝的猛犸象这个例子。这是一种曾经遍布北美大陆上的巨型动物。大约两万年前，地球正处于末次冰期的盛行阶段，在北半球，广袤的大地依然被巨大而厚重的冰层覆盖着。当地球上其他物种正在为生存步履维艰的时候，长着浓密毛发、厚脂肪层的猛犸象恰好迎合了这种气候条件，活得自由自在，如影片《冰河世纪》中所表现的。说不定那时在当今洛杉矶“星光大道”上漫步的便是它们。之后，随着冰期结束，冰层融化，海平面升高，地球气温再次变暖，挤压了猛犸象的生存空间，猛犸象随之消失。科学家们通过对猛犸象现象的研究，创造了两个词——大冰河时代和物种灭绝。

纵观人类对气候变化的研究史，我们可知，19 世纪瑞士科学家路易斯·阿加西是先驱之一。当年，阿加西对阿尔卑斯山地区的地质进行实地考察与研究，发现了冰川运动的作用和规律。之后，阿加西率先提出“大冰河时代”概念，同时阐释“物种灭绝”现象，从而开创了“气候变化”新理论研究的先河。再后，法国数学和物理学家约瑟夫·傅立叶创造了“行星能量平衡”这一术语，提出地球“温室效应”假想。继而，爱尔兰科学家约翰·廷德尔延续傅立叶的研究成果，通过“恒温器”概念的设计，证实了“大气中不同的气体在吸收和传导热能时具有不同的能力”。二氧化碳、甲烷和水蒸气等这些温室气体成为热能传导的主要元素，它们通过红外辐射——吸收并将热能传回大地和海洋，同时又将红外辐射反射回太空。廷德尔的研究，传递了这样一个信息——大气中温室气体的产生除太阳外，还有一个热源。那就是大气中的二氧化碳吸收红外辐射并提升了地球的温度，包括陆地和水域。而且，廷德尔给出了二氧化碳越多意味着温度就提升得越多的结论。约翰·廷德尔的发现，对气候研究是一个突破。

在气候研究中，碳是一个重要概念。众所周知，碳是地球上热量储存的主要来源之一；众所不知的是，地球上的各种元素几乎都由碳构成。我们常见的岩石和沉积物，便是地球上碳的最大组成部分。这种存在还包括土壤、大气、海洋和植物，也包括人和动物。可以这样说，碳无处不在，只不过在各种元素中碳的化学表现形式各不相同而已。比如在大气中，碳表现为气态，即二氧化碳。为此，瑞典科学家斯万特·阿列纽斯对大气中的二氧化碳含量变化进行了大量实验，从而发现碳循环规律。阿列纽斯这样描述碳的两阶段循环。

第一阶段，火山和温泉将位于地壳深处的碳转移到大气中；第二阶段，一种化学风化作用，将二氧化碳从大气中汲取出来。……（这时）温度与降水是紧密相连的，空气中能包含的水蒸气含量随着温度的升高而增多。同样，植物的数量也与温度和降水紧密地联系在一起。更多的降水意味着生长更多的植物，而更多的植物又意味着土壤里可以储存更多的碳。

所以，碳成了调节天然恒温器以及改变地球气候的秘密成分。（顾康毅译）

于是，化学风化作用的结果，让地球上大多数碳都存在于地层下的岩石、地下水、煤、石油和天然气之中。阿列纽斯说，现在我们人类在不断地将煤、石油和天然气采掘出地面并燃烧掉，将长期储存的碳转移至大气中，带来的结果可想而知。斯万特·阿列纽斯是 20 世纪初的人，也就是说，阿列纽斯在百年前就告诉了我们温室效应的存在，而且这种温室效应的产生受到人类的影响。他曾预言，燃烧煤、石油和天然气的过程中所排放的二氧化碳会改变大气的构成，进而导致全球变暖。基于这一事实，他甚至计算出，如果大气中二氧化碳含量翻一倍，地球的温度将升高三摄氏度。近年，通过俄罗斯南极东方科学站和由欧洲多国研究团队组建的“欧洲南极冰芯钻探计划”，上溯几十万年探索南极温度的变化，证明了阿列纽斯见解的正确性——二氧化碳含量对应温度升降而起伏，即温度降，二氧化碳含量降；温度升，则二氧化碳含量也升。

探讨美国加利福尼亚州中央谷地气候变化带来的影响是海蒂·卡伦在书中所举的实例之一。

在此之前，唐纳德·沃斯特通过《在西部的天空下》等书对西部水利灌溉工程建设进行过探讨。我们知道，美国水利业最早于 19 世纪中期在犹他州沙漠地区发展，随后很快在科罗拉多附近的格里利和加利福尼亚州中央谷地得以推广。如今，拥有两百万人口规模的中央谷地，位于旧金山西北部，它的东部为绵延千里的内华达山脉，西部为浩瀚的太平洋。这里的地貌结构分为两部分，以 19 世

科罗拉多河上的胡佛大坝，为南加州、帝王谷和西南部提供水和电力。水坝，在河流治理、为农田提供用水、为城市提供电力等方面发挥了重要作用，但同时也给环境带来了诸多后续麻烦

纪中期因淘金热而发展起来的加州首府萨克拉门托市为中心，以北是萨克拉门托山谷，以南是圣华金山谷。萨克拉门托市就建于南北山谷之间地势较低的三角洲地带。为了这座城市，当年富兰克林·D. 罗斯福总统曾满怀热情地支持了这里的水坝、电力和灌溉建设。他促成了萨克拉门托河的中央河谷计划，从加州北部引水，为该州的其他地区提供水、电力和灌溉；完成了科罗拉多河上的胡佛大坝建设，为南加州、帝王谷和西南部提供水和电力；建设了哥伦比亚河上的古力大坝，为西北部提供电力、灌溉、分洪，并改善航运；还实施了科罗拉多—大汤普森计划，为科罗拉多州提供电力。在加州，到 20 世纪 70 年代，仅美国垦务局直接管理的引水大坝和水库就超过六百座，运河超过两万公里。这些运河或水坝，在河流

治理、为农田提供用水、为城市提供电力并将加州最终建成美国最强大农业州的同时，也给三角洲地区带来了诸多后续麻烦——在应对各种灾难面前，城市显得越来越脆弱。

气候变暖、海平面升高是三角洲形成的原因之一。这时，运河或堤坝将三角洲的沼泽地变成了陆地岛。人类在水资源利用过程中，将水抽干，导致三角洲地区整体下沉。于是城市逐渐被海平面包围，风险与日俱增。由于堤坝的阻碍作用，原本通畅的水域，现在却变得块块化。本来人们建堤坝的目的是为了保护农田和城市免遭洪水袭击，但是，现在当农田和城市一旦真正遭受洪水袭击之时，堤坝不但不能起到抵御作用，反而阻碍了洪水的泄流。在气候变暖境况下，处于内华达山脉迎风坡的东侧往往会给中央谷带来大量降水，尤其在冬季。再说，三角洲地区曾经是加州乃至全美的鱼米之乡。这里的主要鱼类品类超过五十种，其中大麻哈鱼产量占到了全美的四分之三。而现状是，通道阻塞，鱼类物种在数量上出现急剧减少，南方绿鲟、长鳍胡瓜鱼等正在或已经灭绝。还有一种影响，便是最有可能带来更大灾难性后果的地震。加利福尼亚位于太平洋与北美大陆板块交会处，地震活动频繁，一旦发生地震，首当其冲的便是处于低地的三角洲地区。这并非危言耸听，在20世纪初，旧金山就曾遭遇过八级以上大地震的袭击。

上述种种，其中缘由，都跟气候的改变关联，说得严重一些，气候改变使生态系统处于崩溃的边缘。未来的情况究竟会发生怎样的变化，科学家们这样预测，这种变化将使萨克拉门托市的春季来得更早，夏天将变得更长，而内华达山脉上的雪将提前融化。到2050年，或许在遭受一场里氏6.5级地震袭击后，中央谷三角洲地区的几十座岛屿将被毁。随着堤坝的冲毁，来自旧金山湾的海水涌进来，数十万亩农田将被破坏，中央谷地变成灾区。

唐纳德·沃斯特曾说，加州的水利发展史就是一部利用公共工程设施建立高度集中的私有霸权的历史。外部势力，即由官僚和市场形成的利益群体获得了相当大的权力，而个体农民和小社群掌握自己命运的力量却降到了有史以来的最低点。

总而言之，海蒂·卡伦的研究所采取的方法是实证式的。她将基于现代技术气候模型预测的最新研究成果组合起来。不仅如此，她还对——非洲撒哈拉沙漠以南，赤道以北萨赫勒地区的沙漠化危机；澳大利亚太平洋海域的海水酸化，二氧化碳增加导致大堡礁虫黄藻退化，美丽的珊瑚被不断漂白；加拿大格陵兰岛由于温室效应，加速海冰融化；孟加拉国首都达卡，因为气候变暖，海平面不断上升，冬季淡水减少所造成的世纪洪涝和生存威胁，以及针对美国纽约市由于温室气体排放带来的气候炎热等现象——在全球范围最危险的地区选点建立数学、物理模型分析，模拟出气候变化后可能给地球带来的可怕影响。我们有理由相信她所付出的努力并取得的研究成果。她明明白白地告诉我们，制造这种影响的，不是别的，而恰恰是人类自身。而造成这种影响的根本原因就是人们对碳消耗的增多，以及对二氧化碳排放的无节制。这种影响首先是温室效应，然后便是气温升高，冰川融化，海洋酸化，海平面抬升，物种灭绝。最终，所有后果的承担者当然还是人类自身。

就在我阅读卡伦《可怕的气候》之时，2016 年初的一场寒潮大范围袭击了中国东部，本世纪超强一次“上帝之子”“厄尔尼诺”现象席卷全球，之后便是尾随而来的“拉尼娜”。这是否灾难性气候加速变化的前兆，让我们拭目以待。

还诸天地的想象

大约在一万一千年前，最后一次冰河时期从曼哈顿岛向北方消退时，也把云杉和落叶松等针叶林地一起带到了现在的加拿大苔原以南地区。取而代之的是我们现在熟悉的北美东部温带森林，有橡树、山胡桃、栗树……在林间空地，则长出一些灌木丛，……和各种蕨类与开花植物，……当这些绿叶植物填满了这个温带生态区位，恒温动物也接踵而至，人类也是其中之一。

——艾伦 · 韦斯曼（Alan Wesman）

艾伦·韦斯曼是美国亚利桑那大学教授兼科普作家，2015 年曾来中国为他的《没有我们的世界》和《倒计时：对地球未来的终极期待》两本书做推介活动，让中国读者有机会聆听到他关于人类与自然的讲座。

经多年调查，韦斯曼突发奇想，抛出了一个大胆假想——如果人类一旦从地球上消失，地球将会呈现一个怎样的景象？这是一个全新的科学命题，充满想象力。我们都明白，尽管人类在地球上同时消亡的概率非常小，但并非杞人忧天。任何事物都有其生存、发展或消亡的规律。例如寿命一百亿年的地球，现在正值壮年。地球不再，人将焉附？所以消亡是必然的。正如史密森学会大灭绝研究专家厄文所说：“人类终究会灭绝，到目前为止，所有的一切都会。就跟死亡一样，我们没有理由相信自己有什么不同。”

的确，人类的历史，与地球的寿命比较，时间上只是沧海一粟。我们或许都不会忘记我们的人类祖先“露西”。两百多万年前，当我们这些“南方古猿”的先祖“能人”从非洲坦桑尼亚奥杜威峡谷丛林中走出来的时候，至少，在生物创新方面，他们给地球呈现出了一个新面貌。那个时候，人们依靠采集和狩猎生存，并结成可移动的小部落共同生活。充分的灵活性或生存所迫，最终使得人类的生存空间不断扩大，并逐渐渗透到全球各地，进入每一个陆地生态系统之中。作为“智人”，人类在与狼共舞的演变中，逐渐成为地球的主宰。

人类改变了地球。长期以来，我们都以地球的造物主而自居，因灿烂的人类文明而得意。殊不知，人类的成就并不是我们自己想象的那么伟大而高远。今天，当我们突然遭遇自己命运行将改变的话题，即人类或将像其他物种一样面临灭绝的时候，我们回过头来检视自己走过的路，就可以知道，韦斯曼的假想有其道理。在此，让我们再设想一下，是什么条件导致人类的消亡？我想，不外乎内外两个：一是二叠纪小行星坠落尤卡坦半岛那般，导致地球上诸如恐龙类大型生物集体灭绝，这是外太空力量对地球的瞬间破坏，或地球内部诸如火山、地震等原因造成；二是温水煮青蛙，人类对地球资源的过度开发与利用，如煤、石油、甲烷、氯氟烃和一氧化二氮等的开采与排放，导致大气中二氧化碳增加，地球温室效应加剧。

时任美国总统吉米·卡特曾警告：“在20世纪50年代期间，人们消耗了两倍于40年代的石油。60年代的消耗量，又是50年代的两倍。而在那两个十年，石油的消耗量，比先前历史上的全部消耗量都要多。”诸如此类，人类赖以生存的环境日益遭受破坏。而第二种原因，尤其是最近两百年来，随着工业化进程，境况似乎越来越糟。其他因素，或许还有人类的自我毁灭，譬如核战争、瘟疫和饥荒等。14世纪中期发生在欧洲的“黑死病”是个典型例子，一个阶段间接性淋巴腺鼠疫横扫各国，使欧洲人口减少了三分之一，足足有两千五百万人之多。而近年源于非洲中部肯尼亚埃尔贡山和维多利亚湖地区的埃博拉病毒更加神秘并可怕，第一位感染者、法国人夏尔·莫内从发病到去世只有半个月时间，之后，因为传染，导致大量人员死亡，至今病因不明。还有当今流行的寨卡病毒，这些有可能从原始核酸引发而来的病毒，让人听闻色变。

艾伦·韦斯曼的《没有我们的世界》是一部惊世之作，他对包含丰富信息但只存在于人们想象中的语言进行了合理的分析与评论，尝试着对人类的未来进行一次思想实验。

现在我们设想，当地球再次回到没有人类的时代，毫无疑问，大自然需要花费一定的时间来收拾我们留下的残局，然后才能恢复本来面貌。让我们相信，大自然拥有这种强大的自我恢复能力。那时，或许一些原生植物还在，或许一部分生物依然如故，或许又重新诞生了许多新的物种，但可以肯定的是，人类的痕迹将逐渐退出地球的历史舞台。

艾伦·韦斯曼解构了一栋房子的消亡。在植物的作用下，房子里的芽孢开始发威，不断吞食房中石膏板中一层层粘贴的纸张，腐蚀铁钉或地板托梁。接着，白蚁、木蚁、蟑螂以及小型哺乳动物不断侵入。而起决定性作用的当然还是水。在雨水的不断冲刷下，遮雨板开始分离，水渗入屋顶，铁钉开始生锈，然后逐渐松脱，房屋的结构崩坏，最终倒塌。一座木结构房屋的命运就此寿终正寝，而时间，大约只需要五十年至一百年。

再看看一座城市如何变成废墟。大自然拆除城市的方式，当然是从最脆弱的地方入手，比如赫尔曼·麦尔维尔笔下“你的曼哈顿孤城，四周码头环绕”的纽约。首先是下水管道和地铁隧道网，水的入侵变得毋庸讳言。树根的虹吸作用，看似不起眼，但在潜移默化的侵蚀过程中，每年每棵树吸取一点二米降雨量的功能此时将发挥强大的作用。它们不但可以将吸收的水变换成水分吐向大气之中，而且还会将树根无法吸收的水转化成地下水，形成湖泊或沼泽，或渗透入城市的地下。浸泡在水中的城市，其承受能力可想而知。之后的变化，可

破旧、高效的纽约地铁是全球历史最悠久的公共地下轨道交通系统，已有一百余年的历史

能在二十年内，先是地铁隧道顶部坍塌，街道变成河流。再就是，在历经冬去春来热胀冷缩，地面结冰、解冻、暴晒的反复过程之后，地面的沥青、水泥开始出现裂缝，或者变形，或者水管爆裂。然后，先是杂草入侵，污泥堆积，树木生长，新物种不断抢占地盘，然后再加上飓风、雷电、暴雨引发的水灾或火灾。此时的城市，所能呈现的景象，一定是水泥丛林逐渐消失，真正的森林取而代之，它需要五百年的过程。在这个过程中，纽约可能最后消失的人造景观便是那些钢结构的桥梁和摩天大楼。如此，或许在一万年之后，如果地球再经历一次冰河期的挤压和洗礼，现在的纽约，将重新回归到干净的、绿色无边的温带森林。

那么，有没有恒久不变的东西？或许有，那就是聚合物——塑料。英国普利茅斯大学海洋生物学家李察·汤普森，曾在一次不经意的海边漫步时，从沙粒中挖掘了一种塑料制品的原材料——合成树脂颗粒。这些颗粒本由塑料而来，在经历了海浪与潮汐日复一日、年复一年的荡涤后，形态越来越小，但它带来的问题可不小。针对现代工业制造出来的塑料，后来，化学家裂解原油中的碳水分子链，从而制造出聚氯乙烯，以及由聚氯乙烯再生产出尼龙，这些东西都属于聚合物。聚合物很难分解，它们是今天陆地上或海洋中的主要污染物来源之一。

在南达科他州，有一座海拔一千多米的拉什莫尔山。当年，雕塑家加特森·博格勒姆受托替美国总统留下了一尊尊不朽的肖像。这是一座十五亿年前由花岗岩形成的山脉，地质测定，它每十万年的风雨侵蚀只有二点五厘米，也就是说，这些雕塑在正常情况下至少可以存留七百万年以上。它将远远超过至今为止人类在地球上生存的时间。有趣的是，如果人类可以重来一次，那么后来人可以看见的现代人类遗迹或模样，或许就只有这几位美国总统的雕塑了。当然，能够长久存留的人类遗产恐怕还不止于此，青铜器、陶瓷或无线电波所携带的音乐等等，这些人类的杰作都具有长久的生命力。

“人类世”是我们的世纪，客观地说这是一个造碳的世纪，它标志着地球同步低温时代的结束。今天的人类，对碳的依赖性越来越严重，没有碳，人类无法获取足够的热能，工业无法获取足够的动力，而碳又是二氧化碳的主要组成部分。海蒂·卡伦在《可怕的气候》一书中进行了详细的描述。纽约大学生物系教授泰勒·沃克进一步解释了人类与大气层、生物圈和海洋的这种关系。大约两百年前，大气层里的二氧化碳以稳定的速率溶入海洋，让这个世界保持平衡。如今，由于人类活动，大气中的二氧化碳浓度在不断飙升，海洋必须重新适应，地球也必须重新适应。而现在的问题是，我们一直在从地球的深处抽取石炭纪岩层里的资源——煤、石油和天然气等等，并喷向空中，相当于制造了一座三百年来从未停止喷发的火山。

泰勒·沃克的研究是客观并且深入的。他告诉我们，地壳结构的主要成分，如长石和石英这样的硅酸盐物质，当岩石一旦受到雨水或二氧化碳所形成的碳酸影响，硅酸盐就会逐渐变成碳酸盐。此时，碳酸就会溶解土壤与矿物质，释放出钙质渗入至地下水之中，然后再经由河流进入海洋，改变海洋的物质结构，或改变大地上土壤的结构。经过研究，沃克认为地质循环如果将现在的二氧化碳浓度恢复到人类出现以前的程度，时间大约需要十万年。现实是，人类能回得去吗？答案显然是否定的。

的确，人类对碳的开发利用已经到了登峰造极的程度。煤矿的开采最具普遍性，无须多说。另一个危险的东西是甲烷。接着前面比尔·麦克基本的研究，目前地球上的巨量甲烷仍然被冰层隔离在深深的苔原冻土层中，这是我们暂时的福气。它的蕴藏量有多少，据科学家估计，足足有数千亿吨，再加上海洋底部的蕴藏量，它们相当于地球上所有已知天然气与石油储量的总和。假如这些甲烷一次性从冰层或海底冒出，将导致地球迅速升温，其影响程度将达到上一次地球大灭绝以来的极值。还有，当人们发明氟利昂的时候，就意味着人类开始对一直维持大气衡常不变的臭氧的破坏。氟利昂即氟氯烃，今天已被广泛用于冰箱和空调等制冷设备。当这些氟氯烃发散到大气平流层，遭遇强紫外线后，会释放出氯原子，使臭氧变成纯氧，便无法形成大气臭氧保护，地球也就无法抵御太阳紫外线的侵入。目前地球南极上空的空洞越来越大，说明臭氧保护层已经严重缺失，这是人类自20世纪以来犯下的最大错误。二氧化碳正是这些碳元素气化后的副产品。如何减少大气中的二氧化碳含量，今天的人们想了很多办法，譬如挪威、加拿大和美国的研究人员将二氧化碳渗入水层中形成温和的碳酸，或将温室气体锁在岩块之中。他们的想法是创造一个零泄漏的气体储藏室，像冻土层中的甲烷一样，把它们封闭起来。或许这是个异想天开的想法。美国历史学家大卫·克里斯蒂说，现代产业革命带来的一个深刻悖论是：一方面人类掌控生物圈的能力越来越强，另一方面我们还没有展示出足够的能力，表明我们可以正确地运用这种掌控力，使生物圈更加平衡、可持续。所以我想，核心问题还在于减少二氧化碳的排放，人们得有一个正确的发展观。

面对悲观，艾伦·韦斯曼给我们解读了希望尚存的两个地方：一是波兰的比亚沃维耶扎帕斯原始森林；二是太平洋瓦胡岛西南的金曼礁。因为隐秘，这些地方至今还基本完整地保留着地球在人类之前的原始风貌。

波兰的比亚沃维耶扎帕斯原始森林，是北半球温带地区唯一被科学家认可的，未经人类破坏或没有被人类足迹染指过的地方。它得益于八百年前一位称作瓦迪瓦夫·雅盖沃的立陶宛大公，将其列为皇室狩猎保留区。比亚沃维耶扎帕斯横跨波兰与白俄罗斯边界，面积虽然只有区区二十公顷，却保存着欧洲目前仅有的野生古老低林地。在此，树木参天，茂密的枝叶庇护着潮湿的下层林木，保存了一个完整的生态系统，生物的多样性无与伦比，是一个可以让野牛与麋鹿自由穿梭、徘徊和繁殖的地方。而位于太平洋深处的金曼礁，则是一个至今无人涉足的海洋世界。在那儿，至今依然可以窥视到人类出现之前原始珊瑚礁的模样，脆弱的海洋生物海胆“黑的、红的、绿的，全都是长满尖刺、壮硕强健的藻类食客”。此刻，它们在那遥远的地方生活得还算逍遥自在。但是，在大气环流面前，其实这两处地方将要遭遇到的破坏仍然无法幸免。

英国 BBC 电视台曾经根据韦斯曼的《没有我们的世界》拍摄了一部纪录片，称为《零人口世界》。影片用视觉方式再现了人类对地球的影响，以及我们这颗美丽星球是如何修复或不可修复的。或许通过这个象征，这个片断，能够让人为之振奋并重返原始自然均衡状态的地球。地球需要这样一种“荒野与人造物之间的动态平衡”，只可惜这样的地方已经不多了，但希望尚存。

海豚湾：天堂与地狱

早在我还是个孩子的时候，就强烈地被海洋吸引。我的父母亲在迈阿密的比斯坎湾经营一家餐厅，所以我可以每天在沙滩上玩耍。就我记忆所及，海豚是我生命中的一部分。

——瑞察·欧贝瑞（Richard O' Barry）

海豚湾不在美国，而在日本。我的自然行思之旅也需要暂时离开北美大陆，来到了太平洋西海岸——日本本州南部纪伊半岛上的一个小渔村——太地町海湾。海豚湾里发生的故事，是一个触目惊心的过程，它记录在《海豚湾》一书之中。该书的两位作者，一位是美国人，一位是瑞士人。瑞察·欧贝瑞是美国著名的海豚保育人士，执着的环境保护主义者。多年前，欧贝瑞曾在中国武汉和南京参与过长江白鳍豚拯救计划；汉斯－佩特·罗德为瑞士著名记者、“保护海洋协会”成员。此刻，他们满世界追寻海豚和鲸鱼的踪迹，目的是为了拯救与保护。他们在写书的同时，也协助纪录片《海豚湾》的拍摄，揭示海豚的遭遇。

海豚是我们熟悉、喜爱但又陌生的海洋哺乳动物。之所以熟悉，是因为在各国、各种海洋公园或动物园几乎都能见到它们的身影；之所以喜爱，是因为海豚属于“聪慧型”动物。民间认为，它具有神秘的双重性，拥有人类的某些特征，是与人类最有可能亲近的动物。和鲸鱼一样，海豚的头部存在着成千上万个收集回波的水听器，它们的听觉极其灵敏，可以判断十公里之外较大物体的形状、位置和大小。在视听沟通方面它们和我们人类一样，具有天才的气质。海豚的可爱，还表现在它们能使用特殊的、极其精细的标志性哨音表明自己的身份。譬如，一只海豚妈妈在小海豚降生后的几天内，就会不断地向新生儿重复固定模式的哨音，以便它们记住或熟悉自己。之所以陌生，是因为海豚的家在大海深处，如果没有人类的捕捉与杀戮，或许海豚永远都将远离我们，在自己的家园——宽广的海洋里自由、快乐地生活。它们的存在，随时提醒着我们，不要忘记人类的起源亦来自海洋，我们与海洋中的生灵本是同根同源。

在《海豚湾》一书中，“安吉尔”是一条罕见的白化症宽吻海豚幼崽，瑞察·欧贝瑞给它取了这个名字。名字虽然好听，但并不“安全”，也没有收获“吉祥”。某一天，它在太地町海湾被日本渔民捕获，从此命运被改变，成为太地町成千上万头被屠杀海豚的全球代表。

站在太地町丘陵山岩的高处，湛蓝色的太平洋一望无垠，波光粼粼。宁静的太地町小镇，远离尘嚣，从自然风景欣赏的角度看，这是一处美不胜收的地方。太地町海湾并不大，位于林木葱郁的岩崖峡谷里，因为海豚（按当地人的说法，海豚还被视为小一号的鲸鱼）不断遭到捕杀，这个美丽的地方又被欧贝瑞称为“绝命海湾”。的确，它独特的地理位置，为渔民捕捉海豚提供了便利。渔民用大网在海上将海豚拦截。

追猎行动开始了！一开始海豚一点都不怀疑，它们甚至有可能接近小船，纯粹只是好奇，或只是想在船头激起的波浪里嬉戏。然而，猎船将海豚迁往北方的路径切断了。……（渔民）拿一把坚实的槌子敲打杆子顶端，杆子将音量很大又单调的敲击声传到水里。……敲击声盖过它们彼此沟通、指明方向的声音，海豚间的联系中断。……就这样，海豚愈来愈接近海岸。（侯淑玲译，下同）

进入海湾后，便是“全世界最惨烈的海豚屠杀”。

男人（渔夫）穿着防水的蓝色工作裤，站在被包围的海豚上方，盲目地刺杀它们，或是把钩子刺入它们抽搐的身体里，以便把它们硬拖过来，然后男人用绳索缠住海豚的尾巴。海水慢慢呈现红色，六十九只宽吻海豚，有一些已经毫无生命迹象、漂浮在海面上，它们或者是溺毙了，或是因为过度惊吓而亡。还活着的海豚一再将它们沾满血的口鼻伸出这恐怖、水花四溅的混乱景象，好像在乞求这些屠杀者手下留情。只是，毫无希望。

在这些海豚之中，安吉尔是其中之一。这种场面，令人痛心，天堂与地狱在这里竟然如此契合，而这种捕杀，还仅仅只是日本水产厅每一季节开放给太地町一地，允许捕杀两千多只海豚数量配额的一次。实际上，在这里，渔民们每年有一半的时间，差不多每天都在捕杀海豚。

“没有买卖，便没有杀戮”这句话一针见血。在日本，一头鲸鱼的价钱目前可卖到十五万美元。而活海豚的买卖，则取决于种类、外观、大小、年纪、性别和训练状况。刚刚捕获的海豚，一只的价格可获利两三万美元，而一只受过完全训练的海豚，售价则可升至十五万美元以上。高额利润的驱动，往往使得人们变得疯狂，对海豚的杀戮

太地町海豚湾，被瑞察·欧贝瑞视为“绝命海湾”。它独特的地理位置，为渔民捕捉海豚提供了便利。渔民用大网在海上将海豚拦截，然后逐步收网，海豚再有本事也插翅难飞（中华书局提供）

便是如此。

人类捕鲸的历史可追溯至几千年前，那时人们的捕鲸行为，多是为了生计，在大海上与鲸鱼展开一对一搏斗，并不危及鲸鱼种群的生存。到了18世纪，许多国家的捕鲸船拥有了持续几个月，甚至一次远航几年的捕鲸能力。19世纪是美国捕鲸业的鼎盛时期，先是大西洋，再是太平洋。高峰时，美国人曾有几百条船在太平洋各处捕鲸，一年要干掉七万头鲸。20世纪以后，捕鲸业进入现代，主力成员加入冰岛、挪威、德国和日本等国家。一是捕鲸工具，已经从坐在划艇上用倒钩长矛或手标枪，进化为爆破标枪、捕鲸炮和蒸汽动力；二是大型鱼类食品加工船开始跟随机动捕鲸船队，一些国家甚至在南极大陆设立专门的捕鲸站。密集捕鲸，成为现代捕鲸的重要特点。根据世界“海洋保护协会”统计，仅1960年至1964年的五年间，遭到捕杀的抹香鲸就多达十二万头。非法与不受控的捕鲸行为成为常态，工业捕鲸发展成为吞噬一切的恶魔，致使许多鲸鱼物种直至灭绝的边缘。时至今日，在北大西洋，露脊鲸仍然是受到最大威胁的大型鲸鱼种类。

日本人食用鲸肉的历史悠久。四百年前，就在前述的太地町等地，日本人发明了用组织良好的划艇制造噪音，将小型鲸鱼或海豚驱赶到浅滩进行围捕的方式。之后，随着技术的进步，日本的捕鲸船队和鱼类加工船便远征南极海域进行捕鲸作业。仅1962年这一年，日本鲸肉消费就达二十余万吨，他们用鲸油制造了大量的润滑剂、肥皂、人造奶油、化妆品和硝酸甘油等工业产品。即便后来日本成为国际捕鲸委员会成员国，他们的捕鲸活动也未曾停止。此时，日本的“联合捕鲸公司”魔术般地变成了鲸类动物研究所，捕鲸船变成了科学研究船。当然，提出这样借口的国家不仅仅是日本，还有挪威、丹麦和冰岛等北欧国家。在这些行为遭到广泛谴责之后，日本转而开始了对附近海域不受国际捕鲸委员会保护的长肢领航鲸（一种大型的海豚种类）和海豚实施捕杀。

森下助二是日本水产厅的高级官员，并兼任国际捕鲸委员会日本代表团负责人。在国际捕鲸会议上，他总是代表日本政府为本国或其背后强大的利益集团的捕鲸行为进行辩护。他阐述了几条捕鲸的理由，一是文化差异与日本捕鲸传统；二是美其名曰“科研捕鲸”；三是鲸鱼吞食了大量的鱼类和其他海洋生物资源，破坏了海洋的生态平衡。的确，捕鲸是日本的传统。作为岛屿国家，日本陆地资源贫乏，为了生存，他们就把手伸向了海洋。而“科研捕鲸”则实在是一个彻头彻尾的借口。日本人认为，鲸鱼把他们所需的鱼都吃光了——是一个通过“科研捕鲸”论证过的“知识”。鲸是“海洋的蟑螂”，所以，森下助二强调，要废除国际《暂停捕鲸法案》以猎捕更多的鲸。而且，他还说这是一件“光荣而正确的事情，因为日本这样做，将使增长中的世界人口获得更多的渔获量”。由此，即便是今日，日本仍在以“科研”为借口，每年猎杀大约一千头大型鲸鱼和两万只海豚。在日本的一些餐馆中，鲸肉始终是美味，而绝大多数年份都有“科研”剩余的鲸肉，配入了学生的午餐。

为了揭露日本渔民大肆捕杀鲸鱼和海豚等海洋生物的行为，瑞察·欧贝瑞一行，包括日本本国的一些有识之士，共同组成了大规模调查团，他们深入日本各地，摸查取证，做了艰难而大量卓有成效的工作，甚至冒着各种危险。在太地町便是如此，他们必须小心翼翼，既要防备当地人充满敌意的眼神，又要躲避渔民们的跟踪和警察的盘问。

为了揭露真相，欧贝瑞甚至前往加勒比海岛屿圣基茨岛，在国际捕鲸委员会上通过图像演示所拍摄的太地町海湾，以及在渔村发现的恐怖场景。他们公布真相，揭露日本水产厅在会上所陈述的谎言。瑞察·欧贝瑞就是这样一位勇敢而执着的人。为了将调查办成铁案，他说:“我会继续这样做，直到血腥屠杀停止为止——或是直到我死。”

除了屠杀后以六百美元左右的价格卖掉的海豚，在太地町捕获的那些活海豚哪里去了？答案是，这些海豚基本上流向了韩国、西班牙、美国、墨西哥以及加勒比海等国家和地区，也包括中国。当然更主要的是日本各地的海豚馆、“海豚疗法”提供者以及各种机构。太地町海豚馆便是其中一家。那些海豚经过训练后，变成了每天与游人见面的可爱之物，它们每天都必须进行若干次特技表演。太地町鲸类博物馆和海豚馆是日本乃至全世界唯一一处既可以看海豚表演，又可以吃到海豚肉的地方。

从20世纪70年代开始，瑞察·欧贝瑞就义无反顾地投身于反海豚产业化活动。太地町所发生的大肆屠杀海豚和鲸类事件，显然违背了世界动物园和水族馆协会关于“反对以残暴且盲目的方法捕抓野生动物”的规定。欧贝瑞发誓，自己所能做的，就是要促使类似太地町这样的鲸类博物馆和海豚馆马上关闭。欧贝瑞的所作所为得到了世界动物园和水族馆协会的部分响应和支持，为此协会发表了声明：“世界动物园和水族馆协会的会员不购买以围猎方式捕抓的海豚。……必须保证不购进以残忍方法捕捉到的海豚。”当然，民间的支持力度更大，路易·皮斯霍斯便是其中之一。

揭露海豚被屠杀事件，最好的方式莫过于用图像直观表达，于是，瑞察·欧贝瑞一行决定拍摄纪录片。《海豚湾》的拍摄过程是艰难的，导演路易·皮斯霍斯试图以合法、冷静客观、纯粹解释的方式完成，但在日本根本行不通，因为它不符合日本法律。所以，皮斯霍斯不得不采用一些不合法的手段进行偷拍，否则，没有许可证拍摄工作将一事无成。他们决定模仿“海豹部队”闯禁区。从各个角度，地面、水下或空中，通过听音器、传声器、摄影机等获取影像和声音，揭露海湾里隐藏的秘密，真实地记录、反映这一事件，并完整地呈现给了观众。后来，《海豚湾》真的荣获了奥斯卡最佳纪录片金像奖。

《海豚湾》一书完整地记录了太地町事件的整个过程。但这一现象并不仅仅存在于太地町一地，在日本，像太地町这样的村庄也不止一家。当然，屠杀海豚、鲸鱼等海洋野生动物的现象也不仅仅发生在日本一个国家，许多国家或多或少都存在。透过现象看本质，海豚的遭遇启发我们对生命万物的尊重。当年在北美大草原上对野牛的屠杀可能离我们已渐行渐远，但今天对海豚、鲸鱼等海洋生物的屠杀却时时在我们身边发生。其实我们与大自然中的其他生物并没什么两样，地球只有一个，需要人类共同维护。

当年，赫尔曼·麦尔维尔创作充满力度和冲劲儿的经典小说《白鲸》，其深刻内涵是通过“机器意象”将捕鲸业的公开屠杀与西方“文明”社会的隐蔽暴力联系在了一起。总体上说，世界捕鱼业灾难性后果出现在20世纪，尤其是那些主要捕鱼国家的机械化和工业化捕鱼船队大规模发展之后。在欧洲，先是捕杀北海的欧鲽鱼，随后便是黑线鳕和鳕鱼。美国加利福尼亚曾经是一个盛产沙丁鱼的地方，后来伴随着将沙丁鱼做成廉价罐头出口，到20世纪30年代，加州每年的捕捞量达到六十万吨。就这样，一个接一个地方的鱼类资源出现崩溃。先是大的，如海豹、海豚和鲸鱼，之后是小鱼小虾。即便今天，全世界每年的鱼类捕获量仍然超过一亿吨。

我们知道，海洋生物的关系呈金字塔结构，在光合作用下，以浮游植物和浮游动物为基础，再到体型较大的无脊椎动物和鱼类，此时，海豚、鲨鱼和鲸类构成了海洋中肉食动物的顶级群落，是它们最终维系了海洋生物体系的平衡，给我们呈现了一个蔚蓝色的海洋。

瑞察·欧贝瑞说，海豚湾现象虽然只是冰山一角，但它代表了一个较大的整体，代表了一个偏颇的现象。如果我们不能解决这个问题，就别想解决更严重的问题。路易·皮斯霍斯导演的《海豚湾》似乎也惹怒了日本人，从那以后，他再也无法踏入日本。受《海豚湾》感召，周星驰导演拍摄了一部挺受观众欢迎的影片——《美人鱼》，算是中国在海洋环境保护方面通过艺术表现形式发出了一次声音。

花园之州里的较量

大约1700年前后，一个名叫托马斯·卢克的人独自去往新泽西州中部的茂密松林，在海湾附近一条小河的北岸定居了下来。此人与当地的土著相处融合，被称作汤姆·帕姆哈。后来这条河以他的名字命名。

——丹·费金（Dan Fagin）

污染是人类社会每一时期的鲜明特征之一。《汤姆斯河》讲述的就是这样一个群体充满激情而又悲剧式的故事。书中描述的事件是痛苦的，它令牵涉其中的人们情绪激动，虽经时光洗涤，也未曾销蚀它带来的痛苦。

迈克尔·吉利克是书中的主人公。他随父母一道住在汤姆斯河镇一条背阴街面上的农场式平房之中。出生于1979年的吉利克，十六岁时身高才一米四。他是一个患者，每周需要用药一百多片：粉色的吗啡用来止痛；黄色的类固醇用来调节免疫系统；白色的苯巴比妥用来抑制癫痫；蓝色的抗组胺用来防止头晕和恶心，除此之外，还有一大把各式各样的药需要服用。他的病情，被确诊为神经母细胞瘤。他因此失去了左眼和左耳的全部功能，以及部分心肺和骨骼等功能。

新泽西，在美国素有花园之州美称。汤姆斯河位于新泽西欧申县，准确地说，汤姆斯河镇只是一个泛指，官方的名称为多佛镇。小镇的东面濒临大西洋，北面靠着纽约市，西边是费城市，南面则连接大西洋城。这里森林茂密，曾经是新泽西州著名的海边旅游度假胜地。就是这样一个美丽的地方，自 20 世纪 50 年代开始，由于工业化，造成了环境污染。据说这一切，可能都与一家名叫汽巴—嘉基的化工厂有关。迈克尔·吉利克患病后，他和他的母亲琳达·吉利克，当然还有其他许多人，针对化工厂展开了长期的调查与诉讼，最终揭开了隐藏其中的秘密——化工厂漆黑午夜的偷排，光天化日下的欺骗，公司的贪婪，政府的失职以及许多儿童罹患癌症的源头。

夕阳下的汤姆斯河。美丽风景的背后隐藏着惊心动魄的故事（上海译文出版社提供）

与此同时，纽约大学新闻系副教授、环保记者丹·费金也将目光聚焦“癌症村”。经过长期追踪调查，他用近四十万字的篇幅，详尽地记录了这一事件的来龙去脉，写作了《汤姆斯河：一个美国“癌症村”的故事》这部书。书中所讲述的事件令人触目惊心，故事发生的过程令人痛心，揭示的问题普遍而又深刻。如今，丹·费金讲述的这一故事，虽然在汤姆斯河镇已告一段落，但化工厂并没有消失，在历时三十多年，累计生产了几百亿磅染料和环氧树脂，同时排放了几百亿加仑废水和几十万桶有毒废弃物之后，工厂随即迁往了更加偏远一些的美国南方南卡罗来纳州等地。

1996 年，公司总部决定将化工生产迁移到中国和印度。丹·费金在书中还透露，目前，中国已经是世界上最大的化工产品生产国和使用国。1996 年至 2010 年，中国的苯、乙烯和硫酸的产量翻了两番。巴斯夫，目前世界上最大的化工公司，在中国拥有七千名员工和四十家工厂。陶氏化学，在中国有四千名员工和二十家工厂。《汤姆斯河》是一部重要的警示作品，它揭示了工业发展、环境保护和人类生存之间的深刻内涵，其意义，堪比蕾切尔·卡森的《寂静的春天》。

汤姆斯河的故事还得从头说起。18 世纪中叶，一个叫威廉·珀金的英国人在伦敦进行煤焦油实验，无意中，他发现了苯胺分子魔法，继而意外地合成出可以用于生产纺织品的染料。他深知，染料业是一个大产业，一个用于丝绸、棉布和其他织物印染的人造染料有着巨大的市场潜力和价值。

果不其然，珀金的成果得到了两个人的高度关注，一个是来自瑞士巴塞尔的约翰·鲁道夫·嘉基－梅里安，他的家族在巴塞尔从事植物染料业已有四代；另一位是法国人亚历山大·克拉维尔，他是嘉基的同业竞争对手。嘉基－梅里安和克拉维尔痴迷于珀金在苯胺化学上的突破及其生产的廉价而鲜艳的染料，于是，他们分别在莱茵河边建起了各自的苯胺染料生产车间。若干年后，这两家已经名列世界化工企业前茅的公司与另一家公司山德士成为合作伙伴。他们来到美国，1920 年率先在俄亥俄州辛辛那提办厂。1952 年，他们选择从城市向乡镇转移，将工厂迁至新泽西汤姆斯河镇，组建“汤姆斯河化工厂”。

新的化工厂占地约五平方公里，位于一片松树和橡树林之中，靠近汤姆斯河边。显然，化工厂的废弃物处理同样选择了与在巴塞尔和辛辛那提一样的最廉价方法——固体废弃物直接就地掩埋或堆放，液化废弃物直接排入河中或池塘之中。当年，时任公司总经理豪尔赫·温克勒就曾直言不讳地说：“我看没有任何人想过垃圾填埋，你把‘废物’放在你觉得合适的地方就行了，所谓合适基本上就是不碍事的便宜的地方。”这些废液包括大量的硫酸、蒽醌和各种溶剂。结果，汤姆斯河中迅速充满了工厂排放出的废液。随着产量的增加，公司也发现，巨量的废液直接向河水中排放对环境的影响过于明显而且疯狂。为了节省污水处理费用，回避这些令人不快的现实，于是他们充分且巧妙地利用了当地多孔的沙石土层，采取挖浅井的方式，将液态化学废物直接渗入地下，以减少直接排入河中的污水量。最终导致地上水、地下水，甚至土壤同时被污染。汤姆斯河一时四面楚歌，成为一条有色的河、无鱼的河。

随后几十年，尽管化工厂采取了一些防止污染的措施，譬如修建污水处理池、修建污水排污管道，甚至修建了一条长达十余公里的排污管道将污水直接引向大西洋，但终究是杯水车薪，无法解决巨大的污水产出量排放。此时，实际上汤姆斯镇的地下水已经被污染，不仅影响了水务公司所供的饮用水，还包括镇上许多居民在自己家中开挖的水井。这时的政府在做什么？他们依然没有对此给予足够的重视。由此引发的法律纠纷，法官甚至这样裁决：汤姆斯河化工厂只是遵循了上世纪五六十年代典型的处理工艺，并非蓄意污染饮用水。当时的专家、学者也只是善意提醒：地下水的风险广为人知，任何一个工厂管理者都应该谨防此类问题。而政府，包括卫生部门则对工厂的要求总是有求必应，一路绿灯。

信息的不对称，或相关事实不公之于众，或无视利益相关者的权益，小镇公共供水系统已经受到污染的事实，终究无法将喝水的人永远蒙在鼓里。无知、掩饰、贪婪和不负责任，将事件逐渐推向了风口浪尖。

前面提到的迈克尔·吉利克，出生三个月时发现肚脐下有肿块，随后逐渐向全身蔓延。被确诊为神经母细胞瘤——一种神经系统的癌症，对吉利克这样一个家庭来说，犹如晴天霹雳。之后，这个家庭经历了漫长而痛苦的生活。琳达·吉利克，迈克尔·吉利克的母亲，从此便将自己的全部心血都倾注在了吉利克的身上。此时的琳达，还没有关注到当地媒体偶尔出现的对化工厂有关污染的报道，尽管吉利克一家住在化工厂的下风口；尽管他们家的生活用水主要来自汤姆斯河镇水务公司供应的水井。

琳达·吉利克是一位性格倔强、善于交流的女子。在带着儿子治病的过程中，她不断学习儿童肿瘤方面的知识，还在当地癌症慈善机构找了一份工作，投身于筹集资金支持科学研究和帮助患病儿童家庭的工作。警觉之中，她发现欧申县，特别是汤姆斯河镇拥有的不幸似乎格外多，尤其是当她从一位建筑工人那儿意外获悉，化工厂铺设运送有毒废弃物的管道穿过小镇的时候。这时她决定深究，弄清楚其中的秘密，于是建立起了一个家庭网络和互助组织。

就这样时间过去了二十年，1984 年 4 月的一天，事态终于出现转机。在镇中心，一条路面出现弯曲，修路的挖掘机挖开路面后，发现下面的土壤不是正常的棕褐色，而是呈深黑色，且浸着充满强烈化学气味的液体。这时，已经更名为“汽巴—嘉基公司汤姆斯河工厂”的公司不得不承认泄漏的物质来自工厂的废物管道。这一秘密的意外泄露，让排污管和化工厂迅速进入公众的视线。

唐·内内特是《欧申县观察家报》的资深新闻记者，他和他的家人同样住在汤姆斯河镇。对公司排污的议论，他早有耳闻，而且已经收集了大量公司的材料，但苦于没有掌握到真凭实据。凭着媒体人的职业敏感，这一次，他终于找到了一个他认为能够引起轰动的新闻。于是，唐·内内特决定让汽巴—嘉基吃点苦头。先是检察官、后成为法官的斯蒂芬妮·伍特斯获悉化工厂不诚实的做法后，义愤填膺，决定参与事件的调查。她和丈夫一道，邀请了一些懂科学的朋友组成了一个“欧申县公民，为了清洁的水”团体，目的是为了进一步搞清楚汽巴—嘉基排放入海的、深埋进土的和烟囱排出的化学废弃物的种类和数量。此后绿色和平组织的成员、新泽西州环保部的官员、一些检察官和法官、费城儿童医院的护士以及大量的有识之士，于公于私都不断地介入事件的调查中来，他们不为名也不为利，为的就是要弄清事件的真相，为汤姆斯河镇讨个说法，为受到伤害的家庭和儿童争取应有的权利。

随着时间的推移，化工厂工人中的癌症患者也越来越多。对科学和环境健康有着持久兴趣的乔治·伍利，年轻时进入该化工厂，并在此工作了二十多年。是否存在癌症病例集群？经过观察，乔治·伍利发现工厂中一幢楼里患病的人特别多，因为那里使用环氧氯丙烷和环氧乙烷，两种物质均是致癌物。此时，琳达·吉利克的调查仍在继续，她在家中墙上挂着的一幅欧申县地图上，用红色图钉标识了她所寻访到的每一个患孩的家庭住址，数量达到了几十例，而且所有图钉的标识都集中指向了一个地方——汤姆斯河镇。这一数据的发现令人震惊。终于，研究汤姆斯河镇儿童癌症发病率的任务落到了州卫生部迈克尔·贝里的肩上……

2000 年 5 月，法院终于对汽巴—嘉基公司进行起诉。2001 年美国发生“9·11”事件，同年 11 月 30 日，最后一次听证会后，法官批准了汽巴—嘉基公司与受害者家庭的和解协议。协议的最后这样定性：“在多位技术人员、科学家和医疗专家的协助下，几方交流了详细的事实、科学与技术信息，并研究了关系到儿童健康的科学基础。最终，精细的科学调查并未达成任何一家公司应为引发这些家庭诉求的情况而负责的共识。……”

19 世纪 80 年代，强大的莱茵河再也不能彻底稀释染料公司倒进去的碳氢化合物了，河中的鲑鱼和其他曾在河中繁盛的鱼类都消失了……

1920 年，汽巴、嘉基和山德士购买了俄亥俄州辛辛那提两家旧工厂，命名为“辛辛那提化工厂”。和在巴塞尔一样，这些管道直接连着河流和运河，于是污染物全部排进了俄亥俄河的隐蔽水域……

1984 年，在经过与罗得岛环境部门围绕着公司每天一百五十万加仑废水排放长达十年的斗争后，不得人心的汽巴公司将制药工序从罗得岛的克兰斯顿移到汤姆斯河……

经过漫长的调查和诉讼，汤姆斯河案就这样了结了，问题解决了吗？其实并没有。

也正是在 1984 年 12 月，印度博帕尔发生了人类历史上最惨烈的化学品灾难事件。大约三十吨异氰酸甲酯气体从化工厂泄漏，导致五十万人受到影响，其中死亡的人数达到两万。最后，美国陶氏化学公司给每个受害家庭赔偿额五百美元左右。公司官方说："对于一个印度人来说，五百美元已经够好的了。"

汤姆斯河镇的教训很深刻，丹·费金将其原汁原味地描述出来，警醒后来的人们。在生态学上，有一个基本的法则，即地球是一个封闭的系统，它意味着所有的东西都会到达某个地方，也就是说，你所生产出来的废物，无论做何处理，都仅仅是一个位置的移动。人们对污染的理解，总是远远滞后于污染的制造和排放本身。据统计，进入 21 世纪，仅美国一个国家每年产生的有毒废物仍然高达四亿吨。2015 年 10 月，在中国江苏靖江市揭露出来的原侯河石油化工厂偷埋废弃污染物事件，同样触目惊心。因此，从社会责任角度看，我们应该记住哲学家阿尔弗雷德·怀特海说过的一句话："伟大的社会是这样一种社会：其商人会把自己的作用看得很伟大。"现在看来，这种伟大还应该包括从环境的角度来思考问题。

人类世：地球表面的变革

如果说灭绝是一个令人恐惧的话题，那么大灭绝就更是如此。但这同时又是一个令人感兴趣的迷人话题。《大灭绝时代》尝试着去表达其两面性——既有我们所了解到的事实带来的兴奋，也有与之俱生的恐惧。

——伊丽莎白·科尔伯特（Elizabeth Kolbert）

《万物：创世》是一本奇书，德国漫画家延斯·哈德用不到一万的文字和大约两千幅图画，将宇宙大爆炸百亿年以来，包括地球四十多亿年历史的变迁描绘得淋漓尽致，让人读后过目不忘。无独有偶，这时我又读到了伊丽莎白·科尔伯特所写的另一部同题材作品《大灭绝时代：一部反常的自然史》。如果说，延斯·哈德的所述是对地球历史一种横向表达的话，那么伊丽莎白·科尔伯特的书则是一种纵向探索。

众所周知，地球自形成之日始，历经了五次物种大灭绝。第一次大灭绝大约发生在四亿五千万年前的奥陶纪，一次大量超新星崩坍引发的辐射导致地球上的大部分生物灭绝。而第五次大灭绝有多种说法，第一种说法是在六千六百万年前的白垩纪，外星陨石的致命撞击终结了恐龙与最敏感的海洋动物的生命；第二种说法是发生在约五百万年前的新生代，同样是全球气候变冷，几千米厚的冰川覆盖了北半球百分之三十的陆地，海平面下降，大幅缩减了暖和的内海面积，致使地球上许多原始哺乳动物和海洋生物灭绝。自从第五次大灭绝之后，再次变暖的地球迎来了一个非同凡响的时代——第四纪——期间南方古猿和直立人出现——人类诞生，标志着“人类世”的到来。

时至今日，在我们逐渐了解五次大灭绝的同时，也开始领悟“第六次大灭绝”悄然发生的可能性，而这种可能性的启动者或许正是我们人类创造的文明。伊丽莎白·科尔伯特既是一位记者，又是一位研究者。从《灾异手记》到《大灭绝时代》，她不断实践着自己对气候变化、自然与人类相互关系的研究。为了探索发现地质时代面临“第六次大灭绝”灾变的种种迹象，多年来，她投入了大量的时间和精力追踪地质和生物界潜移默化的变化，追随许多生物学家遍访地球上众多地方，同时也见证或参与了多项科学实验。

书的开篇，伊丽莎白·科尔伯特来到中美洲巴拿马，寻找火山小镇埃尔巴耶的一种著名生物——色彩绚烂的金蛙。这种金蛙曾经分布于此地山谷中的各个地方，当地人甚至将金蛙做成各种玩具和装饰品，它成为小镇的象征。然而，金蛙的逐渐消失，让大家困惑。这是一个危险的信号，而科学家得出的结论是：金蛙正面临着灭绝的危险。

于是，科尔伯特开启了一条寻找灭绝物种的漫长之路。对她来说，发现金蛙只是其一。不仅如此，她循着法国博物学家乔治·居维叶“物种会灭绝”这一看待生命的理论构想，携带着查尔斯·莱伊尔的《地质学原理》和查尔斯·达尔文的《物种起源》，走进了荒野。

大海雀，是一种可长到近一米高但不能飞的大鸟，曾经成群地生活在苏格兰和冰岛之间的大西洋水域，然而它极易被攻击，最终导致灭绝。为此科尔伯特千里迢迢赶到冰岛，但她所能目睹的也只是世上这种鸟的最后一只标本。事后她了解到，大海雀灭绝的根本原因竟然是人类的捕食，如同夏威夷群岛上大部分已经灭绝但曾经数量众多的管舌鸟一样。在纽约州首府奥尔巴尼市，那儿的蝙蝠因染上一种被称为“毁灭地丝霉菌”的真菌而大面积死亡。死亡的原因很简单，源于其他生物的入侵。在全球化的今天，交流的便捷与密切为物种之间的流动提供了宽广的空间。于是科尔伯特指出，蝙蝠所具有的社会性，成了毁灭地丝霉菌的极大利好。我以为，这种社会性理所当然也包括其他物种，如生长在地球上的动植物最后的宝库——热带雨林之中的印尼苏门答腊犀牛。这个古老而又“有着迷人魅力”的巨大哺乳动物，近年来，随着森林的砍伐以及盗猎者的捕杀，它们的栖息地不断地缩小，甚至呈碎片化趋势，从而成为濒危物种。

科尔伯特的寻踪之旅遍及世界各地。此刻，她站在秘鲁安第斯山脉纵深的马努国家公园高处，在生态学家迈尔斯·西尔曼教授的引领下，考察国家公园的森林。他们着重研究这一热带地区气候改变后对森林群落所产生的影响，以及同样适用于对鸟类、蝴蝶、蛙类、真菌和一切生物的“多样性纬度梯度”变化，考察物种与分布面积之间的关系，解释生态学家提出的所谓“生命随机”理论。

具体地说，当气温上升，气候适宜区域将不断收缩。科尔伯特一行得出的考察结论是，即便变暖因素维持在一个低水平层面，也将会有超过两成到三成的物种在五十年之内灭绝。他们将这项科研成果发表在《自然》杂志上，并宣称：因为气候变暖，到 2050 年地球上将有一百万个物种面临灭绝。事实上，地球物种消亡的速率正在加快，目前是每天一至两种，十年内可能达到每小时一种，照此灭绝的速度，二十年之内地球将失去百分之二十的物种。而且，每一种植物的灭绝，将连带着十余种依赖于这种植物的昆虫，以及其他动物或植物的灭绝。某种意义上，物种灭绝的过程即是一个终止生命生发的过程。人类行为无论是促成一种物种灭绝还是漠视一种物种灭绝，都“阻断了一道有着生命活力的历史性的遗传信息流”，因此，这种物种灭绝是一去不复返的。

针对气候导致森林的变化，科尔伯特就生态系统写下了精彩的一段话，或许还是全书最精彩的一段话。

……在云雾森林之中，树木搭建了生态系统的架构，正如珊瑚虫搭建了珊瑚礁的架构一样。特定种类的昆虫依存于特定种类的树木，特定种类的鸟类又依存于特定种类的昆虫，就这样一级一级向上构成了食物链。反之亦然：动物对于森林的存续同样至关重要。它们既是授粉器，也是种子的传播者。鸟类还能阻止害虫全面接管森林。西尔曼的工作证明，最起码全球变暖将使得生态群落的架构被重组。不同种类的树木对于变暖的反应是不同的，所以物种之间的联系也将被同时打破。新的联系将就此形成。在这场全球性的架构重组中，某些物种将变得更繁茂。实际上，许多植物都可能会从高二氧化碳水平当中受益，因为这将令它们更容易获得光合作用所需的二氧化碳。而另外一些植物则会落到后面，并最终消失不见。（叶盛译）

对此，科尔伯特这样解释，她说当有不少物种移动时，原地不动的保护区域并不能对抗物种的消亡。对于人类导致的其他形式的扰乱，物种还有空间上的躲避之处，但气候影响着所有的一切。这种状况下，如居维叶所说，这是一场“发生在整个地球表面的变革”。

由活火山构成的黄石公园，让我们在感知地球历史的同时，也预示着地球的未来

2002 年，德国美因茨普朗克研究所化学家保罗·克鲁岑在《自然》杂志上，以《人类的地质特征》为题发表了一篇文章。他最重要的一个观点是“发现了某些化学物质对臭氧层的破坏作用”。科尔伯特推论了克鲁岑的研究，认为如果破坏臭氧层的化学物质继续广泛使用，那么，南极上空的臭氧空洞将越来越大，直至最终覆盖整个地球。罪魁祸首则是大气组成的改变，因为人类的活动很可能导致全球气候“严重偏离自然状态”。至于现状，科尔伯特提供了一组研究数据，说明目前人类每年向空气中的碳排放量是九十亿吨，每年的增量为百分之六，直接后果可能是全球变暖。她还说，将来有可能大多数冰川会消失，南北极冰盖融化，海洋大量吸收二氧化碳后加剧酸化，低海拔岛屿和沿海城市或将淹没。科尔伯特所说的还是比较“客

气”，其实，无须等到将来，目前全球气候已经发生了深刻的变化。今天的人类活动已经对地球生物多样性分布构成了严重的阻碍。这是一个重大的环境课题，其后果是，这种阻碍有可能形成“有史以来最为严重的一场生态危机”。

为了进一步研究二氧化碳对全球变暖的影响，科尔伯特跟随海洋科学家来到位于意大利南部、地中海中的阿拉贡堡海岛开展海洋酸化实验。阿拉贡堡岛位于非洲与亚欧板块交会处，火山活跃，海底的一些孔洞不断冒出一串串的二氧化碳气泡。这是一处研究海洋酸化的典型地点。通过实验，数据显示，海洋酸化“改变微生物种群的构成，也就改变了关键营养物质的可获取性”。我们还知道，分布于南纬三十度附近的大堡礁，是澳大利亚东北部的旅游胜地。由珊瑚礁构成的一个色彩斑斓的无人小岛——独树岛，坐落于大堡礁的最南端。当年达尔文曾经来到这里，发出了“世界上最精彩的事物之一”的感叹。科尔伯特在此，带着英国科学家的论断“珊瑚礁很可能将成为现代第一个在生态学意义上灭绝的主要生态系统”，以及“海洋酸化”提出者、美国科学家肯·卡尔代拉的研究结论“未来几个世纪的海洋酸化程度可能会超出过去三亿年的程度”等课题，考察海洋酸化对珊瑚虫的影响。他们最终同样得出悲观而且负面的评价——海洋酸化对珊瑚虫的生存将产生严重影响。

根据美国地质学会统计，目前地球上没有被冰层覆盖的土地约一亿三千万平方公里，人类已经“直接转化”了其中的一半。这一半土地变成了农田、牧场、水库、道路和城市。剩下的，约有一千万平方公里受到森林砍伐和采矿的影响。除此之外的六千万平方公里中，约有五分之三被森林覆盖，其余的，多是高山、冻土和沙漠。这便是地球留给人类的最后财富。“人类世”的标志性特征，科尔伯特将其概括为两个方面：一是地球改变，迫使生物物种不得不转移；二是这种改变形成的壁垒，比如道路、无树木地带和城市，阻碍了生物的移动。生态学家将其称作是一种“碎片化”状态。也就是说，在“碎片化”状态下，一个物种为了跟上温度上升而需要迁移的时候，却陷入了碎片之中，即使那是一块非常大的碎片，物种也很可能无法存活。如苏门答腊的犀牛和中国的大熊猫，它们的生存环境都面临这个难题。

对于保罗·克鲁岑和水域生态学家、密歇根大学教授尤今·斯托莫等数位学者或机构提出的人类主宰地球全新历史纪元的“人类世”概念，人们产生了一种新的认知，认为它始于工业革命，或者说是伴随着第二次世界大战之后人口爆炸性增长才开始的。在这种认识中，是涡轮机、铁路、链锯等现代化工具的产生才让人类凭借一己之力成为全球地质变化的重要力量。它最突出的特点是人类这一物种扮演着变革性角色，最终的结果，引发了地球上一系列生态连锁反应，从而改变地貌和整个地球生物圈。

我们知道，由生物组成的地球生物圈，其总质量不过是地球总质量的百亿分之一。其生存空间也仅仅是地表的由土壤、水和空气组成的一千米高度范围之内，放在一个更宏观一些的范围内观察，如太空，我们用肉眼几乎看不到其中的丝毫痕迹。然而，它对地球产生的影响却非同小可。“人类世”对自然的影响，我想莫过于人们有可能将自然系统推到其恢复能力的极限，从而导致自然的系统性崩溃。对一个物种来说，如果此时与周边的环境不能适应，那么这个物种就很有可能遭到灭绝。而这种灭绝可能只是一次流行病，一次森林火灾，或是伐木工作业一天的工夫。

作为一部警世之作，在《大灭绝时代》一书中，伊丽莎白·科尔伯特通过大量的实证分析，将物种的灭绝放在了生命历史这个更为宽泛的背景下进行考察。在书的最后，伊丽莎白·科尔伯特将我们带到纽约美国自然历史博物馆的生物多样性大厅。她告诫我们，那儿的一块展板上这样写着："现在，我们正处于第六次大灭绝之中，这一次的原因仅仅只是人类对于生态地貌的改变。"诚然，人类现在的处境，虽然暂时逃脱了自然演化的束缚，但仍然还需要依赖地球的生物和地理化学系统。我们扰乱这些系统的行为，比如砍伐热带雨林、改变大气，使地球升温、海洋酸化以及新增怪异病毒等现象，都指向人类思维方式的偏颇、人类以自我为中心的意识，明示了在这种无知狂妄之中所做的自我残害的蠢事。而这一切，令我们自身已经处在了生存的危险之中。

霍尔姆斯·罗尔斯顿Ⅲ在《哲学走向荒野》一书中，就生物的灭绝，给出了一个可能要乐观一些的结论。换个角度看，他认为生命进化史上的几次生物大灭绝，虽然有些物种已经灭绝，但经过长远的自然发展，一些物种加以改造后，使下一个地质时代的物种更为繁富。某种程度上，大灭绝起到了重新引领生物进化方向的作用，或许物种的数量减少了，但质量上却获得爆炸式创新和发展。他举例说，恐龙的灭绝引发了哺乳动物种系的成熟，虽然在灭绝过程中牺牲了一些冷血动物，却为热血动物的进一步发展铺平了道路。罗尔斯顿Ⅲ的观点看似有些道理，但他只是架构在纯自然理性发展的基础上，而忽视了"人类世"前提下人类在其中发挥的作用。但愿，地球上正在发生的第六次大灭绝，我们人类能逃过这一劫。

碧玉岭上的思想实验

以目前不断升高的温室气体排放率来看，在未来的二十到三十年里，海水温度将出现超过二摄氏度的增长。世界上有三分之二的人口居住在距离海岸线二百公里的范围，而且世界经济大部分集中在沿海城市，倘若洪水袭击这些地方，人类所知的文明之地将沦为一片泽国。

——艾伦·韦斯曼（Alan Wesman）

艾伦·韦斯曼在完成《没有我们的世界》后，时隔几年又写作了另一部充满人文关怀的书——《倒计时：对地球未来的终极期待》。人口问题事关环境、发展、经济、科学和社会等方方面面。我们今天不得不面临的现状是，每隔四天半时间，地球人口就将增加一百万。韦斯曼说，在人类主宰地球，造成无法弥补的损害之后，地球的命运已进入“倒计时”。《科克斯评论》则指出，艾伦·韦斯曼这本书是“对世界已遭遇的人口崩溃做出了令人心痛的描述”的作品。

韦斯曼走遍全球，潜心研究数年，探讨世界人口究竟应该保有怎样一个数量上限，以及如何面对一个拥有“我们”的世界。《倒计时》就是这样一本书，它描述了人类行为对未来所产生的影响，提出了最迅速而又切实可行的使地球和当下生活回归平衡的方法。书中，韦斯曼告诫我们，如果人类不能具有“同一艘船的伙伴意识”，那么所有希望最终都将化为乌有。事实上，《倒计时》是韦斯曼关于人类如何与这个世界共处的思想实验，他所提出的问题，不仅需要我们面对，而且地球上所有的生物都需要面对。地球到底能容纳多少人口或生物？韦斯曼用亲身的经历提供了最坏情况的描述和我们所能想象到的最有希望的未来。

毋庸置疑，艾伦·韦斯曼是本着对地球的未来深刻怀疑的态度写作《倒计时》的，但他的目的还是希望人类在自然资源与规模巨大的人口数量的矛盾中找到平衡。为此，他的足迹遍布以色列、巴勒斯坦、伊朗，包括中国等几十个国家和地区，访问了许多科学家、普通

人口、水、生态系统和生存局限等问题，在艾伦·韦斯曼提供的这张照片中得以精准体现（重庆出版社提供）

人和政策制定者，并用田野调查的方法，寻找解决问题的办法。他曾多次来中国，专门研究中国的人口现状和未来趋向，与中国的科学家就环境、经济、老龄化和可持续发展等问题进行深入对话。他给予中国人口政策和变化充分肯定，并展示了世界看中国的重要视角。

在以色列北部非沙漠地带人口最为密集的伯尼布莱克市，以色列环境教育学家雷切尔·拉达尼喜欢说这样一句话，她说："我的两个女儿和六个儿子，一年释放的二氧化碳，也没有一个美国人乘飞机来以色列释放得多。"

就是拉达尼的这句话，引发了艾伦·韦斯曼对地球未来终极期待的思考。这些问题突出表现为人口、水、生态系统和生存局限等问题。概括起来，有两个方面，一是面对全球人口的不断增加，人类该如何办？据联合国预计，到 21 世纪中期世界各国人口总量将接近一百亿。基于这一基本现状，我们不难算出，这个庞大的人口群体，所有人都需要水、食物、燃料、电能和生存空间，所有的人都需要排放二氧化碳。

艾伦·韦斯曼在书中用了很大篇幅讨论"计划生育"问题。计划生育政策是中国的国策，但它的缘起并非中国，而在美国。20 世纪初，美国护士玛格丽特·桑格为致力于消除有关避孕宣传的法律障碍，率先提出"计划生育"一说。"生育太多，会增加人类的痛苦"就是她带给世人的一句经典名言。正因为她的推动，美国在 1934 年便率先开始实施了政府节育计划，但并非在美国本土，而是在中美洲国家波多黎各。

墨西哥曾经是世界上人口增长最快的国家。在 20 世纪中期，其人口增速一度达到世界平均水平的两倍，每十五年翻一番。在那里，许多家庭所拥有的小孩人数都超过了十个，首都墨西哥城于是成为当时世界上人口最多的城市。从理论上说，如果当时的墨西哥不对人口增速进行有效控制，到 20 世纪末他们的人口总量将超过十个亿，达到物理极限。为此，墨西哥实施了全国性计划生育政策。现在，墨西哥平均每个家庭的孩子为二点二人，基本上取得了几乎与人口替换率持平的成果。这是大约两百年前，地球上平均每个家庭所生的孩子最终成活率在两人左右的一个人口基本稳定的现实版本。因此，经过比对，艾伦·韦斯曼指出，一对夫妇生育两个孩子是个合适的数量。这样一来，孩子的数量就与父母的数量相等，人口总量将保持稳定。

早在 18 世纪末，著名的人口学家托马斯·马尔萨斯就曾告诫人类，历史中有一种永久的循环，而在这种循环中，人口数量会一直增长到所能得到的食物无法负担时为止，到那时，饥荒和疾病就会降低人口的数量，直到与所生产的食物数量再次达到平衡。只不过，马尔萨斯当时的忠告并没有人重视。今天，当世界农业体系要支撑近七十亿人口的时候，人口成了一个突出的问题。不但要解决吃的，而且还有一系列环境难题，譬如水和能源问题。艾伦·韦斯曼在书中举了很多例子。先说水，还是在以色列。大家知道，这是一个缺水的地区，以色列和巴勒斯坦共用西岸地下水，但以色列技术先进，每天人均可获得水资源二百八十升，而巴勒斯坦一方则远远不能满足，只能拥有前者的五分之一。为了水资源分配，双方矛盾或引发的冲突不断。还是拿加沙地带来说，这儿地域不长且非常狭窄，竟居住了一百五十万人。长期以来，以色列将水卖给巴勒斯坦人，尽管如此，也只能解决其中百分之五的需求量，杯水车薪。由于水，当然还包括历史、宗教或政治上的其他原因，两者的争斗持续不断，成为中东地区最不稳定的因素之一。

回到美国，在20世纪30年代末，美国作家约翰·斯坦贝克创作了小说《愤怒的葡萄》。小说描写了俄克拉荷马州农民乔德一家的故事。因为水利灌溉业的发展，乔德一家被迫背井离乡往西迁移。西迁后的乔德一家既无法获得土地，又得不到水源，成为永久的下层农工。最终故事演变成尖锐的社会矛盾。此刻，艾伦·韦斯曼来到科罗拉多。他环顾着眼前美国西部河流的主动脉科罗拉多河。由于降水量减少，或随着落基山脉近年来的积雪持续减少，自20世纪80年代中期开始，科罗拉多河水就未曾再流到过出海口三角洲地区。他预言，到2017年，作为科罗拉多河主要储水池的米德人工湖，其水位就有可能无法没过胡佛水坝的涡轮机。或许再过五年，米德湖便将消失，而依靠科罗拉多河供水的城市拉斯维加斯的用水将成为大问题。

作为科罗拉多河主要储水池的米德人工湖，水位正在不断下降，或许再过五年，米德湖便行将消失，而依靠科罗拉多河供水的城市拉斯维加斯的用水将成为大问题

可以预见的是，21 世纪地球生物将因水资源的短缺而备受折磨。

其次是食物问题。据生态学家预计，到 21 世纪末，人类的食物将减少。有人做过统计，如果全世界人口按年增长率百分之四的比例增加，或按每六十年翻一番计算，带来的问题将更加突显。一方面是需求不断增加。目前，人类的食物消耗量较五十年前相比增加了百分之四十；另一方面是消费不均。例如，美国的人均粮食消费比撒哈拉以南的非洲高出五倍，美国人平均每人每年就要吃掉两千只动物，而纽约人三天可以吃掉相当于用所有曼哈顿大街作耕地种植的粮食。全世界粮食的不平等分配越来越严重，富裕的国家因食用过多的食物和糖，导致了越来越多的肥胖症和糖尿病，而世界其他一些地区的人则是持续的营养不良，甚至大规模的饥馑。这样下去，到 21 世纪末，因食物短缺，每年约有四千万人死于饥饿或与之相关的疾病，打个比方，相当于每天三百架大型客机失事，其中一半死亡者是儿童。

如何解决人类的粮食问题？人们想了许多办法，譬如扩大食物种类、合成肥料、培育良种等，来提高粮食作物产量。的确，目前人们已经用同样的耕地，生产出了更多的粮食，养活了更多的人，但仍然无法抵御人口膨胀，或突发自然灾害带来的许多不确定因素。现状是，人类已经消耗了地球资源的一半，植物和野生动物的生存空间也被挤占得越来越小。食物问题不仅仅是人类面临的问题，还包括地球上所有的生物。如何平等分配食物，我以为，这是一个两难问题。人类设计的经济制度，既承认业已形成的贫富差异，却又无法解决、平衡这种差异，而这种差异的存在势必导致资源分配的非均等化，这是一个悖论，况且，目前人类也没有找到其他更好的制度设计解决这一难题。因此，前述倡导的减少或控制人口生育数量可能就是一个符合实际的选择。

前面雷切尔·拉达尼所说，引发的第二个问题是经济发展对环境的影响，或者说是能源问题。1994年，在美国卡纳维拉尔角召开了世界氢能源大会。会议讨论的一个议题是如何将以煤炭、石油为主要燃烧的经济转变为以清洁氢能源为主的经济。这次大会是一个很好的开端，但似乎并不顺利，因为在目前的技术条件下氢元素的提炼尤其困难，即便是利用高热蒸汽将它从天然气中分离，也会带出副产品二氧化碳。如此看来，人类开发新能源，还任重道远。就算是太阳能、风能和潮汐能等这些新的替代能源，它们的使用也未能成为主流。

所以摆在人类面前的，发展的根本途径还得依靠节约，减少能源的过度开发与使用。譬如，目前人类占用了陆栖植物将太阳能转换成

艾伦·韦斯曼采访保罗·埃尔利希（重庆出版社提供）

有机物的百分之二十四到百分之四十；地表土地已经有一半被人类用于种植粮食、修建道路、建设城镇；再譬如，需要改变人们的生活方式，减少生活消耗品，减少污染，甚至包括对肉类食品消费的减少。事实也证明，世界最富裕的五分之一人口，资源的消耗是规模相同最贫穷人口的六十六倍。以美国为例，它是全球温室气体最大的排放国，但同时，美国也是最不愿意做出任何改变的国家。近年来，随着中国和印度等发展中大国经济快速增长，带来的二氧化碳排放量也在大幅度增加，甚至超过了美国。但并非穷途末路，节约的途径还有，关键看人们或政府如何转变观念，采取怎样的行动，如何重构世界资源共享和合理分配新格局。

可喜的是，就在2016年9月召开的G20杭州峰会上，当今全

碧玉岭，保罗·埃尔利希心目中的伊甸园（重庆出版社提供）

球最大的两个经济体中国和美国同时批准了应对气候变化的《巴黎协定》文书，并交存联合国。它标志着全球气候治理多边合作迈出了坚实的一步。

迄今为止，地球历史最重大的变化之一是人口增加。美国历史学家大卫·克里斯蒂安曾根据人口增长规律推算，在采集狩猎时代，人口翻一番大约需要八千至九千年；农耕时代大约为一千四百年；现代则是每隔八十五年翻一番。目前几乎是每年增加一亿人口。

保罗·埃尔利希是斯坦福大学的一位生态学教授，20 世纪 60 年代，他传承马尔萨斯的人口理论，出版了《人口爆炸》一书。其核心观点告诉我们——人口增长的速度总会超过食物供给。在《人口爆炸》一书中，埃尔利希这样预言，地球将会爆发大规模的饥荒，并带来各种灾难。是的，当今天地球人口达到七十亿的时候，非洲的许多人正在饱受饥饿的煎熬。

碧玉岭是埃尔利希的工作场所，也是他的战场。这个地方位于旧金山硅谷的上方，原先是一片农场，后来成为斯坦福大学校园的一部分。埃尔利希曾自我满足地说，作为一名生态学家，自己最重要的贡献就是将这片高地保留了下来。的确，他在此工作了五十余年，创建了一块约五平方公里的生物实验保护区。

博物学家爱德华·威尔逊曾经说，人口增加造成的砍伐原始森林及其他不幸的事件，是威胁全球性多样化的大敌。而保罗·埃尔利希的理念则是将碧玉岭打造成自己的实验基地。他通过发明催化转化器为碧玉岭清除烟雾，使碧玉岭的山脊看起来和以前一样，甚至更好。如今，这里的地衣覆盖着整片山谷，山脊西坡为带刺的丛林所覆盖，有刚刚吐露新芽的橡树。在潮湿的北坡，生长着树皮光滑的红色乔鹃木和道格拉斯冷杉。溪流旁边还生长着红杉。这是埃尔利希经常光顾的地方，树丛中，啄木鸟，还有其他鸟类飞来飞去，有超过一百五十种候鸟。动物中，有山猫、狐狸和黄鼠狼；还有浣熊、黑尾鹿和美洲狮。无论如何，这是埃尔利希心目中的伊甸园。

保罗·埃尔利希的《人口爆炸》是一部划时代著作。它影响了数百万人，书中蕴含着无穷无尽而且令人敬畏的生态学——请保持一切事物处于合理的平衡——无论是化学的、物种的，还是数量的平衡。碧玉岭之于埃尔利希，这是他的思想实验场，而斯坦福财政部门则认为，这片土地蕴含着巨大的价值。和马尔萨斯一样，尽管埃尔利希的人口理论同样饱受非议，但他始终坚持自己的前瞻性观点。

"在把其他物种推向灭绝的过程中，人类也在忙着锯断自己栖息的那根树枝。"这是保罗·埃尔利希说过并让我记忆犹新的一句话。现年已经八十多岁高龄的埃尔利希还在为他的事业不懈努力。他值得我们尊敬，一位可爱、执着而又乐观的老人。

后语

在陪同著名作家王树增先生进行新书宣传活动时，我向他请教了非虚构写作问题。他说非虚构文学须基于三个特征。一是真实，每个细节都不能虚构；二是具有文学性，不求超越但要有美感；三必须是作者独特认知价值的历史解读。我同意他的归纳。真实，是非虚构写作的生命；手法，则采用文学的形式。的确，我所阅读的这类自然文学作品均是如此，经典而又内涵丰富。

在这一过程中，我有感于首都经济贸易大学程虹教授的《寻归荒野》一书，作为国内系统研究美国自然文学第一人，她对自然文学的发展脉络进行了完备的归纳与整理。循着程虹教授的思路，我一边阅读，一边不断收集此类作品，主要是美国的，也包括其他一些国家的。能否形成一个体系，我不敢妄言。事实上，仅是美国自然文学方面的作品就有很多，一方面我无法全部收集并阅读到，另一方面许多作品也未能译成中文，从而有很大的局限性。爱德华·艾比的《大漠孤行》便是其中一本期盼阅读的书。我收集的来源有两方面，一是自己购买，包括从孔夫子旧书网上购买，在港台书店淘宝；二是利用工作之便，请出版社朋友们搜集，有些十年前甚至二十几年前出版的书硬是从编辑手中给“借”了过来，于是构建了一个小小的书系。在写作过程中，我精选了其中三十余位作家的代表作，构成四个篇章四十篇文章，每一篇章以作者的写作时间为顺序，力求体现美国自然文学的发展脉络和重要主题，并结合自己的阅读和在美国实地行走的经历，用干净的文字表达描述，谈感受，说体验。

2017 年是亨利 · 戴维 · 梭罗诞辰两百周年的时间节点。我在书中着墨最多，篇幅最大的便是他。我以为，梭罗是美国自然文学作家中的大家，一位纯粹的大自然观察者;《瓦尔登湖》是一本对后人影响深远的书，一部优美的哲理散文诗。关于梭罗，我几乎收集到了他所著并公开出版的各种版本，包括随笔、散文、日记或其他文章；关于《瓦尔登湖》，我也收集到了包括香港、台湾出版的各种中译本，以及不同译者的译本。借此向人生充满悲剧色彩而又取得极大成功的梭罗示以敬意。

在中国，近年来读者对国外自然文学的发展，以及对生态环境问题的了解已经越来越关注，可惜我们自身，除了专业性科学研究类书籍，适合大众阅读的原创作品少之又少。台湾作家陈冠学先生的《田园之秋》算得上是一本填补空白的力作。近日，台湾作家刘克襄出版了另一部书，书名叫《四分之三的香港》。我所生活的城市在深圳，与香港仅一河之隔，知道香港的繁华与灯红酒绿，却不知道香港至今仍然保存着百分之七十五的郊外荒野。几十年前，香港人观山野，得攀上新界的山遥望深圳梧桐山。如今，极具讽刺意味的是，深圳人攀上高楼，看香港那边的田园风光。

自然与人类的未来何去何从，我无法作答，但我认同梭罗“在荒野中蕴藏着拯救人类的希望”这句话。有人做过统计，美国荒野仅存率为国土面积的百分之二，中国有多少？估计没人做过这件事。戈登·汉普顿是一位业余“声景”探索者，在走遍美国寻找静谧之地后，他说：“在密西西比河以东的地区已经找不到自然静谧，而在密西西比河以西的地区，……有时无噪音间隔期会长达几分钟，但是在白天超过十五分钟的情形就真的很罕见。”最后，奥林匹克国家公园成为美国的唯一。看来，寂静已经成为地球上一种稀缺资源。

阅读格非的小说《望春风》，经过几十年的颠沛流离，书中主人公回到了小时候充满“世外桃源般的野趣”的村庄。这是一种真正的乡土回归吗？我甚至也变得像熊培云那样，成为一个“追故乡的人”或“故乡的囚徒”。而此时的故乡，真的“既是一个回不去的地方，也是一个走不出的地方”。观看电影《了不起的盖茨比》，我忘不了菲茨杰拉德在结束语中“我们奋力前行却如同逆水行舟，不停地退回过去”这句意味深长的独白。在这个迷醉神离的时代，或许我们今天还能回溯过去，却已经无法预见未来……

最后，需要感谢许多出版社的朋友，尤其是商务印书馆、中华书局、生活·读书·新知三联书店、中信出版社和上海译文出版社等，感激他们出版了众多自然文学方面的好书，以及给予我的诸多帮助；需要感谢的还有我的许多同事和朋友，如田许扬、李卫东、张呈前和陈映竹等，文中我分享了部分他们提供的摄影照片。美国之行，叶净宇和 Qiyu Xhong 是与我风雨兼程的两位老朋友兼司机，一位伴我东部行走，一位随我西部穿越。戈登 · 汉普顿在奥林匹克国家公园霍河河谷雨林之中用声音测量仪进行声音测量和录音的照片是美国摄影师艾萨克 · 赫南德兹（Isaac Hernandez）的作品。几经辗转，终于联系上了赫南德兹先生，他提供了一组珍贵且让我十分喜欢的照片。

最后还必须要感谢三联书店、生活书店，尤其是本书的责任编辑廉勇先生和美编设计罗洪先生，是他们的一丝不苟并精益求精，给予了我这本书的出版机会。

不到之处，恳请读者批评指正。

孙重人

2016 年 12 月 16 日惠州小径湾